재일 동포 연구총서 5

재일 동포문학 연구 입문

전북대학교 재일 동포 연구소 편

제이앤씨
Publishing Corporation.

이 저서는 2010년도 전북대학교 저술장려연구비 지원에 의하여 연구되었음

서문

필자가 재일 동포문학을 접하게 된 것은 벌써 오래된 일이지만, 우연한 기회에 어느 일본 지인으로부터 이기승의 『제로항』이라는 소설을 건너받은 것이 계기였다. 당시 필자는 대학원에서 일본 고전문학인 <만엽집>을 전공한 후 운이 좋게도 교수가 되어 조그만 논문 몇 편을 발표하여 연구자 대접을 받고 있었지만, <만엽집>은 본격적으로 연구하면 할수록 외국인 연구자에게는 좀처럼 다가갈 수 없는 너무도 버거운 연구과제였다. 평생을 두고 연구를 해도 일본 연구자들과 경쟁할 수 있을까 하는 절망감 속에서 경쟁력 없이 남의 나라 고전을 연구해야 하는 의미를 찾기 위해 악전고투하고 있던 차였다.

연구자로서 딜레마에 빠져있던 이때 재일 동포문학은 필자에게 구원의 빛으로 다가왔다. 우선 일본에 사는 우리 동포들이 민족성을 바탕으로 우리 문학의 색채를 띠고 있는 작품 활동을 거의 백년에 가까운 세월에 걸쳐 계속해 오고 있다는 사실이 충격이었다. 또 이들 문학이 우리 문학권 밖으로 방치된 채, 많은 작가들이 작고하거나 자료가 유실되어 그 존재조차 사라질 위기에 처해 있다는 사실을 알게 되었다. 이처럼 연구 가치가 있음에도 불구하고 연구되지 않은 재일 동포 문학이야말로 평생을 두고 연구할 가치가 있는 새로운 연구 분야라고 생각되었다.

그리하여 오래 준비한 끝에 『재일동포 문학의 역사와 그 현황』이라는 논문을 발표한 후, 재일 동포문학 연구에 관한 논문을 발표하거나 공동연구를 하는 동안 20여년이라는 세월이 지났다. 그동안 같은 길을 가는 연구자들이 연구 성과물을 모아 책으로 만들어 보내준 책을 받을 때마다 필자 자신은 제대로 된 연구서 하나 내지 못하는 불임 연구자라는 자괴감을 떨쳐버리기가 어려웠지만 논문의 수준을 담보할 수가 없어 선뜻 책으로 만들 용기를 낼 수가 없었다.

그러나 자료제공을 받으며 연구서로 보답하기로 한 많은 동포 작가들과 선배, 동료 연구자들에게 한 약속을 더 이상 저버릴 수 없다는 생각과 발표된 채 햇볕을 보지 못하고 사장되어가는 상당량의 논문들이 아깝다는 욕심 때문에 부끄러움을 무릅쓰고 그동안 발표해온 십여 편의 논문들을 묶어 한권의 단행본으로 낼 용기를 내게 되었다.

그래서 『재일 동포문학 연구입문』이라는 제목의 단행본으로 엮기로 하고 그동안 발표한 논문 중에서 동포문학의 간단한 역사와 성격, 동포작가들의 문학세계를 전반적으로 다룬 논문을 골라 3장으로 구성했는데, 이들을 간단히 소개하면 다음과 같다.

먼저 제1장은 간단한 재일 동포문학의 역사와 연구현황을 살펴보는 장이다. 문학사 부분은 1 해방전 재일 조선인의 문학 활동, 2 해방 후 재일 동포의 문학 활동으로 나누어 살펴 보았다. 그 내용은 필자가 이십여년 전에 발표한 논문 『在日韓國人 文學의 歷史와 그 現況』을 해방전과 해방후 둘로 나누어 살펴본 논문의 전후반부를 바탕으로 후에 발표된 논문들을 각각 합하여 재정리한 것이다. 연구현황을 다룬 논문『재일 동포문학의 연구현황』은 공동연구를 하면서 얻은 자료를 바탕으로 발표한 논문『재일 동포문학의 역사와 연구현황』을 재정리한 논문이다. 발표한지 5년이라는 기간이 지났지만 새로운 부분을 보충하지 못했는데, 독자들의 너른 양해를 부탁드린다.

2장은 재일 동포문학의 성격을 다룬 논문을 모은 장으로, 거칠지만 필자 나름대로의 생각을 밝혀보려는 동기에서 발표한 논문들이다.『민족문학으로서의 재일 동포문학』은 동포문학을 소개하고 이를 우리 문학으로 수용해야할 근거와 연구해야 할 필요성을 주장했다. 발표 후 아직까지 이렇다할 반응을 얻지 못했지만, 학계에서 동포문학 연구자가 나타나고 있어 다행스럽게 생각하고 있다.『일본문학을 통해본 재일 동포문학』은 비록 논문은 아니지만 어느 모임에서 재일 동포문학을 공부하며 나름대로 느낀 필자의 생각을 발표한 것이다. 조금더 천착하여 논문으로 발표할 생각인데 이에 대해 국문학, 일문학 연구자들이 관심을 가져 주었으면 하는 바람이 간절하다.

3장은 재일동포 문학활동과 문학세계를 다룬 장으로, 필자가 그동안 발표된 논문중 본 단행본을 만들기 위하여 논문을 모은 것이다. 많은 논문 중에서 성격에 맞는 논문들을 중복이 안되게 선정하느라 고심을 했지만, 선정된 논문들 간에 부분적으로 중복된 내용이 피할 수는 없었다. 시간 관계상 전체 논문 내용을 체계적으로 수정하고 재정리하지 못했음을 사과드리며 독자들의 너른 양해를 구한다.

원래 필자는 재일 동포문학 연구를 시작할 때 재일동포 작가들의 전반적인 문학 활동과 그들의 문학세계 등을 소개하는 문학사를 만든다는 커다란 목표를 가지고 있었다. 1장에서 다룬 국내에 잘 알려진 유명 작가 외에도 알려지지 않은 채 묵묵히 작품 활동을 해가며 동포문학의 저변을 이루고 있는 작가들의 활동과 그들의 문학세계를 살펴보는 본격적인 문학사를 만들 계획이었다. 그러나 지식이 부족하고 둔하며 게으른 필자에게 전반적인 동포문학을 체계적으로 살펴보는 일은 결코 녹록치 않은 작업으로 다음 기회로 미룰 수밖에 없었다

　부끄러운 논문들이지만 재일 동포문학을 이해하고 연구하는데 조그마한 도움이 되기를 기대하며 미완으로 남아있는 과제는 다음으로 미루기로 약속드린다.

　끝으로 이 부족한 책의 출판을 흔쾌히 맡아주신 제이앤씨 출판사 사장님과 촉박한 기일에 쫓기면서도 몇 차례의 까다로운 교정 주문에 응해주신 이신 대리님에게 감사의 말씀을 드리면서 이만 펜을 거둔다.

2011년 12월
이 한 창

 차
례

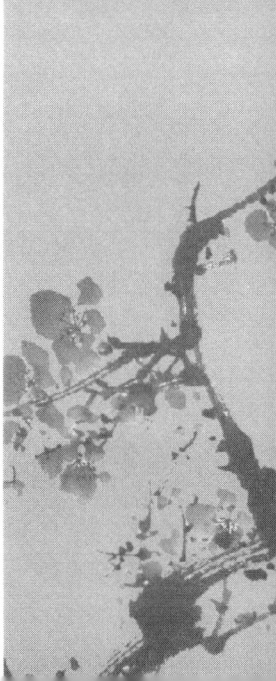

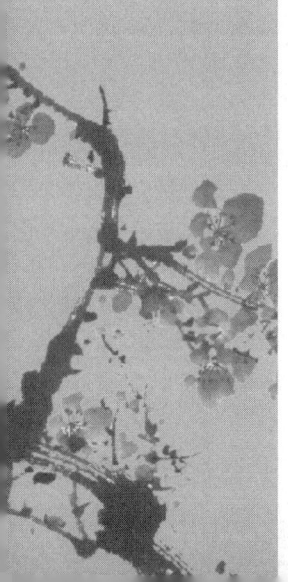

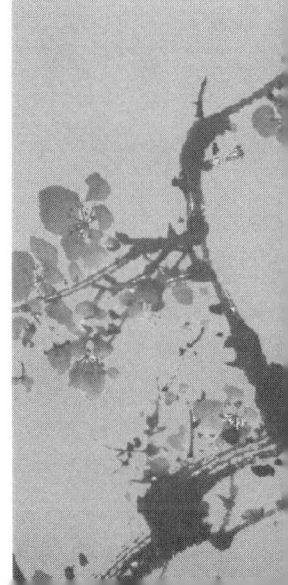

제1장

재일 동포문학의
역사와 현황

1. 해방 전 재일 조선인의 문학 활동

 구한말의 문학 활동

　일본에서 조선인들의 문학 활동은 한일합방 이전 구한말에 조선정부에서 파견한 관리인 유길준과 이수정의 저술활동과 유학생들의 잡지활동으로 시작된다고도 할 수 있다. 즉, 유길준은 1881년 신사유람단의 수행원으로서 일본에 건너가 후쿠자와 유기치(福澤諭吉)와 접촉하면서 서양사정을 소개한 「서유견문」을 남겼다. 또, 이수정은 1882년에 수신사의 일원으로 일본에 건너가 4년간 체재하면서 「조선천주교소사」를 쓰고 성서와 찬송가를 조선어로 번역하고 「명치자전」의 편집에 참가했으며, 일본의 『육합잡지』 등에 조선 풍속과 제도에 관한 글들을 발표하였다.

　재일 한국인의 일본어 문학 활동은 한일합방 이전인 개화기에 벌써 나타나고 있다. 즉 구한말인 1894년에 발간된 「신찬조선회화」에 홍석연이 번역한 민요 아리랑이 실렸는데 이는 일본에서 발표된 최초의 일본어 문학 활동의 결과물이다. 이밖에도 소설이 두 편 보이는데 이인직의 「과부의 꿈」(1902)과 이광수의 「사랑인가」(1909)라는 작품이 그것이다. 「과부의 꿈」은 조선인이 일본어로 발표한 최초의 소설로,

유학중이던 이인직이 『미야꼬(都)신문』에 연재한 단편 소설이다. 「사랑인가」는 명치학원에 재학 중이던 이광수가 1909년에 동창회지인 『백금학보』에 이보경이라는 필명으로 발표한 작품으로, 어린 나이에 부모와 사별하고 갖은 고생 끝에 일본에 유학 온 주인공이 동급생에게 동성애와 같은 혈서를 보내지만 상대의 반응을 얻지 못해 절망감에 사로잡혀 철길에 눕는다는 내용이다. 두 작품 모두 간단한 소품이지만 재일 조선인의 문학 활동을 논할 때 의미 있는 작품들이다.

이상 살펴본 것처럼 재일 조선인 문학 활동은 한일합방 이전인 개화기에 유학생들이 발행한 유학생 잡지 등을 중심으로 시작되었다. 즉 유학생들은 일제의 조선침략에 대한 위기의식을 느끼고 동포들에게 민족 자각과 애국심을 일깨우기 위한 계몽적인 글들을 조선어로 발표하였으며 이러한 문학 활동은 한일합방 후 급격하게 늘어난 유학생들에 의해 본격화되었던 것이다.

2 유학생들의 문학 활동

1910년 한일합방으로 조선이 국권을 상실하고 일본의 식민지로 전락하자, 일본에 있던 조선인 관리나 유학생들은 귀국한다. 그러나 합방의 충격이 가시자 조선인의 수가 다시 조금씩 늘어나는데, 그 대다수는 유학생들이었다. 유학생들은 『학지광』이나 『친목회회보』, 『창조』, 『해외문학』 같은 조선어로 된 잡지를 발행하고 이를 활동무대로 삼아, 국권회복 운동의 일환으로 신문물이나 서구문화를 소개하고 기존의 낡은 제도나 도덕을 타파하려는 계몽활동에 힘을 쏟는 한편, 직접 시나 소설과 같은 작품을 발표하는 문학 활동을 하였다.

이 기간 동안 재일 유학생들이 조선어 문학 활동을 활발하게 전개한데 반하여 일본어로 된 문학 활동은 거의 나타나지 않고 있으며, 오직 유학생인 주요한과 정지용이 발표한 일어시만 보일 뿐이다.

주요한은 앞서 살펴본 바와 같이 『창조』에 31편이나 되는 조선어 시를 발표하여 우리의 근대시를 개척한 선구자이다. 그런데 그는 조선어 시를 발표하기 전, 명치학원에 재학 중이던 1916년에 프랑스 시인들의 시를 접하면서 습작으로 지은 「오월 비 내리는 아침」과 「광인」을 『문예잡지』에 투고한 것이 계기가 되어 일어시 잡지인 『반주』에 「오하루」, 「봄날」 등 7편의 일어시를 발표한다. 이후 1919년 2월 「안개와 태양」을 발표할 때까지 불과 2년 동안에 『반주』, 『현대시가』 등에 29편이나 되는 많은 일어시를 발표하였다. 이때 발표한 시는 16-7세 때 발표한 것으로서, 문어체의 소박한 단시형 작품으로, 청년기의 정신적 방황과 심리적인 불안이나 주관적이고 낭만적인 감성을 바탕으로 소박한 향토 서정을 노래하고 있다. 특히 「오하루」는 4연 24행으로 된 시로서 설국이라는 고원에서 아버지와 둘이서 외롭게 살아가는 여성의 삶을 이국정서를 바탕으로 유려하게 표현하고 있다.

이어 주요한은 1918년 2월 가와지 류코(川路柳虹)가 창간한 『현대시가』에 연작시 「낮과 밤의 기도2」를 발표한다. 그런데 이때 발표한 시에는 "무서운 침입/ 비밀로 가득 찬 절규/ 슬픈 달밤"(「낮과 밤의 기도2」)이나 "오오 날이 갈수록 미친 듯이 부는 바람의 무리/ 무한한 폭력을 가지고/ 너는 모든 것을 파괴한다."(「낮과 밤의 기도5」)와 같이 식민지 백성의 어두운 삶을 암시하는 구를 통해 당시 식민지 조선이 처한 현실에 대한 인식을 볼 수 있다. 그러나 「낮과 밤의 기도2」의 결말부의 "멈추는 일없이 흘러가라/ 부름 받고 일어선 의지여"에는 이를 극복하려는 의지와 생에 대한 강렬한 욕망이 나타나고 있다. 또 「암흑」 속에 나오는 "우리들은 기다리고 있다. 연푸른 아름다운 새벽을"과 같은 부분에는 메시야를 기다리듯 민족의 해방을 기다리는 기독교적인 세계관이 보인다.

이어 가와지 류코로부터 종교적인 경건성과 신선한 감각을 묘사한 회화성을 갖추고 있는 이미지즘의 시라고 호평을 받았던 시이다. 이외에도 「아침」, 「달빛」 등도 이미지가 돋보이는 이미지즘의 시이며, 「여인」, 「석양의 유혹」 등은 여성의 관능적인 아름다움을 감각적으로 노래한 시이다. 이처럼 주요한은 『현대시가』에 「낮과 밤의 기도」를 발표한 이래 일 년 동안 거의 매월 『현대시가』 등에 1-3편씩 20여 편의 시를 발표하여 본격적인 시인의 길로 들어서게 된다. 뿐만 아니라 시 월평의 담당자가 되어 다른 이들의 시를 평가할 정도로 비평가로도 인정을 받았으나, 1919년 2월에 발표된 「안개와 태양」을 마지막으로 그의 일어시는 더 이상 찾아볼 수 없게 된다.

「안개와 태양」이 발표되던 1919년 2월 동경 유학생 만세사건이 일어나고, 바로 직전에 유학생들의 문학지인 『창조』가 발간되었다. 이때 주요한은 일본어 시 창작을 중단하고 『창조』에 참여하여 편집자겸 발행인으로 잡지발행 뿐만 아니라 시, 소설, 평론 등을 발표하는 중심 멤버로 활약하였다. 이처럼 주요한은 1910년대에 일본어로 시를 발표하여 서구시를 익힌 다음, 『학우』, 『창조』와 같은 유학생 잡지에 조선어 시를 본격적으로 발표했던 것이다. 주요한 이후 재일 유학생들의 시 활동은 오랜 공백 기간을 거쳐 정지용으로 이어진다.

모더니즘 시의 선구자로 알려진 정지용은 유학시절 이전부터 조선어로 시를 쓰기 시작하여 『요람』에 발표하는 등 습작과정을 거쳤다고 한다. 유학 후에도 1926년부터 시를 쓰기 시작하여 1929년까지 유학생 잡지인『학조』,『문예시대』,『조선지광』등에 조선어 시를 발표했다. 그리고 기타하라 하쿠슈(北原白秋)가 주재한『근대풍경』에 22편,『동지사 문학』에 2편 도합 24편의 일본어 시를 남겼다. 그런데 정지용의 일본어 시 가운데는『학조』의 창간호에 발표한 다음 일본어로 번역하여『근대풍경』에 재발표한「카페프란스」처럼 우리말로 썼다가 개작과정을 거쳐 일본어로 고쳐 발표한 시들도 많이 보인다. 그 결과 "백금 도가니 같은/ 유월의 태양이나 땅에서 오래도록 기어 다니는/ 희귀한 동물 같은 레일"(「먼레일」)이나 "금붕어 연못 같이 눈부신/ 밤거리(「다리 위」) 에서 볼 수 있는 것처럼 절제된 감정과 신선하고 감각적인 이미지를 사용한 이미지즘 성격의 면모를 유감없이 보여주고 있다. 이점으로 미루어 보아 그의 시에 있어 이미지즘의 수용은 일본 유학시절 문학수업 과정에서 형성된 것으로 여겨진다. 그런데 그가 시작활동을 하던 1920년대의 후반은 일본 문단이나 재일 조선인문학 활동은 프로잡지를 무대로 계급 해방을 노래한 문학이 성행하던 시대였다. 그러나 정지용은 문단의 주류인 프로문학을 외면하고 "나는 아무래도 피리 부는 사람이 될 것 같습니다. 연애도 철학도 민중도 국제 문제도 피리로 불면 좋다고 생각합니다. 당파와 군집, 선언과 결사의 시단은 무섭습니다."[1]라고 말하며 당시 조선과 조선인이 처했던 식민지의 현실을 피해갔던 것이다. 그런데 이 시기의 조선인의 일본어 문학 활동은 주요한, 정지용의 시 활동을 제외하면 극히 저조한 편으로 김우진의 소설과 시, 평론[2]과 남궁억의 평론 몇 편이 보일 뿐이다.

이상 살펴 본 것과 같이 이 시대에 이루어진 조선인의 문학 활동은

---

1) 박경수, 1998,「일제 강점기 재일한국인의 시문학 활동과 시 의식 연구」,『일제 강점기 재일한국인의 문학 활동과 문학의식 연구』, 41쪽
2) 김우진은「사의 찬미」의 가수인 윤심덕과 현해탄에서의 정사로 널리 알려졌는데, 사후간된 유고집『김우진전집 1,2,3』에는 일본어 소설인「동굴위에 선사람」등 2편, 일본어시「휘파람새와 별」등 7편의 시와 기타 평론, 논문, 수필 등이 17편이 남아 있다.

주로 유학생이 중심이 된 활동으로, 조선어 문학 활동은 성행하였으나 일본어 문학 활동은 거의 보이지 않는다. 즉 『학지광』으로 대표되는 유학생 기관지와 『창조』, 『해외문학』 같은 문예지를 통하여 신연애, 구습타파와 같은 계몽활동에서 시작했던 본격적인 창작활동을 시작하고 서구의 근대문학을 소개하여 조선에서 신문학이 출발하는데 공헌을 남기었다. 특히 이때 활동했던 유학생들은 귀국한 후 조선 문단의 주역으로 활동하게 된다. 그러나 이들 유학생들의 활동은 1920년도에 접어들면서 소강상태에 빠지게 되고 재일 조선인 문학 활동의 주역도 유학생들 대신 사회 운동가들에게 넘어가게 된다.

3 프로문학 활동

1920년대부터 1930년대 초반까지 재일조선인 문학 활동은 사회주의 활동을 하던 프로문인들에 의해 활기를 띠게 되는데 이에는 다음과 같은 이유가 있다.

먼저 당시 일본은 세계불황으로 인한 물가상승과 보통선거 요구 등으로 혼란이 지속되었다. 마침 이시기는 사상통제가 완화되던 소위 '대정데모크라시' 시대였는데 소련의 공산주의 혁명이 일본에까지 전래되어 사회주의 운동이 활발해졌다. 이에 재일 조선인 사회도 삼일운동, 동경대지진, 대역사건 등을 거치면서 <흑도회>, <흑우회>, <북풍회>, <일월회>, <재동경 조선노동회> 등 항일투쟁의 성격을 띤 사회주의 조직이 설립되는데[3], 이에는 다음과 같은 원인이 있었다. 즉

---

3) 김명섭, 2003, 「차별과 억압에 맞선 재일 민족해방운동」, 『재일조선인 그들은 누구

1922년도에 조선총독부의 유학생 규정이 철폐되면서 고학으로 학업을 유지하는 사비 유학생들과 토지측량조사 사업으로 농지를 잃고 일본으로 건너간 노동자들이 급증하게 되었다. 이들 중 상당수가 노동현장에서 일하면서 사회주의에 관심을 갖게 되고 사회 전 분야에 걸쳐 사회주의 운동에 참여하는 이들도 늘어나게 되었다. 문학도 그 대표적인 분야중의 하나였는데, 일본에서 프로문학 운동이 활발해지고 본국에서 1925년 2월 『개벽』지의 특집 좌담회를 계기로 프로문학이 문단의 주도권을 잡게 되면서[4] 재일 조선인 문학 활동도 유학생들 대신 사회운동가들에 의해 전개된다.

<조선예술좌>가 해체됨으로써 재일 조선인의 독자적인 문학운동이 막을 내리자, 조선인의 일본어 문학운동은 일본 프로문학의 개막을 알리는 『씨 뿌리는 사람』[5]이 창간될 때부터 시작되었다. 즉 김중생[6]이 1921년 이 잡지의 창간호와 4월호에 각각 유산자의 횡포에서 벗어나기 위해 무산자는 단결을 해야 한다는 내용의 「무산자와 유산자」 (1921,2), 자본주의와의 투쟁을 선언한 '제3인터내셔널'을 소개한 「제3인터내셔널에의 투쟁」(1921,4)이라는 간단한 평론을 발표하여, 재일

인가』, 삼인, 89-93쪽
4) 김혜니, 2003, 『한국근현대비평문학사연구』, 도서출판월인, 90쪽
   개벽지의 특집좌담회 「계급문학의 시비론」을 통해서 프로 문학과 민족주의 문학이 최초로 충돌하는데, 이 좌담회에서 양 자 사이 문학관 차이가 분명하게 드러난다. 이 좌담회 후, 프로문학은 100여명의 회원이 참가할 정도로 많은 문인들의 지지를 받았다고 한다.
5) 『씨 뿌리는 사람』은 고마키오미(小牧近江), 가네꼬 요분(金子洋文) 등이 무산계급 해방운동의 일환으로 간행한 잡지이다.
   제1차로 1921년 2월에서 4월까지 3호를, 제2차로 1921년 10월에서 1923년 10월까지 21호를 발간했는데, 주요 문예작품은 실리지 않았으나, 무산계급 예술운동의 방향을 제시했다는 점에서 프로 문학사상 커다란 의미를 갖는다.
6) 김중생은 신원이 밝혀지지 않은 수수께끼의 인물로 『씨 뿌리는 사람』 외에, 다른 문학잡지나 인명사전, 사회주의 운동 관계서적에도 일체 나오고 있지 않고 있다. 아마 당국의 단속을 피하기 위한 가명이나 필명으로 활동한 것으로 생각된다.

조선인 중에서 일본의 프로문학 잡지에 가장 먼저 등장한 사람이 되었다. 비록 계몽적인 내용을 담은 두세 페이지의 짤막한 평론이지만 일본 프로 문학사에 획기적인 의미를 갖는 이 잡지의 창간호 등에 평론을 발표하였던 것은 상당한 의미를 갖고 있다고 할 수 있다. 김중생의 발표를 계기로 조선인들도 일본의 프로문학 조직에 참여하여 사회주의 사상을 담은 작품들을 프로문학 잡지에 발표하게 되는데, 이들을 시, 소설, 평론 등으로 나누어 살펴보면 다음과 같다.

1) 일본어 시

일본의 프로잡지에 시를 가장 먼저 발표한 사람은 김희명으로, 그는 프로문학잡지에 발표하기 이전부터 시를 발표하였다. 즉 잡지 『아세아공론』에 「시조」(1922,10)와 「평양감별곡」(1923,1)을 발표하였으며, 자신이 발행한 잡지 『대동공론』에 시 「생을 응시하며」(1923,7)등을 발표하였다. 그러나 이들 작품은 프로문학에 합치하지 않은 작품으로 프로문학의 성격을 띤 최초의 시는 『문예전선』7)에 발표한 「행복」(1925,11)이라고 보아야 할 것이다.

"권총, 폭탄, 모든 살인기구/나는 그런 것을 모른다."라고 시작하는 「행복」이란 시는 "그들이 나에게 요구하는 날/ 웃으면서 표적이 되어 줄 용의가 있다"라고 되어 있다. 적에 저항하다가 희생되는 것이 자신의 행복이라고 노래하는 이 시에는 일제에 대한 강렬한 적의가 나타나 있다. 이어 발표한 「이방애수」(1926,3)에는 학교를 가지 못하고 친구로부터도 조센진이라고 놀림을 당하는 노동자 아이의 비애를 그리

---

7) 『문예전선』은 1924년 6월에 『씨 뿌리는 사람들』을 대신하여 무산계급 해방을 표방하며 발간되었던 잡지로써 1925년에 발족된 <일본프로문예연맹>의 기관지로 발간되었으며, 후에 <일본프로문예연맹>에서 탈퇴한 문인들이 조직한 <노농예술동맹>의 기관지의 역할을 담당하였다.

고 있는데, 이 시에도 계급을 바탕으로 한 민족의식이 담겨져 있다.

김희명에 이어 한식, 김경파, 권병길, 이장계 같은 이들이 같은 잡지인『문예전선』에 각각 배일사상을 바탕으로 식민지 치하의 현실을 타파하기 위해 궐기할 것을 선동하고 있는 작품들을 발표한다.

즉 한식의「숯이여 타올라다오」(1926,1)는 식민지 치하에서 신음하는 조선인을 숯으로, 조선인들이 처해 있는 어두운 현실은 흙탕으로 은유했으며, 김경파의「이 땅이여」(1926,5)는 식민치하에서 신음하는 조선을 차갑게 얼어붙은 동토로 노래한 작품이다. 또 권병길의「영원한 자유」는 민족해방을 위해선 천만번 죽는 것을 두려워하지 않고 궐기할 것을 선동하고, 이장계의「인도는 ＊＊과 같습니까」(1928,1)는 영국 식민지 인도에 빗대어 우리의 현실을 고발하고 제국주의와의 투쟁을 격려하고 있다. 그런데 이들의 시는 아직 시적 운율을 갖추지 못하고 있으며, 내용역시 한결같이 투쟁할 것을 선동하고 있으나 어두운 현실을 절망감으로 노래하고 있을 뿐, 계급간의 투쟁이나 사회주의 국가 건설을 노래하는 내용은 보이지 않고 있다.

이러한 약점을 극복하고 프로문학에 합치하는 내용을 담은 작품은 1929년에 발행된『전기』에 발표된 강문석, 박달, 김병호의 시에 비로소 나타나고 있는 것이다. 먼저 강문석은「우리들은 소년단」(1929,5)에서 밤에는 전단을 뿌리고 낮에는 데모 대열에 나서는 사회주의 운동을 하는 어린 투사를 노래했다. 이 시는 "우리들은 소년단원/ 젊은 투사"로 시작하여 결말부를 "자본가를 때려눕히자/ 지주를 해치우자"라는 투쟁을 고취하는 구호로 맺고 있다. 이러한 상투적인 구호는 박달의 시「폭압에 대항하여」에서도 무산자들의 생존을 위협하는 지배계급의 폭압에 대항할 것을 호소하면서 "무산자여/ 단결! 투쟁! 용감하게!" 라는 구호로 무산자들의 단결을 호소하고 있다. 이처럼『전기』

에 실린 두 시에 투쟁을 고취하는 선동적인 구호가 난무하는 것은 이
들의 문학 활동이 민족해방운동을 위한 대중교육의 실천적인 전략으
로서 선택된 문화 활동임을 말해주는 것으로 문학적인 면에서는 큰
성과를 거두고 있지는 않다.

문학적 성과는 같은 잡지에 발표된 김병호8)의 「내는 조선인이다」
(1929,2)에서 찾아볼 수 있다. 「내는 조선인이다/ 나라도 없지만 돈도
없다"로 시작하는 이시는 4연 24행의 비교적 긴 형식을 취하고 있다.
"북으로는 남만주 동으로는 일본으로/이주해 가는 여보(조선인의 경
멸하는 호칭)들은 어찌해야 하는 것인가/ 몸을 적국에 옮겨가는 우리
의 마음을/ 너희들은 알 수가 없을 것이다.」로 되어있는 이 시의 내용
은 비인간적으로 착취를 가하는 일본을 직접적으로 적국이라고 표현
하고, 토지를 수탈당하고 유랑민이 되어 일본으로 떠나는 식민지 백성
의 비애를 노래하고 있다. 마치 30년대 초반에 나온 김용제의 「현해
탄」을 보는 듯, 이 시에는 상당히 높은 문학성을 유지하면서 끓어오르
는 동족애와 일제에 대한 울분을 바탕으로 한 민족성과 프롤레타리아
의식이 드러나 있는 점이 주목을 끈다.

그러나 프로문학의 또 다른 특징인 조선과 일본의 노동자 농민사이
에 연대적 투쟁은 1920년대에 발표된 이 시에서는 아직 찾아 볼 수가
없고 1930년대에 비로소 나타나고 있다. 국경을 초월한 계급간의 연
대를 노래한 시는 1930년도 이길희의 「친구를 부른다」(1930,9)이나
이균의 「일본의 동지에게」(1930,5)에 나타나기 시작하여, 1930년대에
들어서면서 백철과 김용제의 시에서 본격적으로 나타나게 된다.

백철은 일본 동경고등사범학교 영문과에 입학한 후 문학에 뜻을 두

---

8) 시 전문지인 『일본시인』이란 잡지에서 활동하던 1925년대에 시 전문지인 『일본시인』
   이라는 잡지에 「오늘은 조선의 추석」(1925,12), 「갈대」(1926,9) 등의 시를 발표하
   고 「조선민요의역」(1926,8) 등을 통하여 조선민요 등을 소개하였던 시인이다.

고 1928년에 교지인『동우』에 시 3편을 발표한 것을 계기로 문학 활
동을 시작한다. 그 후 민중시인 시라도리 쇼고(白鳥省吾)가 편집을
맡고 있던 시 전문지『지상낙원』에 참여하며, 1929년 11월에「우박이
쏟아진 날」을 발표한 이래 이듬해인 1930년 6월에 발표한「송림」까
지 모두 9편의 시를 발표하게 된다.

'우박이다'로 시작되는「우박이 쏟아진 날」은 우박으로 농사를 망치
게 된 농민들의 비극적인 현실을 객관적으로 그리고 있다. 그는 이 시
에서 농촌의 비극적인 현실을 자연재해로 돌리고 있으나, 다음 달에
발표한 시「누이여」(1929,12)에서는 게으르면서도 호의호식을 하는
소지주의 딸과 열심히 일하고도 대가를 받지 못하고 멸시와 천대를
받는 소작인의 딸을 대조적으로 그려서 계급 간 모순으로 파악하고
있다. 이어 발표한「그들이라도 --」(1930,1)에서는 일제의 식민통치
에 의해 가난한 저임금 노동자가 되어 일본으로 이주해오는 노동자를
그렸는데, 식민지 정책의 허위와 비인간적인 착취를 노골적으로 비판
하고 일본 제국주의자들에 대한 저항과 분노를 강하게 표출하고 있다.
특히『지상낙원』에 마지막으로 발표한「송림」에서는 노동자 농민의
단결과 계급투쟁 의지를 "미래의 노동자들이여!/ 뻗어나라, 전진하라!/
강하게 크게 높게/ 탄환의 빗발침이여, 쏟아질 테면 쏟아져 보라/ 혹
독한 태풍이여/ 불 테면 불어오라"라고 노래하고 있다.

이와 같이 사회주의 문학의식을 노래하던 그는 농촌 자연을 노래한
온건한 민중시 성향의『지상낙원』에 염증을 느끼고 멀어지며 전위시
인들과 함께『붉은 깃발 아래로』라는 동인지를 내는 등 전위적인 프
로문학 활동에 적극 참여한다. 이후 '전위시인'이 되는 한편 1930년에
결성한 <일본 프롤레타리아 시인회>에 가담하고 곧이어 김용제와 같
이 일본의 '나프'에 가입하여 프로 문인으로 본격적으로 활동하게 된

다. 그 후 1930년에 들어서면서 일제의 탄압이 노골화하여 일본문단
에서 전향사태가 일어나자 백철도 1931년 10월 「농민문학론」을 마지
막으로 프로문학 활동에서 발을 빼게 된다. 그의 프로문학 활동은
1929년 11월부터 1931년 7월까지 채 2년이 되지 못하는데, 이 기간
동안에 그는 18편의 일어시를 발표한다.

그의 시를 살펴보면 「우박이 쏟아진 날」, 「9월1일」(1930,9), 「국경
을 넘어서」(1931,4) 등 제목에서도 알 수 있듯이 서사적 사건이나 상
황을 담고 긴 산문체의 형식을 취하고 있다. 이러한 특징은 「나는 알
았다 삐라의 의미를」(1930,4)에서 더욱 분명하게 드러난다. "나는 지
금 모든 것을 보고 들었다"로 시작되는 이 시는 화자인 조선인 노동
자가 일본인 노동자로부터 받은 삐라를 통해 계급투쟁에 대해 새로운
깨달음 – 즉 한국인 노동자들이 일본에서 받는 착취와 차별이 조선인
에 대한 민족 차별이 아니라 자본가가 노동자에게 가하는 계급차별이
라는 것을 깨닫는다는 내용이다.

이와 같은 계급투쟁의 국제연대 의식은 동경 대지진이 발생했을 때
조작된 유언비어로 수많은 조선인들이 일본인에게 살상을 당한 사건
을 담고 있는, 『전위』에 발표된 시 「9월1일」(1930,9)에서 더욱 분명
하게 나타나고 있다. 백철은 이시에서 정치이념의 선동성을 높이기 위
해 1920년대에 독일과 일본에서 민중시의 운동 방법으로 유행한 '슈
프레이 콜'이라는 시 형식을 사용하고 있다. 8년 전에 대지진 때 많은
조선인들이 억울하게 학살당한 억울함을 잊지 말자고 호소하는 조선
노동자들과 모든 학살이 유언비어에 속아 일어났음을 깨달은 일본 노
동자들이 번갈아 등장하는 장면이 나온다. 그 마지막 장면에서 조선노
동자와 일본 노동자들이 모두 함께 얼싸안고서 " 우리들은 일어났다/
서로 부둥켜안은 팔짱은 굳세고/ 놈들은 **한 것이라도/ 놈들의 **한

것이라도/ 우리들은 굴하지 않고 나아간다, 나아간다./ 그날의 복수를 위해/ 내일의 승리를 위해 ” 라고 노래하는 장면으로 끝을 맺고 있다. 이 시는 관동대지진의 참상을 단순히 노래하는 것이 아니라 일제에 대한 민족적인 분노와 함께 일본인들의 자기반성과 조선인에 대한 이해를 통해 반제국주의의 계급적 공동 투쟁을 다짐하는, 정치 사상적으로 선동성이 강한 작품이다.

백철과 거의 같은 시기에 활동 하던 김용제는 1927년 일본에 유학하여 고학으로 노동생활을 체험하면서 사회주의 운동을 시작한다. 그는 1929년 좌익 작가인 사노(佐野嶽夫)가 주간하던 『신흥시인』에 시 「압록강」(1929)을 발표하면서 본격적으로 시를 발표하기 시작한다. 1930년 <신흥시인회>가 발전적인 해체를 하고 성립한 <프롤레타리아시인회>에 김용제는 백철과 같이 참여하여 기관지인 『프롤레타리아시』에 「적성 농민 야학을 지키자」(1931,2)라는 시를 발표한다.

이 시는 당시 조선 농민들의 소작 쟁의투쟁을 격려하는 작품으로, 김용제는 이 시에서 지주들에 대한 소작인들의 투쟁하는 모습을 그리고 투쟁의지를 고취하고 있다. 1920년대 조선에서는 일제의 토지조사계획 등 일제의 토지 수탈 정책으로 인해 농민들은 토지를 빼앗기고 소작농으로 전락하게 된다. 그리고 소작농으로 전락한 농민들에게 지주들은 높은 소작료에 부과함으로서 소작료 거부운동과 같은 소작쟁의가 나타나거나 고향을 버리고 만주나 일본으로 이주해가는 농민들이 속출할 정도로 조선 농촌의 현실이 어려워진다. 이에 조선이나 일본 프로 잡지에 일제의 식민정책을 고발하고 이에 저항하는 민중의 모습을 그린 작품이 많이 나타나는데 이때 『프롤레타리아』에 발표된 「현해탄」(1931,3)에도 이러한 민족적인 성격이 강하게 나타나고 있다. 「현해탄」의 첫머리 부분은 “오오 현해탄의 거친 파도는/ 오늘밤도

차가운 비에 해면이 후들기면서"로 시작하는데 김용제의 상상력은 일
본인 지주에 땅을 빼앗기고 고향을 등지고 일본으로 향하는 조선인들
의 어두운 현실을 거친 파도가 휘몰아치는 어두운 밤바다로 잘 그려
내고 있다. 이처럼 불안스럽게 현해탄을 건넌 그들에게 방직공장과 같
은 일자리만이 기다리고 있는 현실을 말하고 있다. 그리고 저임금과
열악한 근로환경아래 장시간 노동에 항의하여 스트라이크를 일으키다
가 실패한 여직공들의 애처로운 모습을 통하여, 압박과 착취에 신음하
는 동포에 대한 뜨거운 애정과 일제에 대한 분노를 계급투쟁의 이념
으로 담아내고 있다. 이러한 뜨거운 동포애는 『나프』에 발표한 「사랑
하는 대륙아」(1931,10)에서도 찾아 볼 수 있다. 특히 "주린 평원/ 그
것이 너의 가슴의 벌판이다/붉게 벗어진 산맥 그것이 너의 앙상한 등
대뼈다"로 시작하는 「사랑하는 대륙아」는 "오오 어머니인 너/사랑하
는 대륙아/너의 아들들을 격려해서/식민지 가난한 민족의 인고의 노
래를/국경 넘어 먼 저쪽 ―/세계의 심장까지 힘차게 울려라"로 끝을
맺고 있다. 이 작품은 가난하고 피폐해진 조국 강산에 대한 애정과 일
제에 대한 적개심으로 가득 찬 투쟁정신으로 불타고 있는 민족의식이
잘 드러나 있는 그의 대표작으로 후에 극으로 꾸며져 일본의 여러 소
극장에서 상연되었다.

　　그는 이후에도 『프롤레타리아시』, 『프롤레타리아문학』, 『나프』, 『전
기』등 프로문학 잡지에 30여 편의 시를 발표함으로서 본격적인 프롤
레타리아 문학 활동을 전개한다. 1932년에는 일본 사회주의 문학단체
의 총본산인 〈일본프롤레타리아작가동맹〉 서기와 〈조선대만위원회〉
책임자 등 간부를 지냈다. 그러나 『우리 동무』 편집장이 되어 창간을
준비하던 1932년 6월 치안유지법위반으로 검거 투옥되었다. 이때는
일본과 조선 양국에서 프롤레타리아 문학가들이 일제의 탄압으로 투

옥되거나 사상전향을 하고 감옥에서 나오던 시기였다. 그러나 그는 <일본프로작가 동맹>에 가입하여 활동하다가 네 차례나 투옥되지만 사상적 전향을 거부하고 4년에 걸친 옥중에서 단식투쟁을 벌이며 「봄은 꿈에서부터」(1936,5), 「옥중시집-사랑하는 동지에게」(1936,6) 등 사회주의의 신념에 찬 작품을 발표하는 등 여전히 프로문학을 포기하지 않고 서신 교환이나 창작 발표를 통한 사회주의 문학운동을 계속했다.9) 1936년 3년 9개월의 긴 복역을 마치고 출옥했지만, 1937년 <조선예술좌> 사건으로 다시 체포되어 네 번째로 투옥된 그는 조선으로의 강제추방에 동의하고 1939년 10년 만에 귀국했다. 귀국한 뒤에도 그는 한동안 투쟁적인 평론과 수필 등을 발표하지만 1938년에는 『동양지광』의 주간에 취임하고 <동아연맹>에 참여하였다. 그리고 1939년부터 일제의 박해와 유혹의 양면작전에 굴복하고 전향하여 <조선문인협회> 간사와 <조선문인보국회>의 상임이사로 참여하면서 친일적인 글을 쓰기 시작하여 침략전쟁을 찬양한 시집인 「아세아시집」으로 총독문학상을 받았다.

그런데 이처럼 이시기의 문학은 프로문학 활동이 주류를 이루었지만, 이들 프로 문학과는 조금 다른 성격의 시들이 나와 주목을 끈다. 즉 잡지 『야수군』10)에 실린 성춘경의 「세상은 조금도」(1927,1)와 리테츠의 「시정사. 리듬」(1927,1)이 그러한 시이다. 특히 「세상은 조금도」라는 시는 짤막하지만 지구의 수명이 다하고 인류의 생존이 절망적이라는 내용으로 세기말적인 절망감이 느껴진다. 1차 대전 후 유럽

---

9) 당시 1930년대의 좌익 문단을 이끌다시피 하던 김용제는 '일본 프롤레타리아 시단을 짊어진 시인'이라는 평을 받았다.

10) 1926년 7월에 나온 프로문학계통의 잡지로 김희명을 비롯한 片山庚子郎, 仁木二郎 등 3인이 편집을 담당하였다. 1927년 4월 일본 프로조직 활동이 경제운동에서 정치운동으로 방향전환과 함께 격렬한 투쟁을 해가자 『야수군』도 제호를 『문예투쟁』으로 바꾸었다.

에서 발생한 데카당스 성격을 띠고 있는 이 시들도 식민지 조선의 어두운 현실을 그리고는 있지만 프로문학의 투쟁 의지대신 절망감을 노래하는 것이 특이하다고 할 수 있다.

2) 일본어 소설

재일 조선인 가운데 일본어 소설을 처음 발표한 이는 사회주의 문인들과 교류하며 작품을 발표하던 정연규이다. 그는 생활고와 사회현실에 번민하는 젊은이의 갈등을 그린 일본어 장편소설 「정처 없는 하늘가」(1923,2) 「생의 번민」(1923,6) 등을 발표하여 조선의 소설가로 인정을 받고 마에다코 히로이치로(前田河廣一郎,) 나카니시 이노스케(中西伊之助) 등 프로작가들과 친교를 맺게 된다. 이러한 친교 덕분에 그의 「혈전의 전야」(1923,6)라는 작품이 일본프로 작가들의 작품집인 『예술전선-신흥문학29인집』에 수록된다. 「정처 없는 하늘가」는 발표 당시 일본의 신문인 『국민신문』, 『시사신보』, 『만조보』 등에서 주목을 받은 작품이다. 그 내용은 몽유병 환자 같은 성벽을 갖고 있는 청년의 영(靈)과 육의 상극을 그린 것인데, 수성(獸性)으로 가득 차 있는 이 인간 사회에 삶의 환희를 심고 싶다는 마음을 가진 청년이 최후에 실연을 하게 된다는 이야기이다. 그 줄거리에 비약이 많고 다소 독선적이며 장황한 감이 있는 작품이다. 「혈전의 전야」는 3.1운동 직후 일본군으로 추정되는 적군을 향해 자멸행위라고 생각되는 무모한 공격을 하길 원하는 부하들의 요구 때문에 번민하는 부대장의 고뇌와 결단을 그린 내용이다. 이 작품이 프롤레타리아 작가들의 작품집인 『예술전선-신흥문학29인집』에 실리게 된 것은, 이 작품집을 그와 교류를 하고 있던 나카니시가 편집한 덕분이라는 생각이 든다.

그의 첫 단편집 「생의 번민」(1923,2)에는 6편의 극히 짧은 장편(掌

篇)소설과 4편의 단편소설을 포함하여 모두 10편이 수록되어 있다. 이 중에서 「밤에 우는 사람」의 줄거리는 다음과 같다. 병상에 누운 어머니를 돌보며 한편으로는 생활고에 시달리고 있는 청년이 어떤 잡지사에 간신히 판매원으로 채용되는데, 배고픔을 참지 못하여 판매대금인 1엔을 써버리고 고민에 빠진다는 이야기이다. 또 「생의 외침」에서는 돈 때문에 어떤 회사 사장의 양자가 된 남자가 일과 인생에 지쳐 사무실에 있는 책상과 의자 등을 때려 부수는 꿈속에서 생사의 기로를 헤매다가 잠이 깨어 현실로 돌아오지만, 공원으로 가서 달빛 속에서 황홀감을 맛보면서 다시는 추악한 인간사회에 돌아가지 말자고 결심하는 이야기이다. 이 두 편에는 정연규 작품의 특징인 현실의 반영과 그것을 저주하며 그 안에서 벗어나고 싶어 하는 세계가 잘 나타나 있다. 정연규는 이후에도 작품을 발표하였으나 몇 차례 발금 조치를 당한 후 프로성향의 작품 대신에 신변을 담은 단편들을 발표하다가 30년대에 들어서면서 자신이 발간한 잡지에 황도사상에 심취한 글들을 남기었다[11].

정연규 이후 조선인의 일본어 소설은 한동안 공백기를 맞이하다가 김희명, 한식, 김광욱 등이 『문예전선』, 『야수군』, 『문예투쟁』, 『진군』, 『프로예술』 등에 작품들을 발표하기 시작한다.

먼저 김희명은 자신이 편집자로 있던 『야수군』이라는 잡지에 소품 「거지대장」을 발표했다. 「거지대장」은 거지 왕초 세 사람이 공동으로 유지해오던 도살장, 화장터, 극장가 등 자신들의 구역을 지역의회 의원에게 빼앗기게 되는 억울함을 호소하는 내용이다. 이어 『문예투쟁』

---

11) 정연규는 20년대 후반에 들면서부터 활발하던 그의 문학 활동은 주간지 등에 간단한 콩트 등을 발표하는 정도로 소강상태에 빠져 지게 된다. 대신 『조선정보통신』, 『만몽시대』 같은 잡지를 창간하고 「조선인귀환론」, 「조선미자본주의 생산대책」과 같은 조선농업이나 사회실업 같은 문제를 다룬 글들을 발표했다. 1936년에는 『만몽시대』를 『혼』으로 개제한 후 등 황도사상에 경도한 글들을 남기었다.

에 「아름다운 것들을 모욕하는 모임」(1927,3)이라는 콩트와 「채찍아래 살아가다」(1927,8) 등 프로의식을 담은 작품을 발표한다. 즉 전자는 기성의 미학과 부르주아의 의식과 생활 양태를 거부하고 새로운 프로 의식으로 제작된 전람회장의 작품들을 소개하는 콩트이며, 후자는 관에게 약탈당하고 부랑자로 전락하게 된 자신의 사연을 소개하는 내용으로, 일본사람에게 토지를 빼앗기고 소작인으로 전락하거나 고향을 떠나는 식민지 백성의 가혹한 현실을 고발하고 있다. 같은 시기에 한식은 『프로예술』[12]에 「엿 파는 소녀」(1927,2)를 발표했는데, 동경거리를 헤매던 조선 소녀가 생활고로 끝내 자살을 하는 내용이다. 이 작품은 일본에 있는 조선인들이 처한 비참한 현실과 생활을 잘 그려내고 있다. 그러나 소녀의 비극을 동정과 연민의 눈으로 소개하고 있을 뿐 소작농으로 전락한 조선 농민들의 역사적인 배경을 무시하고 자살한다는 결말을 맺고 있다.

그런데 이들 작품들은 유학생 잡지나 조선에서 발표되던 소설과는 달리[13] 식민지 조선과 재일 조선인사회의 비참한 현실을 그려내고 있다. 그러나 우선 작품이 일기나 수필, 논설에 가까운 잡다한 형식의 간단한 콩트에 불과하며 사건의 전개나 인물의 묘사도 작가의 일방적인 서술에 의존 하는 등, 개화기 소설의 여러 가지 변이태[14]를 답습

---

12) 1927년 7월에 <일본프로예술연맹>에서 발간했던 기관지. <일본프로예술연맹>은 1927년 6월 구라하라 고레히토 등 일부문인들이 <노농예술동맹>을 조직하여 탈퇴하자 잔류한 나카노 시게하루(中野重治)등 조직을 <프로문예연맹>으로 개조하고 기관지로 『프로예술』을 간행하며 <노농예술동맹>과 대립하게 된다.

13) 박상준, 2000, 『한국 근대문학의 형성과 신경향파』, 소명출판, 27쪽
박상준은 1920년대에 발표된 한국소설의 특징의 하나로 신문학기의 애국 계몽소설들이 보였던 사회현실에 대한 관심이 외면, 배제되었다는 점, 작품 형식에 있어 서사구조의 약화, 참예술, 개성 등의 지향 등을 들고 있다.

14) 조남현, 1995, 「개화기소설의 생성과 전개」, 『소설과 사상』, 347쪽
개화기소설에는 여러 가지 변이태(變異態)에 해당하는 소설들이 나타나는데 예를 들면 정치소설, 우화소설, 몽유록계 소설, 토론체소설, 단막극형태, 대화체소설 등이 있다.

하고 있다는 점에서 개화기 소설에 가까운 성격을 가지고 있다.

이러한 한계를 어느 정도 극복한 것이 1929년에 김황, 신인출, 김광욱 등 세 사람이 잡지『진군』에 연이어 발표한 3편의 소설, 즉「핍박받는 자」,「진홍색으로 물든 백의」,「이주민」등의 작품들이다. 먼저「핍박받는 자」를 살펴보면 자신의 자유를 박탈하고, 핍박하는 배후에 일본 제국주의가 있다는 전단지를 읽은 주인공이 일제에 대한 복수를 맹세하며 민족해방을 위해 일본 동지들과 손을 잡고 투쟁에 나설 것을 다짐한다는 내용이다.「진홍색으로 물든 백의」역시, 일제에 체포되어 혹독한 취조를 받은 후 직장에서 쫓겨나 절망 속에서 살아가는 주인공의 울분을 그려내고 있다. 이 두 작품은 긴 분량을 갖추고 있으며 사건 전개가 어느 정도 문학적 성과를 거두고 있으나, 내용이 관념적이며 주인공이 겪고 있는 현실에 대한 인식이 부족하여 프로문학으로서의 성격이 부족한 편이다.

이에 반해 김광욱[15])이『진군』에 2회에 걸쳐서 발표한「이주민」(1929,4-5)이라는 소설은 문학적인 면에서 획기적인 성과를 거두고 있다. 우선 단편으로도 전혀 손색이 없는 100여 매라는 분량을 가지고 있는 이 작품은 당시 식민지 치하의 조선과 만주를 무대로 하여 일제의 수탈로 농토를 빼앗기고 삶의 터전을 찾아 만주로 떠나는 조선 농민들의 참상이 그려져 있다. 농토를 잃고 촌장의 선전에 따라 김일선과 역시 일제의 흉계로 농토와 부모를 잃은 이정희는 조선인을 가득 태운 열차를 타고 만주로 떠난다. 몇 년 후 김일선은 개간한 땅을 몰수하겠다는 통고를 받고 영사관에 사람들과 함께 몰려간다. 그때 일본 순경에게 총살을 당해 아버지를 잃은 이정희가 순경에게 린

---

15) 김광욱은 국문학사에도 재일 동포문학에도 전혀 등장하지 않는 새로운 인물이라는 점과「이주민」역시 다른 작품과는 달리 높은 완성도로 미루어 조선에서 발표된 작품을 가명이나 필명으로 번역 발표했을 가능성이 있다.

치를 당해 쓰러진 것을 보고 분노한 김일선과 군중들이 일본인들의
처단을 외치며 영사관으로 몰려 들어간다는 내용이다.

  그 당시 조선에서는 땅을 잃고 고향에서 간도로 쫓겨난 이민, 유랑
자 등 하층민들이 궁핍하게 살아가는 모습을 그린 농민소설16)들이 많
이 발표되었었는데, 이 작품도 일제의 가혹한 수탈과 이에 따른 조선
민중들의 파멸과정을 그려냄으로서 그들의 고통스러운 삶이 식민지
치하의 모순된 사회구조와 관련이 있음을 잘 그려낸 프로문학의 성격
을 갖고 있다. 사건의 상황과 진행이 설명이 아니라 묘사로서 전개되
고 있으며 단선적인 구성이 아니라 복합적이고 입체적으로 전개되고
있다는 점에서 이전의 작품과는 달리 높은 문학성을 띠고 있다. 그러
나 사건의 줄거리가 전형적인 내용이며, 사건 전개에 극적인 효과를
올리기 위해 지나치게 우연에 의존하고 있다는, 작품의 구성상 파탄을
초래하는 약점을 가지고 있다.

  이러한 약점은 1930년대 초반에 발표된 박능, 정우상, 이조명, 윤백
남 등의 작품에서는 많이 극복되었다. 박능의 「동지」(1932,9)는 농장
에서 해고된 주인공이 일본 농민들과 동지가 되어 지주들과 싸운다는
내용이다. 고향에서 땅을 잃고 일본에 온 성문은 소작인으로서 농장의
땅을 경작하게 되는데, 농장측이 새 농기구를 도입하고 그를 해고하려
고 한다. 이에 완고한 민족주의자였던 그도 해고당한 일본 농민들과
동지가 되어 농장 측과 맞서 싸우게 된다는 내용이다. 민족주의자에서
국적을 초월한 사회주의 운동가로 바뀌는 주인공의 변신을 그리고 있
으나, 주인공의 내적인 각성이나 심리묘사가 표면에 그친 결점이 있

16) 신경림편, 1983, 『농민문학론』, 온누리, 132-139쪽
    당시 조선 농촌의 비참한 현실을 그린 작품들이 1920년대부터 1930년대에 걸쳐
    현진건, 이익상, 조포석, 이기영, 최서해 등에 의해 다양한 주제로서 발표되었는데
    (95쪽) 1930년대 일본 프로문학 계통의 잡지인 『농민』이 조선의 농민문학에 미친
    영향이 크다고 한다.

다. 정우상의 「소리」(『문학평론』1934,11)에서 간도지방의 소작쟁의로
투옥된 남편의 면회를 간 순희는 고문 때문에 성대가 파열되어 제대
로 말을 못하는 남편을 만난다. 이혼하자는 남편의 제의를 거부하면서
남편을 돌볼 것을 다짐하는 아내의 따뜻한 애정을 그린 작품으로, 남
편을 장애자로 만든 지주와 일제에 대한 증오 그리고 억압하고 있는
권력의 본질과 탄압의 잔혹성을 고발하고 있다. 이조명의 「초진」
(1935,11)은 흥남 질소 비료공장 노동자들의 비참한 모습과 노동자들
이 스스로 자신들의 조직을 꾸려나가는 모습을 작자의 체험을 바탕으
로 하여 박력 있는 필치로 그려가고 있다. 이 작품은 이조명의 처녀작
으로서 「질소비료공장」이란 제목으로 1931년 『조선일보』에 발표되었
으나 연재가 시작되자마자 발금 된 것을 다시 손을 보아 일본어로 번
역하여 『문학평론』에 발표한 것이다.

이들 작품은 식민통치하의 조선의 실상과 일본에 있는 조선인의 현
실생활을 그린 작품들로 이후 재일조선인 문학이 지향하는 주요 테마
를 보여주고 있다.

3) 평론 및 기타 산문들

이상 앞에서 살펴본 시와 소설 외에도 재일 조선인들은 평론, 수필,
기사, 보고, 감상, 좌담회, 통신 등 다양한 장르의 글들을 『야수촌』, 『
문예투쟁』, 『프로예술』, 『전기』 등 프로잡지에 남기고 있다. 그중 많
은 수를 차지하는 것은 평론으로 앞서 살펴본 김중생 외에도 김희명,
이북만, 김두용 등이 많은 평론을 남기었다.

우선 김희명의 평론을 살펴보면 『문예시장』에 허무사상과 다다이즘
은 신뢰할 수 없다고 비판하고 프로문학 활동에 있어서도 철저한 프
로의 투쟁의식을 강조한 「프로와 다다」(1926,2)와 문학의 궁극적 목

적은 예술적인 가치보다 반제국주의 투쟁의 무기가 되어야 한다고 주
장한 「프로문예야화」(1927,5)를 발표하였다. 이후 『문예투쟁』에 발표
한 투쟁의식이 더욱 급진적이고 강경하게 나타난 「투쟁으로, 투쟁에
서 다시 투쟁으로」(1927,5)외에 프로문예는 프롤레타리아의 정치적
진출을 위해 그 역할을 다 해야 한다고 역설한 「프로 문예의 사회적
역할과 정치적 진출의 필요성」(1927,6)에서 알 수 있듯이, 그는 문학
을 한낱 사회주의 선전의 수단으로 보고 있으며 이러한 그의 주장은
작품 속에 반영되어 17)있다. 이밖에도 조선의 예술운동의 사정과 카
프의 동경지부 창설 등을 『전위』에 소개한 「조선예술운동의 현단계」
(1932,1)와 서평으로 러시아 혁명과정에서 레닌의 민족문제 처리방법
을 식민지치하 조선 문제의 해결책으로 소개한 「레닌주의와 민족문제」
(1927,10)가 있다. 또 「2월의 프로 문학」(1928,3)이란 문학 비평지에
서 그는 『프로 예술』, 『문예전선』, 『전위』 등에 발표된 나카노 시게
하루(中野重治), 하야시 후사오, 가네코 요분, 하야마 요시키 등 당시
저명한 프로 작가들의 작품을 평가하고 있다. 이처럼 『문예투쟁』, 『문
예전선』, 『진군』에 시, 소설, 비평, 희곡을 발표하고 『문예투쟁』, 『야
수군』 등의 편집활동을 하는 등 활발하게 문학 활동을 전개하던 그는,
20년대 후반에 들면서 프로문학 활동을 중단하고 방향전환을 하여 사
회복리사업에 관한 글들을 남기고 있다.

  김희명의 뒤를 이어 평론 활동을 활발하게 한 이로 카프 동경지부
를 비롯한 재일동포 조직과 일본의 프로문학 조직에서 활동을 했던
이북만과 김두용이 있다. 이북만은 1927년 『프로예술』에 처음으로 「조

---

17) 예를 들면 그의 소설 「아름다운 것들을 모욕하는 모임」은 「프로문예야화」의 주장
이 충실하게 반영된 작품이라고 할 수 있지만, 그가 편집하고 있던 잡지에 발표된
시는 「프로와 다다」에서의 주장과는 상반되게 감상적, 퇴영적인 색채를 띠고 있어
주목을 끌고 있다.

선의 예술운동」(1927,9)을 발표했는데, 이 글에서 조선 국내의 프로예술동맹의 활동이 경찰탄압에 의해 분쇄당한 현실을 소개하고 일제의 폭압을 고발하고 있다. 이어 식민 문화통치의 상징인 경성부청, 조선신사, 경성역 등의 낙성을 비판한 「조선과 그 수호신」(1927, 12)과 조선의 사정을 알리는 글인 「조선노동위안회의 기록」(1927,12), 「야마나시총독의 부임에 즈음해서」(1928,2) 등을 발표하였다.

이어 『전기』에 메이데이를 맞이한 소감과 일본 노동자들과의 연합을 촉구하는 「메이데이를 맞이하며」(5월 창간호)와 조선의 프로문학운동을 일본에 소개하고 동시에 지도적인 역할을 담당해야 할 것을 적극 주장하는 「조선에 있어 무산계급 예술운동의 과거와 현재」를 『프로예술』과 『전기』에 두 차례에 걸쳐 발표했다. 이러한 평론 외에도 조선과 일본의 문학자간에 문학적 연대의 계기가 된 「추방」을 『전기』에 발표하여 주목을 끌었다.

김두용18)은 제3고등학교 재학시절에 「일하는 혼과 생활」을 발표하였으며, '카프'의 기관지인 『예술운동』의 편집자로도 활동했다. 1929년 5월 이북만, 임화, 김남천, 한재덕, 안막 등과 <무산자사>를 조직하고 기관지인 『무산자』에 「재일본 조선노동운동은 어떻게 전개되어야 하는가」하는 일본어로 된 팜플렛을 발간하면서 평론 활동을 시작하였다. 그는 특히 1928년 코민테른에서 발표한 일국일당 주의에 호응하여 일본 프로문학 조직인 <코프>산하의 <조선협의회>의 책임자로 참여하였으며 『전기』에 「조선의 메이데이」(1929,5)와 「가와사키 난투사건의 진상」(1929, 6)을 발표하였다. 「조선의 메이데이」는 전년

---

18) 김두용은 1930년 연극과 평론운동을 활발하게 전개하다가 1936년 10월 김삼규, 김원봉들과 <조선예술좌> 사건으로 체포되었다. 해방 후 <재일본 조선노동총연맹>, <일본공산당>의 간부로 활동하면서 다수의 정치논문을 발표했는데, 1947년 북한으로 귀국하였다.

도인 1928년도 조선에서 열렸던 강연회에서 일본 경찰의 무자비한 탄
압사례를 소개하고 새로운 각오를 다짐하는 글이며, 이어 발표한 「가
와사키 난투사건의 진상」은 가와사키 지방에서 일어난 조선인 노동조
합원과 <상애원> 사이에 있었던 무력충돌에 대하여 충돌의 배경과
전개과정 등을 소개한 글이다. 그의 1920년대의 활동은 이 정도에 불
과하지만 30년대에 들어 그의 평론과 연극을 통한 문화 활동은 더욱
활발하게 전개되었다.

　이들 외에도 조선에서 문필활동을 펴던 프로문학가의 글로는 한설
야, 김기진의 글이 눈에 띈다. 한설야는 『문예전선』에 식민지인 조선
문제에 대해서는 무관심한 채, 영국 자본주의의 침략에 맞서기 위해
중국은 신자본주의와 손을 잡아야한다고 주장한 『문전』의 기사에 섭
섭함을 나타낸 「감사와 불만」(1927.9)이라는 글을 발표했으며 김기진
이 조선의 프로문학의 현상을 소개한 글 「조선 무산자 계급운동」(『계
단』1927.3)이 있다. 다음으로 당시 사회주의 사상과 더불어 아나키스
트 운동이 상당히 성행하였는데 아나키스트의 글인 김귀의 「조선에
있어서의 흑색운동」(『흑색전선』1929.10)과 이혁의 「조선은 아나키스
트 운동이 필요하다」(『흑기』1930, 5,8)가 보이는데 공산주의에 대하
여 부정적인 논조를 펴고 있는 점이 이색적이다. 이밖에도 광주학생사
건의 진상을 보도 해설한 「조선학생사건」도 있지만 대다수가 간단한
르포, 소개기사 등으로 그 내용도 주로 조선의 프로 문학 연구, 프로
조직의 활동에 관한 것이라서 생략하기로 한다.

　이상 살펴본 것과 같이 재일 조선인들의 프로문학 활동은 사회주의
사상이 크게 대두한 1920년대에 조선어에 의한 독자적인 문학 활동으
로 시작되었으나 일제의 탄압으로 중단되었다. 이에 사회주의 운동을
하던 이들이 일국일당이라는 코민테른의 방침에 따라 일본의 프로문

학 조직 안에서 민족의 독립과 계급해방을 위한 방편으로 일본어로 작품을 발표하였다. 1920년대 초창기에 발표된 작품의 문학적인 수준은 그다지 높은 편이 아니었으나 1930년대에 들면서 일본문학인과의 연대적인 협력에 힘입어 상당한 작품성과 프로 문학 의식을 지닌 작품들이 나타나게 되었다.

4 본격문단 활동시대

이 시기는 장혁주(張赫宙)의 등단으로 일본문단에서 본격적인 재일 조선인문학의 활동이 시작된 1932년부터 일제의 패망으로 조선이 해방이 된 1945년까지이다. 이 시기는 1931년 만주사변, 1939년 중일전쟁에 이어 1941년 태평양 전쟁이 발발하자, 조선은 물론 일본에서도 일본당국의 탄압이 더욱 혹독해지는 시기였다. 즉 조선에서는 조선인들은 국책수행과 내선일체라는 미명하에 조선어 사용이 금지되고 신사참배와 창씨개명을 강요당하며 국책수행이라는 허울아래 징병과 징용으로 만주와 일본 그리고 동남아의 전쟁터로 내몰리던 고난의 시기였다. 일본에서도 1930년대 들어서면서 군국주의자들이 득세하고, 일본의 대륙침략의 야욕이 노골화 되어가면서 사상을 통제하고 사회주의 문학자들에 대한 탄압을 강화하자 문단에서는 프로문학자들의 전향사태가 일어나게 되었다.

재일 조선인들의 문학 활동 역시 이러한 시대적인 영향을 피할 수 없게 된다. 즉 1939년 <조선 예술좌>의 해산으로 재일 조선인들의 독자적인 조선어 문학 활동은 완전히 막을 내리고 일본어 문학 활동으로 그 명맥을 이어갔다.

1) 장혁주의 일본문단 활동

이처럼 일제의 탄압으로 겨우 명맥만 유지하고 있던 재일 조선인의
문학 활동이 1932년 장혁주가 「아귀도」(1932.4)라는 작품으로 『개조』
의 현상공모에서 2위로 입상하면서 일본문단에서 주목을 받게 된다. 「
아귀도」는 가을이 되어도 초근목피로 목숨을 연명하는 농민들과 기아
와 절망 상태에 빠져있는 농촌을 그림으로써 일제의 제도적인 수탈과
착취를 고발하고 있다. 뿐만 아니라 저수지 공사장에서 농민들의 임금
을 착취하는 일본인 감독과 동족인 농민들을 괴롭히는 조선인 십장의
횡포에도 말없이 순종만 하던 농민들이 마침내 온갖 위협에도 굴하지
않고 단결하여 일어선다는 내용을 통해, 일제의 수탈에서 벗어나기 위
해서 이들의 착취에 저항하여야 한다는 사상을 고취하고 있다. 일제의
가혹한 탄압으로 일본문단에서 전향사태가 일어나던 시기에 장혁주가
이처럼 일제의 토지수탈정책과 착취를 그린 「아귀도」로 일본문단에
등장하자 그를 지원하는 일본 문인들이 나타난다. 이에 장혁주는 일본
으로 건너와 본격적인 문학 활동을 시작하여 「아귀도」 외에 「백양목」
(1930.10), 「하쿠타 농장」(1932.6), 「쫓기는 사람들」(1932.10) 등 일
련의 작품들을 발표한다.

「백양목」은 「아귀도」 이전에 발표했던 장혁주의 처녀작으로 『대지
에 서다』에 발표된 짧은 단편 작품이다. 노령을 이유로 소작까지 빼
앗기는 늙은 소작인의 비애를 통하여 지주 계급의 가혹한 착취를 고
발하고 있다. 「하쿠타 농장」역시 소작료 문제를 둘러싸고 벌이는 농
민들의 투쟁을 그린 작품으로, 새 지주 하쿠타가 높은 소작료로 가혹
한 착취를 시작하자 농민들이 반발하여 소작쟁의를 일으키고 농지는

황무지로 돌아간다는 내용이다. 「쫓기는 사람들」은 지주에게 땅을 넘기고 소작인으로 전락했다가 유민이 되어 만주로 떠나가는 농민일가를 그린 작품이고, 「산신령」은 일제의 식민지배의 구조적인 모순으로 삶의 터전을 잃은 일가가 화전민이 되나 지주의 착취에서 벗어나지 못해 가족들은 흩어져 죽음을 맞이하고 주인공 선길도 끝내 지주에게 첩으로 농락을 당하게 된다는 내용이다. 이들 작품은 「아귀도」와 마찬가지로 일제의 수탈에 땅을 잃고 이유민(離流民)이 되어 고향을 떠나는 조선의 농촌 현실을 배경으로 일제의 가혹한 식민 정책을 고발하고 있는 작품이다.

이에 반하여 1933년에 발표한 「분기하는 자」(1933,9)는 식민지 정책에 순종해야만 하는 지식인들의 고뇌를 그린 작품으로, 벽촌 교사 김철이 학생들에게 일본어로 가르쳐야 하는 자신의 처지에 번뇌하고 있던 중, 학생 구타사건을 계기로 교장에 맞서다가 잡혀간다는 내용이다. 이 작품은 당시 식민지 당국의 교육정책을 비판한 작품으로 이를 게재했던 『개조』지가 발금까지 당했던 민족적인 색채가 짙은 작품이다.

장혁주는 자신이 일본어로 작품 활동을 하는 이유를 조선인들이 처한 어려운 처지를 널리 세계에 호소하기 위해서라고 말했는데 이러한 목적은 「쫓기는 사람들」은 에스퍼란토어로 폴란드에서, 단편집 「권이라는 사내」(1933,12)는 중국에서 번역되어 소개되는 등 외국에 번역됨으로서 상당 부분 달성되었다고 할 수 있다[19].

그러나 이러한 성과에도 불구하고 「쫓기는 사람들」에 이어 「분기하는 자」까지 두 차례의 발매금지 처분을 당하는 것을 계기로 장혁주의 작품 경향은 크게 바뀌어 간다. 즉 그는 후에 발표한 「나에게 기대하는 사람들에게」(1935,2)란 글에서 두 차례의 발매금지 때문에 그를

---

19) 白川豊, 1995, 戰前期日本文學界の狀況と張赫宙, 植民地期朝鮮の作家と日本, 大學出版, 181쪽

후원하던 야스다카 도쿠조(保高德藏)가 곤란을 당했음과 자신은 핍박당하고 있는 조선 민족의 기개를 가지고 있지 못함을 고백하여 이후 자신의 작품의 변화를 암시하고 있다. 실제로 이 글 이후 그의 작품에는 크게 변화가 나타나 식민 통치를 고발하고 조선민중이 겪고 있는 고통을 그리던 민족적인 문제를 다룬 문학에서 크게 후퇴하게 된다. 그리고 「갈보」(1934,3), 「장례식날 밤에 생긴 일」(1934,8), 「성묘 가는 남자」(1935,8)처럼 조선 유교사회를 풍자하거나 다양한 계층의 사람들의 모습을 그린 같은 작품이나 「우수인생」(1937,10), 「심연의 사람」(1936,9)처럼 개인의 갈등 등을 다룬 상업주의 성향의 작품으로 옮겨가게 된다.

「갈보」는 시골면장인 김억만과 지방유지인 정**이 춘희라는 읍내 매춘부를 두고 주먹다짐을 벌이다가 김억만이 죽게 된다는 내용이며, 「장례식날 밤에 생긴 일」도 중추원 참의인 박창규와 지역유지인 이장길이 기생 은선을 두고 벌이는 삼각관계를 다룬 내용이다. 이처럼 장혁주는 조선의 지배계급의 퇴폐적인 치정문제를 다루고 조선민중의 불합리한 태도를 풍자적으로 묘사하고 있는데, 이들 작품 속에서 안일하고 나태한 지배계급의 모습을 우리 민족의 결점으로 지적하고 있다. 이러한 그의 주장은 훗날 「조선의 지식인에게 호소함」(1939,2)이라는 글에서 더욱 발전하여 조선인의 편협한 심성을 내지화를 통해서 고쳐야 한다고 주장하고 작품도 「성묘 가는 남자」, 「우수인생」, 「심연의 사람」처럼 개인의 갈등 을 다룬 작품으로 바뀌어간다. 이 때 발표된 「심연의 사람」은 충청도 갑부의 아들로 태어나 3.1 운동 때 투옥되었다가 정신병을 앓게 되고 부친살해 혐의로 투옥되어 정신착란이라는 심연에서 헤어나지 못하는 문수용의 일생을 변호사 조훈을 통해 그린 작품이다. 그런데 이 작품 속에서, 독립운동에 관여해 온 뒤부터 자신의 일에 조금씩 회의를 느끼기 시작하고 있는 변호사 조훈의 모습이 초기의 작품에서 후퇴하고 있는 장혁주의 모습을 연상시키고 있어 흥미를 끈다.

이후 장혁주는 중일전쟁이 일어나는 1939년 무렵부터 친일 문학의 전조가 드러나기 시작하는 작품을 발표하기 시작한다. 즉 임진왜란 당시 부패와 무능한 조정과 관리들에 민심이 이반된 조선의 모습을 그림으로써 침략을 정당화하고, 포악하던 왜장을 영웅으로 미화한 「가토기요마사(加藤淸正)」(1939,1)를 발표한다. 이후 적극적인 친일행각에 나서 일본 군국주의를 찬양하고, 지원병이라는 허울로 젊은이들을 전쟁으로 내몰던 시절 국책에 맞는 작품을 발표하는데 그 대표적인 것이 「이와모토(岩本) 지원병」(1943,8)이다. 이후 해방 전까지 장혁주는 장편 16편과 단편45편 도합 61편이나 되는 많은 작품을 발표하였다. 그러나 이때 발표된 작품은 초기 작품과는 달리 「가토기요마사」, 「이와모토 지원병」과 같은 친일작품들과 상업주의 성향의 작품이 대부분이다. 이 때문에 그는 김용제, 김문집과 같이 일본문단에서 활동한 대표적인 친일작가로서의 자리를 굳히게 된다.

2) 김사량의 등장

장혁주가 이처럼 친일적인 작품 활동을 하였던데 반하여, 거의 같은 무렵에 활동한 김사량은 끝까지 일제 침략을 고발하는 민족주의적인 작품 활동을 계속하여 재일 교포작가들과 일본문단 사이에서 주목을 받아 왔다. 김사량은 1939년 「빛 속으로」(『문예수도』1939,10)란 작품으로 일본문단에 등장하였는데, <아쿠다가와 상> 후보에 올랐던 이 작품은, 일본인 아버지와 조선인 어머니를 둔 혼혈아 소년의 심리를 관찰한 소설이다. 작가는 이 작품에서 주인공을 비롯한 소설 속에

등장하는 모든 조선인들을 민족적인 차별과 잘못된 우월감의 희생자
로서 그리고 있다. 즉 아버지의 칼부림에 크게 다쳐 병원에 실려 온
어머니를 부인하는 소년, 모진 학대를 하는 일본인 남편과 자식에게
마치 노예처럼 매달리는 소년의 어머니, 자신이 혼혈인이라는 사실을
숨기며 부인을 학대하는 소년의 아버지에게서 이렇게 비뚤어진 의식
과 비굴한 성격을 찾아 볼 수가 있다. 뿐만 아니라 선망의 대상인 동
경제대 대학생임에도 불구하고, 조선인이라는 사실 때문에 항상 긴장
하며, '남'이라는 조선인 성 대신에 '미나미'라는 일본인 성으로 불리는
것을 묵인하고 있는 소설속의 화자인 나 역시 그러한 피해의식에서
벗어나지 못하고 있다. 작가는 이 작품의 주인공들을 통하여 일본사회
에서 살아가는 조선인들의 고뇌를 묘사하고 동시에 이들에 대한 억압
과 차별이 어떻게 인간성을 왜곡시켜 가는가를 고발하고 있다.[20]

이 작품은 조선민족의 비통한 운명을 잘 그렸다는 심사위원들의 호
평을 받아 <아쿠다가와 상>(1939)의 최종후보에 올랐으나, 주제가
선행하고 인물이 전형적이라는 단점이 지적되어 후보에 그치고 말았
다. 이후에도 김사량은 계속하여 일본의 수탈과 어려운 민중들의 삶이
나 친일모리배 군상들의 모습을 다루고 있는 작품 「토성랑」(1940,2),
「기자림」(1940,6), 「천마」(1940,6), 「풀은 깊다」(1940,7) 등을 발표하
였다.

먼저 「토성랑」에서는 농토를 빼앗기고 평양의 빈민촌인 토성랑에
흘러와 비참한 생활을 영위해가는 농민들의 비극적인 운명을 잘 보여
주고 있다. 즉 일본 놈에게 땅을 빼앗기고 힘든 노동일에 지쳐 죽어가

---

20) 이런 반면 「光の中に」는 일제에 저항이나 조선민족의 독립을 고취하는 사상이나
조선인의 민족적인 인권을 호소하는 측면보다도 조선인도 일본인처럼 될 수 있다
는 내선일체라는 정치적인 요구를 충족시킨 작품으로 그의 등장은 많은 조선인 작
가들을 자극하여 일본어 사용과 일어 창작을 촉진하였다는 평도 있다.

는 몰락한 양반인 지게꾼 선달, 몸을 팔아서라도 소작권을 되찾으려는 선달의 처, 오십이 넘도록 혼자 살면서 선달의 처를 사모하던 원삼야, 밀주가 적발되어 살림이 거덜 난 말더듬이, 아들을 감옥에 빼앗긴 덕일 노인과 미쳐버린 노파의 모습에서는 일제의 간교한 식민 정책으로 삶의 터전을 잃고 도시의 빈민굴 등에서 뿌리 없는 생활을 하는 민중의 모습이 잘 나타나 있다. 이러한 민중의 모습은 「기자림」속에도 나타나는데, 화전으로 살아가다 산에서 쫓겨나고 딸이 강간당한 후 남의 첩이 되어도 그저 양반 되는 꿈에만 사로잡힌 윤초시, 산림감독에게 강간을 당하고서 몸을 팔다 참봉의 첩이 되는 윤초시의 딸 탄실이, 산림감독을 죽이고 감옥에 끌려가는 탄실이의 남편 바위의 모습 등에서 찾아볼 수 있다.

그런데 작가는 민중의 모습뿐 아니라 조선 민족에게 비참한 생활을 강요하는 실체가 선달에게서 땅을 빼앗아 간 동양척식회사, 도시미관을 위해 토성랑의 철거를 강행하는 일제의 관청, 벌금으로 살림을 거덜 나게 하는 관리임을 밝히고, 이들을 고발하고 있는 것이다. 그리고 소작권을 빼앗기자 논을 망쳐놓고 도망을 치는 선달이나, 철로에 돌무더기를 쌓아놓고 기차를 전복시키는 임생원, 그리고 감옥에서 석방된 후 참봉을 죽이고 기자림에 불을 지르고 그 속에 뛰어드는 탄실이의 남편인 바위 등 저항하고 있는 민중의 모습을 통하여 일제에 항거해야 함을 암시해주고 있다. 이처럼 작가는 민족의식에 대한 집착을 가지고 조선의 민중상을 선명하게 형상화하고 있다.

다음으로 그는 「풀은 깊다」, 「천마」 등에서 반민족적인 행위를 하는 사람들의 모습을 풍자적으로 그리고 있다. 「풀은 깊다」에서 의료구조 활동에 나선 의대생 인식은 조선 민중에게 색깔 있는 옷을 입기를 서툰 일본어로 말하는 군수인 숙부와 이것을 우리말로 통역하는 중학교 은사를 보고 울분을 느낀다. 후에 그가 의사가 되었을 때 숙부는 파면당하고 은사는 행방불명되었다는 내용으로 반민족적 행위를 한 자들의 말로를 통해 그들의 친일 행각을 고발하고 있다. 「천마」에서는 내선일체를 외치며 조선에서 제일가는 문학가라는 자부심으로 제멋대로 날뛰는 현룡이라는 소설가가 등장한다. 그는 제멋대로 행동하다 일본인 잡지 책임자에게 버림을 받고 자신이 일본인이라며 광기에 사로 잡혀 거리를 누비는데, 그 모습에서 식민통치가 만들어낸 왜곡된 지식인의 모습을 찾아 볼 수 있다.

김사량은 이후에도 계속해서 일본에서 고초를 겪으면서 끈질기게 살아가는 조선인 노동자들의 세계를 리얼하게 그린 「무궁일가」(1940.9), 「광명」(1941.2), 「벌레」(1941.7) 등을 발표했다. 「무궁일가」는 민족차별과 어려운 생활 속에서 끈질기게 살아가는 재일 조선인의 모습을 그렸으며, 「광명」은 내선일체가 차별과 멸시를 받으면서 살아가는 조선인 가정에 끼친 왜곡된 가족관계의 모습을 그리면서 내선일체의 실상과 허구성을 그렸다. 「벌레」는 구한말 병사였지만 쫓기는 몸으로 일본에 건너와 동포들에게 까지 따돌림을 당하는 아편중독자가 된 '지기미노인'을 중심으로 노동자들의 세계를 실감 있게 그렸다.

이후 김사량은 1941년 태평양 전쟁이 시작되자 일시 구금되었다가 다음해 석방되어 귀국한다. 귀국한 후에 「고향」(1942.4)을 발표하고, 「태백산맥」(1943)을 『국민문학』에, 「바다에로의 노래」(1943.12)를 『매일신보』에 연재하며 일본정책에 부응하는 글을 발표하기도 한다. 그러나 1945년 봄에 조선출신 학도병 위문차 중국전선으로 여행을 하던 중 탈출하여 항일운동을 하는 민족진영에 합류한다. 해방 후 귀국하여 북한에서 작품을 발표하다가 한국전쟁이 일어나자 북한 측 종군작가로 활동하다 인민군의 후퇴 중 행방불명이 된다.

이상 살펴본 것처럼 「김사량은 식민지화가 낳은 조선민중의 궁핍상, 식민지화가 낳은 추악한 인간상을 사실적으로 그려내거나, 식민지와 본국에서 살아가는 피식민지인 들의 고통과 고뇌를 섬세하게 추적함으로 일제의 식민지 정책을 비판했다」[21]는 평가를 받고 있다.

그리고 임전혜는 민족성에 대하여 놀랄만한 집착을 가지고 민족적인 문제를 추구해온 김사량을 장혁주와 비교하여 「장혁주와 김사량의 모습은 식민지 문학자의 두 가지 길, 즉 굴욕과 반항을 뚜렷하게 부각했다. 김사량을 생각할 때 자국의 억압자에게 무릎을 꿇은 장혁주 전락의 행적은 더욱 선명해진다.」[22]라고 평한 적이 있다. 이 점 때문에 김사량은 이후 재일교포들의 정신적인 지주로서 많은 영향을 남기고 있는데 반하여, 가장 왕성하게 일본어로 문학 활동을 해온 장혁주에 대한 평가는 친일 작가로 크게 격하되고 있다.

3) 기타 문인들

그런데 이 어려운 시대에도 장혁주와 김사량 외에 많은 조선인들이 일본어로 문학 활동을 했다. 먼저 소설을 살펴보면 김달수는 식민지 백성이라는 숙명을 짊어지고 차별과 멸시를 받아가며 살아가는 조선인의 모습을 자신의 체험을 바탕으로 그린 「위치」(1940.8), 「잡초」(1942.7)와 같은 작품을 발표하였다. 「위치」는 야간부 법학생 장웅서가 일본인 학생과 아파트에서 자취를 시작했다가 상처를 받고 공동생활을 청산하기까지의 과정을 그렸는데, 일본인의 우월감과 위선을 고발하고 피지배 계급인 조선인의 위치를 확인한다는 내용이다. 이 밖에도 「잡초」는 식민지 백성이라는 숙명을 짊어지고 차별과 멸시를 받아

---

21) 이상경, 1989, 『김사량작품집』, 동광출판사, 400쪽
22) 任展慧, 1965, 「張赫宙論」, 『文學』, 92쪽

가며 저임금 노동자가 되어 희망이 없는 어두운 삶을 살아가는 모습들을 그렸으며, 「먼지」(1942,3)는 넝마주이라는 어두운 생활을 배경으로 자립과 향학의 뜻을 불태우던 자신의 젊은 시절의 모습을 그린 자전적인 소설이다. 노동자 출신인 홍종우는 자신의 체험을 바탕으로 농촌을 그린 「밭을 가는 사람들」(1941,8)을 아오키 히로시라는 일본 이름으로 발표했다. 「밭을 가는 사람들」의 내용은 피폐해진 농촌을 배경으로 8년간의 머슴살이 끝에 아버지의 술과 도박으로 거덜이 난 집안을 다시 일으켜 가는 이야기이다. 농촌의 풍속과 인정, 봉건적 신분제도의 붕괴과정, 희생적인 조선의 여인상을 잘 그려낸 이 작품은 1942년 아리마상을 수상했다. 이후 그는 돈에 팔려가는 민며느리 제도의 폐습을 그린 「민며느리」(1942,2)를 발표했는데, 이들 작품은 어려운 농촌의 현실을 배경으로 하면서도 농촌의 피폐화의 원인인 식민정책에 대한 비판이 부족하다. 이밖에도 일본대학 예술과에 재학하면서 <아쿠다가와 상> 후보에 오른 「흐름」(1939,11)을 발표한 이은직은 「그네」(1940,7), 「둔주보」(1942, 2-3) 등을 발표했으며, 김성민은 잡지에 「단풍의 삽화」(1940,10), 「천상이야기」(1943,8) 등을 발표하는 한편, 『녹기연맹』 등을 간행했다. 그 외에도 탐정소설인 「타원형의 거울」(1936,10), 「탐정소설가의 살인」(1935,12)을 발표한 김래성과 「소용돌이 속」(1936,2), 「악몽」(1936,12), 「흙탕물 바다」(1937,9) 등을 발표한 최동일이 있으며 이태준과 유진오 등도 소설을 한두 편씩 발표했다. 시 활동을 살펴보면 사회주의 시인에서 귀국한 후 친일 문학 활동을 하던 김용제가 이따금씩 일본잡지에 시를 발표했으며 프로 문학 활동을 하던 한식은 시집 「고려촌」(1942, 12)을 발간했다. 이밖에 고향에 대한 애정을 그린 「해양창세」(1943,9)를 발표한 김종한과 주영섭, 김근수, 이진규, 조훈 등도 일본어로 한두 편씩 계속해서 발표한 작품들이 있다. 그밖에도 전통적인 일본의 고유시가인 화가집 「월음산」 (1942,12)을 발표한 윤덕조가 있다. 평론이나 수필을 남긴 이로는 앞서 소개한 장혁주, 김사량 외에 백철, 임화, 유진오 등이 있는데 이들은 조선 문학을 소개하는 평론이나 수필을 남겼다. 특히 김소운은 1930년대에 「조선동요선」(1929,7), 「조선민요선」(1933,1) 등을 번역하여 우리 동요와 민요를 일본에 소개했으며, 후에는 데츠심뻬이(鐵甚平)라고 창씨 개명한 이름으로 「조선사담」(1943,4) 「삼한 옛이야기」 (1942,4) 등을 간행하여 우리 문화와 역사 등을 일본에 소개했다.

  이상 살펴 본 바와 같이 1930년대부터 해방 전까지 일본문단은 일본당국의 혹독한 탄압을 받아 문인들은 당국의 정책에 순응하여 국책에 협력하여 친일문학 활동을 하던가 아니면 절필을 해야만 했던 불행한 시대였다. 이 시대의 조선인의 문학 활동은 1930년대 전반기에 장혁주와 김사량이 일본문단에 등장함으로써 한동안 주목을 받지만, 1930년대 후반기에는 장혁주가 전향하고 김사량이 귀국함으로 소강상태에 이르게 된다. 이후 1940년대 일제의 탄압이 더욱 가혹해지자 재일 조선인의 문학 활동은 당국의 정책에 협력하거나 조국현실과 무관한 개인의 일상에만 몰입하는 작품들이 나타나는 쇠퇴기에 접어들다가 해방을 맞이하게 된다.

2. 해방 후 재일동포의 문학 활동

1 민족 현실 문학기

1) 가주화시대의 문학 활동

이 시기는 1945년부터 1960년대 중반까지로 해방과 더불어 남북의 대치가 계속되는 혼란기였다. 국내 현실은 일본의 패전으로 해방과 독립을 맞이했으나, 좌우익으로 분열되어 끝내는 6.25전쟁을 겪게 된다. 동포사회도 남북의 대치상태가 계속되자, 좌우익으로 나뉘어 <조련 (총련의 전신)>과 민단을 조직하여 각각 북한과 대한민국을 지지하게 됨으로서 분열하게 된다. 그런데 일본에서의 적응을 모색하던 민단에 비해 조련은 민족학교를 설립하여 민족교육에 힘써왔기에 동포사회에서 커다란 지지를 받아왔다. 이는 동포들이 일본생활을 임시적인 생활로 여기고, 통일이 되면 본국으로 돌아간다는 비영주 의식을 갖고 있었기 때문이다.

이러한 동포사회의 가주화 의식은 문학에도 반영되어 나타나고 있다. 즉, 이 시기는 동포사회도 조국의 현실에 민감하게 반응하고 투쟁하는 등, 정치활동과 사상활동에 분주했던 시기였는데, 문학에 있어서도 김달수, 이은직, 장두식, 김석범 등 소위 제1세대 작가들에 의해 조국의 정치현실을 담은 많은 작품을 발표하게 되었다. 특히 1946년 김

달수와 김원기가 편집을 맡은 잡지 『민주조선』[1]은 동포들에게 발표
기회를 제공하여 김원기, 장두식, 박원준과 같은 작가들을 배출하였다.
그러나 동포문학에 기여를 하던 『민주조선』은 본국의 정치문제와 동
포들의 민족교육에 관한 기사로 미군정 및 일본정부와 마찰을 빚다가
1950년 7월호(통권 33호)로 폐간되었다.

그런데 이 시기 동포 작가들은 처음 좌익 조직인 총련의 산하기관
인 <문예동>에 참여했으나 많은 작가들이 50년대 후반에 조직과 갈
등을 빚더니 60년대 이후에는 조직에서 이탈하게 된다. 이때 갈등의
주요 원인이 되었던 것은 일본어로 작품을 발표하는 문제로, 총련 측
은 '민족문학은 민족어에 종속해야 한다'[2]고 주장하고 동포 작가들의
일본어 창작에 대하여 비판하였다. 이에 일부 작가들은 <문예동>의
방침에 따라 조선어 문학 활동을 하였으나,[3] 대다수 동포작가들은 현
실적인 이유를 들어 이에 반발하고 동포 잡지에는 물론 『신일본문학』,
『문예수도』 같은 일본잡지에 작품을 발표하였기에 이후 동포문학의
주류는 일본어에 의해 이루어졌다.

2) 1세대 작가들의 작품 세계
이상 살펴본 것처럼 이 시대에는 동포사회도 조국의 현실에 민감하

---

1) 金達壽, 「雜誌『民主朝鮮』のころ」, 『三千里』 48號, 1986.冬, pp.99-104
   『民主朝鮮』은 처음에는 독지가의 투자로 김달수, 원용덕 등이 중심이 되어 1946년
   4월에 발간되었으나, 이내 조련의 재정지원하에 산하기관인 가나카와(神奈川)지부
   에서 발행하게 되고, 그 이후에 발행인과 발행소가 바뀌면서 잡지명까지 『文化朝
   鮮』으로 개명하게 되었다.
2) 朴春日, 「日本における朝鮮文學の歷史的意義とその諸問題」, 『日本文學誌要』
   第16號, 法政大學 國文學會, 1966.11, pp.23-24에서 재인용.
3) 『朝鮮新報』에서 어당(魚塘)이 일본어 창작을 반대하고 민족문학의 전통을 지키기
   위해 조선어 창작을 주장한 이후, 조선어 문학 활동은 조련계내의 문예조직인 <문
   예동>을 중심으로 현재까지 계속되고 있으나 그 양과 질이 빈약하여 주목받지 못
   하고 있다.

게 반응하고 투쟁하는 등 정치, 사상활동에 분주했던 시기로서, 김달수, 김석범, 이은직, 장두식같은 1세대 작가들이 조국의 정치현실이나 동포 자신들의 삶을 담은 작품들을 발표하였다.

먼저 김달수는 이시대의 대표적인 작가로서 그는 해방 전후의 조국의 정치적인 현실을 다룬 본격적인 많은 작품들을 발표하였는데,「후예의 거리」,「현해탄」,「태백산맥」,「박달의 재판」들은 해방 전부터 대구의 10월 사건이나 4.3사건에 이어 6.25까지의 시기를 배경으로 해방과 독립의 꿈에 불타고 있는 인간상을 그린 작품들이다. 특히 해방 전 자신의 경성일보 기자시절의 체험을 바탕으로 한「후예의 거리」와「현해탄」은 지식인들이 겪어야 했던 삶의 모습을 그린 작품이다.「후예의 거리」는 많은 지식인들이 등장하여 억눌린 가운데 민족해방을 위해 힘든 싸움을 시작한다는 내용으로 민족의 대서사시라는 평[4]을 받고 있다.「현해탄」역시 식민통치의 비인간성과 민족적 자각에 눈을 떠가는 지식인들의 모습을 그리고 있다. 즉 총독부의 기관지 기자로서 중학생들의 만세사건으로 민족적인 각성을 하게 되는 서경태와 독립활동으로 구속되어 민족의식에 눈을 뜨게 되는 친일 지주의 아들 백성오에게서 그런 모습을 찾을 수 있다.「태백산맥」은「현해탄」의 속편으로 해방 후 서울을 배경으로 백성오를 중심으로 한 서경태, 박정출 등이 등장하여 민중의 입장에 서서 투쟁하고 이승원, 백세필과 같은 고등경찰과 악덕지주가 미제의 앞잡이로 등장하고 있는데, 작가는 해방이후의 역사가 진보적인 민족세력과 친미 반동세력간의 역학관계에 의해 움직이고 있으며, 10월 봉기는 이들 세력대립의 결과임을 말하고 있다.「박달의 재판」에도 남한정부와 미군정에 항거하는 조선민중의 모습이 박달이라는 한 노인의 언동을 통하여 나타나고 있

---

4) 猪野謙二,「斷想.金達壽とその文學」(『直』,11號,1980,7) p.2

는데, 작품의 바탕에는 억압세력인 미국과 관리들에 대한 분노와 지식인의 고뇌가 잘 그려져 있다. 이러한 조국의 정치에 대한 관심은 6.25 전쟁이 나자 작품 무대를 한반도에서 일본으로 옮겨 재일동포들의 저항을 좌익사상의 정치적인 입장에서 묘사한 「고국의 사람」, 「일본의 겨울」, 「밀항자」 등의 작품에서도 나타난다. 이와 같이 조국에 관한 작품만이 아니라 김달수는 일본에서 어려운 여건아래 힘들게 살아가는 동포들의 모습을 형상화한 작품들을 많이 발표했다. 자전적 일련의 소설인 「어머니와 두 아들」, 「할머니의 추억」 등에는 술로 재산을 탕진하는 아버지와 남은 재산은 일본인 고리대금업자에게 넘어간 후 부모는 일본으로 건너가고 아버지가 객사하자 할머니와 함께 시골에 남겨졌던 자신은 다시 형을 따라서 일본땅을 밟는 얘기가 나오는데 이들은 일본의 수탈에 의해 일본의 저임금 노동자로 내몰리는 전형적인 조선인들의 역사를 말해주고 있다. 이후 작가를 꿈꾸며 고학을 하던 체험을 바탕으로 한 것이 「위치」, 「잡초처럼」 등이며 이러한 자전적인 작품과는 달리 어려운 일본사회에서 강인한 생명력을 가지고 살아가는 조선인의 모습을 그린 작품이 「번지없는 부락」, 「후지가 보이는 마을에서」 등이다. 이밖에도 식민기간 중 관동 대지진 때의 조선인 학살이나 강제징용, 징병 같은 일제의 식민지 정책을 폭로하는 작품 「중산도」나 「위령제」 등을 발표하였다. 또 동포들의 활동을 담은 작품으로 어려운 생활 속에서도 힘차게 조직 활동을 펼쳐가는 모습이나 민족교육을 위한 한신교육 투쟁 등을 담은 단편들을 많이 발표했는데, 이들은 한결같이 좌익적인 색채를 띠고 있었다.

이러한 좌우익의 대립이 극으로 치달아 일어난 사건이 4.3사건으로, 김석범은 4.3사건을 고집스럽게 다루고 있는 작가로5), 그는 「까마귀

5) 金石範外 「日本語でかくことについて」(『文學』,1970,11) 참조
   이와같은 김석범의 제주도에 대한 집착은 조선인으로서의 자기회복내지 일본으로

의 죽음」, 「간수박서방」, 「관덕정」 등 1948년 4월3일의 제주도에서
발생한 4.3사건을 테마로 일련의 작품을 발표했다. 특히 「까마귀의 죽
음」은 일본사회와 동포사회에 커다란 충격을 준 작품으로, 작가는 이
작품에서 혁명을 위해 인간이 어디까지 잔인해질 수 있나 하는 극한
상황을 박진력 있는 필치로 묘사하여 독자들에게 많은 충격을 주었다.
이후에도 그는 4.3사건을 배경으로 그 주인공들의 모습을 그려낸 「간
수박서방」, 「관덕정」과 같은 작품들을 발표했다. 「간수박서방」은 무
지한 농민출신 간수 박서방이 짝사랑하던 여죄수의 처형을 목격하고
얼이 빠졌다가 그 역시 처형을 당한다는 내용으로, 학살과 폭력 및 부
조리 등 사회혼란이 극심했던 당시의 사정을 고발하고 있다. 「관덕정」
에는 경찰에 고용되어 처형된 게릴라의 신원을 밝히기 위하여 목을
가지고 사람들 사이로 외치고 다니는 부스럼영감까지도 경찰에 대해
적의를 내보이고 있다. 작가는 정기준이나 박간수, 부스럼 영감과 같
은 인물을 통해 우매함에서 각성해 나가는 이들 주인공들은 <아Q>
같은 인간상으로, 김달수나 김석범의 작품에는 소박하고 때묻지 않으
며 민중적인 저항감을 가지고 있는 풍자적이고 토속적인 원민중이 등
장하여 문학적인 리얼리티를 자아내고 있다[6]고 한다. 이밖에도 「똥과
자유와」는 징용으로 끌려온 탄광에 탈출과 잔인한 처형을 그린 작품
으로, 작가는 노동자들을 죽음으로 몰아넣는 일제의 노동력 착취를 폭
로하고 죽음을 무릅쓰고 불가능한 탈출을 감행하는 조선인의 저항정
신을 그리고 있다.

이시기에 문학 활동을 한 작가로는 김달수와 김석범 외에 이은직과

<風化>되어 가는 위기에 대한 저항의지를 나타내는 것으로, 이는 '재일조선인에
대하여서는 다른 사람이 쓰게 하고 자신은 조선인에 대하여만 쓴다'고 하는 그의
말에서도 알 수가 있다.

6) 磯貝治良, 「在日朝鮮人文學의 世界」, 上揭書, p.24

장두식이 있다. 이은직은 해방 후의 혼란상을 그린 작품으로 이상근이
라는 일본에서 귀환한 젊은 청년이 해방된 조국에서 펼치는 비타협적
인 투쟁행적을 그린 「탁류」가 있다. 이은직은 한반도에 남북이 분단
된 채 두개의 정부가 수립된 진상을 알리려고 썼다고 하는데, 이 작품
에는 해방 이후 좌우 이념대립에 의한 혼란양상을 좌익의 시각으로
그려내고 있다. 이 밖에도 강제징집을 당하여 일본에 온 후 부대를 탈
출하여 온갖 고초를 겪어가며 끝내는 조선인 노동자 마을 속으로 숨
어든다는 「탈주병」과 어려운 형편 속에서도 우리말과 역사를 배우면
서 조직활동을 전개해 간다는 「살아만 있다면」 등이 있다.

　장두식의 「귀향」은 일본 지방신문 기자인 임현철이 열차나 여관에
서 형사들의 검문에 시달리며 귀국하는 과정을 그린 작품으로 조선인
이기 때문에 감수해야 하는 차별과 모욕, 그리고 강제징용 문제들을
다루면서 일제 식민통치의 가혹함을 고발하고 있다. 장두식의 또 다른
작품으로 해방 후 출옥인사 환영회장에 나갔던 조영감이 감격 끝에
형무소에서 나왔다는 젊은이에게 딸을 중매 하겠다고 나선다는 「중매
장이」나 조선의 전통적인 가부장제의 권위를 지닌 할아버지의 생전의
당당하던 모습과 이국땅에서 절조를 잃지 않고 맞이하는 그의 죽음을
그린 「조부」와 가난에 시달리는 어두운 생활을 하면서도 조국의 미래
에 큰 관심과 희망을 걸고 살아가는 동포들의 이야기를 그린 「운명의
사람들」이 있다.

　이밖에도 이 시기에 활동했던 작가로는 김태생, 장혁주, 김소운, 강
위당, 김원기, 박원준이 있고, 시인으로는 허남기, 강순, 오임준, 김시
종이 있다.

　먼저 작가로는 제주도 출신으로 개인의 고난사를 발표한 김태생이
있는데, 그는 1955년 김석범의 등장에 자극을 받고 「동화」와 「후예」

등을『문예수도』,『계림』등에 발표한 것을 계기로 작가 생활을 했다. 「동화」는 고향과 어머니의 추억을 그린 작품이고, 「후예」는 제주의 4.3 사건을 그린 작품이다. 또한 장혁주는 해방 전 일본문단에 일본어 소설을 가장 많이 발표했던 작가였는데, 해방 후에는 귀화한 친일문학 자로 낙인찍혀 동포사회에서 소외당했으나 「아아 조선」, 「민족」, 「협박」 등 수많은 작품을 발표하였다. 그 외에도 해방 전 「조선민요선」, 「조선동요선」 등을 발표한 김소운이 수필집 「희망은 아직 버릴 수 없다」, 「은원(恩怨) 30년」 등을 발표하고 강위당이 <요미우리연극문화상> 수상작인 「신을 두려워하지 않는 사람들」과 「사츠마의 옹기장이」 등의 저서를 남긴 것도 이 시기였다. 이들 외에도 주로『민주조선』,『조선문예』 같은 동포 잡지나『문예수도』 등에 작품을 발표했던 작가들이 있다. 6.25 전쟁 중 반미 운동을 하다 잡힌 외아들의 재판과정을 통하여 반미사상을 다져간다는 「서영감과 그 외아들」, 「년대기」, 「계절풍」 등의 박원준과 「민족의 노래」, 「상혼」을 남긴 정귀문, 「밀고자」, 「삼십팔도선」의 윤자원, 「누나의 결혼」, 「어머니 상」의 김원기 등이 그들이다.

또 이 시기에 활동했던 시인으로는 허남기, 강순, 김시종 등을 들 수 있다. 먼저 허남기는 일찍부터 조직 활동에 뛰어들어 <문예동> 위원장으로 활동했던 시인이다. 시집으로는 조선의 풍물을 그린 시집 「조선의 겨울 이야기」와 동학 농민전쟁을 노래한 「화승총의 노래」와 6.25전쟁을 좌익의 관점에서 노래한 「조선은 지금 전쟁중이다」, 「거제도」 등이 있다. 또 강순은 시집 「그 날」과 한국문학의 번역집을 많이 남겼으며, 김시종은『진달래』와 같은 잡지를 발행하면서 「지평선」, 「니이가타(新潟)」와 같은 시집을 남기고 있다.

3) 1세대 동포문학의 정치적 성격

그런데 이 시기에 나온 작품들을 살펴보면 이시기 문학의 주류를 이루었던 조국의 정치적인 혼란 및 정치현실과 그 밑에서 갈등하는 지식인들의 모습을 그린 작품과 일본사회에서 저임금 노동자가 되어 어려운 생활을 하면서 조직 활동을 하면서 살아가는 조선인들의 삶을 그린 작품 등으로 나눌 수가 있다.

해방 이후의 혼란스런 정치현실을 다룬 작품으로 김달수, 김석범, 이인직 등의 작품들을 살펴보았다. 그런데 이 작품들은 당시 잘못 알려졌거나 감추어진 해방이후의 정치현실을 오늘날의 독자에게 생생하게 재현시켜 주고 있으나,[7] 이러한 작품들은 지나치게 단순화된 민족주의적인 의식과 좌익으로 편향된 시각만을 내세우고 있기에 여러 가지 한계점을 드러내고 있다.[8] 이러한 원인으로는 일본인을 대상으로한 현실주의적이며 낙관주의적인 자세와 동포 작가들이 국내의 현실에 어둡다는 제약에서 오는 결과로 설명할 수가 있다. 그러나 이들 작품이 발표되었던 시기는 60년대로, 전후 일본사회의 좌경화 경향과 동포 사회에서 북한에 대한 전면적 지지라는 지적 풍토를 이해하는 것이 중요하다. 특히 해방 전에 활동했던 프로문학과 우상적 존재인 김사량이 재일 동포문학인들에게 미친 영향과 해방 후 발표지면이 부족했던 이 시기에 재일동포들에게 지면을 제공했던 것이 『민주조선』, 『조선문예』와 같은 좌익계열에서 나온 잡지였다는 사실이다.

---

7) 김석범이 『화산도』에서 다룬 <4·3사건>의 진상이, 80년대 들어 현기영, 현길언, 김석희, 이산하 등에 의해 작품으로 발표될 때까지 국내에서 은폐되어온 사실이그 좋은 예라고 할 수 있다.
8) 그러한 한계점으로, 한반도의 혼란을 독립국가 건설을 방해하려는 미국의 간섭과 이에 맞선 반미투쟁에서 야기된 것으로 보는 좌익에 편중된 시각을 들수 있다. 또 등장인물들을 좌익인사는 민족주의자, 우익인사는 반민족주의자 등으로 도식화되고, 작품 속 주인공의 영웅성을 강조하여 리얼리티를 잃고 있는 점 등을 지적할 수 있다.

　다음으로 동포들의 삶을 그린 작품을 살펴보면, 조국의 정치문제에 쏠려 있던 당시 동포들의 관심이 6.25전쟁과 한신교육 투쟁과 같은 문제를 계기로 일본사회에 살아가는 동포 자신들에게 눈을 돌리게 되었다. 특히 1946년에 동포 잡지인 『민주조선』[9]이 발간되자, 해방의 감격, 귀국문제, 동포조직문제 민족교육문제 등을 그린 작품들이 나타나고 있다. 이들은 자신의 체험과 주위 동포들의 모습을 형상화시킴으로써 동포사회에 대한 차별과 편견, 멸시 등을 일본 사회의 문제점으로 부각시키는데 커다란 성공을 거두었다. 특히 김달수, 장두식, 김태생은 자신의 신변얘기를 다룬 개인의 고난사들을 남겼는데, 이들 작품은 일본문학 사소설의 전통을 이어 받은 것으로 다음 세대의 작가인 김학영, 이회성, 이양지의 자전적 소설에도 커다란 영향을 주어 동포문학의 큰 흐름의 하나로 이어오고 있다.

2 일본사회 정착 모색기

1) 가주화에서 정주화 시대로

　이 시기는 70년대에서 80년대에 이르기까지의 시기로, 동포사회에서 커다란 의식의 변화가 일어난다. 즉 통일이 되면 귀국한다는 동포들의 가주화 의식이 60년대 들어서면서 일본에서 살아갈 수밖에 없다는 정주화 의식으로 조금씩 바뀌기 시작했는데, 그 이유로는 동포사회의 세대교체, 조국의 정치현실, 그리고 한일회담 등을 들 수 있다. 먼

---

9) 당시 동포문학의 발표의 장이었던 『민주조선』은 김달수, 장두식등이 중심이 되어 朝連 神奈川縣본부에서 발행된 잡지로, 발간 사정은 잡지 『民主朝鮮』のころ」(『三千里』게재)에 자세히 나와 있다.

저 해방 후 20년이라는 세월이 흐르면서 일본에서 나고 자란 2세대들이 동포사회의 주류로서 등장하기 시작했으며. 조국의 정치현실은 남북의 분단 대치상태가 고착화되어 통일전망이 더욱 어두워진 것이다. 여기에 1965년도 한일회담과정에서 동포들의 권익이 무시되어 조국으로부터 버림받았다는 기민의식이 일기 시작하였다. 그리고 동포사회에서 조국에 돌아간다는 생각대신에 일본에서의 삶을 모색해야 한다는 의식이 싹트고 크게 확산되기 시작하자 이제껏 보이지 않던 일본 사회에서의 차별이 동포들의 눈에 들어오게 되었다. 일본사회에서 차별문제는 50년대 후반에 일어난 이진우 사건에서 시작되지만 60년대에서 70년대에 들어서면서 김희로사건(1968), 박종석사건(1970), 김경득사건(1977)이 발생하면서 조선인 모욕, 취업차별, 공무원 임용거부 사건 지문날인 등이 사회문제로 대두된 것이다. 이러한 차별문제를 계기로, 재일동포들 사이에선 가혹한 일본사회의 현실에 맞서서 자신의 삶은 자신들이 주체적으로 선택한다고 하는 새로운 <재일론>이 모색되기 시작했다. 즉 귀화하고도 조선인으로의 삶을 살아간다는 <제3의 길>이 많은 찬반의 논란 속에 70년대 말에 등장하기 시작한 것이다.

그런데 이시기에 동포 작가들의 문학 활동을 살펴보면, 먼저 눈에 띄는 사실은 전시기의 동포 잡지를 중심으로 이루어지던 주요 작가들의 작품 발표의 장이 일본잡지로 옮겨졌다는 사실이다. 50년대 말 동포조직과의 갈등으로 동포 잡지들이 폐간된 이후 1975년『삼천리』가 발간될 때까지 동포 잡지는 거의 전무한 상태였다. 오랜 공백기를 거친 후인 1975년에야 비로소『삼천리』가 발간되자『민주조선』처럼 많은 동포연구자와 일본인 필자들이 참여하여 한일 고대문화 교류에 관한 많은 기사를 연재함으로써, 한일 양국 지식인들의 교류와 일본인의 한국에 대한 인식을 높이는 데 기여했다. 그러나 『삼천리』는 처음부터 중립을 표방하였으나 조직과의 갈등이 심화되는 등 여러 가지 문제10)가 발단이 되어 끝내 1987년 50호를 끝으로 종간하고 말았다. 하여튼 『삼천리』가 발간되자 김달수, 정승박, 김태생 등 동포 작가들이 『삼천리』에 작품을 발표하기도 하였으나 동포들의 주된 문학 활동은 『민주문학』, 『문예수도』, 『현실과 문학』, 『문예』, 『인간으로서』 등 일본잡지를 중심으로 이루어졌다.

이처럼 동포 작가들이 주로 일본잡지에 작품을 발표한 것은 주목할 만 일로서 다음 두 가지 사실을 의미한다. 먼저 김달수, 김석범, 이회성 등 동포 작가들이 조직과의 갈등에도 불구하고 일본어로 작품을 발표하는 등 독자적인 문학 활동을 하였다.11)동포조직은 이 기간에도 동포 작가들에게 작가들이 조선어로 창작활동을 하라고 동포 작가들의 창작 활동에 압력과 간섭을 가하였다. 이에 과거 지배자, 억압자의 언어였던 일본어로 글을 쓸 때 갈등을 겪으면서12) 일본어로 작품 활동을 하게 되어 그 결과 그동안 겨우 명맥만을 유지하던 재일 동포문학이 일본문단에서 <재일 조선인문학>이란 존재로 공인을 받았다는 사실이다.

---

10) 삼천리의 종간 이유로는 50호나 지속되는 동안 매너리즘에 빠짐, 재정문제, 조총련과의 갈등, 편집위원간의 의견대립 등을 들고 있다. (당시 편집위원이었던 윤학준 씨의 증언: 1993년 10월 필자와 면담시)

11) 梁石日, 「在日朝鮮人文學の現狀」, 『アジア的身體』, 靑峰社, 1990, p.24.

12) 裵鍾眞外 5人, 「座談會:在日文學はこれでいいのか」, 『民濤』 創刊號, 1987, p.65. 조선적인 것을 말살시키고 일본화를 조장하는 일본어의 구속력에서 벗어나기 위해 일본어와의 갈등을 김석범은 '언어의 주박(呪縛)', 이회성은 '용의자의 언어', 김시종은 '일본어에 대한 복수', 고사명은 '거짓말쟁이 같은 존재'라고 표현하고 있다.

2) 2세대 작가들의 작품세계

전기에 등장했다가 정치조직 활동 때문에 공백기를 맞았던 김석범과 김태생은 작품 활동을 다시 시작하였으며 이어 고사명, 정승박 등 새로운 1세 작가와 2세 작가들도 등장하여 새로운 작품세계를 그린 작품을 발표했다.

먼저 1세대의 대표작가라고 할 수 있는 김달수는 한·일 고대 교류사 연구에 힘을 쏟느라 문학 활동은 소강상태에 빠졌으나, 관료주의에 빠진 조직과의 갈등을 그린 「비망록」을 발표하였다. 이 작품은 작품의 사전 검열을 반대하는 작가가 분파주의자로 몰리면서 강연의 방해를 받고 조직에서 이탈하는 과정을 그리고 있다. 이 시기에는 동포 작가들이 조직과의 갈등으로 조직에서 이탈하기 시작했는데, 그 과정에서 나타나는 알력이나 갈등을 작품에서 다룬 것이다. 김석범의 「왕생이문」 역시 조직과의 갈등을 다룬 작품으로 일제 말 전향을 원죄의 아픔으로 고독 속에서 살아가는 주인공이 조직 간부의 비리를 비판하다가 조직에서 추방당한 채 생활고 속에서 자식을 그리다가 눈 속에서 객사를 하는 황태수의 죽음을 다루고 있다.

이러한 조직에 대한 비판과 더불어 김석범의 조국에 대한 관심은 이승만 독재에 이어 박정희의 유신체제가 들어선 대한민국을 냉철하게 비판하고 있는 「사기꾼」과 「지존의 아들」과 같은 작품으로 나타난다. 「사기꾼」은 70년대 초반 남한에서 빈번하게 출몰하던 공비사건을 배경으로 양민을 무장공비로 몰아가는 비리를 다루었으며, 「지존의 아들」은 자유당 치하에서 대통령 양아들 이강석 사건을 모델로 한 이 작품은 실업자 문제, 관리들의 부정부패, 관의 선거개입 등 남한사회의 전반적인 부정부패 문제를 풍자적으로 묘사하였다. 이외에도 묻지마 살인인 고마츠가와(小松川)사건의 주인공인 이진우를 내세워 차별과 소외 속에 살아가는 재일동포의 분노를 그린 「사제없는 제사」 등을 발표하였다. 이러한 조국정치에 대한 관심은 값싼 임금과 추방의 불안 속에서 살아가는 밀입국자의 삶과 공비 토벌시 자행되는 이승만 정권의 양민 학살문제 등을 고발하고 있는 고사명의 「미륵보살」에도 나타나고 있다. 특히 고사명은 일본 공산당운동하면서 노선투쟁을 그린 「때가 시대의 흐름을 어둡게 할 때」를 발표하여 동포들의 높은 정치의식이 일본 공산당 활동에까지 깊숙이 참여하고 있음을 보여주고 있다.

이상으로 정치현실을 주제로 다룬 작품을 살펴보았는데 이러한 작품에서는 전체적으로 좌익성향의 퇴조가 두드러질 뿐, 전기의 김달수나 김석범의 작품에서 보이는 조국에 대한 집념이나 통일에 대한 강렬한 열망은 느껴지지 않는다. 그 원인으로는 좌익성향의 퇴조와 더불어 남북의 대치상태가 고착화되어 통일의 전망이 어두워졌다는 실망스러운 정치 현실을 들 수가 있다. 그리고 이러한 조국의 정치현실에 대한 실망감은 이들로 하여금 조국에서 일본사회와 개인의 문제로 눈을 돌리게 하였다. 그리하여 나타나게 된 것이 자신이 겪은 일본 생활의 고통을 담은 김태생, 장두식, 고사명의 작품들이다.

먼저 김태생의 작품에는 어머니와 고향인 제주도에 대한 추억, 오사카의 공장생활 등 자신의 과거에 초점을 맞춘 회고적인 「골편」, 「나그네 전설」, 「나의 일본지도」 등이 있다. 「골편」은 어린 시절 자신을 버리고 집을 나간 아버지에 냉담하던 주인공이, 이미 고인이 된 아버지의 유골을 대하고 아버지와 화해한다는 내용이다. 「나의 일본지도」와 「나의 인간지도」는 어머니에 대한 추억과 어린 시절에서 청춘기에 이르기까지 많은 사람들과의 만남과 이별 등의 자신의 체험을 개인사로 이야기하고 있다. 그 외에도 일본에 건너와서 말년에 이르기까지의

여러 경험 등을 단편적으로 그린 「나그네 전설」이 있는데 오십년에
걸친 자신의 일본생활은 결코 정착민이 아니라 표류민의 삶이었다고
말하고 있는 그의 작품에는 낯선 일본 땅에서 이름 없이 살아가는 많
은 재일동포들의 모습이 잘 나타나 있다. 장두식의 「어느 재일조선인
의 기록」은 어린 나이에 일본에 건너와서 향학열을 불태우며 의사가
됨으로서, 차별과 빈곤을 극복하고 인생을 개척하려는 주인공의 꿈과
좌절을 그린 작품이다. 정승박은 자신의 어린 시절과 전시 중 야미행
상 체험과 포로수용소를 탈출하기까지의 체험을 그린 「벌거숭이 포로」,
수용소를 탈출한 후 나고야, 오사카 등으로 공습을 피해 다니던 이야
기인 「지점」, 「전등이 켜져 있다」 등을 발표했다. 그의 작품은 고도로
승화된 체험문학으로 고난에 얼룩진 어린 시절과 전시 체험이 감정을
억제한 필치로서 담담하게 잘 표현되어 있다. 이외에도 고사명은 자신
의 개인사를 통하여 조선인의 정치적 사회적 현실을 담담하게 쓴 「삶
의 의미」는 한국인이면서도 한국인임을 상실한 작자가 자기반성을 하
고 새로운 삶의 의미를 찾으려는 고백서이다. 이외에도 산다고 하는
것이 얼마나 축복 받은 일인가 하고 외치고 있는 「생명의 소중함」외
에 평론집 「건너편 빛을 찾아서」와 불교에 귀의하여 쓴 「탄이초(歎異
抄)」 등이 있다.

한편, 60년대 후반에 들어서면서 조국의 통일이나 자신들의 유년시
절을 다루는 1세 작가와는 달리 일본사회에서의 취업, 연애, 결혼문제
를 둘러싸고 일어나는 차별과 편견, 귀화문제를 테마로 다룬 작품들이
등장하기 시작하였는데 이회성과 김학영이 대표적인 작가이다.

이회성은 동포 작가 최초로 <아쿠다가와 상>을 받은 작가로 1969
년 자전적 소설 「다시 또 이 길을」로 등단하면서 『군상』의 신인상을
수상했다. 이 작품은 해방 전 사할린에 건너갔다가 해방과 귀국사업으

로 두 차례에 걸쳐 가족들이 뿔뿔이 헤어져야하는 조씨 집안의 가족
사를 그리고 있는데, 조국에서 일본으로 그리고 다시 사할린으로 내몰
리는 유랑생활과 두 차례에 걸쳐 인위적인 이별을 하게 되는 조씨 집
안의 내력이 바로 식민통치에 의해 갈기갈기 찢기어진 우리 민족의
한스러운 역사임을 일깨워 주고 있다. 그 후 발표한 「가야코를 위하여」
(1970)는 일본사회에 대한 고발적인 성격의 작품으로, 조선인 임상준
과 조선인의 가정에서 자란 일본인 가야꼬라는 두 남녀의 애정이 주
위의 벽에 부딪혀서 끝내 파국을 맞이한다는 내용을 담고 있다. 같은
무렵에 나온 「반쪽바리」 역시 동포사회와 일본인 사이에서 갈등 때문
에 분신자살을 한 귀화동포 청년의 이야기를 담고 있는 작품으로, 일
본 사회에서의 차별과 편견을 고발하고 귀화 문제를 둘러싼 세대 간
의 갈등을 다루고 있다. 이러한 그의 작품은 일본사회가 가지고 있는
여러 문제점과 모순을 조명한 사회문제 소설로서, '이러한 문제는 전
후 일본문학의 역사에 있어 최초로 작가에 의해 날카로운 메스가 가
해졌다'[13]는 평을 받고 있다.
   이회성은 「가야코를 위하여」와 자신의 성장사를 다룬 「우리들 청춘
의 길목에서」 등으로 여러 차례 후보작가에 오르다가 1972년 「다듬
이질하는 여자」로 <아쿠다가와 상>을 수상했다. 이 작품은 외할머니
의 긴 신세타령을 통하여 젊어서 죽은 어머니를 회상하고, 할아버지,
할머니 등 일본사회에서 꿋꿋이 살아가고 있는 조선인들의 모습을 그
려내고 있다. 「큰 바위 얼굴」은 희로애락의 감정이 극심하며 폭력으
로 가족위에 군림하려던 아버지를 간략한 서사문체로서 생생하게 그
려낸 진혼보이다. 이처럼 그는 작품 속에 동포들의 모습과 풍속 등을
향토색 짙게 그려내고 있는데 이는 조선인으로서의 자기회복과 일본

---

13) 西鄕竹彦, 『伽倻子のために』의 해설, (新潮文庫, 1985), P.242

으로 <풍화>되어 가는 위기에 대한 저항의지를 읽을 수가 있다.

이후 그의 문학적인 관심은 종래의 자신의 체험을 그린 성장소설에서 탈피하여 한국의 민주화와 동포사회에 대한 관심으로 바뀌어 간다. 1972년에는 통일된 조국상을 그린 「북이든 남이든 내 조국」라는 평론집을 발간했으며, 일본생활에 대한 의미를 모색하면서 천황 암살을 기도하는 동포청년을 묘사한 「추방과 사회」를 발표했다. 이어서 발표한 「금단의 땅」은 유신 시대를 배경으로 군부독재를 비판하는 자생적 사회주의 혁명가들과 북의 혁명노선을 추종하는 세력들과의 사상투쟁을 그리고 있는데, 80년대의 사상투쟁을 70년대에 앞질러 예언한 작품이라는 찬사14)를 받았다. 유년시절의 추억, 해방 후 일본으로의 탈출과정, 가족과의 이별의 한 등을 편지글 형식으로 담은 「나의 사할린」(1972)과 자신의 뿌리를 찾고 이유민의 아픔을 그리는 「사할린으로의 여행」(1982)을 발표하는 한편 1987년 재일 동포문학의 구심점이 된 동포의 문학지 『민도』의 주간을 맡으면서 한동안 작품 활동이 소강상태를 보이고 있다.

김학영은 이회성과 동시대에 활동했던 작가이다. 그는 「얼어붙은 입」으로 문예상을 수상하면서 문단에 등장하는데 일본사회의 동포에 대한 차별과 편견문제는 김학영의 작품에도 많이 나온다. 즉 조선인에게 대한 일본인의 차별의 시선을 그린 「눈초리의 벽」에서 주인공은 조선인이라는 이유로 애인에게 거절당하고, 취직문제도 해결되지 않고 교수로부터 귀화할 것을 종용당한다. 「도상」에서도 주인공은 홀어머니의 반대로 조선인과 결혼할 수 없다는 이유로 후미꼬와의 애정은 파국을 맞이한다. 이처럼 한국인이기에 애인에게 거부당하는 괴로움이 「완충용액」, 「유리층」등과 같은 그의 작품에는 많이 나타나고 있다.

---

14) チョン・ミン외4인 座談會, 「韓國では在日文學をどう讀んでいるのか」, (『民濤』 8號,1989,秋) p.160

그의 모든 문학에는 반쪽바리로서 살아가는 <재일>의 어려움 외에도 일관되게 나타나는 주제로서 말더듬이라는 자의식에 대한 괴로움과 아버지의 폭력문제가 나타나고 있다. 먼저 말더듬이 문제를 살펴보면, 데뷔작인 「얼어붙은 입」에서는 말더듬이 문제로 괴로워하는 주인공 최규식을 등장시켜 자신의 일상세계에서 따돌림을 당하는 말더듬이의 괴로움을 자세하게 묘사하고 있으며, 이러한 괴로움은 「도상」, 「완충용액」, 「유리층」 등과 같은 초기 작품에 잘 반영되어 있다. 아버지의 폭력문제도 「얼어붙은 입」에서 주인공의 친구 아버지의 폭력이 등장한 이래 그는 「탄성한계」, 「착미」, 「끌」, 「알콜램프」와 유고작인 「흙의 슬픔」까지 많은 작품에서 이 문제를 취급하고 있다. 이처럼 그는 다른 작가들과는 달리 차별 속에서 살아야하는 재일의 어려움을 그렸는데 반하여 자신의 내부에도 시선을 돌려서 주위의 세계에서 거부당하고 있는 주인공들은 한결같이 민족의 이념에 동화하지도 못하고 일본사회에 적극적으로 안주하지도 못하는 괴로움에 직면하고 있다. 이러한 괴로움의 본질을 재일 동포문학의 민족적 주체성이라는 명제와 자신의 현실 상황과의 사이에 놓인 복잡한 거리감[15]이라고 설명하는 평론가도 있다. 이처럼 문제를 내면화하여 줄기차게 다루고 있는 김학영의 문학은 자신의 문학을 과도기적인 문학이라고 여기는 이회성의 문학과는 판이하게 다른 것으로 다음 시기의 이양지, 이기승(李起昇) 문학으로 이어지고 있다.

이상으로 80년대 이전까지의 작가들의 문학 활동을 살펴보았다. 이 시대는 일본문단에서 동포문학이 재일조선인 문학으로 인정을 받게 될 정도로 김달수, 김석범 김태생, 고사명, 장두식 1세대의 작가들과 새로이 등장하는 이회성, 김학영 등 2세대 작가들이 활발한 작품 활동

---

15) 松原新一, 「在日朝鮮人の文學とは何か」(『群像』,1972,9) pp.174-175

을 벌인다.

이들 외에 활동했던 문인으로는 「최후의 문맹」, 「민족의 노래」를
발표한 정귀문, 성윤식과 같은 작가가 있다. 시인으로는 오임준, 강순,
김시종과 같은 시인이 있는데 강순은 일찍이 시집 「그날」을 발표한
후 70년대에는 한국의 정치나 문학에 관심을 갖고 그들의 시를 번역
에 힘을 쏟아 「오적」, 「한국의 젊은 시인군상-1」 등 많은 번역물을
남겼다. 오임준은 시집 「바다와 얼굴」, 「해협」 등 평론인 「황군을 지
원했던 조선인」, 「조선인 속의 천황」 등과 자신의 반생의 기록인 「기
록없는 죄수」 등을 남겼으며, 김시종은 <재일론>의 의미를 계속해서
추구하면서 「이카이노 시집」, 「광주시편」을 남기고 있다. 이밖에도 안
우식은 「김사량-그 저항의 세계」, 「천황제와 조선인」 등의 평론집을
남긴 평론가로서, 「조선소설사」, 「돌베개」 등의 번역집을 남겼다.

3) 재일조선인 문학의 성립

이상 재일동포 작가들의 작품 활동을 살펴보았는데 이시기에 재일
동포문학은 활발한 문학 활동을 벌여 일본 문단에서 <재일조선인문
학>이라고 공인을 받게 되었다. 그런데 이때 발표된 작품을 살펴보면
조국의 정치 현실을 다루었던 전기 작가들의 작품성향은 퇴조하며 대
신 개인의 고난사 작품이 많이 등장하고 있다. 구체적으로 설명하면,
정치현실을 담은 소설은 조직과의 갈등을 빚고 조직을 비판하거나 대
한민국의 현실을 비판하는데, 이들 작품에는 민족의 독립과 해방에 대
한 집념이나 열망은 느껴지지 않는다. 동포들의 관심을 조국에서 일본
사회와 개인의 문제로 눈을 돌리게 하였다. 그리하여 나타난 것이 어
릴 때의 성장과정을 중심으로 한 고난사와 같은 김태생, 장두식, 고사
명이 발표한 조국에 대한 회귀의식이 진하게 남아 있는 작품들이다.

그런데 60년대 들어서면서 이회성과 김학영 등 차별과 편견, 귀화 문제를 테마로 다루는 작가들이 등장하기 시작한다. 이회성의 문학은 부친으로 상징되는 가정에서 시작하여, 사회 민족 조국 등의 정치 이념 문제를 다루다 다시 가정으로 돌아오고 있다는 평16)처럼 유년시절의 가정사, 조국의 민주화, 이산과 유랑, 차별에 대한 저항 등 다양한 문학세계를 가지고 있는 작가이다. 그는 유년시절의 개인사를 「다시 또 이 길을」, 「다듬이질 하는 여인」 등에서 다루고 있는데, 단순히 개인 문제로서가 아니라 이산과 유랑이라는 조선인의 역사적인 문제로서 추구하여 다음 시기에 디아스포라 문학으로 나타나고 있다.17) 특히 그는 조국의 민주화와 통일 문제에 대한 그의 관심은 「금단의 땅」이나 통일된 조국상을 그린 「북이든 남이든 내 조국」이라는 평론집에 잘 나타나 있다. 이밖에도 「가야꼬를 위하여」와 귀화한 후 분신자살을 하는 재일동포 청년의 이야기를 담은 「반쪽짜리」에는 일본 사회에서의 차별과 편견을 적극적으로 고발하고 있다. 이에 반해 김학영은 차별과 편견 같은 문제에 맞서지 못하고 문제의 원인을 자신의 내부에서 찾으려하고 있다. 특히 그의 작품에는 말더듬이, 부친의 폭력, 민족의식의 결여와 같은 문제로 고민하는 주인공이 나오고 있다. 이른바 트라우마 문제와 <아이덴티티>의 문제가 바로 그것으로, 이들 문제는 80년대의 3세대의 작품에 더욱 심화되어 나타난다.

---

16) 竹田靑嗣, 『在日という根據』(國文社, 198) p.90

17) 林浩治, 「私的體驗から歷史意識へ」, (『民濤』1號,1987,冬) p.106

3 다양한 의식의 분출기

1) 새로운 재일론의 대두

이 시기는 새로운 의식이 분출되는 시기로, 조국체험이 있는 1세나 2세 동포들은 작고했거나 노령화로 인하여 사회적 활동이 점점 줄어가고 있다. 반면에 일본에서 나고 자라 일본인과 같은 정서와 의식을 가지고 있는 3세, 4세의 동포들의 수가 늘어나 동포사회에서 세대교체가 일어나면서 공동체 의식이 사라지고 있다. 또 동포사회에도 정치활동에 주력하던 동포조직에 대한 불신감이 팽배해진 가운데, 조총련이 크게 약화되고 민단도 종래의 명칭에서 거류를 삭제한 <재일대한민국민단>으로 명칭을 바꾸게 되었다. 이는 동포사회가 과거의 조국지향적이던 가주화 시대에서 일본에서 일본인과 공존을 모색한다는 정주화 시대로 완전히 바뀌었음을 단적으로 말해주고 있는 것이다. 특히 80년도에 들어서면서 많은 논란 속에서 새로운 재일론으로 <제3의 길>[18]이 제기되어 정주화 문제가 활발하게 논의되어감에 따라 이러한 문제를 다루는 새로운 세대의 문인들이 등장하여 재일 동포문학에도 커다란 변화가 일어나게 되었다. 특히 이들은 그동안 동포문학의 주류를 이루어 온 민족과 차별저항과 같은 주제에서 이탈하여 새로운 작품세계를 모색하고 있으며, 그러한 자신들의 문학을 재일이라는 기존의 틀을 가지고 바라보는 것을 거부하고 있다.

이처럼 급격한 변화와 새로운 재일론이 동포사회에 대두하던 이시기의 동포 작가의 문학활동을 살펴보면, 대다수 동포 작가들은 일본어

---

18) 1978년 김동명은 잡지 『朝鮮人』17호 대담에서 '조국지향과 귀화 중 택일이라는 이분적인 사고 대신 귀화하고도 조선인으로서의 삶을 모색해야 한다'는 당시로는 파격적인 주장을 하였다.

로 쓴 작품을 주로 일본잡지에 발표하였다. 그동안 1975년에 발간된 동포 잡지인 『삼천리』는 80년대에도 계속 발간되어 동포 지식인들의 발표의 장으로서 역할을 다하였으나, 1987년에 종간을 맞이하였다. 이와 때를 같이하여 1987년에 창간된 『민도』는 재일동포의 순수 문예잡지로서 창간호부터 소설특집과 신인특집 등을 비롯하여 많은 문학작품을 실어 박중호, 김창생, 종추월, 김재남, 정윤희, 김중명 등 많은 작가들을 배출하였다. 또 한국 민족문학 작가들의 작품과 평론을 싣는 등 한국 문인들과의 교류에도 힘을 쓰는 등 문예잡지로서의 역할을 다하였으나 1990년 10호를 끝으로 종간을 맞이했다. 『민도』이후에는 1989년 한일 양국의 상호불신 제거와 남북통일의 초석이 된다는 목적으로 『청구』가 창간되었으며 이외에도 『나그네』, 『호르몬』, 『우리생활』과 같은 동포 잡지들이 나왔다. 이처럼 이기간 동안에도 동포 잡지들이 계속해서 나왔으나 동포 작가들의 발표의 주무대가 동포 잡지보다 일본잡지로 되었는데, 이에는 다음과 같은 사정이 있다.

일본사회가 경제적 풍요에 도취하여 서구에 대한 콤플렉스가 사라지고 이에 따라 과거 식민지시대에 대한 죄의식이 사라지게 되자, 『군상』, 『문예』 등을 통한 서구지향형의 문학운동이 강화되었다. 일본문단의 재일동포문학에 대한 관심 역시 1세대의 저항적 성격의 민족주의 문학에서 벗어나 새로운 세대의 문학으로 많이 바뀌어 가고 있다. 특히 이들은 그동안 동포문학의 주류를 이루어 온 민족과 차별저항과 같은 주제에서 이탈하여 새로운 작품세계를 모색하고 있으며, 그러한 자신들의 문학을 재일이라는 기존의 틀을 가지고 바라보는 것을 거부하고 있다.

2) 새로운 세대 작가들의 작품세계

이처럼 동포 작가의 활동은 기존의 재일 동포문학의 세계에서 벗어나 새로운 문학세계를 구축하려는 움직임은 다양하게 바뀌고 있는 사회변화에 따른 당연한 결과이다. 물론 현재도 김석범, 이회성 같은 1, 2세 작가들과 이들의 전통을 이어 여전히 조국통일, 민족성 회복, 일본 사회의 차별과 같은 문제를 다룬 작품을 발표하는 작가들이 있다. 일본사회에서 자신들의 삶을 주체적으로 자신들이 선택한다고 하는 새로운 문학을 모색하려는 작가들이 나타났는데, 그 대표적인 작가로 양석일, 이양지, 유미리, 가네시로 가즈키(金城一紀)를 들 수가 있는데 이를 자세히 설명하면 다음과 같다.

2-1) 민족적인 작품 세계

그동안 동포문학의 중심적인 존재였던 전기 동포 작가들의 문학 활동은 80년대에 들어 꾸준하게 계속되고 있는데, 그 예로 김달수, 김석범, 김학영 이회성 등의 작품 활동들을 들 수가 있다.

먼저 60-70년대에 작품 활동이 소강상태에 빠졌던 김달수는 80년대에 들어서 다시 창작활동을 시작하는데, 고대 조선에서 온 도래인의 자손인 행기를 나라(奈良)시기의 사회주의자로 보고 오늘의 사회주의를 파악하려한 「행기의 시대」, 「고국까지」 등을 남기고 있다. 「행기의 시대」는 고대 일본 나라시대에 전국 각지에서 사회사업을 벌였던 조선에서 건너간 도래인의 자손인 행기스님의 일대기를 그린 작품으로, 「일본 속의 조선문화」와 같이 한반도가 고대 일본에 끼친 영향을 작품화한 것이다. 김석범은 평생의 테마작업인 4.3사건을 다룬 「해소」를 『문학계』에 5년 반에 걸쳐 연재했다가, 1983년에 3부작으로 완성한데 이어, 1997년에는 약20년에 걸쳐 전7권으로 완성했다. 「화산도」

는 「까마귀의 죽음」의 후속작으로 4.3사건 봉기과정을 그리고 있는데, 관념적인 사상을 앞세웠던 「까마귀의 죽음」과는 달리 현실에 냉소적인 지식인 이방근을 내세워 혁명을 위해 모든 희생을 합리화시키려는 극좌주의자들의 모험주의를 비판하고 있다. 이외에도 그는 「바다 속에서 땅 속에서」, 「만월」, 「허일(虛日)」과 같은 작품과 「순이 삼촌」 같은 번역서도 남기는 등 최근까지 왕성한 문학활동을 보이고 있다. 이회성은 70년대 동포 문예지 『민도』의 발행 등으로 한동안 작품발표가 뜸했는데, 90년대에 들면서 다시 작품들을 활발하게 발표한다. 즉 중국 연안파의 독립운동가 김산의 생애를 재구성한 「아리랑의 노래」와 사할린, 연해주, 중앙아시아 등으로 유랑하는 고려한인들의 삶을 장대한 스케일로 그려낸 「유역」을 발표하였다. 이 작품은 주인공의 연애사건, 가족과의 별거, 세대 간의 갈등 및 남북 체제에 대한 비판, 부친의 과거에 대한 고발 등을 내용으로 하고 있다. 특히 재소동포, 재독동포, 유대인등 여러 민족의 수난까지도 다루고 있어, 작가의 시야가 종래의 가족, 일본사회, 민족문제에서 더 넓은 세계로 확대되었다는 평[19]을 받고 있다. 이후 해방 후 일본을 통치하는 미군정하에서 사할린에서 일본으로 돌아온 조선인들이 다시 조선으로 귀국하기 위해 나가사키의 수용소까지 유랑하는 여정을 그린 「백년동안의 나그네」(1994)를 발표하여 문단의 커다란 호응을 얻었다. 이후 2000년대에는 사할린에서 태어나 일본으로 건너와 대학에서 북한 귀국운동(북송)을 하는 우철과 지상낙원이란 구호에 의심을 품으면서도 귀국선을 타고 북한으로 건너간 문성을 중심으로 전개되는 「지상생활자」등을 발표함으로서 아직도 작가로서 건재하고 있음을 과시하고 있다.

이상 살펴본 김달수, 김석범, 이회성 등은 대표적인 동포 작가로 일

---

19) 立石伯, 「視野の擴大と深化」(『群像』1992,8) p.326

본잡지에 왕성하게 작품을 발표하여 동포문학의 중심적인 역할을 해왔다. 그런데 이들과 달리 『삼천리』, 『나그네』, 『청구』, 『홀몬문화』 등 동포 잡지를 중심으로[20] 박중호 정윤희, 김재남, 원수일 등은 전통적인 민족적 성격의 동포문학 작품을 발표하였다. 먼저 박중호는 민족운동과 재일 동포의 삶의 모습이라는 문제를 가지고 많은 작품을 쓰고 있는데, 「밀고」는 전쟁 말기에 북해도 탄광촌에서 황국신민을 동경하는 철부지 소년이 탈주를 기도하는 중국인 노동자를 밀고하는 모습을 그린 작품이다. 「이별」은 주인공 형제를 데리고 행상 등으로 온갖 고난을 겪으며 살아가던 어머니에게 남자가 생기지만 본국에서 본처가 오는 바람에 헤어진다고 하는 내용으로, 남녀 애정과 가족문제 등이 잘 그려져 있다. 「개표」는 제목에서 암시하듯이 외국인 등록증 문제를 주로 하여 조직 활동을 하는 이들과 조직활동을 포기하고 생활전선으로 뛰어든 사람들과의 이질감, 일본의 유흥가의 몸을 파는 한국 아가씨들의 세계까지 다룬 작품이다. 정윤희의 작품으로는 원폭투하 직후 일본인 장교에 의하여 학살당한 조선인의 두개골과 교감한다는 내용을 그린 「어두움 속에서」, 병든 몸으로 도로 공사장에 일 나갔다가 콘크리트에 얼굴을 묻고 숨진 어머니의 죽음을 다룬 「수렁에 빠진 사람들」, <재일>과 정신박약이라는 이중의 악조건과 지문날인을 거부한다는 내용의 「상실」이 있다. 일본사회와의 갈등이나, 고발 등 다양하며 폭 넓은 소재가 그의 작품의 특색인데 작품 전면에 일본에 대한 원한이 두드러지게 나타나고 있다. 김재남의 작품에는 원폭의 피해자의 이야기를 그린 「어둠속의 박꽃」, 종군위안부 문제를 다룬 「봉

---

20) 이들의 개인 사정을 살펴보면, 김달수는 한일 고대문화 교류관계에 관심을 쏟고 있으며, 김석범은 오직 화산도의 집필에만 몰두하고 있으며, 이회성은 한동안 작품 활동이 뜸한 채 『民濤』라는 문예지를 주재해오다가 다시 최근 작품 활동을 하고 있다.

선화의 노래」 등이 있다. 이밖에도 오사카의 조선인 거리인 이카이노의 조선인 시장, 운하를 배경으로 싸움, 이별 등 동포의 삶의 애환을 그린 일곱 편의 단편으로 되어있는 원수일의 「이카이노 이야기」와 김창생의 「삼남매」 등이 있다. 이처럼 국가와 민족성에 관한 문제를 추구하고 있는 이들은 작품 속에 원폭투하, 조선인학살, 지문날인 거부, 외국인등록증 등과 같이 다양한 내용을 소재로 하여 일제에 대한 고발이나 일본 속에 살아가는 재일동포의 고난을 담고 있다. 이들은 일본문단에서 그다지 주목을 받지 못하고 동포 잡지와 자비출판으로 문학 활동을 이어가고 있는데, 그들의 문학 활동은 동포문학의 저변을 이루고 있다

2-2) 새로운 세대의 문학세계

한편 민족성 회복이라는 문제에만 집착을 하던 이들의 문학과는 대조적으로 재일문학이 민족적인 주체만을 전제로 하고 있기에 재일 동포 자신들의 존재가 그 영역에서 소외되어 왔다고 주장하며 일본사회에서 자신들의 삶은 주체적으로 자신들이 선택한다고 하는 새로운 <재일론>을 모색하려는 작가들이 크게 대두했는데, 양석일, 이양지, 유미리, 현월(玄月), 가네시로 등이 바로 그들이다.

양석일은 이러한 시대변화의 선두에서 재일 동포문학의 흐름을 주도하고 있는 작가이다. 그는 문학 활동과 사업에서 좌절을 맛본 후 1981년 자신의 택시기사 체험을 바탕으로 한 단편집 「광조곡」을 발표함으로서 소설가로 데뷔한다. 이후 오사카와 센다이의 유흥가를 무대로 풍요한 일본사회에서 소외되어가는 재일동포들의 운명을 그린 「밤의 바다를 건너라」, 「자궁 속의 자장가」, 「단층해류」 등을 발표했다. 이어 폐허에서 고철을 주우면서 삶을 이어가는 동포들의 얘기와 국외

추방을 앞두고 오무라 수용소 안에서 벌어지는 동포들의 치열한 삶의 모습을 그린 「밤을 걸고서」를 발표했다. 특히 1998년에 발표한 「피와 뼈」는 오직 돈과 폭력으로 일관된 삶을 살았던 아버지를 모델로 한 장편으로 많은 화제를 모았다. 2000년대에는 박태통령의 암살 사건을 재구성한 「죽음은 불꽃처럼」, 다단계 판매조직을 파헤친 「수마」, 광주 사태 당시 재일 동포들이 고뇌를 그린 「끝없는 시작」, 동남아 어린아이의 인신매매를 그린 「어둠의 자식들」 등 장편들을 발표하였다. 이처럼 그는 왕성하게 작품을 발표하여 일본 문단에서 많은 독자들을 확보하고 있는데, 그의 작품은 작가의 체험이 주요 소재로 되어 있는데 다음과 같은 강렬한 메시지를 전달하고 있다.

즉 「광조곡」, 「밤의 강을 건너라」, 「자궁 속의 자장가」, 「단층해류」 등 그의 작품에는 일본사회의 어두운 병리 현상을 고발하는 강렬한 메시지를 담고 있을뿐만 아니라 「족보의 끝」, 「크레이지 호스1」 등에는 추악한 재일동포들이 등장하며 조선인 부락을 난잡하고 시끄럽게 묘사하는 등 부끄러운 동포사회의 모습이 적나라하게 파헤쳐져 있다21). 이처럼 그의 날카로운 시선은 일본사회나 일본인뿐만이 아니라 우리에게 돌려서 조국과 조직 그리고 1세 작가들이 성역시해온, 동포, 조국, 가족, 아버지 그리고 바로 자기 자신에게 메스를 가하고 있다. 특히 박대통령 암살계획에 참가하는 조직원의 운명을 그린 「족보의 끝」이나, 민족과 조국을 위해 돈을 벌어야 한다며 사채업자로 변신하는 「신주쿠에서」와 같은 작품을 통하여 조국과 조직이 누구를 위해 존재하며, 조직의 정치운동이 동포사회에 남긴 것이 무엇인지를 묻고

---

21) 이한창, 「체제와 가치에 도전한 梁石日의 작품세계」, 『한국일본어문학회』(제13집 2002)
필자는 양석일의 문학세계를 1) 정치에 대한 불신, 2) 조국과 민족 대신 재일 동포의 실상, 3) 폭력적인 아버지와의 갈등, 4) 일본사회의 조선인 차별, 5) 성장의 혜택에 소외된 사람들로 나누어 살펴본 적이 있다.

있다. 그는 조국은 거대한 환영이며 조국으로 돌아간다는 마음은 환영
의 산물에 불과하다고 갈파하고 종래 1세 작가들이 절대시 해온 국가
와 민족 같은 가치에 대하여 냉소를 보내고 동포사회를 분열시키는
조직이나 조직운동에 대하여 가차 없는 비판을 가하고 있다[22] 한마디
로 양석일의 문학에는 민족이나 조국통일과 같은 이념은 거의 드러나
있지 않고 지켜야할 성역이나 절대적인 가치라는 것이 애당초 존재하
지 않고 있는 것이다.[23]

이양지는 자신의 조국체험을 바탕으로 한일 양국사이에서 흔들리는
젊은 동포세대들이 고민하는 아이덴티티의 문제를 그린 작가이다. 그
녀는 1982년「나비타령」으로 문단에 등단했는데, 이 작품은 주인공이
부모의 별거, 이혼을 앞둔 가정과 조선인 차별에 대한 도피처로 한국
에 와서 자기의 존재를 확인한다는 내용이다. 이후 재일동포 유학생들
이 조국에서도 느끼는 소외감을 그린「각」과「유희」를 발표했으며,「그
림자 저쪽」,「갈색의 오후」,「푸른바람」등의 작품을 발표하였다. 그동
안 세 차례나 <아쿠다가와 상>의 수상후보에 올랐던 그녀는 1989년
「유희」로 100회 <아쿠다가와 상>을 받았는데, 이 작품은 유학생활
중 양국 간 문화적 차이, 특히 한국어와 일본어와의 갈등 때문에 좌절
하고 귀국한다는 내용이다. 이외에도「해녀」는 트라우마 문제를 다룬
작품으로, 일본인 가정에서 자란 주인공이 어릴 때 받은 상처가 어떻
게 그녀의 파멸로 몰아가는가 하는 과정을 그려냈다. 이처럼 이양지는
어릴 때 받은 정신적인 상처와 재일동포 2세가 소외감 속에서 자기

---

22) 梁石日,『族譜の果て』, 立風書房, 1989, 342쪽
23) 이한창,「재일 동포조직이 동포문학에 끼친 영향」,『일본어문학 제8집』(한국일본어
   문학회, 2000년 3월), 112-123쪽 참고
   그의 이러한 비판정신은 김시종이「조선총련」을 발표하고 조총련의 경직성을 비판
   하여 파문을 일으켰을 때, 양석일이 조직 책임자인 허남기를 비판하는 논문을 발표
   한 점에서도 찾아볼 수 있다.

정체성을 찾기 위해 맹렬하게 싸워 온 작가로, 그녀는 민족이나 차별을 다루던 종래의 재일 동포문학에서는 찾아볼 수 없는 영역을 개척했다는 평을 받고 있다.

　이양지에 이어 <아쿠다가와 상>을 수상한 유미리는 가정의 해체와 가족 간 소통의 단절이라는 테마로 작품을 발표한 작가로, 1988년 희곡 「물속의 친구에게」를 발표한 이래 「물고기 축제」, 「그린 벤치」 등 9편의 희곡을 발표하여 극작가로서 인정을 받았다. 1994년에는 소설 「돌에서 헤엄치는 물고기」를 발표한 후 붕괴된 가정의 붕괴와 이로 인한 고통을 그린 「풀 하우스」, 「콩나물」 등을 발표했는데 이어 발표한 「가족시네마」로 116회 <아쿠다가와 상> 수상작으로 선정되었다. 이때까지 발표된 소설은 자신의 체험을 바탕으로 한 자전적인 작품으로 상호간 대화와 소통이 단절된 가족들의 고독과 위화감을 그렸는데, 그 배후에는 부모의 불화, 성추행, 자살미수, 퇴학, 흩어진 가족 등 주인공이 유년시절에 받은 상처가 자리하고 있음을 말해주고 있다. 유미리는 1990년대 종반에 들어서면서 유년시절의 자전적인 얘기에서 탈피하여, 이지메, 소년 연쇄살인과 같은 사회문제뿐 아니라, 성애, 자신의 정체성, 생명사상 등을 다룬 다양한 작품세계를 보여준다. 즉 일본 사회의 어두운 부분을 파헤친 작품으로는 「골드러쉬」, 「여학생의 친구」, 「이지메의 시간」 등이 있는데 이들은 모두 파편화된 가정과 왕따, 폭력, 원조 교제 등 현대 사회문제를 고발한 작품들이다. 다음으로 성애를 다룬 작품으로 성불능으로 이혼당한 사내와 관음증 환자인 노인을 그린 「타일」과 자신이 겪어 온 남자들의 신체 부위를 그린 「남자」가 있다. 이에 반해 「생명」은 남자의 변심으로 자살까지 결심했던 작가가 말기암으로 투병중인 옛 애인과의 재회를 통해 미혼모로서 아기를 출산하기까지의 자신의 처절한 삶을 드러낸 작품이다. 이외에도

2004년에 「8월의 저쪽」은 외할아버지의 마라톤 인생을 추적한 가족
이민사를 풀어간 작품이다. 이처럼 유미리는 10편에 가까운 희곡과
20편에 달하는 소설, 그리고 10여 편에 달하는 에세이집을 남기는 등
왕성한 활동을 보이고 있으며 작품세계도 전통적인 동포 작가들의 작
품세계인 개인사를 넘어선 사회문제까지 관심영역을 넓혀가고 있다.

유미리에 이어 현월(1965-)은 첫 작품을 발표한지 2년만에 <아쿠
다가와 상>을 수상하여 21세기의 첫 수상작가가 되었다. 그는 동인지
에 발표한 초기의 작품인 「이역의 사생아」와 두 번째 작품인 「무대배
우의 고독」이 문단에서 주목을 받은 후 1999년에는 조선계 동포의 여
인과 일본인 남편사이의 결혼생활을 그린 「젖가슴」이 <아쿠다가와
상> 후보에 오른데 이어 이듬해인 2000년에 발표한 「그늘의 집」이
122회 <아쿠다가와 상>을 수상한 것이다. 「그늘의 집」은 조선인 집
단촌을 무대로 전쟁 때 참전하여 오른팔을 잃은 서방이 과거와 현재
를 넘나들며 공동체의 일상 속에 묻혀버린 어두운 역사를 파헤쳐 가
는 내용이다. 즉 곗돈을 떼어먹고 도주하려던 숙이에게 가해졌던 집단
린치가 다시 중국인 노동자 사이에서 되풀이 되는 현실을 통하여 죄
의식 없이 빠져드는 개인들의 집단적인 광기와 공동체 안에서의 권력
관계 등을 그리고 있다. 이 작품에는 전후 개인보상 문제 등 정치색이
드러나며, 아큐를 떠올리게 한다는 주인공 서방의 성격에서 동포 작가
들의 작품 안에 등장하는 전형적인 조선인들의 모습[24]을 찾아볼 수
있다. 그리고 작품의 무대나 주인공의 존재가 작가가 머리속에서 오랫
동안 반추하며 키워온 허구의 산물이라는[25] 점에서 이 작품에도 재일

---

24) 이러한 주인공들의 전형적 모습은 김달수의 「박달의 재판」속의 박달이나 김석범의
「관덕정」속의 부스럼 영감에서 찾아 볼 수 있다. 특히 과거와 현재를 무시로 드나
들며 과거의 역사를 재현하는 주인공의 설정은 이미 80년대 발표된 이기승의 「바
람에 날리다」속 오이가와 고헤이의 모습에서 찾아 볼 수가 있다.
25) 玄月. 金石範, 「受賞記念對談: 幸福な時代の在日作家」, 『文學界』 2000年3月號.

동포의 특이성이 드러나 있다고 할 수 있다. 그럼에도 현월은 「그늘의
집」의 후기에서 자신은 재일 동포들의 삶을 그려내되, 재일 동포들의
특이성에 집착하지 않고 인간의 보편성을 그리겠다고 하여 이전의 동
포문학과는 거리를 두고 있다.

　만화기법으로 기존 가치와 질서의 틀을 깨는 가네시로 가즈키(金城
一紀)는 1998년 「레볼루션 No.3」로 '소설현대 신인상'을 수상함으로
써 소설가로 데뷔했다. 이작품은 삼류 고교의 불량학생들인 더좀비스
들이 그들만의 혁명을 위해 펼치는 통쾌한 모험담을 담고 있는 소위
좀비스물이며 40대 샐러리맨이 맹훈련으로 딸을 폭행한 고교복싱 챔
피언에게 복수를 한다는 「플라이, 대디, 플라이」와 평범한 여학생이
과외선생님의 갑작스러운 죽음에 의혹을 품고 파헤친다는 「SPEED」
역시 좀비물 시리즈이다. 이외에 등장인물들이 대화로 서로의 트라우
마를 치료해준다는 「연애소설」과 「태양은 가득히」외 5편의 단편으로
되어 있는 단편집 「영화처럼」등이 있다. 그의 거의 모든 작품들은 일
본에서 만화나 영화로 제작되어 폭발적인 반응을 얻었으며 한국에서
도 번역 출판될 정도로 젊은이들의 인기를 끌고 있지만 가장 주목을
끌고 있는 것은 「GO」이다.

　2000년에 발표된 「GO」는 <나오키 상>의 수상작으로, 재일동포
주인공의 일본 여고생과의 연애 이야기를 바탕으로, 조총련계 초·중
학교를 다니다 일본 고등학교로 진학하면서 겪는 친구들과의 갈등, 재
일 동포조직 간의 반목, 아버지에 대한 애정, 친구인 정일의 죽음 등
주인공의 성장 과정을 다루고 있는 첫 장편소설이다. 그는 '기존의 재
일 문학은 모두 무겁고 어두우며 재미가 없었다. 우리들 세대를 향한
새 여흥을 쓰고 싶었다[26]'고 밝히고 있는데 실제로 그는 자신의 소설

　　p.25.
26) 윤상인, 상게논문. 96쪽

에서 젊고 박력 있는 주인공을 등장시켜 아무리 어려운 문제도 유쾌, 상쾌, 통쾌하게 풀어간다. 특히 이전의 재일 동포 작가들이 핍박받고 억압받는 동포 사회나 한국 사회를 대부분 우울한 분위기로 묘사한 것과는 달리, 그는 어두운 동포 사회의 이야기도 가볍고 유머있는 필치로 밝고 긍정적으로 그려내어 독자들을 사로잡고 있다.

그의 작품은 영웅적인 주인공과 허황된 설정, 관념보다는 행동으로 밝고 시원스럽게 풀어가고 있어 만화와 같은 느낌을 준다. 이러한 만화적인 표현기법과 설정은 무거운 주제를 밝고 재미있게 담아내려는 수단으로, 기존의 가치나 질서의 틀을 깨고 더 넓은 세상을 지향하는 메시지가 담겨져 있다. 즉 '애당초 국적 같은 거, 아파트 임대 계약서나 다를 바 없는 거야.27)' 라는 주인공에게서 더 이상 국가 같은 것에 구속당하고 싶지 않은 새로운 세대들의 생각을 읽을 수가 있다. 바로 이 때문에 그의 작품은 고발과 저항의 주제를 버팀목으로 삼아온 재일 동포문학에 대한 관념을 혁명적으로 바꾸어 놓을 정도로 파격적이라는 평28)을 받고 있다.

2-3) 재일동포문학에서 재일문학으로

앞장에서 80년대 이후에 등장하여 활발하게 활동하는 작가들을 살펴보았는데 이들의 작품세계를 간단하게 정리하여 이전 세대와 비교하면 다음과 같다.

먼저 전시대부터 계속된 일제저항, 민족, 조국통일이라는 동포문학의 전통은 일본사회의 변화와 동포들의 의식의 변화 속에서도 김석범, 이회성과 같은 작가와 동인지, 자비출판 등으로 문학활동을 계속하는

---

27) 김난주 역, 「GO」, 현대문학북스, 2000, 93쪽
28) 윤상인, 상게논문. 96쪽

작가들에 의해 여전히 동포문학의 한 축으로 계승되고 현재까지 유지
되고 있다. 그러나 다른 한편으로 새로운 변화에 따라 민족과 조국에
서 자신들의 개인사나 아이덴티티 문제에 관심을 돌리려는 작가들이
나타나 새로운 작품세계를 보여주고 있다. 조국, 국적과 같은 기존 가
치나 질서의 틀을 깨고 더 크고 넓은 세상을 지향하려는 메시지를 담
고 있으며 개인사 문제를 넘어서 일본 사회의 부조리와 성, 자신의 정
체성 등으로 작품세계를 넓혀가고 있는 이들 문학의 출발점은 더 이
상 민족과 조국이 아니라는 점이다.

이들은 국적이나 민족이라는 벽을 넘어서 일본사회에서의 공생을
전제로 하고 인간으로서의 보편적인 가치를 지향하는 문학 활동을 하
고 있다는 점에서 차별성이 나타나고 있다. 그 결과 이들 문학에는 조
선의 민족적인 냄새나 조선의 풍습이나 신앙과 같은 향토색 및 조선
인들의 저항의식 등 재일 동포문학의 전통이 소멸되어 있다[29]는 평가
를 받고 있다.

이러한 민족 문제에 대한 의식이 빈약한 이들 작품에 대한 동포사
회의 평가는 세대에 따라 개인에 따라 크게 엇갈리고 있다. 즉 인간으
로서 자기회복 과정과 조선인으로서의 자기회복 과정은 분리하기가
어려운 것으로 자기주체성을 진지하게 묻지 않을 수 없다는 고사명씨
의 견해[30]와 함께 민족성 일변도로 집착을 해온 동포문학에 다양성을
가져다주었다는 긍정적인 입장이 있다. 반면에 개인적인 세계에 빠져
드는 태도는 일본으로의 풍화로 유인되는 반조선적인 사상으로, 결국
일본으로 동화의 연장이며 민족 부정에 불과하다는 부정적인 입장[31]

---

29) 磯貝治良, 「在日朝鮮人文學の昨日, 今日, 明日」, 『在日朝鮮韓國人』, 三一書房,
    1990, p.173-174
30) 松原新一, 「在日朝鮮人の文學とは何か」(『群像』, 1972,9), p.174-175
31) 裵鍾眞, 「同化追認の在日論」, (『月刊ソダン』, 1983,5, 皓星社), p.7

이 그것이다.

그러나 이러한 찬반의 평가와는 관계없이 일본사회의 변화와 동포 사회의 해체현상에 따라 탈 민족적 조선적인 작품 경향은 더욱 심화되어 가고 있다. 이러한 현상의 단적인 예로 재일 동포문학의 명칭이 그동안 일본문단에서 통용되어 왔던 '재일조선인문학' 대신 '조선인'이 빠진 '재일문학'이라는 명칭이 등장하여 점차 보편화되고 있는 현상을 들 수가 있다[32]. 가와무라씨(川村湊)가 문학이 더 이상 생산성을 가지지 못할 때 비로소 하나의 카테고리로 분류된다고 말하며 재일 동포문학의 특성을 잃어버린 재일 조선인 문학은 끝났다고 단절의 우려를 표하고 있는 것도 이 때문이다.

----

[32] 일본에선 오랫동안 통용되어온 '재일조선인문학' 외에 '재일조선인일본어문학', '재일 교포문학'이란 명칭이 현재 사용되고, 한국에선 '재일조선인문학', '재일한국인문학', '재일동포문학' '재일동포문학', '재일한인문학' 등 다양한 명칭이 사용되고 있는데 이 명칭에 대한 검토와 정립이 필요하다.

3. 재일 동포문학의 연구현황

 1 재일 동포문학의 정의

재일 동포문학이란 일본에서 발표되고 있는 우리 동포들의 문학을 가리키는 말로써 일본에서는 <재일조선인문학>이라는 명칭으로 통용되고 있다. 그러나 이 명칭 외에도 현실에서는 <재일 한국인문학>, <재일 동포문학>, <재일 외국인문학>, <재일문학> 등 여러 가지 명칭으로 사용되고 있다[1]. 발표자는 일본뿐만 아니라 중국, 러시아, 미국, 유럽 등 세계각지에서 이루어지고 있는 동포들의 문학 활동에 관심을 갖고 우리 국문학에 도입하여 새로운 장르로서 신설해야 한다는 생각으로 동포문학이라는 명칭을 사용하기로 한다.

---

1) 재일 동포문학에 대한 정의와 그 범위에 대하여 여러 가지 논란이 많겠으나 우선 1) 조선어로 쓰여진 작품만이 재일조선어문학이라는 조련 계 작가의 입장과 2) 해방 전 일본어로 발표된 작품 3) 일본인명으로 발표된 작품의 수용여부가 논란의 초점이 될 수가 있다. 연구자로서 본인의 입장은 조선인이 일본어로 발표한 문학으로써 조선적인 색채를 띠고 있는 문학이라는 일반적인 견해를 가지고 있다. 그리고 그 범위는 해방 전의 저항문학에서부터 최근에 발표된 작가의 작품까지로 하되, 조선인명으로 된 작품으로 한하였다.

2 동포문학 연구의 필요성

　이처럼 재일 동포문학은 일본문단에서 커다란 주목을 받고 있는데, 그 이유로는 작품 속에 나타난 치열한 문제의식과 강열한 리얼리티 그리고 신선한 문체 등 세 가지를 들 수가 있다.

　이를 좀 더 설명하면, 먼저 동포 작가의 작품 속에는 일제에 대한 저항, 조국의 민주화, 일본사회의 차별, 민족성 획득 등의 문제의식이 들어 있다. 그런데, 이들은 정치사상, 인식과 실천, 지성인들의 역할 문제 등을 소홀히 해온 일본문학에서는 찾아 볼 수 없는 것들로 일본 독자들에게 커다란 자극을 주었다고 한다. 다음으로 김사량, 김달수, 김석범의 작품 속에는 풍자적이고 토속적인 민중이나 민족적인 각성을 하는 지식인들의 모습이 선명하게 형상화되어 있는데, 이들 모습에는 신변잡기적인 사소설이 주류를 이루고 있는 일본문학에서는 찾아 볼 수 없는 리얼리티가 나타나 있어 일본 독자들을 사로잡고 있다. 마지막으로 작품의 문체 속에서 발견되는 신선한 충격을 들 수 있다. 1세 작가들은 물론이고, 2,3세 동포 작가들이 과거에 지배자 언어였던 일본어로 글을 쓸 때 갈등을 겪으며 작품 활동을 하고 있다. 그런데 일본작가들은 이중 언어자인 동포 작가들이 핸디캡을 가지고 쓰는 작품을 읽으면서 커다란 충격을 받고, 재미있는 표현을 발견한다는 것이다.

　바로 이러한 점 때문에 재일 동포문학은 일본 사회에서 넓은 독자들을 확보하고 있으며, 보수적인 일본 문단 역시 동포 작가들에게 발표의 지면을 제공하고, 문학상을 수여하는 등 자신들의 일본문학으로 인정하고 있다.

　그러나 일본 측의 적극적인 자세와는 대조적으로 동포문학에 대한 우리의 관심은 극히 소극적인 편이다. 유명 작가나 화제에 오른 일부의 작품들이 국내에 소개되고는 있으나, 전체적인 동포문학에 대한 소개나 연구도 거의 이루어지고 있지 않은 형편이다. 이는 이들 동포문학이 일본어로 발표되었다는 이유로 일본문학으로 여기고 우리문학 영역 밖으로 방치해왔기 때문이다.

이러한 태도를 시정하기 위해서 동포문학에 대한 귀속문제를 검토할 필요성이 대두되는데, 동포문학을 문학의 주체, 내용, 독자층과 문자 등 네 가지 측면에서 살펴보면 한일 양국문학의 성격을 가졌다는 점이 드러난다. 즉, 동포문학은 일본어로 발표되었고, 일본 문학권 속에서 성장했다는 점에서는 일본문학의 성격을 지니고 있다. 그러나 동시에 문학의 주체인 작가들이 우리 동포들이며, 작품 속에 조국의 문제와 민족적인 정서를 담고 있다는 점에서 우리 문학의 성격을 갖고 있다. 이밖에도 동포문학은 신문학 도입에서 80년대의 민족문학에 이르기까지 우리 문학에 상당한 영향을 남겼으며 동포 작가들이 일본문학으로의 편입을 거부하고 문학을 통해 자신들의 정체성을 확인하려는 사실을 감안할 때, 한국문학의 성격이 선명하게 드러난다. 더욱이 우리 학계에서 한자로 쓰여진 한문학을 우리 문학으로 편입시킴으로서 문자만을 문학의 귀속요건으로 삼는 속문주의 원칙은 이미 무너졌다. 또 속문주의 원칙에 따르면 아프리카나, 중남미, 동남아시아 등에는 자국문학은 존재할 수 없고 식민지의 종주국인 영국의 영문학과 불란서의 불문학만이 존재한다는 해괴한 결과를 가져온다. 그럼에도 속문주의 원칙만을 고집하려는 태도는 식민지 문학을 억압하고 세계문학을 강대국 중심문학으로 개편하려고 하는 문화 제국주의적인 발상에서 나온 것으로, 극복해야 할 과제라고도 할 수 있다.

이상으로 동포문학의 성격과 이에 관심을 갖고 연구를 해야 할 필요성에 대하여 살펴보았는데 요즈음은 다음과 같은 점에서 이들 문학에 대한 관심이 더욱 절실하게 요구된다.

첫째, 현재는 대다수의 1세 작가들은 세상을 떠났으며, 관계 자료들도 유실된 채 거의 연구가 진행되어 있지 않아, 재일 동포문학은 그 존재조차 사라질 우려가 있다. 둘째, 현재 일본의 동화정책과 세대교체로 동포사회는 크게 흔들리고 있으며, 동포문학 역시 소멸될 수 있다는 위기감에 처해있다. 셋째, 현재 러시아, 중국 등의 동포문학이 국내에 소개되고 이에 대한 관심도 높아지고 있으므로, 재일 동포문학을 비롯하여 중국, 러시아, 미국, 유럽 등에서 이루어지고 있는 동포문학을 새로운 장르로서 인정하고 연구해야 할 좋은 기회이다. 넷째, 동포문학의 연구는 해외 동포정책을 세우거나 한일 양국의 현안문제인 정신대나 강제징용 문제에 대하여 국민의 관심과 정확한 인식을 고취하는 자료로 활용할 수 있다.

3 동포문학 연구의 현황

1) 한국 측 연구동향
한국에서 동포문학 연구가 시작된 것은 극히 최근의 일로써, 80년 이전에도 김달수, 이회성, 김석범 등 몇몇 유명작가의 작품과 연구논문은 거의 전무한 편이었다. 80년대에 들어 김사량(정백수)과 장혁주(백천풍)에 대한 연구가 국문과에서 학위논문으로 나왔으나 후속 논문은 나오지 않았다. 한동안의 공백 끝에 1989년에 발표자의 「재일한국인 문학의 역사와 그 현황」이 나왔는데 이 논문은 개략적이나마 동포문학의 전반적인 역사를 다룬 본격적인 논문이라고 할 수 있다. 90년대부터 동포문학 연구에 대한 필요성이 대두되면서 동포문학으로 학위를 받은 연구자가 나오기 시작하고 이들을 중심으로 하여 김사량, 김달수, 이회성, 이양지, 유미리 등 일부 작가의 작품에 대한 연구가 시작되었다. 그러나 대부분의 연구가 한정된 몇몇 작가의 작품을 대상으로 한 개별연구일 뿐, 총체적인 연구는 이루어지지 않고 있다. 그동안에 재일 동포문학을 비롯한 해외의 동포문학을 민족문학으로 수용해야 한다는 논문도 나왔지만 일문학이나 국문학에서 관심을 얻지 못한 실정이다. 또한 현재까지 이십여 편이 넘는 많은 박사 및 석사 학위논문이 나왔지만, 대다수가 작가론으로 재일 동포문학을 통시적이고 체계적으로 바라본 논문은 아니었다.

그나마 90년대 말 부산대 연구소에서 나온 국문학 연구자들의 공동작업인 「일제 강점기 재일 한국인의 문학 활동과 문학의식 연구」(1998)가 유일한 본격 연구서라고 할 수 있는데, 이 역시 1930년대 프로문학 작가들에 한정되고 있어 통시적인 연구서라고 인정하기 어렵다. 현재까지 동포문학에 대한 본격적인 문학사는 물론 체계적으로 소개한 개론서나 입문서도 나오지 않은 실정이었으나, 2000년대에 들어서면서 몇 권의 연구 성과물이 나오고 있는 것은 다행스러운 일이라고 할 수 있다[2].

2) 일본 측 연구동향

일본 측에서 동포문학 연구가 시작된 것은 70년대 이후의 일로서

---

2) 2000년대 들어서의 연구 성과로는, 「장혁주 연구」, 「재일 동포문학과 디아스포라」(2008,제이엔시)3권 「장혁주의 일본어 작품과 민족」, 「재일 한국인문학연구」, 「재일코리안 문학과 조국」, 「재일 디아스포라문학」와 같은 단행본이 나온 것이 커다란 수확이라고 할 수가 있다.

동포문학은 연구자들 사이에서도 거의 연구의 대상이 되지 않았다. 70
년대까지는 동포 작가들의 작품이 독자들 사이에 화제를 일으키며 출
간될 때 간단한 단평이 소개되는 것이 동포문학 연구의 전부라고 해
도 과언이 아니었다. 그러다가 80년대 들어 임전혜, 백천풍, 이소가이
지로(磯貝治良), 하야지 고지, 호테이 토시히로(布袋敏博) 등 몇몇
평론가에 의해 부분적으로 연구가 이루어지고 연구서가 몇 권 나왔지
만, 몇몇 작가나 작품들을 대상으로 한 개별적인 연구가 중심을 이루
고 있다. 즉 백천풍는 학위논문 「장혁주 연구」를 쓴 이후 장혁주 연
구에 힘을 쏟고 있으며, 하야시 고지(林浩治)씨는 단행본 「재일조선
인 일본어 문학론」을 발간하였으나 주로 김태생 연구에 주력하고 있
다. 이에 반해 이소가이 지로3)는 여러 작가들을 폭 넓게 다룬 평론들
을 발표하고 있으나 이 역시 개별 작가의 단편적인 연구에 그치고 있
는 실정이다. 그러나 90년대에 동포문학에서는 커다란 성과가 나왔다.
즉 동포문학의 최초의 박사학위 논문인 「해방 전 조선인 문학의 역사」
(1994)가 뒤늦게 출판된 것인데, 이 논문은 비록 유학생과 프로문학
자의 활동 등이 누락된 결점이 있지만 구한말에서 해방 전까지 재일
동포문학을 통사적으로 다룬 문학사적인 성격을 띤 연구서이다. 이어
호테이 토시히로, 오오무라 마스오(大村益夫)를 비롯한 일본 측 연구
자 6명의 공동연구 작업으로 「조선 문학관계 일본어 문헌목록」이라는
연구 자료집이 간행되었는데, 이 역시 해방 전 작품만을 대상으로 하
고 있지만 동포문학을 연구하는데 없어서는 안 될 소중한 연구 자료
로서 임전혜의 논문과 함께 획기적인 성과라고 할 수 있다. 최근 들어
저명한 평론가인 가와무라 미나토와 이소가이 지로의 평론집이나 김
석범의 작품 평론집 등이 발간되고 있으나 아직도 동포문학에 대한

---

3) 소설, 평론가로서 나고야에서 매월 한 번씩 갖는 모임인 <재일조선인문학을 읽는
   모임>을 30년 동안 계속해오고 있다.

연구는 부족한 실정이라고 할 수 밖에 없다.

3) 기타 연구의 동향

이처럼 국내의 연구도 일본과 마찬가지로 부진한 편인데 다만 한 가지 고무적인 현상은 최근 들어 한국이나 일본 등의 대학원에서 동포문학을 전공하는 학생들이 생겨나고 있다는 점이다. 이러한 현상은 90년대부터 일고 있는 마이너리티 문학에 대한 연구열의 고조 현상으로 비단 한국과 일본에서 뿐만 아니라 소수이지만 미국과 호주에서도 연구자가 생겨나고 있다[4]. 특히 고무적인 사실은 재일 동포문학뿐아니라 중국, 러시아, 미국, 유럽, 중남미, 호주 등 세계각지에서 이루어지고 있는 해외 동포문학에 대한 소개와 이에 대한 연구도 이루어지고 있다는 점이다. 중국의 조선족문학에 대한 연구는 시작된 지 오래되어 재일 동포문학에 대한 연구를 능가할 정도이며 재소, 재미, 재러 동포문학에 대한 연구도 시작되어 아직은 시작단계이지만 그 성과[5]도 나오고 있다. 작년에는 <국제한인문학회>라는 학회가 발족되어 범세계적인 동포문학 연구를 시작하고 있으며, 적지않은 수의 연구자들이 학진의 지원으로 재일동포에 대한 연구를 시행하고 있다는 점은 다행스러운 일이라고 할 수 있겠다. 이처럼 동포문학에 대한 연구가 다방면에서 이루어지고 있는 점으로 미루어 볼 때 동포문학에 대한 연구는 앞으로 더욱 활기를 띄어가고, 그 결과 머지않아 이들 동포문학을 우리문학에서도 수용할 날이 올 것으로 생각된다.

---

4) 발표자와 교류를 나누거나 외국인 재일 동포문학을 대학에서 연구하는 학위를 소지한 연구자가 미국 호주등에서 나타나고 있다.
5) 대표적인 사례로 오래전에 각 지역에 대표작가 1인씩 5명을 대상으로 하는 해외 동포 작가 연구 성과가 나왔으며(연세대), 또 최근에는 재일을 비롯하여, 재중, 재러, 재미 동포문학의 현황과 대표 작가들을 다룬 연구 성과(경희대, 『한민족문화권의 문학』)도 나오고 있다.

4 동포문학 연구의 과제

앞에서 살펴본 것처럼 동포문학에 대한 연구는 그동안 단편적으로 이루어져 왔다가 최근에 들어 본격화되는 단계에 접어들었다고 할 수 있다. 이들 연구가 더욱 활성화되어 소기의 성과를 거두기 위해서는 현재 진행되고 있는 연구는 개선되어야 할 여러 문제점과 과제를 가지고 있는데 이들을 발표자 나름대로 정리해보면 다음과 같다.

1) 먼저 연구 인력을 확보하고 연구 자료를 수집하는 것이 가장 시급하다. 연구를 하는데 있어 가장 중요한 것은 연구 인력과 연구 자료인데, 재일 동포문학의 경우 논문을 발표하는 사람이 조금씩 늘고 있어 연구 인력 사정은 좋아지고 있는 편이나 아직 충분하다고 할 수는 없다. 자료의 경우도 해방 전 자료는 이미 일본인 연구자들의 노력으로 목록집이 나와 있으며, 해방 후 자료 조사 작업도 공동연구로서 진행되고 있으므로 앞으로 어느 정도 어려움은 해소되리라고 본다. 그러나 이러한 작업에도 불구하고 현재 1세, 2세 작가들이 작고하거나 노령화되어 가며 작품들이 거의 유실되고 있어 자료를 완전하게 수집한다는 것은 거의 불가능한 일에 가깝다고 할 수 있다. 특히 해방 전 유학생들의 일어 작품과 해방직후 동포 잡지에 의한 문학 활동 자료들은 거의 유실되고 있는데, 이들 자료를 수집하는 것이 이후 연구의 커다란 과제이다.

2) 동포문학의 체계적이고 종합적인 연구가 필요하다. 그동안 상당수의 학위논문이 나왔으며 최근에는 학술대회 때마다 산발적이긴 하지만 적지 않은 논문들이 발표되고 있으나, 이들 연구는 유명 작가의

작품론을 중심으로 한 개별연구가 대부분이다. 그 결과 동포문학을 체계적이고 종합적으로 정리한 문학사나 입문서는 물론 작가의 전체적인 모습을 담은 작가론도 한 권 나오지 못하고 있는 실정이다. 이것은 연구 인력과 연구 자료가 부족하고 연구의 역사가 짧다는데서 기인한 현상이라 할 수 있다. 더욱이 논문은 새로운 것을 찾아내야 하는 것만으로 생각하고 기왕의 연구 성과를 정리하고 체계화하는 작업에는 소홀히 해왔으며, 또 생존 작가들의 작가론을 쓰는 것은 곤란하다는 연구자들의 연구방법에 보다 큰 문제가 있다고 생각한다. 따라서 이제는 종합적이고 체계적으로 동포문학을 바라보는 적극적인 연구 방향에 보다 많은 관심을 가져야 한다고 생각된다.

3) 동포문학이 단편적인 개별연구에 그치고 있는 주요 원인중 하나는 연구자들이 동포문학을 연구하면서도 정립된 동포문학의 개념이 시야에 들어오고 있지 않기 때문이다. 동포문학이 우리문학의 성격을 지니고 있음에도 불구하고 학계에서는 동포문학을 일본문학으로 생각하고 도외시해 왔다. 그동안 연구의 대부분은 일본문학의 일환으로 또는 일본문학에서 소외된 변방문학으로서 동포문학을 접하게 된 일본문학 연구자들에 의해 이루어진 것들이다. 초창기 연구에 있어 이러한 점은 불가피한 면이 있으나 앞으로 연구는 국문학의 일환으로서 동포문학의 정체성을 밝히려는 작업도 필요하며, 이러한 과정에서 국문학 연구자들이 많이 참여해야 한다고 생각한다.

4) 다음으로 소외되어 있는 동포문학에 대한 연구가 집중되어야 할 것이다. 재일 동포문학 중에도 여러 가지 이유로 제도권에 진입하지 못하고 소외받고 있는 작가들이 많이 있다. 예를 들면 문학상을 수상

하지 못하거나 화제작을 내지 못하여 잘 알려지지 않은 작가들과 <문
예동> 작가나 일본에 귀화하여 일본명으로 작품을 발표하는 작가들
은 작품소개는 물론 연구대상에서도 제외되어 왔다. 그러나 무명작가
작품에도 문학성이 높은 작품이 많이 있으며, 동포문학은 소외받은 무
명작가들의 기반 없이는 존립할 수 없으므로 이들 작가와 작품에 대
한 연구가 활성화 되어야 한다고 생각한다. <문예동> 작가들이나 귀
화하여 일본명으로 작품 활동을 하는 작가들에 대한 연구도 현재까지
는 전무한 형편이나 동포문학의 전체적인 모습을 알기위해서도 이들
에 대한 연구도 시급한 형편이다.6)

  5) 또 재일 동포문학을 연구하는데 있어 중요한 과제로 동포문학자
들의 친일활동을 객관적으로 재평가해야 하는 문제가 남아 있다. 연구
자가 작가를 평가할 때, 친일 문학 활동은 냉철하게 비판해야 하겠지
만 작가의 모든 작품 활동이 총체적으로 평가해야 한다고 생각된다.
그러나 그동안의 평가를 살펴보면 그렇지 못하고 친일 작품 때문에
그의 문학 작품 전체가 부정되어 버리는 경향이 있다. 또 같은 친일활
동을 했어도 후에 복권이 되어 활발하게 문학 활동을 했던 사람이 있
는가 하면 친일 문학자로 낙인이 찍혀 영원히 매장되어 그 존재 자체
가 말살되어 버린 사람도 있다. 그 대표적인 예로서 백철, 김사량을

---

 6) 동포문학에 대한 관심이 이른바 유명작가에 집중되어, 국내에 소개하는 작품도 몇
    몇 화제 작품에만 그치고, 연구 세미나 등에도 특정 작가만을 초청하는 것도 문제
    이지만, 연구자의 연구가 몇몇 소수 작가에 한정되어 있는 점은 더 큰 문제라고 생
    각한다. 또 그동안 <문예동> 작가에 대해서는 좌익이라는 정치성 때문에 접근하지
    않았지만, 최근에는 좌익문학에 대한 관심이 높아졌으며, 이들 문학에 대한 연구
    작업이 학진의 지원으로 시작되었으므로 앞으로 이 방면 연구는 활성화되리라고
    생각된다. 그러나 아직도 일본명 작가에 대한 연구는 현재까지도 이루어지고 있지
    않고, 또 그러한 움직임도 보이고 있지 않은 것 같다. 이들 문학 중에는 민족문학으
    로서의 성격이 그다지 드러나지 않고 있는 작품이 많은데 이들 문학을 동포문학의
    범주에 넣어야 하는가 하는 문제에도 논의가 필요하다고 본다.

전자의 경우로, 김용제, 장혁주는 후자의 경우라고 할 수 있는데, 이는 객관성을 잃어버렸기에 정당한 평가라고 보기 어려우므로, 이러한 기존의 평가에 대해서 재평가가 필요하다고 생각한다.

6) 마지막으로 해외 각 지역의 동포문학 연구가 더욱 활성화되어야 하며, 재러, 재중, 재미 등의 동포문학과 연계성을 갖는 연구와 연구조직을 갖추어야 한다. 지금은 재일 동포문학 연구가 국내외에서 조금씩 활성화되어 가고 있으며 재중, 재러, 재미 동포문학 연구의 경우도 마찬가지이다. 다만 일부지역의 한정된 작가나 작품만이 소개되고 연구되어 왔으므로, 동포문학의 영역은 그 실체보다 축소된 모습으로 알려져 왔다. 그러나 연구가 진행되어 가면서 동포문학의 전체적인 모습과 우리 문학으로서의 성격이 드러나고, 또 우리문학으로 편입의 가능성도 기대할 수가 있게 되었다. 다행히도 이들 각지의 동포문학을 연계하여 체계적으로 연구하려는 움직임이 시작되고 이미 학회까지 결성되었지만, 그 성과는 아직은 미미한 형편으로 학계 연구자들의 관심과 참여가 크게 기대된다고 하겠다.

제2장

재일 동포문학의 성격

4. 민족문학으로서의 재일 동포문학 연구

 1 머리말

본 연구의 목적은 일본에서 창작활동을 하는 재일 동포 작가들의 문학 활동의 성격을 살펴보고 우리 문학과의 관계를 규명하여 민족문학으로 수용시켜야 할 필요성과 그 이론적인 근거를 모색하는데 있다. 재일 동포문학이란 일본 사회에서 우리 동포들이 쓴 문학을 가리키는 말로서 일본문단에서는 <재일조선인문학>이라는 명칭으로 통용되고 있는, 아직 일반화되지 않은 명칭이다[1]. 본 논문에서는 일본, 러시아, 중국, 미주, 유럽 등 해외에 거주하는 동포들에 의해 이루어지는 동포문학을 의식하여 재일 동포문학이란 명칭을 사용하려 한다. 그러나 그 정의는 "<재일조선인문학>은 조선인이 일본어로 조선적인 것이나 조선인의 생활을 그린 것에 한한다."는[2] 일반적인 견해에 따른다. 그리

1) <재일 조선인문학>이란 명칭 외에도 <재일 문학>, <재일 조선인일본어문학>, <재일 동포문학> <재일 한국인문학> 이라는 명칭이 있으나 일반적으로 공인된 명칭으로 보기 어렵다.
2) 재일 조선인문학에 대한 정의에 대해서는 다음 두 자료 (安宇植,「金達壽, 人と作品」,『直』11號, 1980), (磯貝治良,「金達壽の位置」,『新日本文學』2, 1966)에 자세하다.

고 그 범위는 해방 전의 저항문학에서부터 최근에 발표된 작가의 작품까지로 하되, 조선인명으로 된 작품에 한하였다[3].

재일 동포문학의 역사는 구한말의 이수정, 유길준 등의 문화 활동에서 시작되어, 일제 강점기에는 유학생과 장혁주, 김사량 등의 프로 문인들에 의하여 이루어졌으며, 해방 후에는 김달수, 김석범, 이회성, 이양지와 같은 작가들로 그 전통이 계승되어 왔다. 이처럼 해방 전 저항문학에서 시작하여 오늘에 이르기까지 수많은 작가들에 의해 조국과 민족의 동질성 회복을 노래한 작품들을 배출하여 온 재일 동포문학은 그동안 국내에서는 거의 주목을 받지 못했으나 일본문단에서는 큰 비중을 차지하여 왔다. 즉 최고 권위를 자랑하는 <아쿠다가와 상>의 경우만 하더라도 수상작가인 이회성, 이양지, 유미리 외에도 김학영과 김석범 등 10여명의 작가가 후보에 올랐으며[4] 이밖에도 양석일, 박중호, 이기승, 정윤희 같은 100여명이 넘는 많은 문인들을 배출하여 일본문단에서 커다란 주목을 받았다.

재일 동포 작가의 왕성한 활동은, 일본인들의 관심을 끌었던 해방 전인 40년대 장혁주, 김사량, 이은직 등의 활동상을 능가하는 것으로, 일본문단에서 재일 동포문학이 이처럼 각광을 받는 데에는 다음과 같은 몇 가지 이유를 들 수 있다. 먼저 작품의 주제로써, 동포 작가들이 독자적으로 전개해 온 문학세계가 문학과 정치사상, 인식과 실천, 지성인들의 역할 등의 문제에 소홀했던 전후 일본사회와 문단에 커다란 자극을 주었다. 특히 소외되고 차별받아온 재일동포 문제가 오키나와나 부락민 문제와 함께 일본 지식인들의 주요 관심사로 부각된 60년대에는 이들 작품에 대한 관심이 더욱 높아졌다[5] 다음으로 작품의

---

3) 재일 동포문학의 범위는 일반적으로 1)우리말로 발표된 조총련계 작가의 작품 2)일본인명으로 발표된 작품은 제외하고 있으며, 본 논문에서도 이에 따랐다.
4) 이한창, 「재일동포 작가와 아쿠다카와상」, 『외국문학』 51호, 1997년 여름 호 참조

주인공들이 지니고 있는 강렬한 리얼리티를 들 수 있다. 김사량, 김달수, 김석범의 작품에는 일제에 대한 반감을 지닌 풍자적이고 토속적인 민중이나 혼란스런 정치현실에서 민족적으로 각성해가는 저항적인 주인공들이 등장하고 있다. 그리하여 신변잡기적인 사소설이 주류를 이루는 일본문학에서 찾아볼 수 없는 문학적인 리얼리티가 그들의 작품 속에 나타나 일본 독자들을 사로잡았다. 마지막으로 문체 속에서 발견되는 신선한 충격을 들 수 있다. 동포 작가들은 조선적인 것을 말살시키고 일본화를 조장하는 지배자 언어였던 일본어의 구속력에서 벗어나기 위해 갈등을 겪으며 작품 활동을 하고 있다. 그런데 일본작가들은 이중 언어자들이 핸디캡을 가지고 쓰는 이들의 작품을 읽으면서 커다란 충격을 받고, 오히려 자신들의 글에서는 맛볼 수 없었던 재미있는 표현을 발견한다[6]는 것이다.

2 재일 동포문학의 귀속에 대한 세 가지 시각

이처럼 일본문학에 적지 않게 기여한 동포문학에 대하여 차별이 많은 일본사회에서도 문학계만은 너그러운 편이다. 일본문단과 일본사회에서는 동포문인들에게 문학단체의 문호를 개방하고 문예지가 지면을 제공하며 여러 문학상등을 주고 있는데, 이는 동포문학을 일본문학으로 여기기 때문이다. 그러나 일본 측 연구자의 태도는 조금 다른 편으로, 이들의 동포문학에 대한 입장은 1) 일본 문학, 2) 양국의 성격

---

5) 김윤식, 『한일문학의 관계양상』, 一志社, 1974, p.87.
6) 金石範. 李恢成. 大江健三郎, 「對談:日本語で書くについて」, 『文學』, 1970.11 참조

을 가진 문학, 3) 조선 문학이라는 세 가지로 대별할 수가 있는데 이를 자세하게 설명하면 다음과 같다.

먼저 일본어에 의한 문학의 성과인 재일 동포문학은 일본문학이라는 입장이 있다. 이는 일본문단이나 사회에서 가장 일반적으로 통용되고 있는 주장으로 문학에 있어 중요한 것은 작품의 내용이지 쓰는 이의 국적은 아무런 문제가 되지 않으므로 작가도 국적을 잊어야 한다[7]는 고토 메이세이(後藤明生)의 견해가 있다. 가와무라 미나토 역시 동포문학은 민족성이라는 관념에서 탈피할 때 독자적인 문학으로 성립할 수 있는 일본문학에 근접한 일어문학이라는 입장이다.[8] 재일조선인 일본어문학이라는 명칭을 사용하는 하야시 고지 역시 같은 입장이다.

다음으로 재일 동포문학은 한일 양국의 성격을 가진 문학이라는 오다기리 히데오(小田切秀雄), 츠루미 슌스케(鶴見俊輔)의 주장이 있다. 오다기리 히데오는 문학자에게 국적은 아무런 문제가 되지 않으며 재일 동포문학은 그 성격상 양국 문학의 성격을 지니고 있다[9]고 주장하였다. 츠루미 슌스케는 일본 국내의 문학사를 초월한 아시아에 있어서의 일본 문학사 속에서 하나의 연관관계를 이루고 있다는 인식을 가지고 재일 동포문학을 생각해야 한다[10]는 주장을 하였다.

마지막으로 소수파이긴 하지만 재일 동포문학은 조선 문학이라는 입장이 있다. 1970년대 동포조직인 조총련이 김달수와 김석범의 작품을, '반민족적이고 반동적'이며 '공명이나 매명을 추구하여 조국과 민

---

7) 後藤明生外 3人,「對談: 虛構と現實について」,『三田文學』, 1970년 3月 참조
8) 川村湊,「在日韓國人文學とは何か」,『靑丘』19號, 1994.春, p.33
  川村湊씨는 동포문학 중 일본어로 쓰여진 작품을 일본문학으로의 과도기적인 성격을 갖고 있지만 한국어로 쓰여진 경우에는 조선 문학으로 취급해야 한다고 설명하고 있다.
9) 小田切秀雄,「金達壽の獨自性」,『新日本文學月報38』, 集英社,1965,3 P1
10) 鶴見俊輔,「朝鮮人の登場する小說」,『文學理論 硏究』, 岩波書店, 1967, p192.

족은 안중에도 없이 쓴 글'이라는 비판을 가하자, 하류 이치로(針生一郎)는 그들을 옹호하여 재일 동포문학은 통일된 조선 문학의 유산이라는 견해를 밝혔다.[11]

이상 살펴본 바와 같이 동포문학에 대한 일본 연구자들의 입장은 크게 세 가지로 엇갈리고 있으나, 이들 문학을 일본문학으로 인정하려는 주장이 가장 일반적으로 통용되고 있다.

이처럼 대다수의 일본인들이 재일 동포문학을 일본문학으로 여기는 데 반하여, 정작 당사자인 동포 작가들의 입장은 자신들의 문학이 일본문학으로 인식되는 것에 대하여 강한 거부감을 갖고 있다. 이러한 거부감은 해방 직후 재일 동포문학은 일본문학이 아닌 조선 문학이라고 단언하고 반드시 조선어로 발표해야 한다는 어당의 주장[12]이나, 현재도 일부 조총련 산하의 <문예동> 소속 작가들은 조선어로 작품 활동을 계속하고 있다는 사실에서도 잘 나타나고 있다. 일본어로 작품을 발표했던 동포 작가들도 이 점에서 크게 다를 바가 없다. 앞에서 살펴본 것처럼 김달수는 <재일조선인문학>을 조선인의 의식과 생활을 적어가는 것으로 정의하고 있으며, 재일 동포문학의 범주에서 일본명으로 발표하는 작가의 작품을 제외하는 사실 등에 비추어 볼 때, 일본문학과 거리를 두려는 의지를 읽을 수 있다. 김석범도 그의 문학이 일본어와 일본문학에 크게 기여하고 있다는 평가에, 자신은 일본어나 일본문학을 위해 소설을 쓰고 있는 것이 아니라고 반발하고 있다. 그는 일본 작가들이 재일 동포문학에 거리감을 두고 임해주길 바라며 재일 동포 작가도 일본문학과는 거리감을 두는 것이 바람직하다는 입장을 밝혔다[13]. 이회성은 최근에 열린 <한민족 문학인 대회>에서 해

---

11) 針生一郎, 「その批判は正當か」, 『三千里』20號, 1979年 冬, p.77
12) 朴春日, 「日本における朝鮮文學の歷史的意義とその諸問題」, 『日本文學誌要』第16號, 法政大學 國文學會, 1966.11, pp.23-24에서 재인용.

외 동포문학을 무시하고 있는 국내의 현실을 지적하고, 이는 한국문학에 대한 개념이 너무 편협하여 나온 결과로, 이를 시정하고 재일 동포문학을 민족문학으로서 수용해 주길 바란다는 희망을 피력하였다[14].

이처럼 당사자인 동포 작가의 입장은 자신들의 문학은 일본어 문학이지만 일본문학이 아닌 독자적인 문학이라고 하면서[15] 일본문학으로의 귀속을 거부하고 우리 문학으로 수용해줄 것을 바라고 있다.

한편 동포 작가들의 이러한 바람과는 달리 그동안 이들 문학에 대한 국내의 관심은 극히 냉담한 편이라고 할 수 있다. 일부 동포 작가들의 작품이 국내에서 번역 소개되기도 했으나, 김달수, 김석범, 김학영, 양석일등 대다수 작가들의 작품은 일본 내의 높은 문학적 평가에도 불구하고 번역조차 되지 않거나 번역된 경우에도 독자들의 관심은 극히 저조한 편이다. 백낙청과 고은 같은 일부 평론가들이 동포문학에 관심을 가지고 연대 작업을 벌이기도 했으나, 우리 문단이나 학계에서는 재일 동포문학을 일본문학으로 취급하여 해방 전의 친일문학, 북한문학과 함께 우리 문학 권에서 배제하여 왔다. 다만 최근 들어 해외 동포문학도 우리문학에서 다루어야 한다는 주장[16]이 대두하고 있으나, 이 역시 한글로 이루어진 작품만을 대상으로 하고 있을 뿐 일본어로 이루어진 작품은 여전히 우리 문학권 영역 외로 취급하고 있다.

13) 金石範, 「在日朝鮮人文學」, 『「在日」の思想』, 筑摩書房, 1981, p.118.
14) 이회성, 「일본속의 한국문학과 문학인」, 『세계 속의 한국문학과 문학인』 (96 문학의 해 기념 한민족 문학인 대회 심포지엄 자료집), 1996, p.24
15) 金石範, 「在日朝鮮人文學について」, 『民族、ことば、文學』創樹社, 1976, p.53
16) 조동일, 「한국문학 이해의 길잡이」, 집문당, 1996, p.13

3 귀속문제 검토의 필요성

　동포문학이 국내에서 외면을 받아온 이유는 다음 몇 가지를 들 수 있다. 먼저 가장 큰 이유로는 우리 문학은 우리 민족어로 써야한다는 이유를 들어 연구자들이 이들 작품을 우리의 문학권 밖으로 방치하여 왔다는 점이다. 다음으로 이들 작품을 일제 말 내선일체를 강행하기 위해 발표한 친일문학과 동일시하고 있어 정서적인 거부감이 따른다는 점이다. 셋째는 이들 동포 작가들의 작품에는 좌익적인 색채를 바탕으로 독재정권과 민주화 투쟁을 둘러싸고 나타나는 반정부적인 성격이 강하게 나타나고 있어 국내에서는 이들 작품을 오랫동안 타부시하여 왔다는 점이다. 마지막으로 일본어로 쓰여진 이들 작품 중, 일부 작품을 제외한 대다수의 작품들이 번역되지 않았기에 젊은 세대의 연구자들이 접근하기 어려웠다는 점이다. 이러한 원인 중 셋째 문제와 넷째 문제는 문학 외적인 문제로서, 다행히도 80년대 이후 우리 사회의 민주화가 진행되고 좌익서적 해금조치가 내려짐에 따라 각종 문예지나 단행본으로 동포 작가들의 작품이 번역 소개되어 많이 해소되었다. 그러나 첫째 문제와 둘째 문제는 동포문학의 성격과 귀속에 관계되는 근본적인 문제로서, 동포문학의 방치라는 문제를 해결하기 위해서는 동포문학에 대한 오해를 해소하고 그 귀속문제를 검토하는 작업이 필요하다.

　그런데 문학의 귀속문제를 따지는 일은 시대착오적이며 무의미한 일처럼 보이거나 자칫하면 편협한 민족주의적 발상으로 오해받기 쉽다. 특히 문학에 있어 국가의 벽을 없애자는 주장이 나오고 세계문학이나 동아시아 지역을 대상으로 문학이 논의되기 시작하고 있는 현시점에서는 더욱 그러하다. 그러나 이들 귀속문제에 대한 검토는 일본문단에서 자라온 이들 문학 속에 있는 일본문학의 성격을 부정하거나 억지로 민족이라는 굴레를 씌우려는 배타적이고 독점적인 국가 이기주의적인 발상에서 나온 것은 아니다. 오직 이들 동포문학에 내재해 있는 민족문학의 성격을 규명함으로써 이들 문학에 대한 오해와 편견을 불식하고 우리 문학권 밖으로 방치해 온 현실을 타파하려는 데 있다.

4 재일 동포문학의 귀속문제 검토

우리 문학의 영역에 대한 문제는 오랫동안 논의되어 왔지만 아직도 일단락되고 있지 않은데, 이는 문학의 귀속 근거로서 문학의 주체, 내용, 독자층, 문자 네 가지 요소에만 의존하여 해결하려고 하는데 그 문제가 있다. 이에 대해서는 다음 장에서 설명하기로 하고, 우선 일차적으로 그동안의 관행으로 내려온 이들 네 가지 귀속근거를 가지고 동포문학의 민족문학으로서의 성격을 검토해 보기로 한다.

1) 문학의 주체

문학의 귀속 문제를 논할 때, 가장 먼저 대두되는 것은 문학 주체인 작가의 문제인데, 문학의 주체인 동포 작가들의 작품 활동 양상은 한결같지 않다. 대다수의 작가들은 귀화를 거부한 채 우리 이름을 쓰면서 일본어로 작품 활동을 하고 있지만, 아직도 우리말로 작품을 쓰거나, 일본에 귀화하여 일본명으로 작품을 발표하는 작가[17]도 적지 않

---

17) 이들 작가 중 전자에는 조총련의 산하조직인 <문예동>소속의 작가가 있으나 작품 활동은 활발하지 않으며 작품수준도 사상성을 앞세우고 있어 그리 높지 않은 편이다. 후자에는 오랫동안 일본문단에서 활발하게 활동을 해온 立原正秋, つかこうへ

다. 그런데 우리말로 발표된 작품은 당연히 우리문학으로 인정해야겠지만, 재일 동포문학 범주에서는 제외하고 있다. 일본어로 발표된 경우에도 작가의 국적을 무시하지만 일본식 이름으로 발표된 작가들의 작품은 제외하고 있는데, 이것은 동포문학의 기준을 국적보다 작품에 나타난 민족성에 두고 있기 때문이다. 실제로 작품을 살펴보면 국적에 상관없이 우리 이름으로 발표된 작품에는 강한 민족적인 색채가 드러나지만 일본식 이름으로 발표된 작가의 작품에는 거의 드러나고 있지 않다. 이처럼 동포 작가라고 해도 재일 동포문학의 정체성을 유지하기 위해 그 범위가 상당히 축소되고 있는데, 이는 이들 문학의 주체인 동포 작가들이 우리와 같은 민족이라는 사실과 함께 이들 작품이 우리문학에 속한다는 중요한 근거가 된다.

2) 내용

다음으로 작품의 귀속을 따질 때 문제가 되는 것은 작품의 내용이다. 많은 국내 독자들은 친일문학이라는 선입견 때문에 재일 동포문학을 우리문학으로 받아들이는데 심정적인 저항감을 가질 수 있다. 물론 재일 동포 작품 중에도 내선일체라는 시국협력을 다룬 작품을 찾아볼 수도 있으나 이는 극히 일부분으로,[18] 이들의 작품은 일제 식민 치하의 본국에서 이루어진 친일 문학의 경우와는 분명하게 다르다. 이러한 사실은 작품에 나타난 민족성을 재일 동포문학의 정체성을 판단하는 유일한 근거로 삼고 있는 사실로도 짐작할 수 있다.

い, 伊集院 靜, 飯尾憲士, 鷺澤萠 등이 있다.
18) 白川豊, 『張赫宙研究』(博士學位論文, 東國大學校, 1989) pp.25-26
　　위 논문에서 白川豊氏는 동포 작가 중 장석주, 홍종우, 김성민 등이 친일작품을 남겼으나 그 수는 극히 미미한 정도였다. 51편이나 되는 작품을 발표했던 장석주의 경우에도 초기에는 일제에 저항하는 내용을 많이 남겼으며, 그의 전 작품 시국에 협력한 작품은 9편이며 극단적인 친일작품은 2편에 불과하다고 밝히고 있다.

실제로 해방 전 장혁주, 김사량의 작품이나, 해방 후 김달수, 김석범, 이회성 등과 같은 1, 2세 작품의 내용을 살펴보면, 일제치하 식민통치, 해방 후의 좌우익의 분열과 남북 분단이라는 조국에서, 그리고 차별과 멸시를 겪어야 하는 일본사회에서 어렵게 살아가는 동포들의 삶의 모습이 그려져 있다. 최근에는 이양지나 이기승등 새로운 세대의 작가들이 등장하고 있는데, 이들은 재일 동포사회의 새로운 의식과 사상을 반영한 2, 3세들의 소외감과 소속감의 문제를 본격적으로 다루고 있다. 동포 작가들의 작품을 전체적으로 살펴볼 때, 1세들의 작품에는 식민통치 고발이나 조국의 독립과 해방, 조국의 통일과 민주화운동, 피압박과 피차별의 역사에 대한 저항 등 <조선적인 것>, <민족적인 것>에 대한 유지 및 회복이[19] 나타나고, 2,3세의 경우에는 일본사회로의 동화에 대항하려는 아이덴티티의 문제가 여러 가지 변용된 모습으로 담겨져 있다. 이소가이 지로는 동포문학의 주제인 아이덴티티는 식민지 지배하의 <저항적 아이덴티티>, 해방 후에는 조국을 지향하는 <민족적 아이덴티티>, 일본사회에 대한 <재일적 아이덴티티>, 인간실재의 <실존적 아이덴티티>와 같이 다양한 모습으로 나타난다[20]고 설명하고 있다. 이러한 작품세계 덕분에 동포문학은 일본 독자들의 주목을 끌었고 독자적인 문학으로 인정받을 수 있었는데, 이는 사소설 중심의 감성적인 문학이 주류를 이루어온 일본문학에서는 찾아볼 수 없는 독자적인 것이었기 때문이다.

바로 이러한 독자적인 작품세계야말로 작품의 내용에 있어, 동포문학이 일본문학과 다른 변별성으로 우리 민족문학의 이념과 맥을 같이 하고 있다고 볼 수 있다.

---

19) 磯貝治良, 「在日朝鮮人文學の世界」, 『季刊 三千里』 20號, 1979.11, p.24
20) _____, 「在日朝鮮人文學のアイデンティティ」, 『民濤』 5號, 1988 冬, p.158

3) 독자층

다음은 독자층 문제로, 모든 작품은 독자 없이 성립할 수 없듯이 재일 동포문학 역시 독자층은 중요한 문제이다. 그런데 재일 동포문학이 일본어로 발표되었다고 해서 일본인만을 독자층으로 한 일본문단 안에서만 성장해온 것만은 아니다.

우선 해방 전 일본문단에 진출하여 작품 활동을 했던 장혁주와 김사량은 주로 일본에서 발행하는 잡지에 작품을 발표하였다. 따라서 주된 독자층은 일본인이지만, 유학생이나 재일동포, 그리고 적지 않은 국내 독자도 있었을 것이다. 해방 후부터 50년대 말에 이르기까지 동포 작가들은 주로 『조선』, 『계림』 등 동포 잡지에 작품들을 많이 발표하였다. 따라서 이들 잡지가 비록 일어로 발행되었지만 주된 독자층은 일본인이 아니라 오히려 재일동포들이었다. 그러나 이후 60년대에 들어서면서 김석범, 김학영, 이회성 등이 등장하여 일본 문단에서 재일 동포문학이 독자적으로 인정받고 이들 문학의 주된 독자층은 재일동포에서 일본인으로 확대되었다. 그리고 80년대 이후에는 이양지와 유미리의 <아쿠다가와 상> 수상을 계기로 이들의 작품이 국내에도 활발하게 번역 소개됨으로써 국내 독자까지도 독자층으로 흡수되었다. 현재에는 국내 독자들을 의식하면서 작품을 계획하는 일부 작가들도 있는데, 국내에서 이들 작가들에 대한 관심이 높아지면 그 수는 더욱 늘어갈 것이다.

이상 살펴본 점을 통하여, 재일 동포문학을 키워온 문학적인 토양은 일본인뿐만이 아니라 재일동포 및 국내의 독자 등으로 다양하게 구성된 독자층이라는 점을 알 수 있다.

4) 문자

다음으로 언어적인 측면에서 볼 때, 일본어로 발표된 재일 동포문학을 우리 문학으로 받아들이는데 걸림돌이 되고 있다. 실제로 아직도 조선어로 작품 활동을 하고 있는 일부 조총련계 작가들과 평론가들은 일본어로 쓴 작품은 우리 문학이 아니라는 입장을 취하고 있으며, 국내에서도 이들 동포문학을 우리 문학과 거리를 두고 있는 것은 역시 일본어로 되어 있다는 사실 때문이다. 그러나 우리 문학은 반드시 우리글로 이루어져야 한다는 속문주의 원칙은 이미 우리 학계에서 무너졌다. 이에 대한 사정을 살펴보면, 해방 후 한동안 우리 국문학계는 순수한 국문 즉, 한글로 된 문학만이 국문학이라는 논리가 오랫동안 지속되어온 결과, 한자로 된 문학이 우리 문학 권에서 배제되었다. 이에 조윤제 등이 국문 문학은 좁은 의미의 국문학으로, 비록 한자로 된 한문 문학일지라도 우리 민족의 생활과 정서를 담고 있으면 넓은 의미의 국문학으로 여기고 우리 문학 속에 포함시켜야 한다고 주장하였다[21].

현재는 국문학이란, 한국 사람의 생활을 역사상 각 시기 특수성에 상응하는 표현방법인 정음, 차자, 한문을 통하여 형상적으로 창조한 문학[22]이라는 주장이 널리 학계에서 인정을 받게 되었다. 장덕순씨는 이 논리에 따라 여태껏 국문학사에서 제외되었던 일제 말에 일본어로 발표된 친일문학도 함께 다루어야 한다[23]고 피력하였다. 뿐만 아니라 최근에는 우리 문학에 구비문학을 포함시킴으로써[24] 문학의 근거를

---

21) 장덕순, 『국문학통론』, 박이정출판사, 1995 pp. 8-12
22) 김광순외, 『한국문학개론』, 경인 출판사, 1996, p.12에서 재인용.
23) 신희교, 『일제말기 소설연구』, 국학 자료원, 1996, p.17 참조
24) 조동일, 「한국문학 이해의 길잡이」, 집문당, 1996, pp.13-15
  조동일씨는 국문학은 처음에 구비문학만 존재했다가 한문학을 아버지로, 구비문학을 어머니로 하여 국문 문학이 탄생했으며, 한문, 국문, 구비문학이 대등한 비중을 가지고 있다고 주장하고 있다.

기록된 문자만을 가지고 따질 수 없게 되었다.

따라서 일본어로 된 재일 동포문학을 우리 문학 속에 편입할 수 있느냐 하는 여부는 속문주의 원칙보다는 우리 민족의 생활과 정서를 제대로 담아내고 있느냐 하는 문제로 귀착되는 셈이다. 그리고 이에 대한 답은 동포문학의 주제를 <조선적인 것>, <민족적인 것>에 대한 유지 및 회복이라고 한 이소가이 지로의 평으로 대신할 수 있다. 실제로 김사량, 장혁주 등의 일련의 작품에는 식민지하의 조선 민중의 모습이 잘 담겨져 있고, 김달수, 김석범의 작품에는 외세에 저항하고 갈등하는 조선인의 모습이, 이회성의 작품에는 조선 풍습과 신앙심이 향토색 짙게 잘 그려져 있다는 평을 받고 있다25). 이처럼 일본어로도 우리의 민족의 정서와 생활을 한자보다 더 쉽게 나타낼 수 있다. 단순한 생각뿐 아니라 발상과 표현은 물론 이미지까지도 거의 우리말처럼 나타낼 수가 있다. 한자는 뜻글자로서 사고의 발상만을 담아낼 수 있을 뿐인데 반하여 일본어는 우리말과 같은 소리글이며 어순이 같고 문법적으로 많은 유사점을 가지고 있기 때문이다.

물론 이러한 논의와는 달리, 말은 민족의 혼이므로 일본어로 창작을 하는 동안 조선인으로서 민족성을 망각하게 된다는 우려도 있다. 실제로 김석범은 자신의 작품 소재는 한국적이나, 일본어로 작품을 쓰는 동안 발상법과 감각이 일본식으로 되어간다는 사실을 고백하고 이를 일본어의 주박이라고 경계하고 있는 것도 그 때문이다. 또한 조국 체험이 없는 2, 3세의 작품에 일본인화 되는 풍화과정이 나타나며, 결과적으로 민족성이 희박해져 가는 소위 '재일문학'이 등장하고 있는 것도 사실이다. 그러나 일본어의 창작활동은 일본인화를 재촉하는 풍화과정만을 겪는 것은 아니다. 역설적이지만 풍화작용과 동시에 작가

---

25) 재일포문학의 주제에 관해서는 졸고(「재일 동포문학연구」, 『외국문학』, 1994년, 겨울)를 참조바람.

들이 식민지성으로부터 해방과 자유를 지향하게도 한다. 이러한 성향
은 일본어에 의한 작품 활동을 함으로써 고뇌에서 탈피하고 민족의식
을 각성하여 가는 과정을 그린 이회성의 작품26)에서도 알 수 있다.
김석범 역시 일본어로 조선을 그릴 수 있을까 하는 물음에 대하여 '일
본어의 주박'이라는 구속에서도, 조선의 꿈, 이상이라는 소설적 허구
의 세계를 언어의 보편성을 통하여 그릴 수가 있다27)고 한다. 그리고
자신을 지배해 온 일본어를 가지고 지배의 사슬을 끊고 새로운 것을
창조하려는 자신들의 독자적인 재일 동포문학 활동을 적의 무기로 적
을 치는 빨치산 전법28)이라고 말하고 있다.

이처럼 김달수, 김석범, 이회성을 비롯한 1세나 2세 작가들의 작품
을 살펴보면 일본어로 소재나 주제뿐 아니라 사고의 발상까지도 담아
내고 있다. 그럼에도 불구하고 문자만을 일차적인 귀속요건으로 내세
우고 이들 문학을 우리 문학 권에서 배제시켜온 것은, 민족문학은 반
드시 민족어로 이루어져야 한다는 논리에서 나온 관행인데, 이는 다음
과 같은 점에서 재검토해야 할 필요성이 있다.

먼저, 속문주의는 민족어로 민족문학의 통합을 이룩해야 한다는 이
상일 뿐, 많은 나라에서 아직도 실현되지 못한 과제이다. 앞에서 살펴
본 바와 같이 속문주의는 우리 국문학계에서도 이미 무너졌으며,
한자로 된 우리 한문학이 국문학으로 편입되어 있다. 우리뿐만 아
니라 일본이나 월남에서 이루어진 한자로 된 문학도 중국문학이라
고 하지 않으며, 또 라틴어로 표기된 문학을 이태리 문학이라고 하

---

26) 이회성의 자전적 소설인 「증인이 없는 광경」, 「가야코를 위하여」, 「반쪽바리」 등에
   는 어린 시절 황국신민의 교육을 받고 자라다가 해방을 맞아 자기 혐오감에 사로
   잡혔던 주인공이 일본인에서 반쪽발이, 다시 반쪽발이에서 한국인이라는 자기변혁
   의 과정이 잘 드러나 있다.
27) 金石範, 「在日朝鮮人文學について」, 『民族、ことば、文學』 創樹社, 1976, p.57
28) 김석범, 상게서, p.57

지 않는다. 실제로 피식민지 경험이 있는 아프리카나 중남미 등에
서는 광범위한 독자층을 확보하기 위하여 현지의 민족어 대신 지배
자 언어인 영어나 불어로 문학 활동이 이루어지고 있다. 자신들의
문화 전통을 긍정적으로 그려내고 제국주의 침략에 대한 저항을 그
려낸 세네갈의 상고르(Senghor), 나이지리아의 아체베(Achebe), 앙
골라의 네토(Neto)의 문학은 소중한 아프리카 문학으로 인정받고 있
다. 네루다, 마르케즈의 작품 역시 비록 현지어가 아닌 스페인어를 사
용하고 있지만 스페인 문학이 아닌 독자적인 중남미 문학으로 인정받
고 노벨상까지 수상할 수 있었다[29].

　다음으로 속문주의는 서구문학이 세계문학이라는 생각을 무비판적
으로 받아들인 결과로, 강대국 문화 패권주의를 조장하고 있다. 우리
는 유럽 작가인 조셉 콘래드, 베케트 등의 예를 들어 작품의 귀속을
언어에 따라 결정하는데 너무나 익숙하다. 이것은 식민지를 통제하려
는 제국주의적 발상으로, 식민지 문학을 억압하고 강대국의 언어를 중
심으로 세계 문학의 질서를 구축하려는 문화 제국주의가 자리하고 있
다. 속문주의에 따르면 아시아, 아프리카, 남미 등 식민 지배를 받은
나라는 독자적인 문학세계는 존재할 수 없을 것이다. 오직 제3세계의
문학은 식민지 종주국의 언어에 따라, 본국에서도 그 대표성을 지니지
못한[30] 영어문학, 불어문학, 독어문학, 스페인어 문학만으로 이루어질
것이다. 특히 21세기에는 컴퓨터의 보급 등으로 영어가 엄청난 힘을
얻게 될 것이라는 우려가 있는데, 그러한 우려가 현실로 나타났을 때
세계문학은 영문학만의 독무대가 될 것이라는 사실도 감수해야 한다.

---

29) 조동일, 「한국문학과 세계문학」,『문학의 지평』, 고려대 출판부, 1984, p.321
30) 이들이 자국 문학의 대표성을 가지고 있지 못한 예로, 스페인의 바스크족 문학, 프
　　랑스의 프로방스 문학, 영국의 경우 웨일즈지방의 게릭어 문학 등 독자적인 문학이
　　존재하며 중앙정부의 문학과 갈등을 빚고 있는 사실을 들 수 있다.

　이상으로 문자가 문학의 귀속여부를 판단하는 절대적 근거가 되지 못한다는 사실을 살펴보았다. 그럼에도 불구하고 한자로 표기된 한문학과 달리, 재일 동포문학이 일본어로 표기된 점을 크게 문제시 하는 것은 이들 문학을 일제 말기에 나타난 친일문학으로 예단하는 우리의 심정적 태도 때문이다. 이러한 심정적인 태도는 이들 네 가지 근거 중 한 가지라도 저촉되면 우리 문학이 아니라는 제로섬 게임 방식으로 동포문학을 평가하는 폐단을 초래하였다. 그러나 문학이라는 것은 시대와 사회의 산물로, 죽어있는 화석이 아니라 살아 움직이는 생명체이기 때문에 어떤 일정한 논리나 규격만으로 재단할 수 없다. 동포문학의 귀속 문제 역시 배제의 논리만을 기계적으로 적용할 것이 아니라, 앞에서 살펴본 네 가지의 기준을 상호 보완하고 부족한 점을 포용하고 인정해주는 입장에서 판단해야 한다.

　그런 점에서 판단해 볼 때 재일 동포문학은 일본어로 발표되었으며, 주로 일본인 독자층을 대상으로 한 일본문단 속에서 자라왔다는 점에서 일본문학의 성격을 가지고 있음을 부인할 수 없다. 그러나 동시에 이들 문학은 우리 동포들에 의해 쓰여졌으며, 우리의 정서나 생활 그리고 우리의 민족성을 충분히 담아내고 있다는 점에서 민족문학의 성격을 충분히 가지고 있다고 말할 수 있다.

5 재일 동포문학의 민족적 성격

　앞장에서 동포문학을 문학의 주체, 독자층, 내용, 문자라는 네 가지 기준에서 살펴보았다. 그러나 오랫동안 우리 학계를 지배해온 이 기준들은 나름대로 타당성을 지니고 있으나, 가변성을 가지고 움직이는 생명체인 문학을 이처럼 고정된 기준만으로는 평가할 수 없다. 특히 한일간의 불행한 역사 속에서 태어나 일본 문단속에서 성장하였으면서도 민족문학의 성격을 가지고 있는 동포문학을 학계의 관행처럼 네가지 기준만으로는 재단할 수 없다. 불행한 역사와 우리 문학과의 관계, 그리고 이들 문학에 대한 우리의 이중적인 태도 등의 문제를 검토할 때, 동포문학의 성격이 더욱 분명하게 드러날 것이다.

이런 맥락에서 먼저 고려해야 할 것은 이들 동포문학이 우리 문학과 사회에 직접, 간접적으로 끼친 영향이 적지 않다는 사실이다. 우리 신문학은 서구문학을 소개한 재일 유학생들의 활동으로 태동되었고, 카프문학은 노동해방 운동으로 전개되었던 동포 작가들의 영향을 적지 않게 받았으며, 장혁주의 「아귀도」, 김사량의 「빛 속에서」, 「토성랑」 등에 담겨진 일제 식민정책에 대한 저항의식은 동포문학의 전통으로 이어졌다. 해방 후 김달수의 「태백산맥」, 「박달의 재판」이나 김석범의 「까마귀의 죽음」, 「화산도」 등의 작품은 비록 좌익적인 색채는 있으나 오랫동안 국내에서 금기시되었던 해방 후 좌우익의 갈등과 4.3사건의 진상을 제시하여 국내 문단에 자극을 주었다[31]. 이회성의 「다하지 못한 꿈」은 70년대의 민주화운동과 통일에 대하여 예언자적 역할을 하여 국내의 정치사회에 적지 않은 충격을 주었다[32]. 이회성, 김달수 등의 작품에서 볼 수 있는 이유민(離流民)의 역사를 담은 작품이 국내에 끼친 영향은 지금도 계속되고 있다. 이처럼 재일 동포문학은 일제 치하의 신문학 태동에서 부터 통일과 민주화를 노래하던

---

31) 특히 김석범이 「화산도」등에서 다루어 온 <4 · 3사건>들이 국내의 현기영, 현길언, 김석희, 이산하 등에 의해 작품으로 다루어져, 그동안 은폐되어 온 사실들이 밝혀지고 있는 것도 그 한 예이다.
32) チョンミン外, 「座談會:韓國では在日文學をどう讀んでいるのか」, 『民濤』8號, 1989. 秋, p.160
   남한의 자생적 사회주의자와 북의 혁명 추종 세력 간의 사상투쟁을 그린 이 작품은 80년대의 사상 투쟁을 70년대에 예언하고 영향을 남겼다는 평을 받았다.

80년대의 민족문학에 이르기까지, 우리 문학 밖으로 외면할 수 없을 만큼 많은 영향을 남기고 있다.

다음으로 간과할 수 없는 것은 재일 동포문학이 과거의 불행했던 우리 역사의 산물로서 불가피한 현실 속에서 이루어진 문학이라는 점이다. 이들 문학의 성격은 일제 강점하의 본국에서 이루어진 친일 문학이나, 중국이라는 중심 문화에 편입하기 위해서 자신의 언어를 포기하고 한자를 써 왔던 한학자들의 한문학과는 분명하게 다르다. 이러한 성격은 작가들의 창작활동의 동기에서 찾아볼 수가 있다. 1932년『아귀도』로 일본문단에 등장한 장혁주는 일본어 창작동기에 대하여 일본 문단에 나가 비참한 조선의 현실을 세계에 호소하기 위해서라고 밝혔다[33]. 김달수의 경우에도 왜곡되어 온 조선의 역사, 문화, 전통에 대한 일본인들의 인식을 바로잡기 위한다[34]는『민주조선』의 창간사에서 일본어 창작의 목적을 찾아볼 수 있다. 이러한 점은 빨치산 전법을 내세우는 김석범, 일본어로 창작을 하는 동안에 민족적 의식을 회복하게 되었다는 이회성이나 자신 속에 남아있는 유희적인 요소를 극복하기 위하여「유희」를 썼다는 이양지의 경우도 마찬가지이다. 이처럼 동포 작가들은 조선어로 창작해야 한다는 일부 동포사회에서의 비판과 지배자의 언어에 의한 창작이라는 심리적 갈등을 겪으면서 일본어 창작활동을 계속하고 있다. 그들이 지배자의 언어로 윤리적, 심정적인 모순[35]을 감수하면서 창작 활동을 계속하는 것은 상실된 자신들의 정

---

33) 任展慧,「張赫宙論」,『文學』, 1965.11, p.86
   장혁주 작품들은 이후 폴란드, 체코, 러시아, 중국 등 세계 각국으로 번역되어 식민지하의 조선의 현실을 알림으로 소기의 성과를 이룰 수가 있었다.
34)「創刊辭」,『民主朝鮮』, 民主朝鮮社, 1946. 4
35) 裴鍾眞外5人,「座談會:在日文學はこれでいいのか」,『民濤』創刊號, 1987, p.65.
   조선적인 것을 말살시키고 일본화를 조장하는 일본어의 구속력을 김석범은「ことばの呪縛」, 이회성은「容疑者の言語」, 김시종은「日本語への復讐」, 고사명은「嘘つき的存」라고 표현하며 일본어와의 고투를 벌이면서 문학 활동을 해왔다.

체성을 확인하려는 욕구에서 나온 것이다.

바로 이러한 점에서 비록 일본어이지만 이들 작가들이 민족과 조국의 문제에 관심을 갖고 창작활동을 계속해온 것은 너무나 당연한 일로서, 우리는 이들 문학에서 민족문학의 성격을 확인할 수가 있다.

셋째로 동포문학의 민족적인 성격은 이들 문학에 대한 우리의 심정적인 태도에서 찾아볼 수가 있다. 앞에서 살펴본 것처럼 동포 작가들은 그들의 문학이 일본문학에 인정받는 것을 거부하고 어려운 여건 하에 창작 활동을 하면서 고국에서의 문학적인 수용을 기다리고 있다. 그러나 우리는 한국문학은 한글로 발표되어야 한다는 명분과 친일문학이라는 심정적인 저항감 때문에 이들 문학을 외면해 왔다. 그런데 최근 국내 독자들 사이에서 조금씩 꾸준하게 동포문학에 대한 관심이 일기 시작하고 있다. 비단 재일 동포 작가뿐만 아니라 중국, 러시아 등 해외 동포 작가와 그들의 작품이 소개되고 있으며, 국내 독자의 반응 역시 양석일, 유미리, 가네시로 등에게 보인 반응에서 알 수 있듯이 높아지고 있다. 90년대 들어서면서 동포문학에 대한 인식이 고조됨에 따라 한민족 작가대회 같은 모임이 열리고, 해외 동포문학상도 제정되었다. 그러나 이러한 관심과는 달리, 한편으로는 재일 동포문학을 일본문학으로 취급하면서도 다른 한편으로는 이들 문학을 외국문학이 아니라 우리문학으로 대하려는 모순된 태도를 갖고 있다. 이회성, 이양지, 유미리 같은 작가가 <아쿠다가와 상>을 수상할 때마다 이들이 동포 작가라는 이유만으로 국내의 독서계는 지나친 관심으로 들끓고 있다. 또 이들의 작품을 일본문학으로 취급하면서도 작품 속에서 민족의식을 요구하고 있는 등 동포문학에 대한 애매하고 이중적인 태도를 가지고 있다[36]. 바로 이러한 태도야말로 우리 문학은 우리 글

---

36) 우리문학의 노벨상 후보로 한국펜클럽 본부에서 영미권 문학으로 여겨온 김은국의 『순교자』를 추천한 것도 같은 태도에서 나온 것이라 할 수 있다.

로 발표되어야 한다는 명분에도 불구하고 우리는 이미 심정적으로 이들 문학을 우리 동포들이 남긴 유산으로 인정하고 민족문학으로 받아들이고 있음을 대변하고 있다.

6 맺음말

일본문단에서 주제의식과 작품의 리얼리티, 독특한 문체 등으로 독자적인 문학의 독립성을 인정받아 온 재일 동포문학은 현재 국내에서는 우리문학의 영역 밖으로 방치되어 왔다. 우리문학으로의 편입을 바라는 동포 작가들의 여망을 외면하고 이들 문학을 한국문학으로 여기고 있는 일부 일본 연구자들보다 소극적으로 동포문학을 대하여 온 태도에 대해서는 재검토할 필요가 있다.

이에 재일 동포문학의 귀속문제를 우리 학계를 오랫동안 지배해 온 문학의 주체, 내용, 독자층과 문자 등 네 가지 측면에서 고찰하여 보았다. 그 결과, 동포문학은 한일 양국문학의 성격을 가졌다는 사실을 확인할 수 있었다.

즉, 재일 동포문학은 문학의 주체인 동포 작가들이 우리와 같은 민족이며, 내용도 자신들의 정체성을 확인하려는 욕구에서 민족과 조국의 문제에 관심을 갖고 민족적인 내용과 정서를 담아냈다는 점에서 우리 문학의 성격을 갖고 있다. 동시에 이들 문학은 일본어로 발표되었고, 일본 문학권 속에서 성장했다는 점에서 일본문학의 성격을 지니고 있다고 할 수 있다. 그런데 독자층에도 일본인 독자뿐 아니라, 많은 동포나 국내 독자가 참여하고 있으며, 문자만을 일차적인 귀속요건으로 삼는 속문주의 원칙은 우리 학계에서 이미 무너졌으며, 외국문학

에도 적용될 수 없는 이상론에 불과하다. 이처럼 일본문학의 성격으로
여겨온 독자층과 문자에도 한국문학의 성격이 나타나고 있기 때문에
동포문학을 일본문학에 종속시킬 수는 없다. 그럼에도 불구하고 속문
주의 원칙만을 고집하고 있는 태도는 식민지 문학을 억압하고 세계
중심문학을 강대국 문학으로 개편하려고 하는 문화 제국주의적인 발
상에서 나온 것으로, 이를 극복해야 한다.

   그런데 문학의 귀속문제를 네 가지의 근거만으로 논할 수는 없으며,
특히 재일 동포문학은 다음과 같은 점을 살펴 볼 때 그 성격이 드러
난다. 먼저 동포문학이 신문학에서 80년대의 민족문학에 이르기까지
우리문학에 상당한 영향을 남긴 사실이나, 한일간 불행한 역사의 질곡
에서 일본문학으로의 편입을 거부하고 자신들의 정체성을 확인하려는
동포 작가들의 문학 활동을 감안해 볼 때, 우리 문학으로서의 성격은
선명하게 드러난다. 또한 최근 높아지는 관심과 동시에 이들 문학 속
에서 민족성을 요구하는 우리들의 이중적이고 모순적인 태도는 동포
문학을 우리 문학으로 받아들이고 있음을 시사하고 있다.

   이상, 재일 동포문학의 성격과 민족문학으로의 편입의 필요성에 대
하여 살펴보았다. 그런데 요즘은 다음과 같은 점에서 이들 문학에 대
한 연구가 더욱 절실하게 요구된다. 첫째, 현재는 1세 작가들 중 많은
이가 세상을 떠났으며, 그들이 가지고 있던 자료들이 유실된 채 거의
연구가 진행되어 있지 않은데, 현 상태로 오랜 시일이 지속되면 재일
동포문학은 그 존재조차 사라질 우려가 있다. 둘째, 현재 동포사회는
일본의 동화정책과 동포사회의 세대교체로 크게 흔들리고 있으며, 동
포문학 역시 장래에는 소멸될 수 있다는 위기감에 처해있다. 셋째, 현
재는 러시아, 중국 등의 동포문학이 국내에 소개되고 이에 대한 관심
도 높아지고 있으므로, 재일 동포문학을 비롯하여 중국, 러시아, 미국,

유럽 등에서 활동하고 있는 동포문학을 새로운 장르로 신설하여 연구
할 수 있는 좋은 기회이다. 넷째, 재일 동포문학의 연구는 해외 동포
정책을 세우거나 한일 양국의 현안문제인 정신대나 강제징용 문제에
대하여 국민의 관심과 정확한 인식을 고취하는 자료로도 활용할 수
있다.

　이상 열거한 이유를 생각해 볼 때, 이제는 작품의 귀속문제를 편협
하게 생각해 왔던 폐쇄적인 태도를 버리고, 개방적인 자세로 재일 동
포문학에 대하여 적극적인 관심을 갖고, 이들 문학을 범민족문학으로
수용하여 우리 문학의 지평을 넓혀야 한다.

5. 일본문학을 통해 본 재일 동포문학

1) 재일 동포문학이란 일본에서 우리 동포들에 의해 이루어지고 있는 문학을 가리키는 말로서 일본에서는 보통 <재일조선인문학>으로 알려져 있습니다. 본인이 구태여 재일 동포문학이라는 명칭을 사용하는 것은 일본뿐만이 아니고 중국, 러시아, 미국, 유럽 등에서 이루어지고 있는 우리 동포들의 문학 활동을 하나의 장르로서 신설해야 한다는 필요성을 염두에 두고 있기 때문입니다. 또 동포문학이라고 하면 해방이후의 동포문학만을 생각하기 쉬우나, 그 영속성을 위하여 일제시대 이루어진 동포문학도 대상으로 하고 있습니다.

재일 동포문학의 역사는 해방 전인 1932년에 「아귀도」라는 작품으로 일본문단에 등단한 장혁주나 1939년 「빛 속에서」라는 작품으로 <아쿠다가와 상>의 후보에 올랐던 김사량의 활동까지 거슬러 올라갈 수가 있습니다.

그러나 동포문학이 일본문단에서 독자적인 영역으로서 인정받게 된 것은 김달수의 「현해탄」, 「태백산맥」, 「박달의 재판」이나 김석범의 「까마귀의 죽음」, 「간수박서방」, 「만덕유령기담」 같은 작품이 발표되어 이들의 존재가 널리 알려진 1960년대부터 입니다.

당시 발표한 이들의 작품은 일본 독자들을 사로잡고 문단에서 주목
을 끌었지만 작품의 완성도면에서 많은 문제점이 노출되고 있습니다.
즉 김달수의 작품에는 치밀하지 못한 묘사, 상투적인 수식어, 설명적
인 문체, 과도한 신문기사 인용 등이 눈에 띠며, 김석범의 작품에도
묘사가 치밀치 못하고, 무미건조하고 의식이 과잉되어 있는 관념적인
문체 등을 지적할 수가 있습니다. 이러한 결점에도 불구하고 이들의
작품은 일본 독자들로부터 '활기차고 유머러스한 작품으로 주인공들
이 개성에 넘친다', '강열한 주인공들의 인간상에 압도당했다'는 등의
찬사를 받고 여러 차례 권위 있는 <아쿠다가와 상>의 최종후보작으
로까지 오르기도 했습니다. 이는 이들 작품에는 일본문학이 가지고 있
지 않는 장점이 있기 때문인데, 이에 대하여 본인은 이전에 발표한 논
문에서 다음 세 가지로 설명한 적이 있습니다. 그것은 이들 작품 속에
들어있는 주인공의 강한 개성과 리얼리티, 그리고 국가와 사회에 대한
문제의식, 마지막으로 이중 언어자인 동포 작가들의 문체 속에서 발견
되는 신선한 충격 등으로 정리할 수가 있습니다. 이들 세 가지 문제
중에서 오늘 심포지엄의 주제인 허구와 기억이란 테마와 관계가 있는
전자의 두 가지 문제, 즉 주인공들의 리얼리티와 작품 속의 문제의식
에 대하여 말씀드리려고 합니다.

2) 먼저 주인공의 강한 개성과 리얼리티에 대하여 말하자면 동포
작품 속에는 조선의 민중상이 선명하게 형상화되어 있는 주인공들이
등장하고 있습니다. 예를 들면 장혁주의 「아귀도」, 「쫓겨 가는 사람들」
이나 김사량의 「토성랑」, 「기자림」 등에는 일제에 대한 저항감을 가
지고 있는 풍자적이고 토속적인 조선 민중의 모습이, 김달수의 「후예
의 거리」, 「현해탄」, 「태백산맥」, 「박달의 재판」에는 식민통치나 혼란

스런 정치현실 아래 민족적 자각에 눈 떠가는 지식인과 민중들의 모습이, 김석범의 「간수박서방」, 「관덕정」, 「만덕유령기담」에는 우매함에서 각성해 나가는 <아Q> 같은 주인공들이 등장하고 있습니다.

이와 같은 강한 이미지를 갖고 있는 주인공의 모습에는 강렬한 문학적인 리얼리티가 나타나 있어 일본 독자들을 강한 공감과 호소력으로 사로잡고 있었는데, 일본문학에서는 찾아볼 수 없었던 것입니다. 이러한 주인공의 강렬한 개성과 리얼리티를 일본인들이 자신들의 문학에서 느끼지 못한 이유에 대하여 저는 일본문학의 비산문성(非散文性) 때문이라고 생각합니다. 그리고 비산문성은 일본인들이 허구의 문제를 지나치게 좁게만 파악하고, 문학의 대상을 자신이 보고 듣고 체험한 것만으로 제한하려는 태도에서 나왔다고 생각합니다.

이러한 태도는 중고시대부터 시작한 일기문학의 전통에서 기인하는 것으로 일본문단에서 사소설이 주류를 차지하고 있는 것도 이 때문입니다. 물론 사소설 외에도 일본문학에는 여러 가지 성향의 작품들이 나타나고 있다는 점을 잘 알고 있습니다. 예를 들자면 문학의 주요 테마인 미적 세계를 그린 작가만 해도 전통적인 미를 그린 가와바타 야스나리나 신비적이고 몽환적인 세계를 구축한 이즈미 쿄카(泉鏡花)가 있습니다. 예술지상주의자인 다니자키 준이치로(谷崎潤一郎)가 있는가 하면 노동문제를 다룬 고바야시 다키지(小林多喜二)나 도쿠나가 스나오(德永直)와 같은 프롤레타리아 작가도 있으며, 초현실주의 수법으로 사회와 인간의 소외감을 그린 아베 코보(安部公房)나 종교를 바탕으로 양심문제를 추구한 엔도 슈사쿠(遠藤周作) 등 실로 다양한 경향의 작가들이 있습니다. 그러나 아직도 일본문단에는 개인의 내면 심리를 묘사하거나 주변인물과의 관계를 다루는 것만이 순수 문학이며, 있지도 않거나 일어나기 어려운 허구의 세계를 그리는 것은, 전쟁

물, 추리소설과 같은 대중문학으로 여기는 경향이 있는 듯 합니다.
만화, 애니메이션에는 놀라운 상상력이 동원되고 있는데도 유독 문학
만은 상상력을 허용하지 않고 있으며 문학상을 선정하는데도 스토리
가 있는 허구성이 강한 작품은 <아쿠다가와 상> 보다는 <나오키
상>에 적합하다는 심사평이 나오고 있습니다. 이 때문에 일본문학은
자연히 신변잡기만을 그린 사소설이 주류를 이루고 있는 것 같습니다.
　이에 반해 동포문학에도 자전적인 소설이나 성장소설이 있으나 대
부분 상상력을 바탕으로 꾸며낸 허구의 세계로서, 동포 작가들은 일본
에서 해방 후 좌우익의 갈등과 분단된 조국의 현실을 작품으로 형상
화해 온 것입니다. 예를 들면 김달수는 6.25 전쟁 중에 한반도로 출격
하는 미군 비행기 소리에 잠에서 깨어나 창작의지를 불태워가며 「현
해탄」을 썼다고 합니다. 김석범도 제주도가 아닌 일본에서 인편으로
전해오는 소식만으로 제주도의 4.3 사건을 그려냈으며, 이회성은 <아
쿠다가와 상> 수상 직후 이루어진 한국방문을 바탕으로 한국의 80년
대 학생운동을 예언한 작품을 발표했다고 합니다. 이처럼 어린 시절의
추억이나 한두 번의 고국방문만을 의지하여 일본 땅에서 복잡하고 혼
란스러운 조국의 현실을 그려낸다는 하는 이야기를 듣고 대다수의 일
본 작가들이 놀라는 것도 무리가 아니라고 생각합니다.
　이 때문에 동포문학 작품들은 주로 스토리를 중심으로 이야기를 전
개하여 나가는데 이들 주인공의 모습을 살펴보면 황당하기 짝이 없습
니다. 한두 가지 예를 들자면 김달수의 「박달의 재판」에는 박달의 행
동에는 과장된 행동이나 허를 찌르는 행동에는 작위적 면이 많이 있
습니다. 김석범의 「간수박서방」에서의 박서방이나 「까마귀의 죽음」에
서의 정기준이나 영웅적이며, 초인적이며 과잉된 감정이 표출되고 있
으며, 「만덕유령기담」에서 처형장에서 몸의 이가 무는 바람에 총탄을

피해 살아나서 신출귀몰한 행동으로 사람들의 입으로 되살아나는 만덕은 설화적인 성격을 느끼게 할 정도입니다. 이에 반해 일본 소설의 경우 심리묘사가 뛰어나고 주변인물과의 구도가 치밀하며 주인공의 행동이 상식적이고 심리묘사를 통하여 예측이 가능하기에 스토리는 부차적이며 기복이 적고 상식적으로 전개되어 갑니다. 오래 전 오사카 성에서 <세키가하라(關が原)의 전투>나 <겨울의 싸움(冬の陣)>과 같은 전국시대의 전투장면을 그림을 보고 사람의 동작이나 표정이 극히 정교하고 세밀하게 그려진데 감탄을 했던 적이 있습니다. 그때 동포문학은 생략되고 과장되며 거칠게 그려진 만화나 캐리커처라면 일본소설은 정밀하게 그려진 두루마리 그림과 같다는 생각을 했습니다.

그런데 일본의 소설은 개인의 내면과 심리를 파헤쳐서 등장인물들의 인간상이 입체적이고 다원적으로 드러나기는 하나, 인간상은 일상에서 전개되는 개인들의 극히 평면적이며 단면적인 면만을 그려내고 있습니다. 이에 반해 동포소설은 비록 거칠지만 시대가 만들어낸 인간상, 즉 「아Q정전」의 <아Q>와 같은 인간상을 그려내고 있어, 이 주인공을 통하여 살아가는 시대의 문제가 드러나고 있습니다.

바로 이 때문에 예측이 가능할 정도로 틀에 박힌 도식적인 주인공들만이 등장하는 것에 식상해온 일본인들의 눈에 비록 비상식적이고 거의 불가능에 가까운 영웅적인 행동 즉 파천황과 같은 인물에게서 개성과 리얼리티를 동시에 느끼고 그들의 인간상에 압도되고 있지 않나 생각합니다.

3) 다음으로 국가와 사회에 대한 문제의식에 대하여 말씀드리면, 이국에서 살아가던 동포 작가들은 남달리 정치 사회에 민감해야 했겠지만 이들이 조국의 정치문제에 보여준 관심은 놀랍기만 합니다. 해방

전 일제치하의 장혁주, 김사량의 작품에는 일제에 대한 고발과 저항이 그려져 있으며, 해방 후 김달수, 김석범, 이회성 같은 작가들이 한결같이 추구해 온 것은 민족의 진정한 독립과 남북통일, 인권, 민주화 같은 문제였습니다. 80년대 들어서 이들은 조국과 정치문제에만 매달려 재일동포들의 현실을 무시하고 있다는 비난을 받았지만, 그래도 이진우나 김희로 사건 같은 동포들의 차별문제, 한신 민족학교 사태, 50년대의 북송문제, 조련의 강제해산 등 주요 문제에는 작품만이 아니라 직접 행동으로 나서기도 했습니다.

이에 비하면 사소설이 주류를 이루고 있는 일본문단에서 문학자들은 정치, 사회현실과 상당히 거리를 두고 있는 것처럼 보입니다. 명치유신 이후 일본 사회는 근대화, 노동과 빈곤문제, 군국주의의 대두, 공산주의 탄압, 전쟁체험, 원폭체험, 패전, 민주주의의 도입, 안보투쟁 등 파란만장한 역사로 점철되어 왔지만 이들 역사적인 사건을 본격적으로 다루고 있는 작가 또는 작품이 그리 많지 않다고 생각됩니다. 물론 1930년대 노동자의 권익을 위해 결성된 사회계급의 문학, 국책에 협력하여 나타났던 전향문학, 그리고 종전 후에 민주주의 건설을 지향하는 신일본문학 등이 나타나고, 미시마 유키오(三島由紀夫), 엔도 슈사쿠나 오에 겐자부로와 같이 국가와 사회, 양심과 같은 문제를 다루고 있는 작가들이 있습니다. 그러나 일본문학의 주류는 자신의 출생비밀이나 성장과정, 젊은 시절의 방황, 남녀간의 삼각관계 등 자신의 신변이나 가족 구성원간의 역학관계 등에서 벗어나지 못하고 있는 듯한데, 이는 사소설이 주류를 이루었던 자연주의 작가의 작품만이 아니고 전체적인 경향인 듯합니다. 그 결과 독자들은 작가와 작중인물의 일체화해서 보려는 경향이 있고, 또 문학 연구가 그런 방면으로 상당히 집중되어 진행하고 있는 듯합니다.

그 결과, 일본문학은 현미경으로 사물을 보고 있는 것처럼 치밀하고 주도면밀한 반면에 시야가 좁다고 하는 취약한 부분이 드러나고 있습니다. 문학이 정치사상에 소홀한 결과 점점 스케일이 작아지고 목표를 잃어가고 있다는 소리가 나오고, 인식과 실천의 문제에서 지성인들의 역할에 대한 반성의 소리가 나오고 있는 것도 이 때문이라고 생각합니다.

이처럼 일본문학에 대하여 우려와 반성의 소리가 나오는 이유를 필자는 나름대로 생각해 보았습니다.

먼저 가장 중요한 이유로는 한일 양국간의 문학관의 차이를 들 수 있습니다. 일본문학은 전통적으로 <화조풍월> 같은 자연의 미나 남녀 애정문제만을 다루어온 문학으로, 예술로서의 미 자체만을 중시하는 문학이었습니다. 이에 비해 자연소재를 도덕적인 가치에 따라 노래한 우리문학은 순수한 자연시가는 없다고 할 정도로 효용성을 중시한 문학관을 가지고 있었습니다. 따라서 유교의 영향 하에 형성된 우리 문학관이 동포문학에 정치 사회에 대한 문제의식이 나타나고 있는데 반하여 일본인들은 정치의식보다는 철저히 문학자체의 미만을 중시하여 왔다고 생각됩니다. 다음으로는 앞에서도 말했듯이 평안시대 여류문학에 많이 나타났던 일기문학이 그 맥을 잃지 않고 이어져 오늘날에도 여전히 자신의 내면과 주위에만 관심을 갖는 사소설이 문학의 주류이라는 계속되고 있다고 생각됩니다. 또 중요한 이유의 하나는 일본인사이에 정치와 사회문제는 성역화 되어 왔다는 사실로써, 정치사회 체제에 대해서 모르는 체 하는 것이 중세의 오랜 전란시대를 거치는 동안 체득해온 일본인들의 삶의 지혜였습니다. 천황제 문제를 보아도 알 수 있듯이 오늘날에도 정치문제의 성역화는 계속되고 있으며 문학인 역시 이 성역의 테두리를 벗어나지 못하고 있습니다. 마지막으

로는 일본은 오랫동안 비교적 사회가 안정화되었다는 사실을 들 수
있습니다. 정치적, 역사적으로 어려움을 겪어온 재일동포 작가들은 쓸
것이 많아서 좋겠다는 어느 일본 문인의 얘기는 웃어넘길 수만은 없
는 일이라고 하겠습니다. 다만 일본의 경우에도 사회의 요구가 있으면
정치와 사회에 관심이 적었던 일본 문학자 역시 이들 문제에 초연할
수만은 없었던 것 같습니다. 이는 명치초기에는 정치소설 계몽소설이
나 1920년대의 프롤레타리아 문학 그리고 종전 후에는 <신일본문학>
같은 좌익성향의 문학 나타났던 사실을 보아도 알 수가 있습니다. 다
만 오늘날과 같은 안정화된 사회가 계속되면서 사회전반에서 정치, 사
회에 대한 문제의식이 사라지는 것은 문학자들에게는 서글픈 일이겠
지만, 이는 비단 일본만이 아니고 오늘날 한국에서도 일어나고 있는
현상입니다.

4) 일본문학 속에서의 재일 동포문학

이상 살펴본 것같이 재일 동포문학은 일본문단에서 성장하여 왔지
만 이들 문학에는 허구를 바탕으로 개성이 강한 주인공들이 강열한
리얼리티를 가지고 정치현실을 그린다는 점에서 일본문학과는 크게
이질적인 성격을 가지고 있습니다. 그런데 이러한 이질적인 성격은 한
국문학에서 찾아볼 수 있는 성격으로 동포문학의 모든 작품에 나타나
고 있는 것이 아니고, 해방 전에서 1960년대 초반에 이르기까지 조국
체험이 있는 1세 작가들의 작품에 주로 나타나고 있습니다. 특히 흥미
로운 것은 이들 작가들의 일본문단에의 진출은 일본 내 좌익성향의
작가들의 도움과 지원으로 이루어졌다는 사실입니다. 즉 장혁주는『개
조』지의 현상모집에 당선되어 일본문단 진출했지만, 「아귀도」가 당선
에는 작품 자체의 완성도 외에도 식민지 치하에서 농민착취를 고발하

고 농민들의 단결투쟁을 호소하는 내용이 크게 작용했다는 사실입니다. 프로문학에 대한 탄압이 절정에 달했던 1932년도에 「아귀도」를 투고한 장혁주는 많은 프로문인들에게 기대와 적지 않은 지원으로 문단생활을 계속해갔습니다. 이점은 「빛 속에서」라는 <아쿠다가와 상> 후보작으로 작품 활동을 시작한 김사량 역시 마찬가지였습니다. 해방 후 장혁주와 김사량의 공백으로 동포문학은 『민주조선』을 간행한 김달수 외에 몇몇 작가에 의해 겨우 명맥을 유지하고 있었는데 이때 민주조선과 신일본문학을 중심으로 양국 작가사이의 연대가 이루어짐으로서 위축되었던 동포문학은 활기를 찾게 됩니다. 즉 당시 신일본문학 회원이던 김달수가 단편을 발표하던 신일본문학에 「현해탄」을 연재하고 이어서 김석범이 「까마귀의 죽음」으로 일본인들에게 충격을 주면서 등단한 후 「만덕유령기담」, 김태생이 「동화」를 신일본문학에 발표한 것도 이때의 일입니다. 이를 계기로 동포 작가들은 일본의 독자들을 확보하고 동포문학은 재일 조선인 문학이라는 독자적인 영역을 구축하게 되는 것입니다.

　그러나 일본문학에 자극을 주던 동포문학도 70년대 들어 커다란 변화를 가져오는데 이 시기에 등장한 이회성과 김학영 등 2세 작가 사이에는 커다란 차이가 있습니다. 이회성은 자전적인 성장소설을 다루면서도 개인이나 가족의 틀을 넘어선 식민지 백성의 유민문제나 조국의 민주화 등 정치문제를 즐겨 다루고 있으며, 그 주인공들도 조선 사람들의 체취가 묻어나고 있습니다. 이에 반해 김학영은 주로 말더듬이, 부친의 폭력과 같은 자신의 내면의 문제만을 다루고 있어 이전세대와는 물론 이회성과도 다른 일본문학의 내향적인 성향을 보여주고 있습니다. 80년대의 이후에는 이양지, 이기승, 박중호, 양석일, 유미리, 최근의 현월까지 등장하고 있어 재일 동포문학은 어느 때보다도 많은 독자들을 획득하고 있습니다. 이들의 작품세계는 다양하기에 한마디로 말하기는 어렵습니다. 조국은 환상이라는 선언을 하고 조국과 민족보다는 동포사회를 주로 다루고 있는 양석일의 문학에는 아직도 조선인 체취가 물씬 풍겨나고 있습니다. 그러나 정체성과 일본사회에서의 적응 문제를 다루고 있는 이양지나 이기승은 물론, 가족과 친우관계 등 자신의 신변의 문제를 다루고 있는 유미리 작품은 비록 소재로는 조국과 민족과 동포의 세계가 등장해도 일본문학에 동화되었거나, 되어가고 있는 중입니다. 아직도 일제의 고발, 정신대, 징용 등 과거의 역사를 다룬 김재남, 정윤희 같은 작가들이 있지만 그들의 작품은 거의 읽혀지고 있지 않습니다. 이는 이들 작가들의 문학적인 역량도 문제가 있겠지만 사회적인 분위기도 원인이 있는 것 같습니다. 일본사회가 안정화 되어감에 따라 동포 작가들의 힘이 되어주던 신일본문학은 영향력을 잃어버리고 제2의 황민화 정책이 진행되고 있다는 어느 평론가의 한탄처럼 체재에 순응하는 문학만이 생산되고 또 강요하고 있는 사회의 분위기를 생각할 때 부득이한 현상이라고 생각됩니다. 일본에서 일본 독자들을 대상으로 글을 발표하는 그들의 문학이 일본 사회에 동화되어 간다는 것은 부득이 한 일이며, 일본에서의 정착과 일본인들과의 공존을 모색하게끔 동포사회가 바뀌어 가고 있는 현실을 생각할 때 극히 자연스러운 일입니다.

그러나 동포 작가들이 독자적으로 전개해 온 문학세계가, 문학과 정치사상, 인식과 실천, 지성인들의 역할 등의 문제에 소홀히 해왔던 취약한 부분이 드러나고 있던 일본사회와 문단에 커다란 자극을 주었다고 사실을 생각해볼 때, 동포문학이 일본문학에 더욱 큰 변화의 계기가 되지 못하고 그 특성을 잃어버리고 있는 것은 안타까운 일이며 일본문학에 있어서도 크나큰 손실이라고 생각됩니다.

제3장

재일 동포문학의
활동과 문학세계

6. 재일동포 문인들과 일본 문인들 간의 문학적 연대활동

1920년대에서 1930년대 전반기까지의 활동을 중심으로

 1 서론

본 논문은 재일동포 문인들과 일본문인들 간의 문학적 연대활동을 살펴보는 것을 목적으로 하고 있다.

재일동포들의 일본어 문학 활동은 해방 전부터 시작되어 현재에는 이회성, 이양지, 유미리, 현월 같은 <아쿠다가와 상> 수상 작가를 비롯한 수많은 작가들을 배출하고 두터운 독자층을 형성하게 되었다. 그런데 이토록 재일 동포문학이 독자적인 장르를 이루게 되기까지에는 어려운 여건 속에서도 작품 활동을 계속해온 동포 작가들의 노력의 결과라고 할 수 있다. 그러나 동포 작가들이 일본어로 작품을 발표할 수 있었던 이면에는 동포 작가들과 조선에 관심이 많았던 일본작가들과의 양국 문인사이에 있었던 문학적 연대활동에 힘입은 바가 적지 않다고 할 수 있다. 그럼에도 이들의 문학적인 연대활동은 현재 거의 잊혀졌거나 단편적인 일부 사실만이 알려지고 있을 뿐이어서 동포문학의 전체적인 모습을 살펴보는데 커다란 장애가 되고 있다.

　이에 본 논문은 이들 양국 문인 사이의 연대적 활동을 다음과 같은 요령으로 고찰하여 재일 동포문학이 어떻게 형성되고 전개 발전되어 왔는가를 밝혀보고자 한다. 먼저 일본문단과 동포들의 독자적인 문학 조직의 형성과 전개과정을 시대별로 나누어 시대배경과 함께 살펴보기로 한다. 다음으로 동포 작가들이 일본문단에 진출하게 되는 배경과 이 과정에서 나타나는 일본작가들의 협력에 의한 연대활동을 살펴본다. 마지막으로 동포 작가들이 발표한 일본어 작품들을 평가하고 이들 작품과 연대해서 발표된 일본작가들의 작품을 간단히 정리한다.

　본 연구 대상인 재일동포 문인들과 일본 문인들과의 연대활동은 재일동포들이 일본어로 작품을 발표한 1920년대 전반기부터 시작하여, 동포문학이 독자적인 장르로서 인정을 받게 된 1960년대 초반기에 이르기까지 계속되지만[1] 본 논문에서는 지면 등 여러 가지 여건으로 1930년대 전반기까지만 살펴보고, 그 이후에 대한 연구는 다음 기회로 미루기로 한다.

2 1920년대 전반기의 문학연대

　한일간의 문학적 연대활동이라고 할 수 있는 한국과 일본 양국문인들 협력관계는 해방 전 재일동포들이 일본잡지에 작품을 발표하기 시

---

1) 양국 간의 문인 연대활동은 해방 후에도 동포 1세대 작가들과 좌익성향의 일본작가들이 동포계 잡지인 『민주조선』『삼천리』와 일본 잡지인 『신일본문학』 중심으로 한 상호 교류 저작활동으로 이어졌다. 그러나 1960년대 초반기이 되면서 좌익성향 문학의 퇴조, 『삼천리』의 폐간, 이회성과 김학영 같은 새로운 세대 작가들의 등장으로 <재일조선인문학>의 독자적인 장르로서 인정받게 됨으로서 양국 문인들의 연대활동은 사라졌다.

작한 1920년대 전반기부터 나타나기 시작한다.

구한말 유학생 등에 의해 시작되어온 일본에서 동포들의 조선어 문학 활동은 한일합방 후 잠시 소강상태를 보이다가, 국권회복, 신교육, 신연애 등을 주장하는 평론들을 담은 『학지광』과 같은 유학생 기관지가 발간되면서 문학 활동이 다시 시작되었다. 즉 1920년대에는 『창조』, 『해외문학』 등의 동인지가 창간되면서 유럽의 신문예사조 등을 소개되고 서구문학의 영향을 받은 시, 소설, 수필이 발표되는 등 다시 활기를 띠게 된다. 그런데 조선어 문학 활동에 비하여 1920년대 전반기까지의 동포들의 일본어 문학 활동은 매우 미약한 형편이었다. 구한말에는 『신찬조선회화』란 책속에 조선민요를 번역하여 실은 홍석연[2]씨와 『미야꼬(都)신문』 등에 간단한 소설이나 기사 등을 발표한 이인직과 무명씨의 활동[3]이 보인다. 한일 합방후인 1910년대에는 『현대시가』 등에 많은 일어시를 발표한 주요한[4] 외에는 명치학원의 교지인 『백금학보』에 짧은 습작인 「사랑인가」를 남긴 이광수[5]가 전부라고 할 수 있다. 당시 이들 유학생들의 문학 활동으로 우리 근대문학이 시작되었다는 평을 들을 정도로 문학 활동이 활발했고, 또 일본어로

---

2) 大村益夫, 布袋敏博 『朝鮮文學關係日本語文獻目錄』, 綠陰書房,1997,p.4
   위 목록의 편자인 布袋敏博의 해제에 의하면 처음 출간된 홍석현의 회화 책에는 구한말 일제의 침략이 놀 화되는 시점에 굶주리는 백성들은 아랑곳 하지 않고 주연에 빠진 왕과 왕비를 원망하여 부르던 민요 아리랑이 삽입되었는데, 3년 후 다시 출간된 책에는 빠졌다고 한다.
3) 상계목록에 의하면 이인직이 1902년에 『都新聞』(1902,1,28-29)에 발표한 「과부의 꿈」이 지금까지 잘못 알려진 정연규의 「혈전의 전야」보다 20년이나 앞서 발표된 최초의 일본어 소설이다.
4) 橫山景子, 『朱耀翰의 日語詩作品에 관한 研究』, 경북대학교 박사학위논문, pp.36-48
   橫山景子의 연구에 의하면 주요한이 최초로 일본어시를 발표한 것은 17세 때인 1917년 1월 『伴奏』2집에 발표한 「お春」이며 마지막 일어 작품은 1919년 2월 『現代詩歌』2권2집에 발표한 「霧と太陽」이다. 그는 이 기간 동안에 30편에 가까운 시와 번역시를 『現代詩歌』에 시의 合評 등을 발표하였다.
5) 1909년 9월에 발표한 작품으로 길이가 세 쪽에 불과하며 내용도 소년기의 이성에 대한 막연한 동경을 그린 작품으로 『백금학보』의 19집에 실렸다.

작품을 썼던 유학생들도 상당수 있었을 것임에도 불구하고 잡지와 단행본으로 발표된 일본어 작품이 거의 남아 있지 않은 것이다. 이는 당시 일본에 대한 반감으로 유학생들이 일본어 작품 활동을 기피한 탓도 있겠지만[6] 보다 더 큰 이유로 이들이 작품을 일본잡지에 발표할 기회를 잡기가 어려웠다는 점을 들 수 있을 것이다. 이 점은 일본어 작품 활동을 했던 김우진이 시와, 소설, 수필 등 다방면에 걸쳐 수준 높은 많은 작품들을 일본 잡지나 단행본이 아니라 모두 손으로 적은 필사본으로 남기고 있는 사실로도 짐작할 수 있다[7].

이처럼 동포들이 일본어로 작품을 발표하기 어려운 시기에 사회주의 사상을 담은 평론과 소설들을 일본잡지와 단행본으로 발표를 하여 본격적인 일본어 문학 활동을 시작한 사람들이 있어 주목을 끌고 있는데 이들이 바로 김중생과 정연규이다. 구체적으로 살펴보면 1921년 김중생은 일본에 사회주의 사상을 도입한 잡지『씨 뿌리는 사람들』에 두 차례에 걸쳐 평론을 발표했으며, 1923년에 정연규는 일본어 소설인「정처 없는 하늘가」(1923,2)를 발표하고, 또「혈전의 전야」(1923,6)를 프롤레타리아 작가들의 작품집인『예술전선-신흥문학29인집』으로 발간하였던 것이다.

이를 자세히 살펴보면 김중생은『씨 뿌리는 사람들』의 창간호와 4월호에 각각「무산자와 유산자」(1921,2),「제3인터내셔날으로의 투쟁」(1921, 4)이라는 간단한 평론을 발표하여 재일동포 중에서 일본의 프롤레타리아문학 잡지에 가장 먼저 글을 발표한 사람이 되었다.「무산

---

6) 동포들이 일본어로 작품을 발표하는 점에 대한 저항감은 아주 뿌리 깊은 것으로, 해방 후 조직된 조련, 조총련산하 문예단체인 <문예동> 작가들은 현재까지 조선어 창작 활동을 주장하고 있다.
7) 김우진의 일본어 작품은 최근에 간행된『김우진 전집 전3권』(서연호, 홍창수편, 연극과 인간사,2000)에 소설 3편, 시 18편, 평론14편, 일기1편, 기타 2편 등이 번역되어 실려 있다.

자와 유산자」는 자본가 지주를 약탈자인 유산자로, 노동자 농민을 약탈당하는 무산자로 구분하고, 유산자는 교육과 국가라는 기관을 통해 기득권을 강화해가므로 유산자의 횡포에서 벗어나기 위해 무산자는 단결을 해야 한다는 내용이다. 「제3인터내셔날으로의 투쟁」에서는 영국의 노동자, 노동조합을 브르죠아의 협조자로 규탄하고 자본주의와의 투쟁을 선언한 <제3인터내셔날>에 대하여 독일과 아메리카 노동자들이 지지하고 있다는 내용을 소개하고 있다.

김중생보다 조금 늦게 활동을 시작한 정연규는 일본에서 최초로 일본어 소설을 발표한 작가로 인정을 받고 있는 인물이다. 그는 22살 때 이미 조선에서 「이상촌」, 「혼」과 같은 작품을 발표했는데, 이러한 작품 활동이 원인이 된 듯 23세 때에 일제로부터 언론 저작 출판을 엄금하는 명을 위반했다는 이유로 일본으로 국외추방을 당하였다고 한다[8]. 일본에서 그는 생활고와 사회현실에 번민하는 젊은이의 갈등을 그린 장편소설 「정처 없는 하늘가」를 일본어로 발표하여 조선 최초의 소설가로 인정을 받고 나카니시 이노스케, 마에다코 히로이치로 등 일본 프롤레타리아 작가들과 친교를 맺게 된다[9]. 1923년에는 「혈전의 전야」가 『예술전선-신흥문학29인집』에 수록되었는데, 이 작품은 3.1운동 직후 일본군으로 추정되는 적군에게 자멸행위라고 생각되는 무모한 공격을 원하는 부하들의 요구에 번민하는 부대장의 고뇌와

---

8) 그의 저작인 『일본 군벌 제국주의의 음모』에 의하면 1921년 10월 21일 언론 저작 출판 엄금의 명을 받고 이를 어겼다는 이유로 다음 해인 1922년 11월 11일에 체포되어 국외추방을 당했다고 한다. 정연규에 대한 이력은 법정대학 교수인 高柳俊男이 손으로 작성한 「정연규.. 관계연표」에 의한 것으로 이 연표가 정연규에 대한 거의 유일한 기록으로 보인다.

9) 마에다코 히로이치로는 『東京每日新聞』에 정연규를 조선의 작가로 4회에 걸쳐 소개하는 글을 싣고 있으며, 『讀賣新聞』에도 「조선 문학에 대하여」라는 글을 써서 정연규의 『정처 없는 하늘가』를 소개하고 있다. 또 마에다코 히로이치로가 정연규를 나카니시 이노스케의 친구로 소개하는 글을 남기고 있다.

결단을 그린 작품이다.

  그런데 이들 두 사람의 작품이 일본잡지에 발표되고 일본인들의 작품집에 수록되기까지의 과정은 자세하게 알려져 있지는 않지만 극히 이례적인 일이라고 할 수 있다. 우선 김중생의 평론이 발표된 『씨 뿌리는 사람들』은 오마키오미, 가네꼬 요분 등이 대정 10년에 2차례에 걸쳐 발간한 잡지로서, 무산계급 예술운동의 방향을 제시하는 글을 실어 기념비적인 잡지이다. 그런데 이 잡지의 창간호 등에 무명 신인이었던 김중생10)이 두 세 페이지의 간단한 계몽적인 내용의 글을 두 편이나 발표한 것이다. 「혈전의 전야」 역시 제국주의 침략에 저항하는 민족적인 색채가 강한 작품으로 민족과 국가의 벽을 넘어 사회주의 국가 건설을 모토로 내세운 프롤레타리아 작품과는 합치한다고 보기 어려운 작품이다. 그럼에도 이 작품이 프롤레타리아 작가들의 작품집인 「예술전선-신흥문학29인집」에 실리게 된 것이다.

  이처럼 무명 신인인 김중생의 간단한 평론과 프롤레타리아 성격에 걸맞지 않은 정연규의 「혈전의 전야」가 프롤레타리아 작품집에 실리게 된 배경은 무엇이었을까. 그것은 우선 김중생 평론의 경우 사회주의 사상을 전하는 평론이라는 점과 정연규의 경우에는 그와 교류를 하고 있던 나카니시 이노스케가 이 작품집을 편집한 덕분으로 여겨진다. 즉 이들의 작품이 일본어로 발표될 수 있었던 배경에는 조선에 대한 관심을 갖고 있던 일본 문학인들의 도움이 크게 작용한 것으로 보인다. 그리고 그러한 사실은 다음과 같은 점으로 미루어 생각할 때 충분히 납득할 수가 있다.

  1920년대 전반의 일본 사회는 사회주의 사상이 크게 만연하였던 시

---

10) 김중생은 현재까지 신원이 전혀 알려지지 않는데 아마도 사회주의 운동을 하던 유학생이나 운동가가 사회주의 사상을 보급하기 위한 목적으로 김중생이란 필명으로 투고한 것으로 추측된다.

대로서 당국의 사상적 통제가 완화되던 소위 <대정데모크라시>시대
를 맞이하여 사회주의와 무정부주의 운동이 사회 경제 문화 등 사회
전 분야에 걸쳐 사회주의 활동이 활발하게 전개되었다. 이에 문인들
사이에도 사회주의 국가건설을 이상으로 하는 이들이 나타났는데, 그
들 중 나카니시 이노스케나 마에다코 히로이치로 등은 당시 식민지였
던 조선에 깊은 관심을 갖고 이를 소재로 하여 많은 작품들을 발표하
였다11). 뿐만 아니라 이들은 사회주의 성향을 띄고 있던 정연규와 같
은 동포 작가들에게 호의를 느끼고 교류관계를 맺었으며 그들이 일본
어로 쓴 작품을 일본 잡지나 단편집에 발표하는데 도움을 주었을 것
으로 추측이 된다.

　즉 김중생과 정연규는 재일동포들이 일본어로 작품을 발표하기가
어려웠던 시기였음에도 사회주의 성향을 가진 일본 문인의 협력으로
일본어 작품들을 발표할 수 있었는데 이는 양국 문인들 사이에 최초
로 나타난 연대활동이라고 할 수 있을 것이다.

---

11) 高崎隆治,「日本人文學者のとらえた朝鮮」,『三千里』21호, 1980春, p.58
　　당시 사회주의성향을 띤 작가 중에는 조선을 소재로 하여 작품들을 많이 발
　　표하였다. 예를 들면 나카니시 이노스케는 일본 제국주의의 식민지 정책과
　　맞서 싸우는 조선농민들과 일본인등을 통하여 식민정책의 실태를 사실적으
　　로 그린「赭土に芽ぐむもの」를 비롯한 6편을 발표하였으며 그 외에도 마에
　　다코 히로이치로는「火田」,「朝鮮」등을 발표했으며 나카노 시게하루는「朝
　　鮮の娘たち」등을 발표하였다. 이밖에 조선을 소재로 하여 작품을 발표한
　　작가에 대해서는 高崎隆治「日本人文學者の見た朝鮮-作品年表」(『三千里』
　　28호, 1981冬)를 참고하시기 바람.

3 1920년대 후반기의 문학연대

사상의 자유를 구가하던 1920년대 초반의 <대정 데모크라시> 시대는 관동 대지진 이후, 일제의 탄압으로 막을 내리고 사회주의 사상을 전파하던 잡지 『씨 뿌리는 사람들』도 폐간되었다. 그러나 이러한 탄압에도 불구하고 프롤레타리아 문학자들은 프롤레타리아 문학조직들을 결성하고 그 기관지로서 『문예전선』, 『프롤레타리아예술』, 『전위』, 『전기』 등을 발간하는 등 문학 활동을 활발하게 전개하여 일본 프롤레타리아 문학은 전성기를 맞이하게 되었다.

이 기간 동안 재일 동포문학을 살펴보면 유학생들이 대거 귀국함으로써 문학 활동은 한동안 공백기를 맞이했는데 노동현장에서 일하는 조선인 유학생이나 노동자들이 급격히 많아지고[12] 노동 현장에 관심을 갖고 노동단체들과 관계를 맺는 동포들도 늘어나게 된다. 특히 우리의 국권을 빼앗은 일제가 자본가와 지주 등 자본주의 체재를 갖추고 민족의 생존권을 침탈해왔기 때문에 상당수의 동포들은 민족운동으로 방편으로 사회주의를 택하게 된다. 또 문학을 뜻하던 많은 유학생들도 사회주의 성향의 문학을 접하게 되면서, 사회주의 문학을 통하여 민족해방을 이룩하려는 사회주의 문인들이 나타나고[13] 그들에 의

---

12) 박찬승 「식민지시기 도일 유학과 유학생의 민족운동」,『아시아의 근대화와 대학의 역할』, (한림대 아시아 문제연구소, 3000년 1월)
   이 시기에 조선인 노동자가 급증한 것은 1922년도에 조선총독부의 유학생 규정이 철폐되면서 고학으로 학업을 유지해 가는 유학생들과 토지측량조사사업으로 농지를 잃고 일본으로 건너간 농민출신의 노동자들이 급증하였기 때문이다.
13) 安宇植, 「植民地時代の在日朝鮮人文學」,『三千里』, pp.51-52에서 재인용
   예를 들면 조선에 프로문학을 소개했던 선구자 김기진이 그대표적인 인물이다. 그의 회상에 의하면 그 자신은 대정 10년 전 후 사회주의 운동이 크게 확산되어가는 무렵, 프랑스 앙리 발뷰스의 <크라르테>와 일본에서 발간된『씨 뿌리는 사람들』을 읽고 <예술을 위한 예술>에서 <인간을 위한 예술>로 사상적으로 변화가 생겼다

해서 조선인 독자적인 문학조직이 등장하게 된다. 즉 조선에서 1925년 8월 카프가 결성되자 재일 동포들 역시 독자적인 프롤레타리아 문학조직을 결성하게 된다. 1927년에는 한식, 이북만, 고경흠에 의해 <제삼전선사>가 조직되었다가 발전적 해체를 하여 <조선프롤레타리아예술동맹(이하 카프)> 동경지부를 결성하였는데, 1929년 이 역시 해체되고 김두용, 이북만 등이 <무산자>를 조직하고, 기관지『무산자』도 발행하게 된다. 이로써 재일동포들의 문학은 사회주의 운동의 일환으로서 문학을 선택한 사회 운동가들의 조직 활동에 의해 유지하게 된다.

이러한 동포들의 독자적인 문학조직 활동과는 별도로 상당수 사회주의 운동가들이 일본의 프롤레타리아 잡지에다 당시 식민지 치하의 동포들이 처한 비참한 현실과 일제의 가혹한 식민통치 등을 고발하거나 사회주의 사상을 고취하는 글들을 발표했다. 즉 김희명, 한식을 비롯하여 많은 무명의 인사들이『문예전선』,『프롤레타리아예술』,『전위』,『전기』등 일본프롤레타리아 문학조직의 기관지는 물론이고『진군』,『야수군』,『문예투쟁』,『자아성』등 잘 알려지지 않은 잡지 등에도 시와 소설 평론 등을 발표하였던 것이다[14].

그런데 이 시기에 발표되었던 작품들을 살펴보면 다음 두 가지 점이 눈에 뜨인다. 먼저 이들 대다수의 작품들은 사회주의 운동을 하던 이들이 발표한 작품으로 그 작품성이 크게 떨어지고 있다는 점이다. 이점은 김희명과 한식의 시를 비롯하여 이때 발표한 대다수의 시들이

고 한다. 그 후 야마카와 히터시, 사노마나부 등의 평론을 읽고 문학을 버리고 실천을 택할까 하고 고뇌를 하던 중 나카니시 이노스케의「赭土に芽むもの」를 읽고 감명을 받아 사회주의 문학을 택하게 되었다고 한다.

14) 이 기간 동안 각종 프롤레타리아 문학잡지에 작품 활동을 하였던 사람으로는 김희명, 한식, 이북만 등이 있는데, 자세한 내용에 대하여는 졸고「해방 전 재일조선인 사회주의자들의 문학 활동」(일어일문학연구49집)을 참고하시기 바람.

산문에 가까운 설명적인 문장이나 투쟁을 고취하기 위한 극단적인 구호로 되어 있는 점에서도 알 수 있다. 「무산자여/ 단결! 투쟁! 용감하게!」무산자들의 단결을 호소하는 구호로 끝을 맺고 있는 박달의 시 「폭압에 대항하여」에서도 볼 수 있듯이 투쟁을 고취하는 선동적인 구호가 난무하고 있다. 소설 역시 『야수촌』과 『문예투쟁』에 발표된 김희명, 한식의 작품들은 두세 페이지에 불과한 극히 짧은 콩트형식으로 문장도 짧은 단문인데다가 묘사보다는 작가의 일방적인 서술에 의존하고 있다. 개화기 소설의 여러 가지 변이태15)를 답습한 일기나, 수필, 논설에 가까운 잡다한 형식 등으로 되어 있다.

다음으로 이들 작품이 계급해방을 통한 사회주의 건설보다는 일제에 대한 저항과 민족의 독립을 노래한 민족적인 색채가 강한 작품이라는 점이다. 적에게 저항하다가 희생되는 것이 자신의 행복이라고 노래한 김희명의 「행복」에는 적(일제)에 대한 격렬한 적의가 드러나 있으며, 「눈 밑에서 병든 이 땅이여/ 망각 속에서 몸서리를 치는 이 땅이여」로 시작하는 「이 땅이여」 역시 일본 식민치하에서 신음하는 조선을 얼어붙은 동토의 땅으로 노래하고 있다. 소설 역시 대다수가 권력자의 착취를 고발하고 있으나 이를 계급 관계로 설명하려는 의식이 부족하다. 이처럼 이들의 작품은 조국의 어두운 현실을 절망감으로 노래하고 식민치하에서 벗어나기 위한 투쟁을 고취하고 있으나 프롤레타리아 문학에 걸맞은 계급간의 투쟁이나 사회주의 국가 건설 등은 나타나 있지 않다.16)

---

15) 조남현 「개화기소설의 생성과 전개」『소설과 사상』(1995.가을) p.347
    개화기소설에는 여러 가지 변이태(變異態)에 해당하는 소설들이 나타나는데 예를 들면 정치소설, 우화소설, 몽유록계 소설, 토론체 소설, 단막극 형태, 대화체 소설 등이 있다.
16) 이러한 내용은 1929년에 발행된 『전기』에 발표된 작품에 비로소 나타나고 있는 것이다. 즉 강문석의 「우리들은 소년단」(1929.5), 박달의 「폭압에 대항하여」, 김병호의 「내는 조선인이다」 등에는 자본가와의 결사적인 투쟁에 앞장서는 어린 투사나

　이상 살펴본 바와 같이 위의 작품들은 1930년대에 나타난 프롤레타리아 문학의 선구가 되는 소중한 작품들이나 극히 간단한 소품정도로 작품 길이가 짧고 작품성도 크게 떨어지는 편이다. 무엇보다도 작품 속에 들어 있는 강렬한 민족주의적인 성향은 국경을 넘어 계급적 연대를 통해 사회주의 국가 건설을 이상으로 삼는 프롤레타리아문학자들이 지향하던 예술과는 반하는 특징을 갖고 있다.[17]

　이처럼 여러 가지 결점에도 불구하고 김희명, 한식을 비롯하여 많은 무명의 인사들이 작품을 프롤레타리아 잡지인 『프롤레타리아예술』, 『전기』 등에 발표할 수 있게 된 것은 일본 문인들의 연대적 호의에[18] 힘입은 바가 크다고 할 수 있다. 즉 당시 식민통치하에 신음을 하던 조선인에 대한 동정심과 이들 식민치하에서 억압을 당하는 조선인을 국경을 초월하여 부르조아 계급을 맞서 연대해야 할 동지로 보고 있던 좌익성향을 가진 일본 문인들의 협력이 있었기 때문이다.

　그리고 이러한 협력관계의 중심적 위치에 서있었던 인물이 바로 나카노 시게하루이었다. 나카노 시게하루는 프롤레타리아 잡지의 편집을 담당했던 대표적인 프롤레타리아 작가로서, 식민지 조선에 대하여 남다른 관심과 애정을 가지고 있었다. '조선 문제를 이해하는 것이 일본인으로써 일본문제를 이해하는 것이라는 말을 남겼던 나카노 시게

수탈당하는 조국해방 등 사회주의 성향이 강하게 나타나고 있다.
17) 원래부터 외세의 침략에 맞서려는 민족주의와 국경을 초월하여 무산자 계급연대로 평등사회의 건설을 모토로 하는 사회주의는 원래부터 서로 용납할 수가 없는 상극적인 성격을 가지고 있으며 민족적인 색채가 강한 조선인의 문학은 사회주의 건설을 내세운 프롤레타리아 문학에 합치할 수가 없다.
18) 당시 재일동포들이 작품을 발표했던 잡지 『문예투쟁』과 『야수군』은 김희명이 편집인으로 있었기에 동포들이 작품을 쉽게 발표할 수 있었을 것이다. 그러나 『프롤레타리아 예술』, 『전기』 등은 나카니시 이노스케, 가네코 요분, 하야마 요시키와 같은 당시 유명작가들과 아오노 스에키치, 하야시 후사오, 나카노 시게하루 등이 참여하여 프롤레타리아 문학 이론을 선도해가던 잡지로서 동포들이 작품을 발표하는 데는 나카노 시게하루의 도움이 컸으리라고 추측된다..

하루는, 조선민족의 민중의 고난을 자신의 것으로 느끼며 육체적으로 가슴 깊은 곳에서 파악하려고 했던 보기 드문 일본 프롤레타리아 문인이었다. 이처럼 조선에 대한 깊은 애정과 관심 때문에 그는 일찍부터 일본 프롤레타리아 조직에 참여하여 평론을 발표하던 김두용, 이북만 등도 친밀한 관계를 맺었었다. 즉 김두용과 같은 동경제대 출신으로 대학 시절의 문학모임인 <신인회> 시대부터 지인이었으며, 이북만과는 『예술운동』이 창간된 1927년부터 친밀한 관계를 맺었다[19]고 한다. 또 김두용이 발행인으로 있던 『무산자』(1927년11월)의 창간호에 「일본 프롤레타리아 예술동맹에 대하여」를 조선어로 발표하였으며 김두용, 이북만 역시 나카노 시게하루가 편집인으로 있던 『프롤레타리아 예술』에 논문 「조선에 있어서 무산계급 예술운동의 과거와 현재」라는 글을 실었다. 이처럼 일본인 나카노 시게하루와 조선인 김두용과 이북만의 세 사람은 서로 깊은 친교를 맺고 국경을 넘어선 문학적인 연대활동을 나누었다.

이러한 양국 간 문학연대의 절정은 1928년 이북만의 「추방」에 이어 나카노 시게하루가 발표한 「비 내리는 시나가와 역」라는 시와 다시 이에 화답하여 임화가 발표한 「우산 받튼 요코하마의 부두」라는 시를 통해서 이루어졌다.

먼저 이북만은 나카노 시게하루가 편집을 담당하고 있던 『전기』(1928년 9월)에 「추방」을 발표하였는데, 이 작품에서 그는 일본관헌의 탄압과 조선인 강제추방에 대한 분노와 적개심을 적나라하게 그려내고 있다. 1928년 일제는 히로히토 천황의 즉위식을 무사하게 치르

---

19) 水野直樹, 「「雨の降る品川驛」の事實しらべ」, 『三千里』21호, 1980 春, pp.101-102 당시 좌익운동을 하던 일본대 교수 新島繁은 두 사람의 관계를 인종을 넘어서 사회주의 건설이라는 공동목표를 위해 손을 잡고 단결해가는 동지적인 모습이 인상적이었다고 회고하고 있다.

기 위해 그해 3월 15일과 다음해 4월 16일 두 차례에 걸쳐 사회주의 운동자와 재일동포 등 요시찰인의 감시를 강화하고 예비검속을 단행하는 등 대대적인 탄압을 가하였는데, 특히 동포들은 탄압의 주요 대상으로 불시검문 끝에 많은 동포들이 검거 구류당하거나 조선으로 강제추방을 당하게 되었다.

이에 이북만은 「*월 *일까지 퇴거하라」로 시작하는 「추방」이란 글을 발표하였다. 이 글에서 그는 일제의 탄압으로 재일동포들의 조직이 해산되고 예술운동이 폐간되고 조직원들이 추방당하게 되는 사정을 울분에 찬 목소리로 전하고 있다. 즉위식을 전후해서 29일간 경찰서에 구류되었다고 하는 나카노 시게하루는 이 글을 읽은 후『무산자신문』에 「모스코바를 향하여」를 1928년 10월 5일부터 11월 1일까지 6회 연재한데 이어서, 추방되어가는 동포들의 분노를 대신하여 노래한 「비 내리는 시나가와 역」을 1929년『개조』지 2월호에 발표되었다. 「모스코바를 향하여」는 3·1운동이 일어난 1919년을 배경으로 3.1운동에 대한 보고 차 모스코바로 떠나는 두 조선인 혁명가의 모습을 그린 작품이다. 비록 우리에게 알려져 있지는 않으나 이회성은 이 작품에 대하여 영웅 서사시를 읽고 있는 듯 한 작품으로 일본의 식민지배에 반대하고 조선의 독립을 쟁취하기위해 눈보라를 헤쳐 가는 모습을 훌륭하게 그려내고 있다[20]고 평가하고 있다.

「비 내리는 시나가와 역」은 나카노 시게하루 특유의 서정성과 정확한 정경묘사 등을 바탕으로 작별의 서러움 속에 타오르는 투쟁의지를 잘 그려낸 완성도가 높은 작품으로 크게 인정받았다. 특히 나카노 시게하루는 추방되어 가는 조선인들의 천황에 대한 분노와 적대감을 수염과 안경, 곱새 등으로 표현하여[21] 많은 동포들에게 커다란 공감을

---

20) 李恢成, 「中野重治と朝鮮」, 『新日本文學』, (1980,12), p.156
21) 후에 천황제의 비판이 수염과 안경 꼽새 등과 같은 외관만을 끄집어냈을 뿐 본격적

불러 일으켰다. 『개조』에 처음 발표될 때 편집인들이 구수회의를 한 결과 검열을 염두에 둔 복자가 너무 많아서 거의 내용을 파악할 수가 없을 정도였다고 한다. 이 시를 보고 감동한 이북만이 조선어로 번역하여 『무산자』(1929년 5월호)에 발표하여 많은 동포들에게 깊은 감명을 주었다고 하는데, 『무산자』에 실린 조선어로 번역 작품 덕분에 복자로 되어 알 수 없었던 원문의 많은 부분들을 복원할 수가 있게 되었다. 1929년 9월 임화가 다시 나카노 시게하루의 「비 내리는 시나가와 역」에 화답하여 「우산 받든 요코하마의 부두」를 발표하였는데, 이 시 역시 조선인과 일본인들의 계급적인 연대의식 아래 쓰여진 것이다.

이상 이북만, 나카노 시게하루, 임화 삼인에 의해 발표된 일련의 작품에는 당시 프롤레타리아 작가들이 이상으로 삼고 있던 조선인과 일본인 사이의 국경을 넘어선 동지적인 연대의식이 잘 나타나져 있다.

그런데 여기서 한 가지 주목해야 할 점은 나카노 시게하루가 양국 문인사이의 연대 활동의 중심에 동포들이 일본어 작품을 발표하는데 도움을 주었지만 그 역시 자신이 편집을 담당했던 『프롤레타리아예술』 이나 『전기』에 발표된 이북만과 김두용, 임화의 평론이나 시를 읽고 그들과 교류하면서 그들로부터 받은 영향도 적지 않다는 점이다. 이에 대하여 (그들과의 교제 이전부터) 조선 문제를 다룬 작품인 「국기」가 있지만 나카노 시게하루의 일관된 조선 문제에 대한 자기책임 의식의 상당부분은 이들의 평론을 『프롤레타리아 예술』에서 읽어가면서 형성된 것이라는 다카가와 마유미(高川まゆみ)의 평[22]은 주목할 만하다고 하겠다. 즉 나카노 시게하루와 그를 둘러싼 동포들과의 상호 연대

인 천황제도의 비판으로 까지 이어지지는 못하고 있다는 점과『일본 프롤레타리아 -트의 앞잡이요 뒷문』이라는 표현에서는 조선인을 이용해왔다는 일본 혁명운동의 결함을 지적하고 있다.

22) 高川まゆみ, 「中野重治論-朝鮮問題中心」, (藤女子大學國文學雜誌1984,12) p.80

활동은 일방적인 관계가 아니라 상호호혜적인 관계였다는 점을 주목
해야 한다고 생각한다.

 ## 4 1930년대 전반기의 문학연대

1930년대에 들어서면서 재일 동포문학운동은 동포들의 독자적인
문학조직이 해소되고 반 강제적으로 일본인 조직에 참여하게 되어 문
학조직 활동에 있어서도 한일간 연대활동이 이루어질 수밖에 없는 상
황에 빠지게 된다.

그것은 먼저 일제의 탄압으로, 관동대지진 후 사회주의자들과 재일
동포에 대한 일제의 탄압은 더욱 강화되어 갔다. 문학에 있어서도
1928년 천황 즉위식을 앞두고 동포들에 대한 예비검속이 강화되어『예
술운동』은 발행이 불가능한 사태를 맞이하게 되었다. 이후 1929년에
김두용, 이북만 등이 <무산자사>를 결성하고 기관지『무산자사』를
발행했으나 이 역시 일제의 압력으로 해체되고 만다. 이처럼 1927년
에 <제3전선사>가 조직된 이후 1936년에 <조선예술좌>가 해체될
때까지 문학조직들이 결성과 해산을 되풀이해 왔는데 그 가장 큰 이
유가 바로 일제에 탄압이었다. 이처럼 재일동포들의 문학조직은 더 이
상 유지하기가 어려운 정도에 처하자 동포들은 상대적으로 탄압이 적
은 일본 문학조직과의 연대를 꾀하게 되었다.

다음으로는 민족이나 국경보다 노동자, 농민 등 출신성분에 따른
계급간의 연대를 중시하려는 코민테른의 1국1당 원칙이라는 방침을
들 수 있다. 즉 1928년 12월에 열린 제6차 코민테른 대회의 정치 서
기국에서 공산당 조직은 한 나라에 하나만 인정한다는 소위 일국일당

이라는 속지주의 원칙이 발표되면서 국경과 민족을 초월하여 노동자 농민들의 계급투쟁을 위한 일본과 식민인 조선과 대만과의 연대가 더욱 강화되었다.

이상 두 가지 이유 때문에 재일 동포들의 독자적인 모든 정치 조직이 해산되어 일본 공산당 조직 속에 吸收된다. 즉 1930년에는 그동안 독자적인 활동을 하던 재일노총을 비롯한 신간회 도쿄지회, 조선 유학생 학우회, 조선공산당 일본총국 등이 해체를 결의하고 일본공산당 산하조직으로 吸收되었던 것이다[23]. 문학조직도 1931년 11월 <나프>가 해산되고 <코프(일본 프롤레타리아 문화연맹)>가 성립되며 서기국 소속 12위원회 산하에 각 조선위원회가 설치된다. 이때 이북만, 김용제 등을 비롯한 많은 동포들이 <코프>의 조선위원회[24)에 참여하여 한일양국의 문학조직에 의한 연대가 성립하게 된다.

이러한 양국 문학조직의 연대활동은 일본어로 발표되던 작품 내용에도 영향을 주어 1920년대의 작품에는 나타나지 않던 조선과 일본의 무산계급인 노동자 농민들이 연대하여 유산 계급인 자본가 지주에 맞서자는 작품들이 나타나고 있다. 조선과 일본의 노동자 농민사이에 국경을 초월한 연대적 투쟁은, 1920년대에 발표된 시에서는 찾아 볼 수가 없고 1930년대에 비로소 나타나고 있다 예를 들면『농민』을 중심으로 발표를 하던 이균[25)의 1930년에 발표한 시「나」와「일본의 동

---

23) 김명섭「차별과 억압에 맞선 재일 민족해방운동」,『재일조선인 그들은 누구인가』 삼인 2003년 p.97
24) 高川まゆみ,「中野重治論-朝鮮問題中心」,『藤女子大學國文學雜誌』, 1984,12, p.93 이때 이북만은 코프 산하의 프롤레타리아과학 조선협의회에서 김용제는 작가동맹 조선협의회에 소속되어 활동했으며 코프의 기관지로 발간한『大衆の友』의 조선어 판인『우리 동무』의 편집위원으로도 활동하였다고 한다.
25) 李均은 농촌의 문화 활동에 대한 깊은 관심을 가지고 1930년에서 1931년도까지 농민 동맹에서 펴낸 잡지인『농민』을 무대로 2편의 시와 8편의 평론과 기사를 발표했다. 그의 신원은 알려져 있지 않지만 동맹휴학으로만 속 검찰에 송치되었다는 그의 글로 미루어 학생의 신분으로 농민운동에 뛰어든 운동가임을 짐작할 수 있다.

지에게」를 살펴보면 농민운동에 어찌 국경과 민족적인 차별이 있겠는
가 반문하면서 오직 같은 계급인 조선과 일본 농민들의 막강한 힘을
잡고 나설 것을 노래하며 「오오 동지여 / 손을 잡자」로 끝을 맺고 있
다. 이어 『부인전선』에 발표한 이길희의 「친구를 부른다」라는 시 역
시 「자 손을 잡아주세요/ 식민지에서 허덕이는 연약한 여성이 내민
손을」라고 노래하며 인간해방의 첨단에서 조선과 일본의 연대하여 부
인전선을 펴나가자고 강조하고 있다. 같은 시기에 박능은 「동지」라는
소설을 발표되었는데 이 작품은 농장에서 해고된 조선인 주인공이 일
본 농민들과 동지가 되어 지주들과 싸울 것을 결의한다는 내용이다. 그
런데 1930년대의 초기에 나타난 이들의 작품은 일본 노동자 농민과 연
대하여 지주와 싸우자는 내용이 있을 뿐 작품성에 있어서는 상투적인
선동구호가 주로 되어있어 1920년대의 수준을 벗어나지 못하고 있다.

그런데 이때 백철과 김용제가 등장하여 프롤레타리아 잡지에 많은
작품들을 발표하였는데 이들 작품은 이전의 동포 작품들의 수준보다
한 단계 높은 작품으로 작품성과 굳건한 사회주의 의식을 담은 작품
들이었다. 백철과 김용제는 두 사람 모두 카프 등 동포들의 문학조직
과는 관계없이 직접 <일본무산자예술동맹(나프)>에서 활동하던 시인
들로서 그들의 시는 강렬한 투쟁의 의지를 담고 있으면서도 작품으로
서의 완성도가 극히 높았다.

먼저 프롤레타리아 계통 잡지에 활발하게 시를 발표한 백철은 처음
에는 농촌의 자연을 그리는 민중시운동을 하다가 염증을 느껴 프롤레
타리아 문학의 시동인지인 『전위시인』의 동인이 되고 <일본 프롤레
타리아 시인회>와 <나프>에 가담하였다[26]고 한다. 그의 초기에 프
롤레타리아라는 계급적 대립의식이 나타난 「누이여」, 노동자들의 분

26) 양왕용 외 3인, 「일제강점기 재일한국인의 시문학 활동과 시 의식 연구」, 『일제강점
기 재일한국인의 문학 활동과 문학의식 연구』, 부산대학교출판부, 1998, p.34

노와 투쟁을 그린 「스미다가와, 석양」, 「송림」이라는 작품을 발표하였으며, 이후에는 민족현실에 기반을 두고 국제적인 연대의식 속에서 반제국주의 투쟁을 그린 「그들이라도 -」, 「나는 알았다 삐라의 의미를」라는 작품을 발표한다. 특히 관동대지진에 희생된 동포 문제를 그린 「9월1일」이후에는 조선의 노동운동과 일제의 탄압과 조선과 일본 노동자들이 연대하여 제국주의에 투쟁할 것을 선동 하는 「다시 또 봉기에」, 「국경을 넘어서」, 「3월 1일을 위하여」와 같은 작품들을 발표했다. 그는 1929년 11월부터 프롤레타리아문학에 대한 탄압이 본격화 되던 1931년 10월에 농민문학론을 들고 나오면서 프롤레타리아문학 활동에서 몸을 뺐으며 이후 귀국하여 친일 문학 활동을 하게 된다. 그는 채 2년이 되지 않는 기간 동안 일본에서 문학 활동을 했지만 질과 양적으로도 문학성이 높은 많은 일어 시[27]들을 남겼다.

백철과 같은 시대에 활약했던 김용제 역시 프롤레타리아 잡지를 무대로 하여 열렬한 민족애와 노동계급의 해방을 노래한 시를 발표했던 시인이었다. 그는 백철보다 한참이나 늦은 1931년 2월『프롤레타리아시』에 「붉은 별 농민학교를 지켜라」로 일본 문학계에 등장한 이래『나프』,『전기』,『프롤레타리아 문학』,『문학평론』 등에 30여 편의 시를 발표하여 가장 활발하게 활동했다. 이때 발표된 「현해탄」, 「봄의 아리랑」, 「국경」, 「3월 1일」의 시에는 한결같이 프롤레타리아 의식을 바탕으로 조선 민족에 착취를 가하는 일제에 대한 격렬한 저항과 열렬하게 불타오르는 민족애를 노래하고 있다. 이러한 이유를 들어 김용제의 일본어로 쓰여진 시를 오오무라 마스오씨는 조선적인 산물이지 일본 것이 아니라고 말하고 있다.

---

27) 백철이 프롤레타리아 잡지에 작품을 발표한 것은 1929년 11월부터 1931년 7월까지 채 2년이 못되는 기간이지만 이 기간 동안 그는 문학성이 높은 창작시 18편과 번역시 3편 등 많은 시를 일본어로 발표하였다.

특히 그는 프롤레타리아 시인회의 기관지인 『프롤레타리아 시』와 일본 프롤레타리아 작가동맹의 기관지인 『프롤레타리아 문학』에 거의 매월 시를 발표하는 한편 프롤레타리아 작가동맹에 가입하면서 조직 활동을 시작하였다. 이후 그는 <일본프롤레타리아작가동맹(NALF)>의 대표로서 <일본 프롤레타리아 문화연맹내(코프)>의 조선협회의 위원으로 선출되었으며 코프의 기관지인 『대중의 벗(大衆の友)』의 조선어판인 『우리 동무』의 편집을 담당하기도 했다. 이후 나카노 시게하루, 미야모토 겐지, 고바야시 다키지 등 당시 일류 프롤레타리아 작가, 평론가들과 친교를 맺으며 <프롤레타리아 시인회>의 간사와 <작가동맹>의 서기 국장을 맡기도[28] 하면서 일본 프롤레타리아문단의 중심적인 활동가로서도 활동을 했다. 1932년 6월 작가동맹에 대한 일제 검거 때 체포되어, 치안유지법에 따라 3년9개월을 옥고를 치르게 되었는데 같이 활동하던 다른 많은 프롤레타리아 작가들이 자신의 잘못을 반성하는 전향성명을 발표하고 석방되었지만 그는 끝까지 전향을 거부하였다. 이 때문에 그가 만기출옥 했을 때 옥중에 남아 있던 미야모토 겐지가 석방을 축하하는 편지를 보내주고, <작가동맹>의 작가 40여명이 환영회를 열어줄 정도로 여러 사람들이 성원을 보내주었다. 그는 1개월 동안 그를 친자식처럼 돌보아주던 강구환의 집에 신세를 졌으며[29] 키시야마지의 호의로 『문학안내사』에 근무하면서 그

---

28) 大村益夫, 「詩人, 金龍濟の軌跡」, 『三千里』11號, 1977秋, p.181
  김용제가 <작가동맹>에 가입한 것은 1931년 8월인데, 1년 뒤인 1932년 6월에 구속되었을 때 일본 관헌의 자료에 의하면 <작가동맹본부상임중앙위원회> 서기국장 및 <동경지부집행위원회 조선대만위원회의> 책임자였다. 가입 후 불과 1년 만에 서기 국장에 올랐다는 것은 일제의 탄압으로 대다수의 작가들이 조직에서 발을 빼고 있는데 그만이 조직에 남아 고군분투하고 있었다는 것을 말해주고 있다.
29) 삼천리 발행인이었으며 시인인 이철의 증언에 의하면(2003년 1월) 에구치 캉은 작가동맹의 위원장으로 서기장을 맡아 작가동맹의 실무처리를 해 온 김용제를 친아들 이상으로 아끼고 돌보았다고 한다.

동안 나카노 시게하루의 동생인 나카노 스즈꼬와의 교제를 하는 등
비교적 안정된 생활을 할 수 있었다. 그러나 출옥 후 오래되지 않은
1936년 6월 <조선예술좌> 사건으로 체포된 후 조선으로 강제 송환
되었다. 귀국 후 오랫동안 자신의 근황과 소신을 밝히는 글들을 발표
하였다30). 특히 그는 대법원 판결을 앞두고 일본이 조선 민중을 파렴
치하게 착취 압박해왔으며, 이에 대항한 자신의 제반활동은 사회 인류
의 진보를 위한 당연한 요구라고 대심원 상고서를 썼으나 상고는 기
각을 당했다. 한동안 침묵을 지키다가 일제의 정책에 협력하는 친일
활동을 하게 된다.

이처럼 김용제는 저항활동과 친일활동을 동시에 했던 작가이지만31)
현재 한국에서는 친일작가로만 알려져 부정적으로만 평가받고 있다.
이에 대하여 김용제를 오래 연구해온 오오무라씨는 계급적 민족적인
입장에 섰던 문학전사로서 그의 작품의 투쟁성과 자기희생을 마다하
지 않은 순수한 삶에 대해서는 경의를 품지 않을 수가 없다32)고 말하
며 안타까움을 표하고 있다. 또 그는 4차례에 걸쳐서 4년에 가까운
투옥생활 중에도 전향을 거부했던 일본 프롤레타리아문단의 중심에서
활동했던 김용제의 존재는 잊혀지고 문학사 등에서 언급조차 되지 않
고 있다. '일본문학계에서 김용제를 잊고 있다는 것은 국제적인 친구
로서의 역할에 둔감하며 이웃나라의 진보적 작가에게 친일문학을 강

---

30) 오오무라 마스오, 『윤동주와 한국문학』, 소명출판, 2001, pp.278-282
   석방직후의 심정과 일본 여류문인과의 애정관계를 그려 「조선 문학」에 발표한 「동
   경연애」와 치안유지법으로 검거되어 대법원에서 형이 확정될 때까지 구류생활을
   그려 1937년 「四海公論」에 발표한 『愛光記』가 그것이다.
31) 오오무라 마스오, 『윤동주와 한국문학』, 소명출판, 2001, p.267
   오오무라 마스오에 의하면 1929년부터 1938년에 걸친 10년간은 일제의 식민통치에
   강하게 저항했으나 1838년을 분수령으로 반 년 동안의 침묵기간이 있었으며 1939
   년 이후에는 후에는 전향하여 친일활동을 하였다고 한다.
32) 오오무라 마스오, 『윤동주와 한국문학』, 소명출판, 2001, p.267

요하고 그를 절망에 빠트렸던 사실을 외면하고 있다[33]'고 날카롭게 지적하고 있다.

이러한 동포들의 일본어 작품 활동에 대한 일본 문인들의 호의와 편의는 1932년 장혁주의 일본문단 진출과정에서도 나타나고 있다. 장혁주가 『개조』제5호 현상모집에 「아귀도」를 응모, 2위로 입상하여 일본문단에 본격적으로 등단하였는데[34], 「아귀도」는 기아와 절망 상태에 빠진 조선농촌의 실정을 통하여 일제의 제도적인 수탈과 착취를 고발한 작품이다. 공사장의 부정과 착취 등에 순종하던 농민들이 온갖 위협에도 굴하지 않고 단결하여 일어선다는 내용을 통하여 일제의 수탈에서 벗어나기 위해서는 저항하여야 한다는 사상을 고취하는 작품이다.

그런데 장혁주의 등장은 조선과 일본에서 크게 화제가 된 듯 이 작품에 대한 평이 여러 사람에 의해 나왔는데, 호평도 많았으나, 결점도 많이 지적되었다. 이들을 살펴보면 조선에서는 채충식은 내용에 있어 인도적인 의분과 동정적인 의식 등 소 부로주아적인 편견을 버리지 못했다고 지적했으며, 김광균은 구성력이 미약하고 일관된 감정과 심리묘사가 없다는 점을 들어 「아귀도」를 초기적 경향을 띤 사실소설에 불과하다[35]고 평하였다. 일본에서도 묘사의 심각성이 수반되지 않고, 구성도 프롤레타리아 작품의 경직화된 틀 그대로라는 날카로운 지적을 아오노스에기치(靑野季吉)로 부터 받았다[36]. 그러나 여러 사람들로부터 많은 결점들을 지적받았음에도 불구하고 장혁주는 경쟁이 치

---

33) 오오무라 마스오, 『윤동주와 한국문학』, 소명출판, 2001, p.267
34) 일본잡지에 발표한 장혁주의 첫 일본어 작품은 「白楊木」이란 작품으로, 「餓鬼道」보다 2년이나 앞선 1930년에 가토 가즈오(加藤一夫)가 주재하는 잡지 『大地に立つ』(1930.10)에 발표하였다.
35) 白川豊, 『張赫宙研究』, 東國大學校博士學位論文, 1989, p.39
36) 白川豊, 『張赫宙研究』, 東國大學校博士學位論文, 1989, p.49

열한 현상공모의 심사과정을 통과하여 일본문단에 당당하게 등단하게
된다. 이러한 장혁주의 등단과정을 이해하기 위해선 당시의 문단 사정
을 이해해야 할 필요가 있다.

1932년 당시 일본 문단은 일제 당국의 탄압이 본격화하기 시작하여
프롤레타리아문학은 커다란 위기 속에 빠져있던 시기였다[37] 즉 31년
9월에 만주사변이 일어나자 프롤레타리아문학에 대한 탄압이 시작되
어, 32년에는 3월 <코프>의 대검거 소동, 5월 육군이 쿠데타를 일으
킨 5.15사건의 와중에서 <문전파>가 해산되고 만다. 이처럼 프롤레
타리아문학에 대한이 탄압이 노골화되어 가는 시기에 일제의 식민통
치를 고발하고 이에 대한 저항을 고취하는 작품으로 응모한 장혁주의
존재는 위기에 빠진 프롤레타리아 문학에 뭔가 돌파구를 기대하던 심
사위원들의 주목을 받았을 것이다. 특히 『개조』는 원래 상업 잡지였
지만 사회주의 성향의 작가인 나카니시 이노스케나 마에다코 히로이
치로 등의 주요 무대로서 이들은 한국이나 중국을 취재하여 쓴 작품
을 여기에 많이 발표하였으며, 이들 외에도 조선이나 대만 작가들도
작품이 많이 발표하였던 진보적인 성향을 띤 종합잡지였다. 특히 문단
에 등장하기부터 무정부주의와 프롤레타리아 사상에 심취 이들 조직
과 연락을 갖고 작품 활동을 하고 있던[38] 장혁주의 경력이 심사위원

---

37) 1931년 나프가 재편되어 일본프롤레타리아문화연맹으로 결성되었으나 31년 9월에
만주사변이 일어나자 프롤레타리아 문학에 대한 탄압이 시작된다. 32년 3월 콥프의
대검거 소동, 5월에 육군의 쿠데타를 일으킨 5.15사건의 와중에서 문전파가 해산되
고, 33년 2월에는 고바야시 다키지가 고문으로 사망하면서 6월에 공산당간부 사노
마나부(佐野學)의 전향선언을 계기로 문학에 있어 전향 사태가 줄을 이음으로 프
롤레타리아 문학은 점차 쇠퇴하여 끝내는 소멸하게 된다.
38) 白川豊, 「戰前期日本文學界の狀況と張赫宙」, 『植民地期朝鮮の作家と日本』, 大
學教育出版, 1995, p.179
장혁주는 등단 이전인 1930년에 이미 작가 가토 가즈오가 주재하는 잡지 『대지에
서다』에 발표한 후, 소설 집필을 의뢰를 받고 1930년 10월호에 단편 『백양목』을
발표했다. 그 후 무정부주의에서 프롤레타리아 운동에 관심을 보여 『프롤레타리아』
2월호에 『동지통신』이라는 격문을 써서 보내기도 했다고 한다.

들의 마음을 사로잡았던 것으로 추측된다.

이러한 사정은 장혁주가 등단 후인 32년 6월 당시 <작가동맹> 위원장인 에구치 캉(江口)의 발언에서도 알 수 있다. 에구치 캉은 그에게 작가동맹의 가입을 권유하면서 「자네는『개조』같은 잡지에 당선되지 않았더라도 어엿하게 우리 측 잡지에서 소질을 인정받았을 게야」라고 했다는 것이다. 당시 일본의 문단사정에 밝았던 백철이 조선 문인들의 일본문단 진출에 대하여 1) 일본 부르조아 문학의 급격한 팟쇼화 현상 2) 개조사 사장의 힘이 컸으며 3) 일본 부르주아 문단이 타개책으로 조선의 특수한 사정에 의한 엑조틱한 읽을 것을 생각하게 된 것[39]이라고 말한 것도 이러한 배경에서 나온 것이라 생각된다.

이와 같은 점을 살펴볼 때 장혁주의 등단은 그의 작품의 작품성이 심사위원들에게 인정을 받았다는 점 외에도 당국의 탄압을 받아 프롤레타리아문학이 몰락의 위험에 처해 있을 때 새로운 활로를 기대하고 있는 심사위원들이 프롤레타리아 작품에 합치하는 소재를 들고 나온 장혁주에게 대한 기대가 크게 작용했으리라고 추측된다. 이러한 기대감은 등단이후 일본 문인들이 보여준 우호적인 태도에서도 찾아볼 수 있다. 특히 야스다카 도쿠죠는 장혁주가 가장 많이 도움을 받았던 작가인데, 동경에 있을 때 한동안 그의 집에 묵으면서 많은 신진작가들과 소장파 좌익 문인들을 소개받고 교제할 수가 있었다.

뿐만 아니라 야스다카 도쿠죠가 당시 작품을 발표할 기회가 적은 신인들을 위하여 발간한『文芸クオタリイ』와『문예수도』등에 장혁주는 많은 작품을 발표할 수가 있었다. 그는 1932년『文芸クオタリイ』제2집에 일본인이 지배하는 농장에서 농민들의 투쟁을 그린 「하쿠다 농장」을 기고했는데, 이때 후기에서 장혁주를 야스다카 도쿠죠는 조

---

39) 白川豊,『張赫宙研究』, 東國大學校博士學位論文, 1989, p.39

선민족의 대표작가로서 소개하고 있다. 이어 「쫓기는 사람들」을 『개
조』1932년 10월호에 발표함으로서 그는 일제의 수탈로 시달림을 당
한 채 어두운 생활을 하는 농민들을 그리는 작가로서 인정을 받고 문
단활동을 시작할 수가 있었다. 특히 「쫓기는 사람들」이 발표되자 에
스페란티스트인 오오시마가 이에 주목하여 장혁주에게 양해를 얻어 「자
서약전」과 「조선문학소사」라는 원고를 청탁하여 이들을 단행본으로
천부를 발간하여 구라파에 발송하였다. 그 결과 「쫓기는 사람들」은
폴란드에서, 단편집 「소년」은 체코슬로바키아에서, 단편집 「권이라고
하는 사내」과 「소년」은 중국에서 번역 소개되었다40).

장혁주는 자신이 일본어로 작품을 쓰는 목적을 동포들이 처한 어려
운 처지를 널리 세계에 호소하기 위해서라고 밝혔는데41), 일본인과의
연대적인 활동으로 그의 작품들이 외국에 번역됨으로써 이러한 목적
은 달성되었다고도 할 수 있다. 여기에서도 당시 위기에 처한 프롤레
타리아 문학의 활로를 개척하려한 일본 프롤레타리아문학 운동의 하
나인 국제주의 정신 즉 동포들과 일본인과의 연대활동을 읽을 수가
있다. 그러나 장혁주는 당시 <작가동맹>의 위원장인 에구치 캉을 비
롯한 많은 좌익 문인들로부터 작가동맹의 가입을 권유받고 승낙했다
가 나중에 번의하고 말았다. 이는 프로문학에 대한 탄압이 본격화되던
시국에 대한 그의 재빠른 처세술의 결과라고 생각된다.

양국 간의 문인 연대활동은 장혁주 이후에도 계속 나타나서 해방
후인 1960년대 후반기에 이르기까지 계속된다. 즉 프로 문인들의 전
향사태후인 1930년대 후반기에 들어서도 『개조』는 물론 『문예수도』,
『문학안내』, 『문학평론』과 같은 잡지들이 계속 창간되어 장혁주를 비

40) 白川豊, 『戰前期日本文學界の狀況と張赫宙』, 『植民地期朝鮮の作家と日本』,大
學教育出版,1995, p.181
41) 任展慧, 『日本における朝鮮人の文學の歷史』, 法政大學出版局, 1994, p.204

롯한 동포 작가들이 작품을 계속 발표하였다. 해방 후에도 이러한 연대활동은 계속되어 1960년대 초반기까지 김달수, 김원기, 이은직 등의 동포 1세대 작가들과 나카노 시게하루, 오다기리 스스무 등 좌익성향의 일본작가들이 동포계 잡지인 『민주조선』, 『삼천리』와 일본 잡지인 『신일본문학』을 중심으로 한 상호 교류 저작활동으로 이어졌던 것이다.

5 결론

앞에서 한일 양국문인들 간의 문학적 연대활동에 대하여 살펴보았는데 이를 간단하게 정리하면 다음과 같다.

1920년대 전반기는 재일 동포문학이 유학생들의 귀국으로 공백상태를 맞이했을 때인데 김중생과 정연규가 『씨 뿌리는 사람들』과 프로 작가들의 작품집에 각각 그들의 평론과 단편인 「혈전의 전야」를 발표하게 된다. 재일 동포들이 일본어로 작품을 발표하기가 어려웠던 시기에 이들이 작품을 발표할 수 있게 된 것은 조선에 관심이 깊던 나카니시 이노스케와 같은 일본 프로 문인들의 도움이었는데 이는 한일 문학인들 사이에 최초로 나타난 연대활동이라고 할 수 있을 것이다.

1920년대의 후반에는 재일동포들의 독자적인 문학조직이 결성되는 한편 일본 프로잡지에 일본어 작품을 발표하는 동포들이 많이 나타났다. 한식과 김희명, 이북만 같은 이가 대표적인 인물들인데 이들의 작품은 작품성이 낮은 편이고 또한 민족적인 색채가 강하여 프로문학과는 합치하지 않은 점이 많았다. 그럼에도 프로잡지에 작품을 발표할 수 있었던 것은 조선에 관심이 많았던 나카노 시게하루 등에 의한 연대활동의 결과였다. 특히 이북만의 「추방」, 나카노 시게하루의 「비 내리는 시나가와 역」 그리고 임화의 「우산 받튼 요코하마의 부두」로 이어지는 세편의 연작 작품 활동은 그러한 연대활동의 극치를 보여주고 있다. 특히 나카노 시게하루는 연대활동을 통해 많은 동포들에게 도움을 주었으며 그 자신도 동포들로부터 많은 영향을 받아 이들의 연대활동이 상호호혜 관계를 갖고 있음을 보여주고 있다.

1930년 전반기는 일제의 탄압과 코민테른 1국1당이라는 속지주의 원칙 때문에 동포들의 문학조직은 해체되어 일본 프로문학조직 속에 흡수되고 이러한 영향 때문에 한일연대를 강조하는 작품이 나타나기도 한다. 특히 백철과 김용제는 재일동포들의 작품의 수준을 한 계단 끌어올린 작품성과 프로의식을 갖춘 많은 작품을 발표하였다. 프로문학에 대한 탄압이 시작되자 백철은 바로 프로문학에서 손을 뗐지만 김용제는 전향을 거부한 채 4년 동안 감옥생활 끝에 조선으로 강제추방을 당한 후 친일문학자의 길을 걸었다. 일본과 한국에서 프로문학자로서의 그의 커다란 역할이 잊혀지고 친일문학자로만 취급하고 있는 그에 대한 평가는 재검토가 필요하다. 장혁주는 거의 동시대에 활약한 소설가인데, 그는 「아귀도」로 『개조』지의 현상공모를 통해 문단에 등단했다. 그의 작품은 일제에 저항하는 내용으로 많은 결점에도 불구하고 프로문학이 탄압을 받아 쇠퇴기에 그에 대한 심사위원들의 기대가 컸기 때문에 등단할 수 있었다고 보여 진다. 그는 등단이후에도 많은 작가들의 도움을 받았으며 또 그러한 연대활동으로 그의 작품이 외국에 까지 번역될 수 있었지만 그는 프로문학 활동을 중단하게 된다.

양국 간의 연대 활동은 프로문학의 전향기를 맞이한 1930년대 이후부터 해방 후인 1960년대 전반기까지 계속되지만 이들에 관한 작업은 지면 등 여러 가지 여건으로 다음 기회로 미루기로 한다.

7. 재일동포조직이 동포문학에 끼친 영향
좌익 동포조직과 동포 작가와의 갈등을 중심으로

1 서론

해방 전 저항문학에서 시작하여 오늘에 이르기까지 많은 작가들과 작품들을 배출하여 온 재일 동포문학은 그동안 국내에서는 거의 주목을 받지 못했으나 일본문단에서는 큰 비중을 차지하여 왔다. 즉 일본 내의 최고 권위를 자랑하는 <아쿠다가와 상>의 경우만 하더라도 이회성을 비롯한 4인의 수상작가와 김학영, 김석범 등 10여명의 작가가 후보에 오르는 등 일본문단에서 커다란 주목을 받았다[1]. 이밖에도 양석일, 박중호, 이기승, 정윤희 같은 수십여 명이나 되는 많은 문인들을 배출하여 해방 전인 40년대 장혁주, 김사량, 이은직 등의 활동상을 능가할 정도로 일본문단에서 큰 비중을 차지하여 왔다. 재일 동포문학이 일본문단에서 이처럼 각광을 받기까지 동포 작가들은 여러 가지 어려운 여건을 극복하면서 창작활동을 해왔는데, 그 중 동포조직과의 관계

---

1) <아쿠다가와 상>을 수상하거나 후보에 오른 동포 작가들의 작품내용과 선정경위 등에 대해서는 본인의 졸문 『재일포 작가와 아쿠다가와상』(외국문학 51호, 1997년 여름호)에 자세함

도 그들이 극복해야 할 어려운 여건 가운데 하나였다.

재일 동포조직은 동포의 권익신장을 위해 조직되었다가 정치색채를 띤 정치 단체로 변모하게 되는데 그중 좌익 동포조직인 조련과 조총련은 민단보다도 재일 동포사회에서 주도권을 잡게 된다. 이에 따라 동포 작가들도 조련에서 민전 그리고 조총련으로 변신을 해온 이들 조직과 밀접한 관계를 맺어왔다. 즉 초기에는 조직에 소속되어 조직에서 발간한 동포 잡지를 중심으로 작품 활동을 하였으며 후에는 온갖 압력을 가해오는 비대해진 조직에 맞서 싸우기도 하였다. 이처럼 동포조직은 긍정적인 면이나 부정적인 면에 있어서 동포문학에 큰 영향을 끼쳤음에도 불구하고, 이와 같은 영향관계는 아직까지 거의 알려지지 않고 있다.

이에 본 논문은 재일 동포조직이 동포문학에 끼친 영향을 다음과 같은 방법으로 살펴보려고 한다. 먼저 재일 동포조직이 결성하여 오늘에 이르기까지의 과정과 동포 작가들이 이들 조직과 관계를 맺어가며 문학 활동을 전개하는 과정을 살펴보려고 한다. 다음으로는 이들 작가들을 통제하려는 동포조직과 이에 반발하는 동포 작가들과의 갈등 전개과정을 정리하려고 한다. 마지막으로 이러한 동포 작가들과 조직과의 갈등의 원인을 설명하고 갈등이 동포문학에 끼친 영향을 평가하려고 한다.

본 논문에서의 연구는 1)재일 동포문학의 긴 역사 가운데 동포 조직이 출범한 해방직후에서 동포조직의 영향력이 남아있던 70년대까지 2) 동포 작가들이 주로 참여하여 문학 활동을 해왔던 조련과 민전 그리고 조총련으로 이어지는 좌익단체와의 갈등관계를 그 대상으로 삼았음을 밝혀둔다.

2 동포조직의 결성과 그 역사

1945년 일제에서 해방되자, 2백만 명으로 추산되던 재일동포들의 대부분은 귀국하고, 일본에 잔류하게 된[2] 동포들은 1945년 10월, 동경에 모여 동포조직인 <재일조선인연맹>(이하 조련)을 발족시켰다. 조련은 재일동포의 권익을 보호하는 초당파적인 조직으로 출발하려 했으나[3], 일부 공산주의자들이 '친일파 민족반역자를 조직에서 몰아내자'는 명분으로, 민족파 세력을 총 퇴진시킴으로써 좌파의 장악아래 출발하게 되었다.

조련이 좌경화되자, 이에 반대하는 청년인사들과 우익인사들이 각각 <조선건국청년동맹>과 <신조선건설동맹>을 결성하였다. 1946년 10월 조련측이 신탁통치에 대한 지지를 선언하자 이에 반대 입장을 밝히면서, <재일본대한민국거류민단>(이하 민단)을 결성하였다[4].

그리고 민단은 1948년 8월 15일에 수립된 대한민국을, 조련은 같은 해 9월 9일에 수립된 북한 정권을 지지함으로써, 동포들의 권익보호를 위해 창설된 동포단체는 조련과 민단으로 양분된다. 이후 두 조직은 정치색채를 띤 정치 단체로 변모하여 서로 대립하고 경쟁하는 관계로 발전하는데, 이는 동포사회가 남과 북으로 분열하게 되는 가장 큰 원인이 된다.

그런데 오늘에 이르기까지 두 조직의 활동과정을 살펴보면 민단이

---

2) 李光奎, 『在日 韓國人』, 一潮閣, 1995, p.45.
   우리 정부가 발표한 일본에서의 귀환자 수는 141만4258명이다. 1946년 12월 이후에 일본에 잔류한 동포는 약 50만 명이었다.
3) 조련의 비정치적이고 초당파적인 성격은 '신조선 건설에 이바지하고 일본 국민과 우의를 보전하며, 재일동포의 생활안정과 귀환 동포의 편의를 도모한다'는 조직의 창립 목적을 밝힌 창립선언문에서도 알 수 있다.
4) 朴慶植, 『解放後在日朝鮮人運動史』, 三一書房, 1989. p.426.

비교적 순탄한 조직 활동을 펴올 수가 있었던 반면, 좌익의 지도부아래 출발을 한 조련은 사사건건 미군정 및 일본정부와 대립하면서 탄압을 받게 된다. 즉 민족교육 문제 등으로 일본정부와 마찰을 빚다가, 1949년 한신교육투쟁5)을 계기로 미군정에 의해 해산을 당하게 된다. 이후 조련에 참여했던 동포들은 일본공산당의 산하기관인 <재일조선통일민주전선>(이하 민전)으로 한동안 그 명맥을 유지하였다. 그러던 1954년 북한외상 남일이 일본정부에 보낸 재일동포들의 권익을 보장해달라는 호소문을 계기로 민전은 일본공산당에서 탈피하여 북한을 지향하려는 한덕수파가 득세하게 된다. 1955년 민전은 전국대회를 열어 해체를 선언하고 <재일본조선인총련합회>(이하 조총련)를 재결성하게 된다.

이처럼 우여곡절을 겪으면서도 조련과 조총련은 민단보다도 재일동포사회에서 주도권을 잡게 되었는데 그 이유는 다음과 같다. 먼저 조련과 조총련은 북한의 자금 지원 아래6) 민족교육을 위한 민족학교를 설립하고, 동포들의 귀국운동7)을 벌이는 등 동포들의 현안문제 해결을 위한 사업을 활발하게 벌였다. 이에 반하여 한국정부나 민단은 동포들의 문제에 소극적이었으며8), 외국인 등록법이나 출입국 관리법

---

5) 당시 일본전국에는 朝連의 주도로 동포들에게 우리말과 조선 역사문화를 가르치는 민족학교가 설립되었다. 일본정부는 민족학교를 폐쇄시키려하자 우리 동포들은 일본전국에서 이에 저항하는 운동을 벌였는데 그 중에서도 가장 격렬하여 경찰들과 유혈충돌까지 빚었던 오사카(大阪)와 고베(神戶)에서의 사태를 일컫고 있다.

6) 어하워드 권, 「현지실정에 맞는 지원책을 마련해야」, 『win』 1월호, 1996, p.172. 한국정부가 최초로 해외동포 민족교육에 관심을 쏟기 시작한 것은, 1957년 재일동포 교육지원비로 시작됐다. 당시 지원액은 2만2천 달러로 북한의 61만5580달러와는 비교조차 되지 않는 적은 액수였다.

7) 북한 외상 남일이 일 적십자사에 제의한 동포송환 계획이 실현되어, 1959년 제1진인 975명의 동포가 북한으로 돌아간 후, 1976년 중단할 때까지 9만3339명의 동포가 북한으로 귀환하였다.

8) 65년 12월, 일본 문부성은 조선학교에 대한 규제지시를 내렸다가 많은 사회단체의 반대로 철회하였는데, 우리 정부가 민단에 반대운동을 벌이지 못하도록 압력을 넣

을 위반하여 강제추방의 위기에 몰린 동포들의 구원요청에 냉담한 반응을 보여 동포사회에서 기민설(棄民說)이란 말이 나돌 정도였다. 60년대에 들어서면서 5·16 군사정권, 유신체제, 민청학련 사건, 김대중 납치사건 등으로 인하여 반 한국 분위기가 일본사회에 형성됨으로써, 조총련은 70년대에 이르기까지 동포사회에서 영향력을 확대해 갈 수가 있었다.

그러나 70년대에 들어서면서 김병식 사건9)등을 계기로 많은 지식인들이 조직에서 이탈하고, 지상낙원이라 선전하던 북한의 실상이 밝혀지며, 사회주의 교육만을 강요하는 민족교육이 젊은 동포들 사이에서 외면당하면서 조총련의 세력은 급속히 약화되었다. 이에 반해 민단의 세력은 한일협정 후 영주권 신청을 하기 위한 국적 변경, 모국 방문단 사업이나 경제성장, 그리고 88올림픽 등으로 크게 성장하여 갔다.

이러한 변화와 더불어 동포조직은 동포들의 권익보호는 소홀히 하고 남과 북의 대리조직으로서 동포사회를 분열하게 만들었다는 비난을 받으면서 동포사회에서 급속히 영향력을 잃어 갔다. 이는 1965년 한일국교 정상화를 계기로 세대교체와 더불어 새로운 재일론이 일기 시작한 동포사회의 움직임과도 깊은 관계가 있다.

이에 동포조직도 과거의 정치 지향적인 활동에 대한 반성을 하면서 재일 동포들의 권익운동 등에 같이 참여함으로써 '하나 되기 운동'이 일어나는 등 민단과 조총련사이에 급속한 접근현상이 일어났다10). 또한 조국 지향성에서 벗어나 <在日>이란 주체적인 입장에서 일본에

은 사실은 그 좋은 예이다.
9) 朴慶植, 『解放後在日朝鮮人運動史』, 三一書房, 1989. p.426.
  김병식이 66년 10월 조총련의 부의장이 되자, 자신의 조직을 만들고 많은 사람을 종파분자라고 추방하여 내부적인 대립이 계속되었다. 71년 10월에 조직에서 이탈한 하수도(河秀圖) 등에 의해 김병식, 한덕수의 비행이 폭로되기 시작하여 표면화되었다.
10) 박병윤, 「통일의 문, 교민사회가 열 수 있다」, 『win』, 1996.1, pp.149-151.

서의 새로운 삶을 모색한다는 동포사회의 움직임에 맞추어 변화해가고 있는데, 민단의 명칭 변화[11]는 그 단적인 예이다.

 3 동포조직과 동포 작가들의 활동

해방 후 동포문학은 일부 동포문인들의 귀국과 장혁주, 김문집 등과 같은 문인들의 친일 전력[12] 때문에 황폐화되어, 김달수를 중심으로 한 몇몇 문인들의 활동으로 겨우 명맥만을 유지하고 있었다. 즉 해방 직후 동포 작가들의 활동은 『인민문화』, 『고려문예』, 『조선문화』, 『조선』, 『백민』, 『건청』 등 동인잡지나 『해방신문』, 『조선민보』 등 민족 신문을 중심으로 이루어졌는데 그 수준은 습작의 단계를 크게 벗어나지는 못했다[13]. 그러다가 1946년 4월에 김달수와 김원기가 편집을 맡은 잡지 『민주조선』이 발간되면서[14], 서서히 문학의 체계를 다져가기 시작했다.

『민주조선』은 창간사에서도 밝혔듯이[15], 조선과 조선인에 대한 일

---

11) 1996년 민단은 <재일본대한민국거류민단>에서 '거류'를 뺀 <재일본대한민국민단>으로 명칭을 바꾸었는데, 이는 일본에서의 정착을 공식적으로 선언한 것으로 동포사회에서의 변화를 말해 주고 있는 것이다.

12) 동포문학은 구한말의 이수정 유길준에서 시작하여 재일 유학생, 사회주의문학자등에 의해 계속되었으나, 본격적인 활동은 일제말기에 활약한 장혁주, 김문집, 김사량 등이 있다. 이들 중 장혁주, 김문집 등은 친일문학자로 낙인찍혀 동포사회에서 소외당했으며, 그의 작품들도 재일 동포문학 연구 대상에서 제외되는 경우가 많다.

13) 徐龍哲, 「在日朝鮮人文學の始動」, 『復刻 民主朝鮮』 前篇, 『民主朝鮮』 本 誌別冊』, 明石書店, 1993, p.49.

14) 金達壽, 「雜誌『民主朝鮮』のころ」, 『三千里』 48號, 1986.冬, pp.99-104
『民主朝鮮』은 처음에는 독지가의 투자로 김달수, 원용덕 등이 중심이 되어 1946년 4월에 발간되었으나, 이내 조련의 재정 지원 하에 산하기관인 가나카와(神奈川)지부에서 발행하게 되었다.

15) 「創刊辭」, 『民主朝鮮』, 民主朝鮮社, 1946. 4의 참조

본인의 인식을 바로하고, 이해자료의 제공을 목적으로 발간된 종합잡
지였다. 이 잡지는 본국의 정세와 일본의 현실, 동포들의 민족교육 등
에 관한 기사를 많이 실음으로써, 재일 동포사회의 정치, 경제, 문화
등 여러 방면에 많은 영향을 끼쳤다. 문학 분야에 있어서도 많은 동포
작가들의 주요 활동무대로써, 동포 작가들의 존재를 일본문단과 일본
사회에 알리는 커다란 업적을 남겨 놓았다.

『민주조선』의 문학사적 공로를 구체적으로 살펴보면, 첫째, 동포 작
가들에게 발표의 기회를 제공하여 김달수, 이은직을 비롯하여 김원기,
장두식, 박원준과 같은 많은 작가들과 허남기, 강순 같은 시인들을 배
출하였다. 둘째로 김사량, 김태준, 이태준, 김남천 등 본국 작가의 작
품을 소개하여, 본국과 동포사회의 교류를 도모하였다. 셋째『민주조
선』을 통해 동포 작가와 진보적인 일본 문인과의 한·일간의 문학연
대가 이루어짐으로써 동포 작가들이 일본문단에 나갈 기회를 제공
했다. 즉『민주조선』에는 도쿠나가 스나오, 무라야마 토모요시, 야스
타카 토쿠조, 오다기리 히데오 등 진보적인 일본작가, 평론가 등 54인
이나 되는 많은 일본인들의 글이 실렸다.[16] 이들은 해방 전부터 장혁
주, 김사량 등도 교류하면서 일본문단에서 작품 활동을 지원해 주던
사회주의 경향의 작가들이었는데, 해방 후 일본문단을 주도하던 이들
의 도움으로 동포 작가들은 일본잡지에 작품을 발표할 수 있었다. 당
시 동포 작가들의 문학 활동은 동포 잡지나 동포신문에만 발표하고
있던 실정으로, 해방 전 일본잡지에 활발하게 발표하던 장혁주, 김사

'과거 36년이라는 오랜 세월 동안 왜곡되어 온 조선의 역사, 문화, 전통에 대한 일
본인들의 인식을 바로잡고, 지금부터 전개될 정치, 경제, 사회 건설에 대한 우리들
의 구상을 이 조그만 책자에 담아 조선을 이해하려고 하는 강호제현에게 그 자료로
서 제공하려고 한다'고 그 목적을 밝히고 있다.

16) 朴鐘鳴,「『民主朝鮮』槪觀」,『復刻 民主朝鮮』前篇,『民主朝鮮』本誌別冊」, 明
石書房, 1993, p.27.

량 등의 활동과 비교할 때 매우 저조한 형편이었다. 오직 김달수가 「현해탄」을 『신일본문학』에 연재한 후, 계속하여 「태백산맥」, 「박달의 재판」,등의 무게 있는 작품을 발표하고 <신일본문학회>등에 가담하여 일본문단에서 인정을 받았을 뿐이었다. 그런데 『민주조선』을 통한 문학연대가 이루어짐으로써 김석범, 김태생 등이 『신일본문학』과 『문예수도』 등에 작품을 발표할 수 있게 되었다. 즉 김석범은 제주도의 4·3 무장봉기를 그린 「까마귀의 죽음」을 『문예수도』에 발표한 이후 「관덕정」, 「간수박서방」 등을 발표하여 일본문단에 충격을 주었다. 김태생은 어린 시절의 일본체험을 그린 「심력(心曆)」을 『문예수도』에 발표한 이후, 고향과 어머니의 추억을 담은 「동화」, 제주 4·3 사건을 그린 「후예」 등으로 널리 알려졌다.

이처럼 동포 잡지를 중심으로 시작하여 한일문학의 연대로 일본잡지로까지 발표의 장을 조금씩 넓혀가던 동포 작가들의 활동은 50년대 후반과 60년대에 들어 소강상태에 빠지게 된다. 이에는 한국과 일본사회의 급격한 변화에 따른 동포 작가들의 현실참여와 조직의 간섭으로 인한 문학 활동 위축이라는 두 가지 사정이 있었다.

먼저 일본에서 조련의 해산과 민전에 이어 조총련으로 동포조직의 재편과, 북한으로의 귀국운동이 시작되며, 한국에서 4.19 학생운동, 5.16 군사혁명, 한일국교 정상화 같은 사건이 일어났다. 이처럼 조국과 일본사회의 현실이 급박하게 돌아가자 김태생 같은 이는 한가롭게 소설이나 쓰고 있을 시대가 아니라는 절박한 심정으로 조직 활동에 뛰어들었다[7]. 이러한 작자들의 현실참여는 그들의 자의에 의해 경우도 있지만, 그들이 속해있던 조총련의 방침에 따른 바도 크다[8]고 할

---

17) 林浩治, 「金泰生論」, 『在日朝鮮人日本語文學論』, 新幹社, 1991, p.91.
18) 60년대 후반에 나온 이회성의 「約束の土地」에서 작가에게 조직 활동에 전념하라는 권유가 계속 나오는 장면에서도 이와 같은 사실들을 추측할 수 있다.

수 있다. 즉 문학자들도 사회주의 조국의 건설에 매진에 나서야 한다
는 조총련의 방침에 <재일조선인문학예술가동맹(이하 문예동)>에 참
여했던 작가들이 따른 경우도 많은 것이다.

다음으로 1950년대에 들어서면서 이처럼 조총련 등에 소속되어 조
직의 방침에 따라 정치적 활동을 하던 작가들이 조직과 갈등을 빚고
이탈하는 사태가 발생하게 된다. 그런 갈등이 일본 공산당의 노선투쟁
을 둘러싸고 일어난 분쟁이나 김시종의 『진달래』사건으로 표면화되었
다. 또한 『계림』이나 『조양』같은 동포 잡지들이 분파활동이라는 명분
아래 조직의 압력으로 폐간되어 동포 작가들은 작품발표의 장을 잃었
으며, 창작활동 역시 조직의 사전 검열을 받으라는 지시에 크게 위축
되었다.

이러한 동포문학의 침체상태는 1960년대 후반 새로운 작가들의 등
장으로 타파된다. 즉 정치조직 활동 때문에 공백기를 맞았던 김석범과
김태생이 다시 작품 활동을 시작하고, 일본에서 살아온 자신의 체험을
바탕으로 한 개인의 고난사를 발표하는 고사명, 정승박, 정귀문 등 새
로운 1세 작가들이 등장한다. 한편 새로운 2세 작가들도 등장하여 일
본잡지 등에 새로운 경향의 작품을 발표하는데 김학영, 이회성 등이
바로 그들이다. 김학영은 「얼어붙은 입」으로 <문예상>을 받은데 이
어 「자갈길」, 「여름의 균열」등을 발표하였으며, 이회성은 <군상신인
문학상> 수상작인 「다시 또 이 길을」, 「가야코를 위하여」, 「우리들
청춘의 도상에서」등을 발표한데 이어 「다듬이질 하는 여인」으로 <아
쿠다가와 상>을 수상함으로써 재일 동포문학은 일본사회에 널리 인
식되었다. 이들 작가의 작품은 일본의 권위 있는 문학상을 수상했거나
그 후보에 오를 만큼 일본문단에서도 무시할 수 없는 문학계보를 형
성하였다. 이에 대하여 이소가이 지로는 <재일조선인문학>이라는 호

칭이 알려지고 그것이 일본어 문학의 독자적 장르로서 형성되기 시작
한 것은 1960년대 중반부터이며, 이전 일본에서 일본어로 창작활동을
한 김달수의 작품이나 허남기의 시는 '일본어로 쓰여진 조선인의 문
학'이었을 뿐 범주화된 <재일조선인문학>은 아니었다[19]고 한다. 이
처럼 침체상태에 빠져있던 동포문학이 일본잡지를 무대로 작품 활동
을 해 나감으로써 일본문단에서 크게 인정을 받게 되었다.

그런데 주목할 점으로 이들 작가들의 작품발표가 주로『민주문학』,
『현실과 문학』,『문예』,『군상』,『인간으로써』등 거의 일본잡지를 중
심으로 이루어졌다는 사실이다. 당시 조총련의 방침은 작가들은 작품
을 조선어로 쓰고 반드시 조직의 기관지에 발표하라는 것이었으나 동
포 작가들은 이를 무시하고 일본잡지에 일본어로 작품을 발표할 정도
로 조총련의 영향력에서 벗어나 있었다.

이후 70년대 후반에 들어서『삼천리』가 발간되었으나 동포 작가들
의 작품 활동은 다시 한동안 소강상태에 빠졌다. 80년대 들어『민도』
의 발간으로 많은 작가들이 등장하고, 이양지, 유미리의 <아쿠다가와
상> 수상으로 다시 활기를 되찾게 되는데, 이 시기의 동포문학은 크
게 두 가지로 나눌 수가 있다. 즉 박중호, 김창생, 정윤희, 김재남, 원
수일 등은 전시대에 이어 민족차별 등의 문제를 추구하고 있는 작품
들을 주로 동포 잡지인『민도』,『청구』등을 통해 발표하고 있다. 이
에 반해 양석일, 이양지, 이기승, 유미리 등은 문제의 소재를 자신의
내부에서 찾으려는 내면화, 개인화 된 작품들을 일본 문학지에 발표하
고 있다. 이들은 서로 다른 경향의 작품들을 다른 발표 무대를 통해
활동하고 있지만 동포조직과는 완전히 결연된 상태에서 일본어를 가
지고 독자적인 문학 활동을 펼쳐가고 있다.

19) 磯貝治良,「在日朝鮮人文學-50年の變遷」,『越境する視線』, せらび書房, 1996,
p..57.

이에 반해 현재까지도 <문예동>에 소속되어 사회주의 조국건설이라는 사명감을 가지고 활동하고 있는 작가들이 있다. 하지만 그 수가 많지 않고 작품의 수준도 그다지 높지 않아 문학적 성과는 미미한 편이다.

 ## 4 정치조직과 동포 작가와의 갈등

앞장에서 살펴보았듯이 해방직후, 동포 사회에서 조련은 막강한 영향력을 가지고 있었으며, 많은 동포 지식인들은 당시 조련의 활동에 적극 참가 협력하고 있었다. 동포 작가들 역시 처음부터 문학 활동에 전념하기보다 조련 안에서 동포들의 민족교육이나 문화 또는 정치활동을 하면서 작품을 발표하는 이들이 대다수였다.

이들은 문학으로서 사회주의 조국건설에 참여한다는 신념으로 조련에 자발적으로 참여하였으며[20], 조련에서 발행한 『민주조선』에 좌익 성향의 작품들을 발표하고 있었다. 그런데 조련은 동포들의 권익을 위한 투쟁을 하다가 일본정부와 마찰을 빚고는 강제해산을 당했다. 『민주조선』 역시 당시 미군정 검열에 걸려 삭제 및 발매금지 조처를 거듭 당하다가[21] 1950년 7월호(통권 33호)를 마지막으로 폐간되었다.

---

20) 동포들이 조련에 적극적으로 참여한 이유는 다음과 같다. 먼저 이들에게 작품 발표의 기회를 제공한 『民主朝鮮』, 『朝鮮文藝』등이 좌익계열에서 나온 잡지였다는 점을 들 수 있다. 둘째, 사회주의 문학을 표방했던 재일 동포문인들의 전통과 사회주의 문인들에 의해 이루어졌던 한·일간의 문학연대를 들 수 있다. 마지막으로 당시 동포 사회에서 조련 및 조총련이 민단보다 주도권을 잡았으며 전반적으로 친조련·친북한, 반민단·반한국 등의 분위기를 띠고 있었다는 점 등을 들 수 있다.

21) 『民主朝鮮』의 검열 사항은 다음 두 논문에 자세하게 실려 있다.
小林知子,「GHQによる在日朝鮮人刊行雜誌の檢閱」,『在日朝鮮人史研究』 22號, アジア問題研究所,1992.

따라서 조련에 소속되어 있었던 동포 작가들이, 조련과 그 후신인 민전 그리고 조총련에 대한 심정적인 일체감을 느끼게 되는 것은 당연한 일이었다.

이 무렵 동포 작가들의 일본어 창작을 둘러싸고 대립된 주장이 일어났다. 즉, 어당은 「일본어로 쓰는 조선 문학에 대하여」라는 논문에서 '문학이 언어 예술인 이상 민족문학은 민족어에 종속해야 하며, 조선어 없이 조선 문학은 성립하지 않는다'고 하여 조선어 창작을 주장하였다22). 이러한 주장에 호응하여 일부 동포 작가들은 일본어 창작을 비판하고 조선어로 작품을 발표하였다. 그러나 많은 동포 작가들은 일본에서 작품 활동을 해야만 하는 현실을 인정해야 하며, 일본어 창작활동에도 나름대로의 의의가 있다고 주장하였다.

이와 같은 작가들 사이의 의견대립에도 불구하고, 1950년대까지는 많은 동포 작가들이 조직은 조국과 동일시될 정도로 절대적인 신념을 가지고 조직 활동에 참여하였기에 조직은 손쉽게 작가들을 통제 하에 둘 수가 있었다.23)

동포조직과 작가사이의 갈등은 1950년대 초반 일본 공산당의 하부 기관으로 참여했던 민전 시대에 처음으로 노출되기 시작한다. 1950년 일본공산당은 당 지도부에 대한 코민테른의 비판을 계기로 노선투쟁을 둘러싸고 분쟁이 일어나 분열하게 된다24). 이때 나카노 시게하루

小林知子, 「『民主朝鮮』の檢閱事項」, 『靑丘』 19號, 1994.
22) 朴春日, 「日本における朝鮮文學の歷史的意義とその諸問題」, 『日本文學 誌要』 第16號, 法政大學 國文學會, 1966.11, pp.23-24에서 재인용.
23) 金達壽, 「わが文學と生活-50年代から60年代へ(2)」, 『靑丘』 18號, 1993.冬, p.211.
24) 일본공산당중앙위원회 출판국, 『일본공산당 오십년』, 1972년, pp.131-145
코민테른은 일본에서의 군국주의의 부활을 폭로하고 미 정령 하에 안주하고 있는 일본 공산당 지도부에 대하여 반제국주의 독립투쟁에 적극 나서줄 것을 요구하였다. 이를 일본공산당은 분열하였다가 폭력혁명을 꾀하는 극좌모험주의 노선을 택하였다가 1952년 선거에서 참패를 하게 된다.

를 중심으로 하는 <신일본문학회> 회원들은 일본공산당 중앙집행부를
우익 기회주의자라고 비판했는데, 이후 이들을 국제파, 중앙집행부를
주류파라고 부른다. 일본공산당이 분열되는 바람에 일본 공산당의 산
하조직인 민전에 속해 있던 동포들 역시 이 분쟁에 휩쓸리게 된다. 당
시 대다수의 동포 작가들은 공산당 중앙 집행부에 속했던 조직에 따
라 주류파로 되었으나, 주류파와 대립하던 <신일본문학회> 회원이었
던 김달수와 고사명 등은 '국제파'로 분류되었다. 특히 이때 <신일본
문학회>의 기관지인 『신일본문학』이 미 정보기관의 자금으로 운영되
고 있다는 유언비어가 나돌았다. 이 때문에 김달수도 브루조아 문단에
기식하는 소부루조아 작가로 몰리어 동포들의 문학단체인 <문단련>(1954
년 결성)으로부터 오랫동안 백안시당했다고 한다.[25] 이러한 갈등은
동포 작가들에게 적지 않은 영향을 미쳤는데, 일 공산당 산하에 있던
민전이 해체되고 1955년 조총련으로 독자적으로 출범하면서 일단락
된 듯이 보였다.

그러나 일단락 된 듯이 보였던 동포 작가와의 갈등이 조총련이 독
자적인 동포조직으로 출발하고 오래되지 않아 다시 나타나게 된다. 당
시 조총련은 민전과는 달리 동포사회에서 막강한 영향력을 가지고 있
었는데, 그 영향력을 이용하여 모든 작가와 문학모임을 조직의 산하기
관인 <문예동>으로 규합하고 장악하여 사상적으로 통제하려고 하였
다. 그런데 조총련의 조직이 관료화되고 조직사회의 병폐를 드러내자,
당시 조총련의 조직원이었던 김시종이 이를 비판함으로써 조직과의
갈등이 표면화되었다. 즉 1956년 김시종은 자신이 주재하던 잡지 『진
달래』[26]에 「조선총련」이라는 시를 써서 경직되어 가는 조직의 획일

25) 金達壽, 「わが文學と生活-50年代から60年代へ(1)」, 『靑丘』 17號, 1993.秋, pp.166-171.
26) 김시종은 1953년 2월 조선전쟁의 와중에서 제일동포 젊은 세대들의 정치적인 각성
을 위하여 창작서클인 <진달래>를 조직하고 동인지 『진달래』를 발간하였다.

주의와 교조주의를 비판함으로써 갈등이 시작되었다. 특히 「장님과 뱀의 말싸움」이라는 평론(1957년 진달래 18호)에서는 김일성 수령의 무오류성에 대하여 비판하고 그에 대한 찬양의 시를 쓰지는 않겠다고 선언하였다. 또 그는 <재일조선인문학>은 <재일>이라는 조건을 주 무기로 한 문학으로서, 반드시 조직에서 말하는 '사회주의 리얼리즘' 만을 의미하는 것이 아니라는 '제2세 문학론'을 주장하였다.

이에 조직은 조직내부의 모순을 비판하는 것은 적을 이롭게 하며 조직의 기관지외에 잡지를 발간하는 것은 분파작용이라는 논리로 김시종과 그가 주관하던 진달래를 비판하고 그의 책들이 긴급 회수를 당하는 필화사건을 일으킨다.27) 그리하여 조총련의 방침에 따라 6년에 걸쳐 5,60명이나 참여했던 『진달래』 회원들은 흩어지고 동인지 『진달래』도 20호를 끝으로 폐간하게 된다. 김시종은 이에 굴하지 않고 양석일, 정인과 같이 사회주의 리얼리즘이라는 간판을 내걸고 있는 조직 내의 보수주의, 교조주의, 도식주의와의 대결을 내걸고 동인지 『카리온』을 발간하나 이 역시 막강한 조직의 압력을 받아 3호로 폐간되고 만다.28)

이후에도 『조선평론』, 『조선문예』, 『계림』, 『조양』 등의 동포 잡지가 나왔으나 조직의 기관지인 『새로운 조선』을 제외하고는 모두 단명했는데, 이들 잡지도 조직의 압력을 견디지 못하고 폐간되기에 이르렀다.

이들 잡지 가운데 1958년에 나온 『계림』은 김달수, 윤학준, 장두식이 펴낸 『민주조선』의 뒤를 이을 만한 주목할 만한 잡지였다. 재일동포와 일본인사이 상호이해의 교량적 역할을 목적으로 발간된 이 잡지

27) 金時鐘外 4人, 『新日本文學會 <在日> 文學會議 資料-在日朝鮮人文學に缺けているもの』, 新日本文學會 <在日> 文學會議, 1972, p.11.
28) 梁石日, 「在日朝鮮人文學の現狀」, 『アジア的身體』, 靑峰社, 1990, pp.23-24.

는 동포들의 생활과 관계가 깊은 정치, 경제기사들을 실었던 종합잡
지였다. 문학 작품으로는 김달수, 장두식, 김태생, 강위당, 변재수 등
의 단편들과 장두식의 「내가 걸어온 길」과 박춘일의 「일본문학에 있
어서의 조선상」등의 연재작품과 변재수의 평론 등이 실렸다. 처음 격
월간으로 발간되던 『계림』은 4호가 출간된 후 6개월 만에 5호가 나왔
는데, 5호에는 당시 문학 작품의 사전 검열을 요구하는 조직의 방침에
반기를 드는 변재수의 평론을 썼다. 즉 작가는 높은 사상성을 필요로
하지만, 사상성을 주형으로 한 획일적인 작품을 만들어서는 안 되며,
도식주의나 인물의 유형화를 경계해야 한다. 또 작가는 누구의 간섭도
받지 않고 양심이 명하는 데로 써야하며, 독자적이고 개성적이며 자유
로운 창조가 없으면 예술적인 문학은 성립할 수가 없다[29]는 주장을
한 것이다. 이 글로 인하여 조직으로부터 많은 압력을 받은 듯, 『계림』
은 편집후기에서 많은 어려움에도 굴하지 않겠다는 독자에게 한 약
속[30]과는 달리 결국 5호를 끝으로 폐간되었다.

『계림』이후 1963년에 나온 『조양』은 김달수, 윤학준, 정귀문 등이
함께 펴낸 것이다. 조총련의 탄압을 피하기 위해 일본의 <리얼리즘연
구회>에서 발간한 『문학과 현실』의 한국어판 형식을 취했으나, 『조
양』 역시 조총련의 압력 때문에 2호로 그치고 말았다. 이외에도 많은
동포 잡지들이 나왔으나 대다수가 3호를 넘기지 못하고 종간하고 말
았다. 그 원인으로는 재정 적자가 가장 컸으나, 조직의 기관지나 집회
등을 통하여 잡지발간을 비방하고 구독을 금지시키는 등 조총련의 방
해활동도 컸다고 한다.

---

29) 卞宰洙, 「文學の黨派性と作家の創造的自由」, 『鷄林』5號, 1959 年, pp.12-16
30) 4호의 편집후기에는 정간을 고려할 정도로 어려움이 있으나, 결코 독자들의 열의를
    생각하여 잡지를 그만 둘 수가 없다는 각오를 밝히고 있는데. 여기서 말하는 어려
    움이란 조총련의 압력으로 짐작이 되며 이를 당시 편집에 참여했던 1993년 필자와
    의 면담시 윤학준씨로부터 확인 할 수 있었다.

60년도 들어서면서 조총련이 동포 작가들에게 작품의 검열을 요구하는 등 간섭과 압력을 가함으로써 양자 사이의 갈등의 골은 더욱 깊어 갔다. 60년대 말부터 조직이 관료화되어 가고 여러 가지 비리가 드러나면서 조총련의 절대적인 권위는 크게 추락하게 된다. 특히 김병식 사건과 같은 권력투쟁이 일어나면서 많은 지식인들이 밀려나는데, 이러한 과정에서 전부터 조총련과 갈등을 느껴오던 대다수의 작가들도 이탈하게 된다. 그리하여 김달수, 김석범, 이회성 등도 조직을 떠나 독자적인 문학 활동을 시작하면서31), 조총련 조직의 경직성과 부당한 압력을 비판하는 작품들이 나타나기 시작하였다.

70년대에 들어서면서 조총련의 언론기관에서 일하다가 이탈한 이회성이 김병식 사건을 모델로 한 작품32) 「약속의 땅」을 발표한다. 주인공은 양심적인 많은 사람들이 조직에서 추방당하는 상황을 목격하고, 종파분자인 아내와의 이혼을 권하거나 소설가를 꿈꾸는 주인공에게 조직 활동에만 전념해 주길 요구하는 조직에 염증을 느끼고 멀어져 간다는 내용을 담고 있다. 조직 내의 비리와 갈등문제를 다룬 이러한 작품이 조직과의 마찰을 일으킨 듯, 그가 외국인 최초로 <아쿠다가와상>을 수상했을 때 조직으로부터 일본인의 주구가 되었다는 중상을 받고 그의 책들은 불태워졌다고 한다.33)

70년대 후반에 들어서도, 조직의 비리와 경직성, 그리고 작가에게 부당한 압력을 가해오는 조총련을 비판하는 작품들이 계속 발표되는데, 김석범의 「이훈장」, 「소나기」, 「왕생이문」, 김달수의 「비망록」 등

---

31) 梁石日, 「在日朝鮮人文學の現狀」, 『アジア的身體』, 靑峰社, 1990, p.24.
32) 李恢成, 「あとがき」, 『約束の土地』, 講談社, 1973, p.271.
　　이회성은 이 작품의 작품동기를 집필 도중 김병식이 실각에 이어 죽었다는 소문이 전해지자 죽은 사람에게 채찍질하는 것 같은 생각이 들었으나, 오보라는 사실이 밝혀지자 오히려 의욕을 불태웠다고 작품후기에서 밝히고 있다.
33) 李恢成, 「歷史の中の芥川賞」, 『文學界』, 平成元年, 3月號, p.594. 기타

이 그러한 작품이다. 특히 주인공이 조직위원장의 비리에 관한 기사를 싣고 타협을 거부하다가 조직 파괴분자로 몰려 조직에서 추방당한다는 「왕생이문」이나, 작품의 사전검열을 반대하는 작가가 분파주의자로 몰리면서 조직에서 이탈해 가는 과정을 그리고 있는 「비망록」은 조직의 비리나 권위만을 내세우는 조총련이라는 조직이 가지고 있는 동맥경화 증상을 고발한 것이다.

그런데 이들 작품의 내용을 문제 삼아 조총련이 기관지인 『조선신보』에 공개적으로 비판함으로써 작가와 조직과의 갈등은 최고조에 달하게 된다. 즉 이들 작품에 대하여 반민족적이고 반동적'이며 공명이나 공명심을 추구하고 그것으로 얻는 얼마쯤의 밥값을 위해 조국과 민족은 안중에도 없이 쓴 글이라고 매도하였다. 또 황국신민이 되도록 강요했던 일본어와 그를 통해 부식되었던 노예 사상을 버리지 못하고, 동포와 젊은 세대들을 애국의 길에서 이탈시키려는 민족 허무주의와 사대주의에 빠져 있는 작품이라고도 호되게 비난한 것이다.[34]

이에 대하여 김달수, 김석범 등은 『삼천리』에 「민족 허무주의의 소산에 대하여」[35]란 글과 「조총련 한덕수 의장에게 묻는다」[36]라는 좌담회에서 조총련의 비판을 다음과 같이 반박하였다. 즉 일본어 창작에 대한 비판에 대하여 자신의 작품은 일본어로라도 쓰지 않을 수 없는 고뇌의 소산이라고 주장하고, 또 조직에서도 일본어 잡지가 나오고 있다고 반박하였다. 또 조직에 대한 비판은 이적행위라는 주장에 대하여도 '이탈자라고 조직을 떠나간 사람만 비난하지, 조직은 반성하지 않고 있다'고 반론하였다.

---

34) 朴鐘相, 「民族虛無主義の所産」, 『朝鮮新報』(1979.8.10), 『三千里』20號에서 재인용.
35) 金石範, 「'民族虛無主義の所産'について」, 『三千里』20號, 1979, pp.78-89.
36) 金石範外 5人, 「座談會 總聯 韓德銖議長に問う」, 『三千里』20號, 1979, pp.90-107.

이와 같은 양측의 갈등은 조총련의 기관지와 당시 발간되던『삼천리』라는 잡지를 통해 이루어 졌다. 1975년에 발간되어 조국의 통일을 위한 문인과 연구자들의 발표의 장으로써 한·일 양국 지식인들의 교류에 지대한 공헌을 하였던, 이 잡지는 처음부터 중립을 표방하였으나 좌우 동포조직으로부터 공격을 받게 되었다. 특히 조총련에서 이탈한 김달수, 김석범을 비롯한 많은 문인과 사학자들이『삼천리』를 중심으로 문필활동을 하자 조총련의 비난의 대상이 된 것이다. 1987년 동포들의 잡지로 동포사회에 많은 기여를 해 온『삼천리』는 조총련의 조직적인 매도 등 여러 가지 문제37)가 발단이 되어 50호를 끝으로 종간되고 말았다.

삼천리에서 갈등을 빚은 후에도 조직과 작가와의 긴장관계는 계속되었지만, 70년대 말 이후부터는 적어도 표면적인 충돌은 사라지게 되는데, 이것은 조직은 동포 작가들에 대한 영향력을 상실했다는 것을 의미하는 것이다. 즉 과거 조직 활동에 참여했던 김달수, 김석범, 이회성 같은 작가들은 조직과 절연된 상태에서 문학 활동을 하고, 이양지, 이기승, 유미리 등 80년대 이후에 새로 등장한 젊은 작가들에게 조직은 아무런 관심의 대상이 되지 못했던 것이다. 전시대와는 달리 조직은 산하기관인 <문예동>에 소속된 일부 작가들 외에 동포 작가들을 더 이상 통제할 수가 없게 된 것이다.

---

37)『三千里』의 종간 이유로는 50호나 지속되는 동안의 매너리즘, 재정문제, 조총련과의 갈등, 편집위원간의 의견대립 등을 들고 있다. (1993년 10월 편집위원이었던 윤학준씨와의 면담시 증언)

5 조직과의 갈등이 동포문학에 남긴 영향

앞장에서 동포 작가들과 조직과의 갈등을 살펴보았는데, 양자사이의 갈등을 빚어낸 원인은 동포 작가들을 <문예동>이란 조직 속으로 포섭하려는 조총련의 의도에서 나온 것이다. 이러한 의도는 김시종의 진달래지 필화사건 당시 조총련에서 문인들에게 요구한 다음 사항에서 확인해 볼 수 있다. 즉 당시 조직의 요구는 다음과 같았다.

> 문학예술가 동맹에는 기관지가 있으므로 작품은 그곳에 발표할 것. 기관지 이외의 잡지를 창간하는 것은 분파활동이다. 민족적 아이덴티티를 확립하기 위해서는 조선어로 작품을 쓸 것. 작품은 공화국의 이념을 충실히 견지하여 쓸 것. 일본 상황에 휩쓸려, 부르주아적 사상에 오염되어 쓰는 작품은 민족 허무주의이다[38].

위 요구를 순서를 바꾸어 정리하면 작가들은 작품을 1)조선어로 2)조직의 기관지에 3)공화국 이념에 맞게 써서 4)조직의 검열을 받은 후에 발표하라는 것이다.

이러한 요구는 자유로운 창작활동에 반하는 것으로 당연히 작가들은 반발을 하였으며, 그럼에도 조직이 이 원칙을 강행하려 하여 갈등을 빚었다. 이는 모든 작가와 문학 활동을 조직의 산하기관으로 규합하여 사상적으로 통제하고 장악하려는 의도에서 나온 것으로 동포문학에 다음과 같은 영향을 남겼다.

먼저 조선어로 작품을 써야 한다는 요구는, 재일 동포도 조선민족이기에 조선어 창작을 함으로써 당연히 조선 문학에 이바지해야 한다는 명분에도 합치하며, 또 재일 동포문학의 정체성을 확립하려고 하였

---

38) 梁石日,「在日朝鮮人文學の現狀」,『アジア的身體』, 靑峰社, 1990, pp.23-24.

다는 점에서도 평가를 받을만한 주장이었다. 그러나 이러한 주장은 일부 작가들을 제외하고, 많은 작가에게 조선어 창작은 현실적으로 불가능한 일이었는데도, 조직은 이를 일방적으로 요구하였다. 결국 그들은 이를 무시하고 일본어로 작품을 써서 일본잡지에 발표함으로써 일본 문단에 진출하는 계기가 되었다.

다음으로 기관지에만 발표하라는 주장은 조총련의 기관지인 『새로운 조선』을 제외한 많은 동포 잡지들의 발행을 억제하였다. 필화사건을 일으켰던 김시종이 주재했던 『진달래』나 『카리온』, 이후에 나온 『계림』, 『조양』이나 오랜 공백기 끝에 70년대에 나온 『삼천리』 등의 동포 잡지가 조직의 압력을 견디지 못하고 폐간되었다. 동포 잡지의 발간은 분파활동이라는 비판을 받고 조총련의 조직적인 불매 운동과 같은 방해공작 때문에 이들 잡지는 종간되었다. 그 결과 동포 작가들은 작품 발표의 장을 잃어버렸으며 동포문학은 한동안 침체현상을 맞이하게 된 것이다.

다음으로는 공화국 이념에 맞게 쓰라는 요구는 문학도 사회주의에 건설에 복무해야 한다는 조직의 너무 정치성을 강조한 결과 동포의 현실 문제를 외면하였다는 비판을 초래하였다. 문학의 수준면에 있어서도 사회주의 문학이 범하기 쉬운 여러 가지 결점이 드러나게 되었다[39] 즉 작품에 지나치게 사상성을 강조하고, 소영웅주의의 주인공이 등장하여 도식적이고 관념적인 문학으로 만들었다. 내용에 있어서도 한국에 대해서는 비판적이나 북한 문제는 성역으로 삼는 등 지나치게 친 북한의 성향을 띠고 있다는 점이다. 이러한 문제는 사상과 관계가 되는 작가 자신의 근본적인 문제이지만, 동포 작가들이 정치조직에 종

---

39) 본 논문의 직접적인 주제와는 거리가 있어 생략하는데, 이에 대한 자세한 내용은 본인의 졸문 「재일 교포문학의 작품성향 연구」(중앙대 박사 학위논문 1996년)를 참고하시기 바람.

속된 상태에서 발표된 작품의 한계를 보여준 것이라고도 할 수 있다.

마지막으로 작품을 발표이전에 조직의 승인을 받아야 한다는 지시는 자유로운 창작에 반하는 것으로 동포 작가에게 조직에 예속된 창작활동을 강요하였다. 작가들은 이에 당연히 반발하였으며, 그 결과 초기 조련에 협력했던 김달수, 김석범이나 이회성 같은 작가들도 조직을 떠나게 되어 독자적인 활동을 하게 되었다. 조직에 남은 이들도 문학대신 조직 활동에 전념하거나 창작의욕을 잃고 제대로 된 작품을 발표하지 못하게 되었다. 이에 대하여 평론가 오다기리 히데오씨는 '재일 동포 작가 중에 많은 이가 빛을 보지 못하고 사라졌는데, 일차적 원인은 그들의 자질과 책임 탓이겠지만, 조총련의 강압에 따른 여러 가지 제약과 간섭도 작가들을 성장시키지 못한 부차적 원인으로 들 수 있다[40]고 한 것은 참으로 적절한 지적이라고 본다.

6 결론

이상으로 본론에서 재일 동포조직의 역사, 이들 조직과 동포 작가들의 갈등의 전개과정, 그리고 이들 갈등이 동포문학에 남긴 영향에 대하여 살펴보았는데 이를 정리하면 다음과 같다.

해방 후 민단과 함께 재일동포의 권익을 위하여 조직되었던 조련은 일본정부와의 마찰을 빚어 민전과 조총련으로 변신을 하는 동안 정치색채를 띤 정치 단체로 변모하게 된다. 그리하여 우익 조직인 민단과 경쟁하는데, 민족학교 설립이나, 동포들의 귀국운동을 벌이는 등 적극

---

40) 小田切秀雄,「孤獨な鬪爭の中で-小說家としての金達壽」,『金達壽小說全集 第6卷』, 筑摩書房, 1980, 解說別紙 p.1.

적인 활동으로 재일 동포사회에서 주도권을 잡아간다. 그리하여 조총
련이 약화되어 가면서 동포사회에서 급속히 영향력을 잃어 가는 70년
대까지 동포 작가들의 문학 활동에 커다란 영향력을 남기게 된다.

해방직후 조련시기에 동포 작가들은 조련에 소속되어 『민주조선』을
중심으로 문학 활동을 시작한다. 조련은 『민주조선』을 발간함으로써
동포 작가들에게 발표의 장을 제공했을 뿐만 아니라, 민주조선을 통해
한·일간의 문학연대가 이루어짐으로써 김석범, 김태생과 같은 동포
작가들이 일본잡지인 『신일본문학』과 『문예수도』에 진출할 수 있게
되었다.

그러나 조련을 뒤를 이은 민전과 조총련의 시대가 되면서 조련의
활동에 참여하던 동포 작가들은 조직과 갈등을 빚게 된다. 먼저 해방
직후에 동포 작가들은 조련에 소속되어 『민주조선』을 중심으로 작품
들을 발표하였다. 일본어 창작을 둘러싸고 대립된 주장에도 불구하고,
작가들은 조직 활동에 참여하고 또 조직은 손쉽게 작가들을 통제 하
에 둘 수가 있었다. 동포조직과 작가사이의 갈등관계는 1950년대 초
반 일본 공산당의 노선투쟁을 둘러싸고 일어난 분쟁을 계기로 노출되
지만, 민전이 조총련으로 발전적으로 해체됨으로써 일단락되었다. 그
러나 조총련이 출범된 직후 관료화되고 조직사회의 병폐를 드러내자,
김시종은 『진달래』에 「조선총련」이라는 시와 '제2세 문학론'을 주장
하여 조직의 획일주의와 교조주의를 비판함으로써 조직과의 갈등이
표면화되었다. 이에 조직으로부터 그의 책들이 긴급 회수를 당하고 『진
달래』도 폐간당하지만, 김시종은 다시 동인지 『카리온』을 발간하나
조직의 압력으로 폐간되고 만다. 이후에도 문학 작품의 사전 검열을
요구하는 조직의 방침에 반기를 드는 변재수의 평론을 실은 『계림』이
나, 『조양』 등의 동포 잡지가 나왔으나 조직의 압력을 견디지 못하고

폐간되기에 이르렀다.

60년도 후반 조직의 간섭과 압력을 노골화되고 관료화된 조직의 비리가 드러나면서 김병식 사건이 일어나자 김달수, 김석범, 이회성 같은 작가들도 조직을 떠나 조총련 조직의 경직성과 부당한 압력을 비판한 작품들을 발표하게 된다. 「약속의 땅」을 발표한 이회성이 <아쿠다가와 상>을 수상했을 때 일본인의 주구가 되었다는 중상을 받는다. 김석범의 「왕생이문」, 김달수의 「비망록」 등이 발표되자, 조총련은 반민족적이고 민족 허무주의와 사대주의에 빠져 있는 작품이라고 비난하고, 이에 대하여 김석범 등이 반론함으로써 갈등은 최고조에 달한다. 1987년 문인과 연구자들의 발표의 장이었던 『삼천리』 역시, 조총련의 조직적인 매도 등으로 종간되면서 양자 사이의 갈등은 막을 내린다.

이러한 갈등의 원인은 동포 작가들을 조직 속으로 포섭, 장악하려는 조총련의 의도에 작가들이 반발함으로써 야기된 것으로 동포문학에 커다란 영향을 미쳤다.

즉 재일 정치조직은 동포 작가들에게 『민주조선』을 발간하여 동포 작가들에게 발표의 장을 제공하고, 조선어 창작을 요구하여 민족문학의 정통성을 유지하려고 했다는 점에서는 긍정적인 역할을 했다. 그러나 사회주의 건설이라는 명분으로 작가들을 통제함으로써 작가들의 창작의욕을 저하시켰으며 잡지 발행을 탄압하여 동포문학 발전이 침체되는 원인이 되기도 하였다. 다시 말하면 동포조직은 영향력을 높이려고 작가들에게 가한 통제가 오히려 반발을 불러일으켜 작가들에 대한 영향력을 상실하게 된다. 그리고 이러한 통제는 동포문학의 발전을 침체시키는 원인이 되기도 했으나, 다른 한편으로는 동포 작가들의 관심을 일본문단 쪽으로 돌리게 하여 일본문단으로 진출하게 한 원인이 되기도 하였다.

8. 아쿠다가와 상을 통해 본 재일 동포문학세계

 서론

일본 문단 내에 최고의 권위를 자랑하는 <아쿠다가와 상>의 제122 회 수상작으로 거의 문단에 알려지지 않았던 동포 작가인 현월의 「그늘의 집」이 선정되었다. 1997년 유미리라는 젊은 동포 작가가 「가족시네마」로 제116회 수상자로 선정된 지 3년만의 일로서, 이로서 1972년 이회성이 재일동포 작가로서 최초로 이상을 수상한 이래 이양지, 유미리에 이어 네 명의 수상 작가들을 배출하게 된 셈이다.

과거 동포 작가들이 이상을 수상했다는 소식은 매스컴에 의해 크게 국내에 소개되고 수상작의 번역출간은 물론이고, 고국 방문이 이루어지는 등 동포 작가의 붐을 일으키는데 커다란 역할을 하였다. 이번 현월의 수상 역시 그 열기는 식었지만 수상 작품이 번역 출간과 작가의 고국 방문이 이루어지고 있어 아직도 국내에서 이 상이 갖는 위력을 짐작하게 해주고 있다.

<아쿠다가와 상>은 1935년에 당시 문예춘추사를 경영하고 있던 기쿠치 깡(菊池寬)이 친구인 아쿠다가와 류노스케(芥川龍之介)를 기념하고, 잡지를 선전하기 위해 제정한 상이다. 그 자신도 작가였던 기쿠치 깡은 친구였던 두 소설가 아쿠다가와 류노스케와 나오키 산주고

(直木三十五)를 기리기 위해 두개의 상을 제정하였는데 <아쿠다가와 상>과 <나오키 상>이 바로 그것이다. 대중문학을 대상으로 한 <나오키 상>에 비하여, 순수문학, 단편중심, 신인작가에게 수여되는 이 상은 오랜 전통과 더불어 일본문단에서 최고의 권위를 자랑하고 있다.

이러한 사실은 일 년에 상반기와 하반기 두 차례로 나누어 시상하는 이 상의 선정과정을 살펴봐도 충분히 짐작할 수 있다. <일본문학진흥회>는 이 상의 후보작 선정을 위해, 그 해 일본 각종 잡지, 동인지, 단행본 등에 발표한 3천여 편이 넘는 작품들을 대상으로 예선에서 7·8편 내외의 후보작을 선정한다. 그리고 이들 후보작은 다시 일본 문단의 원로 및 중견 작가 10인 내외로 구성된 심사위원회로 넘겨져 이곳에서 1·2편의 수상작을 선정하게 된다. 수상 작품의 수준유지를 위해 수상작을 내지 않는 경우도 자주 있었는데, 이 역시 이 상의 권위를 높이는데 기여하고 있다. 이러한 선정과정을 거쳐 본상을 수상하는 작가는 말할 것도 없고, 후보 작가도 작가로서의 역량을 인정받고 화려한 작가 생활을 시작하게 된다. 그동안 이 상이 배출한 작가들의 면면을 살펴보면 노벨상 수상작가인 오에 겐자부로(大江健三郎)를 비롯하여 마츠모토 세이쵸(松本淸張), 야스오카 쇼타로(安岡章太郎), 이노우에 야스시(井上靖), 아베 코보, 나카가미 겐지(中上健次), 엔도 슈사쿠(遠藤周作), 이시하라 신타로(石原愼太郎), 무라카미 류(村上龍) 등 일본 문단에서 활발하게 활동하는 많은 작가들을 꼽을 수가 있다. 이 상에 대하여 출판사의 상업 정책이나 상의 권위에 의지하려는 타율적인 독자들의 독서 습관 등을 지적하거나, 수상작의 수준도 한창 때의 명성에 미치지 못하다고 비판하는 이도 있다. 그러나 영상 매체에 밀려 판매량이 계속 줄고 있는 일본의 출판계에서도 이 상을 수상한 작품은 베스트셀러의 반열에 오르고 있다. 이 상이 비단 문학

뿐만이 아니라 일본사회의 전 분야에 걸쳐서 커다란 영향력을 미치고 있다는 사실은 다음 사례에서도 알 수가 있다. 즉 34회 수상작으로 성과 스포츠로 청춘을 구가하는 젊은이들을 그려 전후 문학의 새로운 장을 열었다는 이시하라 신타로의 「태양의 계절」이 결정되자, 이 작품은 그 반도덕적인 표현 때문에 언론의 주시를 받고 일대 센세이션을 일으켰다. 젊은이들 사이에 새로운 헤어스타일과 알로하셔츠, 맘보바지 등을 유행시켰으며 전후 일본사회의 윤리와 전통적인 가치관을 타파하는 결정적인 계기가 되었다. 또 75회 수상작으로 기지촌 젊은이들의 록음악과 섹스와 마약의 세계를 그린 무라카미 류의 「한없이 투명에 가까운 블루--」가 수상작으로 결정되었다. 이 작품은 단행본으로 발매되자마자 베스트셀러가 되었으며 젊은이들의 성 모럴에 결정적인 변화를 가져오게 하였다[1].

    <아쿠다가와 상>은 1935년에 제1회 수상자로 이시카와 다츠조를 선정한 이래 지금까지 많은 작가들을 배출하였는데, 재일동포 작가로서는 122회 수상자인 현월은 이회성, 이양지, 유미리에 이은 네 번째의 작가가 된다. 그런데 이번 수상이 국내 독자들에게 현월이라는 작가가 알려지는 좋은 계기가 되었으나 이 상의 후보에 올랐던 많은 동포 작가들의 존재는 국내 독자들에게 그다지 알려져 있지 않다. 이에 <아쿠다가와 상>의 수상 작가와 후보 작가들의 작품들을 소개하고, 작가들의 문학세계와 심사과정에 나타난 작품 평가[2]를 간단히 살펴보려고 한다.

---

1) 이 작품이 많은 논란 끝에 수상작으로 선정되자 江藤淳은 이는 저변문화를 반영한 것으로, 현대 일본문학은 총체적인 문화의 표현이 아니라 저변 문화의 반영으로 흐를 것이라는 예언을 하였다.

2) 심사평은 그해 『문예춘추』 3월호와 9월호에 이 상의 선정 결과와 함께 발표되는 심사평을 필자가 요약한 것으로 이후 모든 인용 작품에 대한 심사평은 따로 출전을 밝히지 않는다.

2 본론

1) 재일 동포 작가 중에 가장 먼저 <아쿠다가와 상>의 문을 두드린 작가는 1939년 『문예수도』에 「빛 속에서」라는 작품으로 일본문단에 등장하였던 김사량(1914-1950)이다. 「빛 속에서」는 일본인 아버지와 조선인 어머니를 둔 혼혈아 소년의 심리를 관찰한 소설로서, 주인공을 비롯한 많은 조선인들이 민족적인 차별과 잘못된 우월감의 희생자로 등장하고 있다. 작가는 이 주인공들을 통하여 일본사회에서 살아가는 조선인들의 고뇌를 묘사하고 동시에 이들에 대한 억압과 차별이 어떻게 인간성을 왜곡시켜 가는가를 조명하고 있다. 이 작품은 이은직의 「흐름」과 함께 이 상의 선정위원회가 300여명의 문예관계자에게 추천의뢰를 하여 선정하였던 예선에서 통과하여 10회 후보작이 되었다. 그러나 「흐름」은 중간에서 탈락하고 「빛 속에서」는 최종 예선을 통과하여 11인의 심사위원들 가운데 민족의 비통한 운명을 잘 그렸다는 사토 하루오(佐藤春夫)를 비롯한 7인의 호평을 받았다. 그리하여 「밀렵자」와 공동 수상의 이야기가 나올 정도로 유력한 후보작이 되었으나 마지막 순간에 탈락하여, 수상작과 함께 문예춘추에 게재되는데 그치고 말았다. 탈락 이유로 주제가 선행하고 인물이 전형적이라는 작품상의 결점이 지적되기도 했지만, 보다 큰 이유로 작용한 것이 가능하면 수상자를 한명으로 정한다는 작품 외적인 문제였다. 이 상은 이전 3, 4, 8회에도 공동 수상자를 냈으며 이후에도 2인 공동 수상이 관례일 정도였는데도 수상자를 한명으로 정한다는 석연치 않은 이유 때문에 수상에서 탈락된 것이었다. 따라서 김사량은 식민지인 조선 작가라는 핸디캡 때문에 탈락되었다는 느낌을 지울 수가 없었다. 훗날 이회성이 66회 수상자로 선정되었을 때 수상소감에서 김사량이

자신보다 먼저 <아쿠다가와 상>을 받지 못한 것은 유감스러운 일로서, 자신은 그를 대신해서 이상을 받는다[3]고 밝힌 것도 이와 같은 사정이 내포되어 있다고 하겠다.

「빛 속에서」는 비록 최종 수상작으로 선정되는 데는 실패하였지만 동포사회에서나 일본문단에서 <재일조선인문학>[4]의 원점으로 인정을 받아왔다. 그러나 이 작품 이전 1932년에 피폐해진 농촌을 배경으로 공사판에서 일어난 일본인 감독과 조선인 십장의 착취와 이에 반항하는 농민들의 봉기를 내용으로 하는 「아귀도」라는 작품으로 『개조』의 현상공모에 2위로 입상한 장혁주가 일본문단에서 활발하게 활동을 하고 있었다. 그는 「아귀도」외에도 일제의 농촌 수탈을 고발한 「백양목」, 「하쿠타 농장」, 「쫓기는 사람들」 등을 발표하여 많은 주목을 끌었다. 그럼에도 장혁주의 많은 작품들을 제치고 「빛 속에서」를 <재일조선인문학>의 원점으로 삼고 있는 이유는, 일본 식민 통치가 극성을 부렸던 40년대의 두 사람의 행적에서 찾아볼 수가 있다. 즉 김사량은 계속하여 일본의 수탈을 고발하거나 어려운 민중들의 삶을 다룬 「토성랑」, 「기자림」, 「천마」 등을 발표하다가 귀국을 한 후, 1945년 중국 여행 중 중국 공산군으로 탈출했다가 해방을 맞이한다. 이에 반해 장혁주는 전향을 하여 「가등청정」, 「이와모토 지원병」과 같은 친일문학 작품을 발표하였으며 해방 후에는 일본에 귀화하고 만다. 바로 두 작가의 상반된 행적 때문에 김사량은 재일동포 문인사이에 정신적인 지주로서 인정받고 많은 영향을 남기고 있는데 반하여 장혁주는 친일문학자로 크게 격하되고, 그의 작품들은 잊혀지고 있는 형편이다.

---

3) 李恢成, 「叡智と豫感」, 『文藝春秋』 1971년 9월호, p.375.
4) 재일 동포들의 문학 활동을 일반적으로 일본에서는 <재일조선인문학>으로 부르고 있으나, 필자는 이들 문학을 재중, 재미, 재러시아 등의 동포문학과 함께 우리문학에 편입시켜야한다는 의미에서 '재일동포문학'이라는 용어를 사용하고 있다.

김사량의 「빛 속에서」가 발표된 1939년 이후 부터 해방을 맞이할 때까지 동포 작가들의 문학 활동은 일본당국의 혹독한 탄압으로 침체기에 빠져들었으며 <아쿠다가와 상>의 후보에 오르는 일은 없었다.

2) 해방이후 좌·우익의 분열에 이어 남북으로 분단된 조국의 영향으로 동포사회도 혼란기를 맞이하게 된다. 이처럼 어려운 현실 속에서 재일 동포문학은 김달수를 중심으로 한 몇몇 작가에 의해 그 명맥이 유지되다가 1953년 김달수의 「현해탄」이 30회 후보에 오르면서 일본 문단에 알려지기 시작했다.

「현해탄」은 작가의 경험을 바탕으로 식민지 현실 속에서 지식인들이 겪어야 했던 고뇌를 다루고 있는 작품으로, 주인공 서경태와 백성오가 민족적 자각을 해가는 과정을 그리고 있다. 일본 기자생활을 하다가 일본 여성과의 연애 실패 때문에 고국에 돌아온 서경태는 조국의 현실을 외면하고 오직 경성일보사 입사만 생각하던 나약한 지식인이었다. 그는 경성일보사의 기자가 되어 양정중학교 학생들의 반일운동 사건을 취재하러 갔다가 식민지 조선의 현실에 눈을 뜨게 된다. 그리고 조선 청년들에게 학도병 자원을 호소하는 기사를 써야하는 자신의 모습에 회의를 느끼고, 자신은 식민지 지배 유지를 위한 도구로 이용당할 뿐이라는 것을 깨닫게 된다. 친일지주의 아들인 백성오는 민족주의 운동에 가담했다가 투옥된 적이 있는 지식인이지만, 자신의 출신 성분과 일제의 감시를 받아야 하는 현실 때문에 현실 도피적이고 무기력한 생활을 하게 된다. 그는 형사인 이승원의 꾀임에 빠져 비밀회합에 참가하게 되며 공작원의 사명을 띠고 성진의 공장 파업을 지원차 떠나다가 검거된다. 그러나 그는 감옥에서 만난 이승원에게 조선인으로서 눈을 뜨게 해주어 감사하다고 말할 정도로 민족적인 자각을 하게 되는 조선인으로 다시 태어난다.

이처럼 「현해탄」은 조선민족의 저항정신과 피지배 민족의 비애가 잘 드러난 작품으로 9편의 후보작품 가운데 가장 읽을 맛이 나는 훌륭한 작품이라는 호평을 받았다. 그러나 심사과정에서 단편 작품을 선정한다는 원칙 때문에 장편인 그의 작품은 문제가 되었다. 단편의 기준이 애매하며, 또 예심에 통과한 작품을 본선에서 문제 삼을 수 없다는 일부 심사위원들의 의견도 있었지만, 이러한 의견은 무시되고 그의 작품은 논의 대상에서 제외되었다. <아쿠다가와 상>의 수상작으로 단편 작품을 선정한다는 것이 본래의 취지였지만, 실제 운영에 있어서는 장편이 선정되는 예가 허다하였다. 그런데도 김달수의 「현해탄」만이 장편이라는 사실이 문제되어 수상작에서 밀려나게 된 것이었다.

그러나 김달수는 1958년 그의 작품인 「박달의 재판」이 40회 후보에 오름으로서 다시 <아쿠다가와 상>의 수상작가가 될 수 있는 기회를 맞이하게 된다. 「박달의 재판」은 해방 후 좌우 이념 대립으로 혼란에 빠져있는 남한의 어느 소도시를 배경으로 박달이라는 한 젊은이를 통하여 남한정부와 미군정에 항거하는 조선 민중의 모습을 생생하게 묘사하고 있다. 무지하고 순박하던 박달이라는 젊은이가 감방 안에서 단시간 내에 글을 배워, 신념을 가지고 삐라를 뿌리며 파업을 선동하고 주도하는 투사로 변신한다. 특히 그는 어리석은 인물 같으면서도 모진 고문에는 거짓 전향을 하고 석방이 되면 다시 투쟁을 되풀이하는 신념을 굽힐 줄 모르는 인물로 그려져 있다. 이 작품은 주인공의 영웅적인 면을 강조하기 위해 주변인물이 도식적으로 그려져 있으며 박달의 성격과 행동이 유머러스하고 너무 단순화되어 있어 사실성이 크게 부족하다는 문제점이 있다. 이러한 결점에도 불구하고 박달의 유머스러운 언동을 통하여 민족의 슬픔이나 고통, 억압에 대한 분노와 지식인의 고뇌가 그려져 있어 독자들에게 강한 공감과 호소력을 불러일으켜 일본 문단에서 높은 평가를 받게 된다. 그리하여 이 작품은「현해탄」에 이어 후보 작품으로 선정되어 심사과정에서 많은 심사위원들부터 호평을 받았다. 유머스러운 필치로 한국의 현실과 서민의 생활을 잘 그려냈으며, 수상작으로「박달의 재판」외에 다른 작품을 생각할 수 없을 정도로 단연 뛰어난 작품이라고, 전형위원회에서 드물게 (수상작으로) 만장일치로 인정받았다. 그러나 이러한 심사평에도 불구하고「박달의 재판」은 이번에도 어이없는 이유 때문에 탈락되고 말았다. 신인이 아닌 문단에 상당히 알려져 있는 작가에게 이상을 주는 것은 오히려 폐가 된다는 석연치 않은 이유에서 이었다. 신인 작가의 작품에 한한다는 이 상의 취지에 심사위원들 거의 전부가 유감을 표시하고서 이번 역시 수상작을 선정하지 못하고 말았다. 신인에게 준다는 것이 <아쿠다가와 상>의 취지이지만, 신인의 기준이 애매하고 또 다른 신인상을 받아 문단에서 어느 정도 알려진 작가들에게도 주는 것이 관례화되어 있었다. 그럼에도 김달수는 이 상과는 인연이 없었던 듯 거의 사문화되다시피 한 이유 때문에 다시 탈락했다. 이처럼 두 차례나 후보에 올랐다가 장편과 신인이 아니라는 작품 외적인 문제 때문에 이 상을 수상하지 못하였던 김달수는 다음 두 가지 의미에서 불운한 작가라고 밖에 말할 수가 없을 것이다.

먼저 김달수는 해방직후 좌익조직에 속해 있었으며 그의 작품은 미군정을 일제를 대신한 식민통치로 보고, 남한정부의 정통성을 부정하는 등 좌익적인 성향이 강한 편이었다. 이 때문에 오랫동안 작품의 구상을 위해 조국 방문을 희망했음에도 그 뜻을 이루지 못한 채, 오랫동안 문학을 떠나서 한일 고대사 기행 같은 작업에 몰두하였다[5]. 가정

---

5) 그는 일본 독자들의 호응을 얻어「현해탄」,「태백산맥」등의 후편 등을 계획하고 있었지만 고국 사정이 어둡다는 이유 때문에 속편을 집필하지 못한 채, 조총련 조직

이지만 그가 만일 이 상을 받았다면 이회성의 경우처럼 그의 고국방
문이 실현되고 고국에 대한 작품을 계속 발표하여 일본문단에서 더욱
확고한 작가로 자리를 잡을 수도 있었을 것이며 고국에서 그의 작품
이 좀 더 일찍 소개될 수도 있었을 것이다[6]. 다음으로 당시 김달수,
허인기 등이 『민주조선』을 중심으로 한 동포들의 문학은 '일본어로
쓰여진 조선인의 문학'이었을 뿐으로, 일본문단에서 그다지 알려져 있
지 못하였다. 이들 문학은 이회성의 수상을 전후로 <재일조선인문학>
으로 인정받게 되는데, 만일 <아쿠다가와 상>이 김달수에게 주어졌
다면 동포 작가들이 일본문단에서 주목을 받고 작품 활동을 활발하게
시작할 수 있는 계기가 될 수 있었을 것이다. 그런 뜻에서 그의 작품
이 수상에서 탈락된 사실은 작가 개인뿐만 아니라 동포문학을 위해서
도 극히 불운한 일이었다.

   3) 김달수의 도전이 실패로 끝난 이후 <아쿠다가와 상>은 동포문
학과는 인연이 없는 듯 60년대에는 동포 작가의 작품이 후보에 오르
는 일이 없다가[7], 겨우 69년도 후반기 이회성(1935-)의 「우리 청춘
의 도상에서」가 후보에 오름으로서 이 상에 대한 도전이 시작되었다.
   이회성은 와세다대 졸업 후 조총련의 조직 활동을 하였으나 모순을
느껴 그만두고 일본어 작품 활동을 시작하여, 1969년 「다시 또 이
길을」로 등단하였다. 이 작품에는 식민지치하 조국에서 일본으로 그
리고 다시 사할린으로 내몰리는 유랑생활 끝에 해방과 북송사업 두

   과 갈등을 빚고 작품 활동을 중단한다.
6) 그의 작품들은 국내에서 소개되지 못하였다가 겨우 1989년에 되어서야 「현해탄」은
   동광출판사에서, 「박달의 재판」은 연구사에서 번역 출판되었다.
7) 이 기간 중에도 귀화하여 일본인명을 사용하는 立原正秋(51회,53회), 飯尾憲士(52
   회)의 작품이 후보에 올랐으나 이들 작가는 재일동포문학에서 제외하고 있기에 본
   논문에서도 제외한다.

차례에 걸쳐서 인위적인 이별을 하게 되는 조씨 집안의 내력을 통하여 이유민(離流民)이 되어 이국땅을 떠도는 우리 민족의 역사가 그려져 있다. 그는 이 작품이후 왕성하게 작품 활동을 하여 「우리 청춘의 도상에서」 등이 잇따라 다섯 번이나 후보작품에 오른 끝에 「다듬이질 하는 여인」으로 재일 동포 작가로는 최초로 <아쿠다가와 상>을 수상할 수가 있었다.

먼저, 62회 <아쿠다가와 상>(69년 하반기)의 후보작품인 「우리 청춘의 도상에서」는 어두운 조선인 가정에서 가출한 주인공의 눈을 통해 현실생활에 적응하지 못하고 소외되어가고 있는 동포들의 우울하고 고난에 찬 삶과 일본사회에서 정치적 신념을 위해 조직 활동을 했던 이들의 좌절과 전락이 전개되고 있다. 특히 후반부에는 김희로 사건을 연상시키는 인질사건 배후에 도사리고 있는 재일동포 젊은이의 상실감등이 그려져 있다. 심사과정에서 이 작품은 조선인 소년의 눈에 비친 아파트에서의 합숙생활, 조선인 일용노동자의 생활 등을 젊고 싱싱한 필체로 잘 그려 놓았으나, 후반부에 가서 필체가 어지러워졌기 때문에 평범한 소설이 되고 말았다는 평을 받았을 뿐 크게 주목받지는 못하였다.

다음해인 70년도에 발표하여 63회의 후보가 된 「증인이 없는 광경」도 작가의 체험을 바탕으로 한 작품으로, 천황에게 충성을 다하는 황국신민의 적자가 되려고 했던 소년의 해방 후 자민족에 대한 씻기 어려운 혐오감과 짙은 소외의식을 그리고 있다[8]. 조선인이란 편견과 아이들의 놀림에서 벗어나기 위하여 충실한 황국신민이 되려고 애썼으며 2등만 되려고 했던 교활한 처세술을 망각함으로써 과거의 망령에서 벗어나려고 하는 주인공과 화가의 꿈을 버리고 결혼도 안한 채 과거의

---

8) 竹田靑嗣, 「<在日>という根據」, 國文社, 1986, pp.17-20 참조

피해자로서의 아픈 기억에 시달리는 일본인 친구를 통하여 전쟁이 남기고 간 상처를 그리고 있는 내용이다. 심사과정에서 재일동포 입장에서 일본현실의 모순을 분석적으로 나타냈으나 후반부의 구성이 납득하기 어렵다는 점 등이 지적되어, 이 작품 역시 후보작에 그치고 말았다.

이어 같은 해에 발표한 「가야코를 위하여」도 64회(70년도 하반기)의 후보로 선정되었다. 이 작품은 전쟁 속에서 부모를 잃고 조선인의 손에 자란 일본인 가야코와 재일동포인 청년과의 애정, 그리고 그 파국을 그린 작품이다. 작가는 조선인이라는 사실 때문에 취직이 순조롭게 풀리지 않는 일본 사회에서의 삶, 차별과 편견이 심한 사회에 적응을 하기위해 대두되는 귀화 문제와 이를 둘러싸고 벌어지는 갈등을 다루고 있다. 특히 일본인처럼 행동을 하면서 반쪽바리라는 자책감에 시달리는 주인공 상준을 통하여 재일동포들의 자기 은폐의 고통을 담고 있는 작품으로 「재일동포에 대하여 일본사회가 가지고 있는 여러 가지 문제점과 모순을 조명한 사회문제 소설로서, 일본문학의 역사상 최초로 작가에 의해 날카로운 메스가 가해졌다」[9]라는 평을 받고 있다. 3회 연속해서 후보로 오른 이 작품은 전체적으로는 당선작 「香子」 못지않게 심사위원 사이에 많은 호평을 받았다. 그러나 후반부 구성상의 문제점과 주인공들의 애정이 통속적으로 끝나고 말았다는 점이 많은 심사위원들의 지적을 받아 수상작으로 선정되지 못하고 말았다.

다음 해인 71년 상반기에는 재일 동포 작가의 작품이 나란히 65회 <아쿠다가와 상>의 후보에 올랐는데, 바로 전년에 이어 이 상에 4번째 도전하게 되는 이회성의 「청구의 집」과 김석범의 「만덕유령기담」이 바로 그 작품이다. 「청구의 집」 역시 작가의 성장소설로서 재일동포 젊은이들의 방황과 고뇌하는 모습을 그려내고 있다. 이 작품에는

---

9) 西鄕竹彦, 「伽倻子のために」의 해설, (新潮文庫, 1985), p.242.

주인공이 동포학생들의 조직 활동을 통하여 민족의식을 키워가는 모습, 일본인으로 살아가려는 자기 은폐의 고통, 그리고 이성에 대한 그리움과 성적 충동들이 잘 나타나 있다. 그러나 「청구의 집」은 심사과정에서 밝고 평이한 필체에 호감이 가고 인물에 대한 작가의 눈도 빛난다는 호평도 받았으나 제재를 취급하는데 안이함이 보이며, 조금 길고 간결한 문장이라면 좋았을 것이라는 지적을 받는 것으로 끝났다. 전체적으로 「청구의 집」에 대한 심사위원들의 평가는 전회의 후보작인 「가야코를 위하여」에 크게 미치지 못하였다.

　이와 같은 연속된 탈락에 이어 다섯 번째 후보에 올랐던 「다듬이질 하는 여인」으로 이회성은 1972년 67회 <아쿠다가와 상>을 수상하게 된다. 일본에서 발표되는 3천여 편의 작품 중에서 7~8편의 후보 작품에 선정되는 것은 보통 어려운 일이 아닌데도 이회성은 연속해서 다섯 번이나 후보 작가가 되었다. 이는 116회에 이르는 이 상의 역사상에서도 매우 드문 일10)로서, 이회성의 이 상에 대한 놀랄만한 정열과 작가로서의 능력에 의해 오랫동안 동포 작가들에게 열리지 않던 문이 열리고 만 것이다. 「다듬이질 하는 여인」은 어머니가 죽은 후 외할머니의 신세타령을 통하여 일본사회라는 어려운 여건 속에서도 꿋꿋이 살아가고 있는 우리 주변에서 흔히 볼 수 있는 어머니, 할머니, 할아버지의 모습들을 등장시켜서 읽는 이의 마음을 사로잡고 있다. 이처럼 작가는 한결같이 작품 속에 긍지를 잃지 않고 살아가는 조선인들의 모습이나 조선의 풍속과 신앙심을 향토색 짙게 그려내고 있다. 같은 무렵에 나온 아버지에 대한 그리움을 그린 「큰 바위 얼굴」 등의 작품과 같이 희로애락의 감정의 기폭이 극심했던 평범한 한국인들의 모습을 간략한 문체로 생생하게 그려낸 이회성 문학 초기의 걸작이다.

_____

10) 이회성은 수상 당시 최다 후보자였으나, 이 기록은 84회부터 88회까지 연속 5회 후보에 올랐다가 여섯 번째 후보에 올라 92회에 수상을 한 木崎さと子에 의해 깨졌다.

이 작품은 심사과정에서, 소재를 다루는 솜씨도 좋고, 어머니, 조부
모, 부친 등 등장인물들이 잘 그려져 있어 이전의 다른 작품보다도 가
장 좋다는 등 많은 호평을 받고 <아쿠다가와 상>의 수상작으로 선정
되었다. 재일동포의 생활을 그린 이전 작품이 더욱 좋았다는 평과 심
사위원들 사이에는 이전의 작품으로 당당하게 수상했어야 했다는 소
리마저 나올 정도로 어려운 곡절 끝에 뒤늦은 수상이지만 이 상은 이
회성에게 두 가지 의미를 가지고 있다. 먼저 이 상의 수상을 계기로
그는 오랫동안 그리던 한국을 여러 가지 기대와 우려 속에서 방문하
게 된다. 그리고 민족통일을 호소하고 민족문학을 제창하는 강연을 하
는 등 정치적인 발언을 본격화하기 시작했다는 점이다. 한국방문 후,
통일된 조국상을 그린 「북이나 남이나 내 조국」이라는 논문을 발표하
는 한편, 종래의 자신의 체험을 그린 성장소설에서 탈피하여 한국에서
토착적인 사회주의 혁명을 수행하려는 사람들을 그린 「다하지 못한
꿈」 등 새로운 정치적인 이념을 표방한 작품을 발표했다11).

다음으로 앞에서도 밝혔지만 당시 재일동포들의 문학은 일본문단에
서 그다지 주목을 받고 있지 못하였다. 이에 대하여 이소가이 지로는
<재일조선인문학>이라는 호칭이 알려지고 그것이 일본어 문학의 독
자적 장르로서 형성되기 시작한 것은 1960년대 중반부터이며, 그 이
전 동포들의 창작활동은 '일본어로 쓰여진 조선인의 문학'이었을 뿐
범주화된 <재일조선인문학>은 아니었다고 한다12). 그런데 이회성의
수상을 전후하여 많은 동포 작가들의 작품들이 연이어 집중적으로
이 상의 후보에 선정됨으로써 이들 작품이 일본 독자들의 주목을 받

11) 그는 80년대에는 재일동포 문예지인 『民濤』를 주재하면서 작품 발표가 소강상태를
맞이하였으나, 최근에는 작가의 개인사나 가족사라는 차원을 넘어 이유민이 되어 떠
도는 동포들의 모습을 그린 「유역」과 「백 년 동안의 나그네」 등을 발표하고 있다.
12) 磯貝治良, 「在日朝鮮人文學-50年の變遷」, 『越境する視線』, せらび書房, 1996,
p.57.

고, 일본문단에서 재일 동포문학이라는 존재가 인정을 받는 계기가 되었다는 점이다.

이처럼 일본문단에 재일 동포문학 붐을 조성하는데 가장 큰 공헌을 한 동포 작가들로는 이회성의 수상을 전후해서 <아쿠다가와 상>의 후보작가가 된 김석범, 정승박, 김학영 등을 들 수가 있다.

먼저 김석범은 제주도의 4·3사건을 고집스럽게 다루고 있는 작가로서[13] 그는 1957년 「까마귀의 죽음」이라는 작품으로 일본문단에 충격적으로 등장하여 「간수박서방」, 「관덕정」등을 발표하였다. 그 후 한동안 정치 조직 활동 관계로 작품 활동을 중단했다가 다시 1970년 4·3 사건을 다룬 「만덕유령기담」을 발표하였는데, 이 작품이 이회성의 「청구의 집」과 함께 65회 <아쿠다가와 상>의 후보에 오른 것이다.

「만덕유령기담」은 애비 없이 자란 관음사의 중인 만덕의 일대기로서, 일제의 징용과 4·3 사건을 거치면서 우매함에서 깨어가는 만덕이의 모습을 통하여 어두운 사회현실에 대한 작가의 이해의 폭과 고통의 깊이가 잘 나타나고 있다. 이는 조선의 유교사상의 비타협적이며 실천적인 성격과 봉건 지배계급의 그늘과 조선인의 억센 에너지를 민중의 소리로 반영하고 있는 것이다[14]. 「만덕유령기담」은 소박하고 때 묻지 않은 토속성과 민중적인 저항감으로 문학적인 리얼리티를 자아내고 있어, 심사과정에서 많은 심사위원들의 호평을 받았다. 주제나 문체 구성이 뚜렷하고 일본인 작품에서는 볼 수 없는 활력을 가지고 있으며, 필체도 강인하고 호쾌하여 영웅전에 알맞은 작품으로, 이 작

13) 김석범, 「화산도에 대하여」, 『실천문학』, 1988.11, p.450.
    그는 제주도의 좁은 섬 안에서 세 명에 한명 꼴인 8만 명의 죽음이 통계가 아니라 한 사람 한 사람 인간의 죽음으로 바꾸고, 역사에 파묻혀 암흑 속에 숨어 있는 것을 햇별 아래 꺼내는 일을 문학이 감당해야 한다고 믿고, 4·3 사건을 계속 쓰고 있다고 한다.
14) 小野悌次郎, 「金石範文學へのアプローチ-『万德幽靈奇譚』」, 『風紋』29, 1982. p.96

품만이 유일하게 수상작으로 천거될 만큼 강렬한 지지를 받았다. 그러나 다수의 심사위원들로부터 이 상보다는 <나오키 상>에 어울리는 작품이란 지적을 받고 수상작에서 제외되었다. 정승박(1923-)은 일본에서 살아온 자신의 한 많은 삶을 알리기 위해 뒤늦게 문학 활동을 시작한 작가인데, 식민지 지배하의 조선에서 출생하여 일본사회에서 파란만장하게 살아온 드라마 같은 삶의 편린들이 그의 작품의 소재가 되고 있다. 특히 1971년 『농민문학』에 「벌거숭이 포로」를 발표하였는데 이 작품이 이회성이 <아쿠다가와 상>을 수상한 다음 해인 67회의 후보작으로 선정되었다. 「벌거숭이 포로」는 전쟁 중 공장에서 일하던 주인공이 공원들의 식량을 시골에서 구해오다가 경찰에 붙들려, 중국군 포로들이 기관총의 감시아래 강제노동을 하고 있는 댐 공사 건설현장으로 보내진다. 그곳에 있다가는 살해당하고 말 것이라는 생각에 주인공은 얼어붙은 변소바닥을 통하여 탈출한다는 내용이다. 작가는 고난에 찬 체험을 말하면서도 언성을 높이거나 비분강개하지 않고 군국주의하의 세상에서 강요당해 온 자신의 어려웠던 처지를 담담하게 묘사하고 있다. 이 때문에 그의 작품에는 어둡고 쓰라린 분위기대신 일본인들의 생활과 정서를 이해하려는 따뜻한 마음씨와 온건한 휴머니즘이 전편에 흐르고 있다. 이러한 작가의 따뜻한 눈에서 나온 그의 작품은 감정을 억제한 필치로서 담담하게 적어간 고도로 승화된 체험 문학으로서 재주로 쓴 작품이 아니라 덕으로 쓴 작품이라는 평을 받고 <아쿠다가와 상>의 후보작품으로 선정되었던 것이다. 그러나 정작 심사과정에서 이 작품은 제재나 기법에 특색이 있으나, 길이가 짧고, 후반부에서 힘이 빠졌다는 점이 지적되었을 뿐 후보작으로 만족해야만 하였다.

같은 시기에 활동했던 작가로 김학영(1938-1985)이 있는데, 그는 동경대 재학 중 문학에 눈을 뜨고, 동경대 문학부의 동인지 『신사조』
에 참여하여 1965년에 작품 「도상」을 발표하였다. 그해 가을엔 말더
듬이라는 이유로 주위로부터 거부당하고 있는 주인공의 소외감을 다
룬 「얼어붙은 입」으로 문예상을 수상하면서 일본문단에 등장하여, 왕
성한 작품 활동을 하였는데, 「자갈길」 등으로 네 차례에 걸쳐 <아쿠
다가와 상>의 후보에 올랐다.

먼저 73년에 발표한 「자갈길」은 70회의 후보작품으로, 부친의 폭력
을 그린 그의 다른 많은 작품과는 달리 아버지에 대한 유화적인 이
미지가 나타나 있다. 즉 낙태를 하기위해 병원을 찾으며 잠겨드는
아버지에 대한 회상 속에는 어머니 없는 힘든 생활을 부녀가 정겹
게 살아가는 모습과 아버지에 대한 그리움이 잘 나타나 있다. 심사
평에서 조선인의 눈에 비친 조선인의 강인한 생활상을 잘 그려 내
었으나 여주인공의 회상이 계속되고 환상적인 결말처리에 가벼움
을 느꼈다는 지적을 받았다.

「여름의 균열」은 71회 후보작품으로 <반쪽바리>로 살아가는 주인
공의 실존이 설득력 있게 묘사되어 있다. 그의 초기작품에서 주인공들
은 한국인이라고 해서 주위는 물론 애인에게서까지 거부를 당하는데
이 작품 역시 일본 여성과의 교제가 진전되지 못한 채 결국 실패로
끝나는 주인공의 연애가 그려져 있다. 또한 민족의식을 상실한 주인공
이 동포 학생들과 접촉점을 갖지 못하고 그들에게서 느끼는 위화감과
소외감을 통하여 일본인과 한국인 사이에서 방황하는 내부 분열을 그
려내고 있다. 심사과정에서 이 작품은 주인공의 고독감이 전편의 주조
를 이루고 있는 청결한 작품으로, 주제를 진지하게 정면에서 다루고
있으며 독자에게 호소하는 성실성과 박력이 있다는 호평도 받았다. 그
러나 너무 진지하여 오히려 작품의 맛과 깊이를 잃어버렸으며, 독서회

의 정경이나 회원들을 충분히 그려내지 못하고 있다는 점이 지적되어 후보작으로 그치고 말았다.

「겨울 빛」 역시 76회 후보에 올랐던 작품으로, 부친의 폭력이 가져오는 가족 내의 비극을 그리고 있다. 부친은 어린 시절부터 가족 부양의 책임을 지고 헌신적으로 일하는 사람이지만 삭막한 가정에서 사랑받지 못하고 자라온 한을 가족에게 폭력으로 해소하려고 한다. 그것은 타국에서 어머니의 자살과 어린 동생의 죽음을 맞이한 울분에서 표출된 것이지만 결과적으로 가족들에게 상처를 주고 그들에게 외면을 당한다. 이 작품은 일본인 가정에서는 찾아볼 수 없는 진한 혈육의 정이 조선전쟁을 배경으로 잘 나타나 있는 성공작으로, 재일동포의 존재를 침묵으로 전하려고 한 작품이라는 평(야스오카 쇼타로)을 받았으나, 후반부에는 영탄조의 문장이 되풀이 되고 있다는 지적도 받았다. 9인의 심사위원 가운데 엔도 슈사쿠 등 6인의 호평으로 마지막까지 두 작품과 함께 남았으나 <아쿠다가와 상> 수상작으로 강하게 추천할만한 참신성이 부족하다는 이유 때문에 탈락되고 말았다.

「끌」 역시 79회 후보에 오른 작품으로 아버지에게 정신을 잃을 정도로 얻어맞은 주인공이 끌을 기둥에 던지면서 살의를 달래는 등, 아버지의 폭력이 등장하고 있다. 그러나 이 작품에선 아버지의 모습이 강대한 힘을 가진 지배자로 그려진 이전의 작품과는 달리 일본사회에서 커다란 괴로움을 짊어진 존재로 그려져 있다. 무식한 조선인으로 폭력만 휘두르던 주인공의 부친은 귀화문제와 사업상 문제로 가족 갈등과 동족 집단에서 반발 등을 겪어야만 했다. 말더듬이었기에 소외감을 느껴야 했던 주인공은 이러한 부친의 설움을 공유하게 됨으로서 아버지와의 화해를 모색하고 있는[15] 것이다. 이 작품은 수상작 외에

---

15) 재일 동포문학에 나타난 부자간의 갈등 문제는 졸문 「재일교포 문학에 나타난 부자간의 갈등과 화해의 양상 연구」,(고암 황성규 박사 화갑기념 논문집,1993)과 「소외

가장 인상에 남는 작품이라는 심사평만 보일뿐 전편의 작품에 비해서
다른 심사위원들의 주목을 받지 못하였다.

　이후 네 차례에 걸쳐 후보작을 냈던 김학영은 1985년 자살할 때까
지 민족문제, 말더듬이, 아버지의 폭력, 이 세 가지를 주제로 한 작품
을 발표하여 많은 일본 독자들을 확보하였다. 즉 김학영 문학에는 반
쪽바리로서 살아가는 <재일>의 어려움 외에도 말더듬이라는 자의식
에 대한 괴로움과 아버지의 폭력 문제가 잘 나타나 있는데, 작품 속
주인공들은 민족의 이념에 동화하지도 못하고 일본사회에 적극적으로
안주하지도 못한 채, 주위의 세계에서 거부당하는 괴로움에 직면하고
있다. 마츠바라 신이치는 이러한 괴로움의 본질을 재일 교포문학의 민
족적 주체성이라는 명제와 자신의 현실 상황과의 사이에 놓인 복잡한
거리감16)이라고 설명하고 있다. 이처럼 자신의 내부로 시선을 돌려서
문제를 내면화하여 다룬 김학영의 문학은 일제의 식민착취를 고발하거
나, 민족의 독립을 위해 갈등하는 지식인이나, 차별 때문에 어려움을
겪는 재일동포의 모습을 그린, 이전의 재일 동포문학과는 다른 것으로,
80년대의 이양지나 이기승의 정체성을 모색하는 문학으로 이어진다.

　4) 이양지(1955-1992)는 이회성에 이어 동포 작가로는 두 번째로
<아쿠다가와 상>을 수상한 작가이다. 그녀는 자신의 조국체험을 그
린 자전적 성격을 지닌 「나비타령」, 「해녀」, 「각」, 「유희」등을 발표했
는데, 이들 작품 중 「나비타령」, 「해녀」, 「각」으로 후보에 올랐다가 「유
희」로 <아쿠다가와 상>을 수상하게 된다.

　먼저 문단의 데뷔작인 「나비타령」은 88회(82년 하반기)의 후보에
오른 작품으로, 부모의 별거와 이혼을 앞둔 주인공은 가야금과 판소리

감과 내향적인 김학영의 문학세계」(日本學報 第37輯,1996)에 자세함.
16) 松原新一, 「在日朝鮮人の文學とは何か」(『群像』,1972,9) p.174-175.

에 접하고 가정과 조선인 차별에서 도피하기 위하여 일본사회를 탈출하여 한국행을 감행한다. 그녀는 한국에 와서 조국에 대한 거리감과 함께 좌절감을 느끼게 되는데 그것은 조국에서도 느끼게 되는 마치 일그러진 나체를 드러내놓은 채 부유하고 있는 생물처럼 어디에 가도 이방인이라는 소외 의식이었다. 이전의 동포문학과는 달리 아이덴티티라는 새로운 주제를 들고 나온 이 작품은 <아쿠다가와 상>의 후보에 선정되었으나 번잡한 가족관계 때문에 주제가 흐려진 것이 안타깝다는 평 외에는 수상작인 「꿈의 벽」, 「사가와 군에서 온 편지」의 그늘에 가려 크게 주목 받지 못했다.

　「해녀」는 이복 언니의 자살을 접한 주인공이 언니의 삶을 추적하는 형식으로 시작된다. 어릴 때 왕성하던 언니의 식욕도 욕구불만의 변형이며, 가출한 후 뭇 사내들과의 난잡한 성교와 동거의 배후에도 오빠의 겁탈과 관동 대지진 때의 조선인 학살이 자리하고 있다. 그리고 이러한 피해 의식이 출산공포로 나타나 끝내는 누이를 자살로 몰아넣었다는 내용이다. 이러한 사실을 담담한 필체로 그려내고 있는 이 작품은 89회(83년 상반기)의 후보에 올랐으나, 구성에 문제가 있으며 재일조선인의 심정이 좀 더 솔직하게 표현되었으면 좋았을 거라는 평을 받았을 뿐이었다.

　이어 이듬해에 발표한 「각」 역시 「나비타령」의 후속작품으로 92회(84년 하반기)의 후보에 올랐다. 조국에 유학 온 주인공은 버스 소음에 대한 생리적인 거부감을 나타내고 애국충정이나 국민의식 등 윤리 덕목만 강요하는 교사와의 갈등을 벌이고 있다. <조선인>이라는 것을 자각하면 할수록 자신이 태어나고 자란 일본에서도 조국에서도 소외감을 느끼게 되는 재일동포들의 존재를 냉철한 눈으로 관찰한 작품이다. 이 작품은 심사과정에서 종래의 재일 동포문학에서는 찾아

볼 수 없는 영역을 개척한 작품으로, 실험적인 면과 신인다운 신선
미가 있다는 평을 받았다. 또 주인공의 심리가 잘 나타나 있고 서
울유학 체험을 활력 있게 그렸다는 찬사를 받고 수상작과 더불어
마지막까지 수상을 다투었으나 일본어 감각이 의문이라는 지적 때
문에 마지막 순간에 탈락하였다.

세 번이나 후보에 올랐다가 탈락한 이양지는 「유희」로 네 번째 도
전 끝에 이회성에 이어 <아쿠다가와 상>을 받았다. 한국어와 일본어
사이의 갈등을 통해 동포 2세가 겪어야 하는 아이덴티티의 문제를 그
린 작품이다. 모국 유학 도중 대금소리와 한글에 크게 애착을 느껴오
던 주인공은 조국을 이해해야 한다는 언니의 충고와 모국이기 때문에
사랑해야 한다는 자신의 내부 소리 때문에 여러 가지 갈등을 겪게 된
다. 끝내는 위선자, 거짓말쟁이라는 허위의식에 시달리다 말을 잃고
자폐증 증세까지 보이다가 자신의 위선적 태도에 환멸을 느끼고 귀국
한다는 내용이다. 이 작품의 주인공인 유희에 대하여 작가는 한국인으
로서의 피와 정신적 자립을 얻기 위해 자신 속에 있던 유희를 매장하
고 싶었다고 말하고 있다[17].

심사과정에서 「유희」는 감성과 기질이 매력적이긴 하나 인물상이
확실하게 떠오르지 않는다는 지적을 받았다. 그러나 민족과 개인적인
체험으로 오랜 문화를 가슴에 안고 살아온 언어의 문제를 다룬 주제
가 작품의 구성과 줄거리의 약점을 보완해 주고 있으며 유희의 고뇌
의 깊이를 박력 있는 필치로 잘 표현한 소설이라는 평과 함께 100회
<아쿠다가와 상>을 받았다.

작가는 재일 동포문학의 새로운 전개를 예감케 하는 신인이라는 평
을 받았으며 이들 작품은 이전의 재일 동포 작가에게 없었던 새로운

17) 李良枝,「言語の杖を求めて」,『李良枝 全集』, 講談社, 1993, p.647

표현과 소재 등으로 주목을 받았다. 즉 자신의 복잡한 가정환경, 고국 생활에서의 갈등이 묘사되어 있는 그녀의 거의 모든 작품에는 가야금, 대금, 살풀이춤 등 한국 고유의 음과 소리, 춤 등이 그 속에서 자기 인생을 해방시키려 하는 도구로서 등장하고 있다.

그녀는 이 모든 것을 바탕으로 자신의 작품 속에서 줄곧 재일동포 2세가 겪어야 하는 아이덴티티의 문제를 다루고 있다. 그녀의 작품 속 주인공들은 국가 독립이나 조국 통일, 혁명이라는 이념을 가졌던 1, 2세대와는 달리, 자기의 내부에서 자라나는 한을 해소시키지 못하고 자기 분열을 일으키고 마는데[18], 이들은 조국인 한국에서도 일본사회에서도 귀속감을 갖지 못하고 방황하고 있는 바로 자기 자신의 모습으로 추측된다.

이기승(1952-)의 「제로한」 역시 이양지와 같이 아이덴티티 문제를 다룬 작품으로, 93회(85년 상반기)의 후보에 올랐다. 조센징이란 심적 부담에 쫓기다 오토바이 사고로 친구를 잃고 조국에 반발하는 영호와 조센징이라는 열등의식 때문에 자꾸 멀리 하려는 한국인 청년을 사랑하는 일본여성 카코를 주인공으로 하고 있다. 태어난 이래 조국에서 도망가는 일밖에 다른 일을 배우지 못한 주인공이 한국여행을 하면서, 한국과 일본 사이에서 방황한다는 내용이다. 최종 심사평에서 과거의 재일 동포문학과는 다른 재일동포들의 굴적된 내면심리와 고도성장 하에서 소외되어 가는 사람들의 모습을 다루었으며, 주제가 뚜렷하고 박력이 넘친다는 호평을 받았다. 그러나 처음의 의도가 마지막까지 일관되게 그려지지 못했으며, <아쿠다가와 상>의 수상작으로서는 몇 가지의 결점이 지적되어 탈락되고 말았다. 이기승은 재일동포 2세들의 방황과 자신의 존재 확인을 다룬 작품으로 이양지와 거의 같은 시

---

18) 黑古一夫, 「在日韓國人文學の現在」, 『民濤』 創刊號, 1987, 秋, p.87.

기에 같은 주제를 가지고 <아쿠다가와 상>을 놓고 다투었지만 이양지의 수상 이후 그의 작품은 후보로 오르지 못했다[19].

  5) 이양지의 수상이후 한동안 크게 위축되었던 재일 동포문학은 최근 들어 유미리가 몇 차례의 도전 끝에 금년도에「가족시네마」로 116회의 <아쿠다가와 상>을 수상함으로서 새로운 활력을 맞이하는 계기가 되었다. 유미리는 어린 시절의 체험을 바탕으로 한 작품을 쓰고 있는 작가로서, 막내의 자살을 계기로 흩어졌던 가족들이 새로운 삶을 모색한다는 내용의「물고기 축제」란 희곡으로 기시다상을 수상한 후,「달의 반점」,「그린 벤치」등을 발표하여 극작가로서 인정을 받았다. 이후 소설로 전환하여「풀 하우스」,「콩나물」을 썼는데 이들 작품이 연속 <아쿠다가와 상>의 후보에 올랐다가 드디어「가족 시네마」로 <아쿠다가와 상>의 수상자로 선정된 것이다.

  먼저 95년에 발표한「풀 하우스」는 113회의 후보에 오른 작품으로 흩어진 가족들의 새 출발을 위하여 아버지는 빚을 얻어 새집을 짓고 두 딸을 불러 모으지만 이혼한 부인과 두 딸은 냉담한 반응을 보인다. 이에 아버지는 오갈 데가 없는 다른 가족을 불러와서 가족의 빈자리를 채우게 한다는 내용으로 붕괴된 가정으로 인한 고통과 가족에 대한 그리움이 여성다운 필치로 잘 묘사되어 있다. 이 작품에 대한 심사평은 소재를 잘 포착 한 좋은 작품이라는 호평도 받았다. 그러나 표제와 내용과의 의미가 불분명하고 거칠고 줄거리의 세부연결이 불충분하여 군데군데 빈틈이 많이 보인다는 결점들이 지적되어 크게 주목받지는 못하였다.

----

19) 이양지 이후 鷲澤 萌라는 혼혈 작가가 101회, 104회, 107회 후보로 올랐으나 이 역시 '재일동포 작품'에서는 제외하고 있기에 본 논문에서는 다루지 않고 참고로 밝혀두기만 한다.

같은 해에 114회의 후보작에 선정된 「콩나물」은 자기 정체성 문제로 갈등하는 모습대신 가족관계를 바탕으로 현대인들의 인간 존재에 대한 정체성을 묻고 있는 작품이다. 20대 후반의 젊은 여성인 주인공은 40대 후반의 유부남인 히로세와 관계를 맺지만 그의 부인이 법원에 손해배상 청구소송을 해오자 그와 헤어지기로 결심한다. 고독에 지친 그녀가 응답이 없는 전화통을 붙들고 '여보세요', '여보세요'하고 절규하듯이 외치는 마지막 장면이 인상적으로, 여성의 은밀한 내부 속에 자리하고 있는 현대인들의 고독과 허무를 그려내고 있다. 이 작품은 심사과정에서 문장이 다듬어지지 않았고, 인간관이 왜곡되어 있으며, 군데군데 장면 구성이 단순 연결되어 있어 첫머리와 결말의 윤곽이 불확실하다는 결점 등이 지적되어 예선에서 탈락하고 말았다.

116회 <아쿠다가와 상> 수상작인 「가족 시네마」 역시 가족 문제를 다룬 작품이다. 부모의 별거로 흩어진 가족들이 20년 만에 재회하여 가족 얘기를 영화로 만들려 한다는 소재를 다루고 있는데, 가족의 재결합을 위하여 고심하는 아버지의 심리가 영화를 매개로 하여 잘 그려져 있다. 가족 해체라는 절망적인 상황을 객관적으로 바라보며 이를 세밀한 내면 묘사를 통해 서술해 가고 있다. 이 작품은 심사과정에서 줄거리 전개에 무리가 있고 등장인물도 현실감이 없으며, 연극적인 상황 설정이 소설로서의 매력을 잃고 있다는 지적도 받았다. 그러나 소설보다 희곡에 가까운 작품으로 대사나 장면전환이 뛰어났다는 평가를 받았다. 특히 특수한 가족관계를 그리면서도 부모자식, 형제, 부부의 본질을 잘 나타나 있고, 인물묘사와 결말도 성공한 작품으로, 가족 간의 고독과 위화감이 인간세계에서 머물 곳의 상실감으로 잘 연결되어 있다는 등 많은 호평을 받아 이회성과 이양지에 이어 <아쿠다가와 상>의 수상작으로 선정되었다.

유언장을 쓰는 마음으로 글을 쓴다는 작가는 자신의 문학적 주제로 가족에 대한 그리움과 갈망 그리고 죽음을 들고 있다. 실제로 가족 문제를 소재로 하고 있는 그녀의 작품은 부모의 이혼, 가족들의 별거, 중학생 때의 자살 시도, 고교 1년 중퇴라는 불행했던 그녀의 어린 시절이 잘 반영되어 있다. 즉 도박에 빠져 가족을 외면했다가 뒤늦게야 재결합을 위해 노력하는 아버지, 생계를 위해서 밤마다 화장을 하고 카바레에 나가다 다른 남자와 눈이 맞아 집을 나간 어머니, 수많은 자살시도 끝에 무대연기자로서의 삶을 되찾은 주인공과 포르노 배우로 살아가는 누이 등이 등장하고 있다. 이들은 가족 해체와 가정의 붕괴로 인해 정신적인 상처를 받고 불안감을 갖고 살아가는 사람들이다.

유미리에 이어 21세기의 첫 수상작가가 된 현월(1965-)은 오사카에서 출생하여 조선인 밀집지역에서 성장하였다. 고교졸업 후 부친의 가업을 경영하던 1994년부터 오사카 문학학교에 다니면서 문학수업을 받았는데, 어느 순간 쓰고 싶다는 충동을 참을 수 없어 29살의 나이에 소설을 쓰기 시작했다고 한다. 그는 하루도 거르지 않고 글을 쓰는 습작기를 거쳐 작품을 발표한지 2년 만에 <아쿠다가와 상>을 수상했던 것이다. 원래 그해 가장 뛰어난 작품을 발표한 신인을 선정한다는 것이 이 상의 취지이지만, 작품을 문예지에 발표한지 2년에 불과한 신인이던 그가 이상을 수상한 것은 극히 이례적인 성과라고 할 수 있다. 그것은 앞에서 살펴보았듯이 김사량 이후 그 문학적인 성과에도 불구하고 수상에는 실패했던 김달수, 김석범, 김학영과 같은 동포 작가들이나 수차례 후보작가에 오른 후 이상을 수상할 수가 있었던 이회성, 이양지 유미리와 같은 작가들의 도전과정을 생각해 볼 때 그에게는 분명 행운이 따랐다고 할 수 있다. 그러나 비록 길지 않지만 그의 작품 이력을 살펴보면 그의 수상을 행운으로만 여길 수 없는 점이 분명하게 드러난다.

그의 첫 작품인 오사카 문학학교의 동인지인『백아』에 발표한「이역의 사생아」가『문학계』의 동인잡지 평에 올라 베스트5에 선정되고, 두 번째 작품인「무대배우의 고독」이 1998년도 문학계에 실려 동인잡지의 최우수작으로 주목을 받았다. 이듬해인 1999년에는『수림』이란 동인지에 발표한「젖가슴」이 121회 <아쿠다가와 상> 후보에 올랐으며 드디어 이듬해인 2000년에 발표한「그늘의 집」이 122회 <아쿠다가와 상>을 수상했다(15-16). 이처럼 첫 작품부터 문단의 주목을 받아온 사실에서 그의 수상이 문학적인 성과에서 나온 사실을 뒷받침해주고 있다.

121회의 후보작이었던「젖가슴」은 귀화한 조선계 동포의 여인과 그녀의 일본인 남편사이에 결혼생활을 그린 작품이다. 처의 조선학교 시절의 은사가 장님이 된 딸을 데리고 등장함으로써 30대의 권태기가 빠진 평범한 결혼생활과 재일동포들의 세계를 일본인 남편을 내세워 가벼운 문체로 객관적이고 냉정하게 그려낸 이 작품은 처음으로 후보작에 올랐다. 그러나 수상작 선정과정의 심사평을 보면 9인의 심사위원 중, 오직 4인의 위원만이 이 작품에 간단한 촌평을 가했을 정도이다. 이를 종합하면 인물은 제각기 흥미로운데 작품이 중심을 잃고 전체의 균형감을 상실하고 있으며, 작품 자체가 약하며 주제에 합당한 내면의 깊이에 이르지 못하고 있다는 평으로 심사위원들의 관심을 끌지는 못했었다.

그러나 다음 해인 2000년 발표한「그늘의 집」은 많은 심사위원들의 호평 속에 122회 <아쿠다가와 상>의 수상작으로 선정되었다.「그늘의 집」은 바라크가 밀집해 있는 조선인 집단촌을 무대로 전쟁 때 참전하여 오른팔을 잃은 75세의 독거노인인 서방과 이 집단촌의 봉건

영주적인 존재인 나가니시, 지식인으로 공동체의 현실에 안주한 다카모토 등이 등장하는데, 주인공인 서방이 과거와 현재를 넘나들며 시간이 정지되어 버린 공동체의 일상 속에 묻혀버린 어두운 역사를 파헤쳐 가는 내용이다. 그것은 곗돈을 떼어먹고 도주하려던 숙이에게 가해졌던 집단 린치가 다시금 중국인 노동자 사이에서 되풀이됨으로서 과거의 전설이 오늘로 되풀이되고 있는 현실과 선악은 물론 개인의 어두운 역사까지도 용해시켜버리고, 죄의식 없이 집단적인 린치로 가할 정도로 광기에 빠지는 개인들의 공동체로의 몰입성 등을 그려내고 있다. 이 작품은 사고사, 폭행치사, 린치, 강간과 같이 어두운 사건들이 수많은 복선이 깔려있고 사변적인 문체로 전개되고 있는데도 전체의 분위기가 차분한 편이다. 그것은 사건과 거리를 둔 주인공의 시점과 담담한 문체에서 나오는 것으로, 작가는 내용에 맞도록 시점과 문체를 의식적으로 선택하고 유지하려고 노력했으며 리얼리티를 부여하기 위해 세부적인 부분에까지 신경을 썼다[20]고 한다. 바로 이점은 심사과정에서 전편의 작품과는 달리 재일 동포의 삶의 변화와 세대 차를 연설이나 설명이 아니라 세밀하고 주의 깊게 묘사했다는 좋은 평가를 받았다. 이외에도 슬럼가를 방불케 하는 집단촌과 그곳을 드나드는 다양한 인간상도 선명하며 불법체류자인 중국인 노동자에게 가하는 집단 린치 등에서도 생생한 현재를 느낄 수가 있다고 많은 심사위원들의 호평을 받았다. 특히 아큐정전의 아큐를 연상시키는 때로는 결의를 보여주고 그러다가 금세 꽁무니를 빼는 유연하다고나 할까 주인공의 복잡한 성격이 좋다는 심사 위원도 있었다.

현월은 「그늘의 집」에서 정치적인 문제보다는 서방의 고독이나 젊은이들과의 세대적인 단절을 표현하려고 했다고 한다. 그리고 자신은

---

20) 신은주, 홍순애역, 「작가인터뷰」 『그늘의 집』, 문학동네, 2000.11, p.225

동포들의 지나간 역사에 구애받지 않고 재일 동포들의 삶을 그려내되, 재일 동포들의 특이성에 집착하지 않고 인간의 보편성을 그리겠다고 하여 이전의 동포문학과는 거리를 두려고 하고 있다. 그러나 「그늘의 집」은 가정의 해체나 생명 존중 등 인간의 보편성 문제를 다룬 유미리의 작품보다는 오히려 모국어에 대한 동경과 좌절을 그려 감상적인 환상이라는 평을 받았던 이양지의 「유희」에 가까운 편이다. 이는 지적[21]이 이미 있었듯이 다카모토의 개인보상 문제에 대한 언급이나 린치사건을 구실로 중국인 공동체를 경찰이 급습하는 장면 등에는 정치색이 드러나 있다. 또 아큐를 떠올리게 한다는 주인공의 성격이나 역할의 설정은 아큐에서보다 오히려 김달수나 김석범 이기승 등 동포 작가들의 작품 속에서 전형적으로 등장하는 주인공들의 모습[22]이다. 그리고 작품의 무대나 주인공의 존재가 작가가 머릿속에서 오랫동안 반추하며 키워온 허구의 산물로서 이들 존재가 소재 이상의 작품의 주요 모티브였다는 사실에도 그의 작품에는 재일동포의 특이성이 드러나 있다고 할 수 있다.

　동포 작가인 김석범은 「그늘의 집」의 <아쿠다가와 상> 수상에 대하여 다음과 같이 커다란 의미를 부여하고 있다. 즉 사소설의 영향을 완전히 벗어난 이 작품 수상으로 이제껏 사소설에만 의지해온 재일 동포문학의 끝이라는 느낌을 주며, 일본문단의 속죄장치였던 재일 동포문학의 자립하게 되는 그 일단의 성과[23]라고 말하고 있다. 현월의

---

21) 玄月. 金石範, 「受賞記念對談: 幸福な時代の在日作家」, 『文學界』 2000年3月號. p.25.
22) 이러한 동포문학의 주인공들의 전형적 모습은 김달수의 「박달의 재판」 속의 박달이나 김석범의 「관덕정」 속의 부스럼 영감에서 찾아볼 수 있다. 특히 과거와 현재를 무시로 드나들며 과거의 역사를 재현하는 주인공의 설정은 이미 80년대 발표된 이기승의 「바람에 날리다」 속 오이가와 고헤이의 모습에서 찾아볼 수가 있다.
23) 玄月. 金石範, 「受賞記念對談: 幸福な時代の在日作家」, 『文學界』 2000年3月號. p.12-23.

작품에 대한 이러한 찬사는 조금 지나친 감이 있으나 그의 작품들이
모두 자전적 소설이 아닌 그의 상상력이 빚어낸 허구의 세계의 산물
이라는 점은 자전적 내용을 주요 내용으로 해왔던 동포문학의 다양성
을 가져왔다는 점에서 의미가 깊다고 할 수 있다. 더욱이 그 작품들이
소재나 작품의 구성, 문체까지 전혀 다른 독특한 세계를 구축하고 있
다는 점은 그의 작가적인 능력을 보여주는 것으로 작가로서의 생명력
은 오래도록 계속되리라고 생각된다.

3 결론

이상으로 김사량에서 현월에 이르기까지 <아쿠다가와 상>을 수상
한 4인의 작가와 후보에 오른 6인의 동포 작가들의 작품세계를 심사
평을 중심으로 하여 살펴보았다.

그런데 이들 작가의 작품들은 시대에 따라 큰 변화를 나타나고 있
는데 이는 작가들이 활동했던 그 시대의 일본사회와 동포들의 의식의
변화를 반영하고 있다. 최근 의 활동하고 있는 현월이나 유미리의 문
학은 민족과 조국통일을 내세우던 김석범, 이회성의 문학과도 아이덴
티티 문제로 고민하고 갈등하는 이양지, 이기승의 문학과도 다르다.
이들의 문학에는 국가와 민족 차별과 같은 문제대신 개인의 문제가
더 큰 비중을 차지하고 있으며 조선의 민족적인 냄새나 조선의 풍습
이나 신앙과 같은 향토색 및 조선인들의 저항의식 등 재일 동포문학
의 전통이 소멸되어 있다24). 이러한 작품 경향은 앞으로 더욱 심화되

---

24) 磯貝治良,「在日朝鮮人文學の昨日, 今日, 明日」,『在日朝鮮韓國人』, 三一書房,
1990, pp.173-174.

어 갈 것으로 보이는데 이들 문학을 어떻게 받아들이냐 하는 문제는 전환기에 처해있는 재일 동포문학[25]의 새로운 과제라고 할 수가 있다.

끝으로 결코 순탄하지 않았던 많은 동포 작가들이 이 상에 도전하던 과정을 생각해 볼 때, 이 상의 수상은 수상작가 개인의 작가적인 역량에 의한 것이긴 하지만, 이들 수상작가 뿐 아니라 후보 작가들의 작품이 일본문단에서 인정을 받고 결실을 맺은 결과라고 할 수 있다. 아니 이들만이 아니라 여러 가지 이유 때문에 이 상과는 인연을 맺지도 못한 채, 어려운 여건 속에서 묵묵히 창작활동을 계속해오고 있는 많은 동포 작가들의 존재 또한 잊어서는 안 될 것이다. 이들은 일본문단에서 동포문학의 존재를 인정받을 수 있을 만큼 두터운 작가 층을 이루고 있는데, 이은직, 장두식, 정귀문, 박원준, 김태생, 고사명, 양석일, 박중호, 김창생, 원수일 등이 바로 그들이다. 수상 작가들에게 보여준 국내독자들의 열렬한 관심과 성원이 이들 동포 작가들에게 보내지기를 기대한다. 동포 작가들에 대한 전반적인 문제는 기왕의 연구물[26]을 참고하기 바라며, 동포문학이 일본문단에서 주목을 받아온 이유나 동포문학에서 이 상이 갖는 의미 등은 다음 기회로 미룬다.

---

25) 磯貝治良, 「天皇制と文學」, 『民濤』7號, 1989, pp.40-42.
　　磯貝治良는 현재 동포문학 전통의 소멸과 더불어 동포 작가의 활동이 침체되고, 귀화 작가들이 일반적인 내용을 가지고 등장하는 일본 문단의 현실 등을 생각하여, 문학에서도 다시 제2의 황민화 현상이 진행되고 있다고 우려를 나타내고 있다.

26) 재일 동포문학을 다룬 주요 자료를 소개하면 다음과 같다. 임전혜의 『日本における朝鮮人の文學の歷史』(日本法政大學出版局, 1994), 林浩治의 「在日朝鮮人日本語文學論」(新幹社,1991), 磯貝治良 의 『始原の光』(創樹社, 1982), 竹田靑嗣의 『在日の根據』(國文社,1980)와 필자의 졸문 「재일 한국인 문학의 역사와 그 현황」(『일본연구』 제5집, 중앙대일본연구소,1990), 「재일교포문학 연구」(『외국문학』 1994년, 겨울) 등이 있음.

9. 재일 동포문학에 나타난
부자간의 갈등 연구

序言

　주로 재일 동포 일세들의 삶의 흔적을 모아놓은 「수기 ＝ 재일 조선인」이란 책에 「일세 여러분, 안녕하십니까. 나는 여러분이 싫습니다.」라고 시작하는 젊은 동포의 시가 실려 있다. 상당히 긴 시인데 조선의 냄새가 나는 손과 발이 보여질 때 자신들은 크게 상처를 받는다는 내용으로 극심한 세대갈등을 겪고 있는 동포사회의 한 단면을 선명하게 보여주고 있다.

　60년대 들어서면서 시작된 이러한 세대 간의 갈등문제는 아직도 해결의 실마리가 보이기는커녕, 날로 더욱 심화 되어가고 있어 동포사회에 커다란 문제로 대두되고 있다. 물론 어느 사회나 아버지와 아들 사이의 세대 갈등 문제는 존재하고 있지만, 재일동포 사회에서의 그것이 더욱 심각하게 대두되고 있는 것은 어려운 일본 사회에서 살아간다는 소위 「재일을 산다」는 그들의 삶의 조건을 둘러싸고 일어나는 문제이기 때문이다.

　구체적으로 설명하면 아버지 세대인 일세들은 조국과 일본으로부터 두 번이나 버림을 받은 기구한 삶을 살아왔다. 즉 해방 전 나라 없는 식민지 백성으로 이유민이 되어 일본으로까지 내몰린 그들을 해방이 후 오늘날까지 방치하고 있는 조국으로부터의 버림과 저임금으로 노동력을 착취하고 차별과 멸시로 고난의 삶을 강요하고 있는 일본사회로부터의 버림이 그것이었다. 이러한 일세들 입장에서 다시 자식들로부터 받는 소외와 따돌림은 세 번째 버림으로 조국과 일본사회로부터 받는 버림보다도 더욱 쓰라린 아픔인 것이다.

그러나 자식 세대인 이세들의 입장에서 보면 어려운 현실을 외면하고 언제나 향수에 젖은 채 조선만을 고집하고 강요하는 일세들이야말로 그들의 어려운 삶에 다시 새로운 짐을 강요하는 결과로 되기 때문에 이세들은 당연히 반발하는 것이다.

이러한 세대 갈등의 문제는 재일 동포문학에서도 많은 작가들에 의해 다루어져 왔던 주제 중의 하나이다. 이러한 문제는 80년대에 들어 이양지, 이기승에 의해 본격화 되었지만, 그 훨씬 이전부터 가족사적인 작품을 다룬 작가들에 의해 부자간의 갈등 문제가 다루어져 왔다. 특히 70년대에 들어 직접 조국 체험이 없는 이세 작가인 고사명, 김학영, 이회성 등은 가정 문제를 즐겨 다루고 있는 작가들인데, 그들의 작품 「산다는 것의 의미」, 「큰 바위 얼굴」, 「흙의 슬픔」은 자신의 체험을 바탕으로 한 자전적인 작품으로 실제 자신과 아버지의 모습이 이들 작품 속에 잘 나타나고 있다.

본 논문은 이들의 작품을 중심으로 자식들인 이세의 눈에 비친 아버지상과 일세인 아버지와 이세인 자식들 사이에서 벌어지는 세대 간의 갈등의 양상을 살펴보고 그 갈등이 해소 또는 실패에 이르는 모습과 그 원인을 밝혀보려고 한다. 본 논문에 사용된 텍스트는 「산다는 것의 의미」,(筑摩書房, 1986), 「큰 바위 얼굴」, 「다듬이질하는 여인」

(文藝春秋, 昭和17), 「흙의 슬픔」, 「착미(錯迷)」(金鶴泳作品集成, 作品社, 1987)이며, 인용된 부분의 말미에 있는 수는 각 텍스트의 페이지를 가리킨다.

 2 작품 속의 아버지상

고사명, 김학영, 이회성 이들은 모두 조국 체험이 없는 이세작가들이지만, 패전 후의 일본사회에서 맨 밑바닥의 고달픈 인생을 힘들게 살아가는 아버지의 모습을 잘 그려내고 있다. 그들의 모습은 해방 후 귀국한 사람들의 행렬에도 끼지 못한 가난한 노동자로서, 무지하고 감정표현이 직선적이고 거친 편이며, 솔직하고 꾸밈이 없고 순박한 사람들로 어린 시절 우리의 주위에서 보아왔던 극히 평범한 전형적인 한국 사람들로 그려져 있는데 이들 작품에 나타난 아버지상을 살펴보면 다음과 같다.

1) 「산다는 것의 의미」는 고사명 (1932—)이 1974년에 발표한 작품으로 자신의 어린 시절의 성장과정과 전쟁 전 일본에 건너온 재일 동포 일세인 아버지의 삶을 그린 기록이다. 이 작품에서 그의 아버지는 부인과 사별하고 홀아비로서 어린 두 자식을 키워가는 가난한 노동자였다. 그는 말릴 사람이 없을 정도로 고집이 세고 술과 도박을 좋아했으며 조선인은 학교에 가면 잡혀간다고 자식의 진학을 반대하여 자식들과 갈등을 빚어낼 정도로 단순하고 무지한 사람이었지만, 근본적으로 선량하고 정직하고 심지가 깊은 사람으로 어머니를 잃은 자식에 대한 애정이 깊었던 헌신적인 사람이었다.

이국땅에서 주인공 어린 두 형제와 이제 막 태어난 갓난아이를 남기고 아내가 죽었을 때부터 그의 고난은 시작되었는데 그는 홀아비로서 어린 자식을 키워야하는 어려움 외에도 가난과도 싸워야만 했다. 즉 이른 아침 집을 나서 석탄 저치장에서 막노동자로 하루 종일 무거운 석탄 광주리를 메고 난 후 집에 돌아와서 어린자식들을 위해 밥을 지어야 했던 것도, 좁고 불결한 판잣집 천정에서 떨어진 쥐에 물려 후처에게 난 자식이 죽은 것도, 이 사건 후 후처가 나가버린 것도 가난 때문이었다. 그러나 가난 못지않게 그를 괴롭힌 것은 자식과의 사이를 가로막는 언어 문제였다. 노동에 지쳐 귀가한 그가 아내도 없는 빈집에서 말이 잘 통하지 않는 철모르는 어린 자식들을 앞에 두고 침묵을 지킬 수밖에 없었는데 침묵만을 지키는 생활이 계속되어 감에 따라 아버지와 자식들 사이에 서로 의사가 단절되었던 것이다. 한번은 생활에 지친 그가 자살을 기도하다가 자식들에게 발각되고 마는데, 죽음을 눈앞에 둔 생과 사가 교차되는 긴박한 그 순간에도 살아줄 것을 일본말로 호소하는 자식들과 자식의 행운을 기원하며 죽으려는 아버지 사이에도 서로 의사소통이 잘 되지 않는 비극적인 사태를 겪어야 했다.

이와 같은 어려움 속에서도 그는 어미 없는 어린 두 자식들을 스스로 양육키로 결심을 하고, 엄격한 윤리관과 사랑으로 자식들을 꿋꿋하게 키워간다.

즉 「종이 한 장이라도 얻어오지 말 것」
「못 한 개라도 주워오지 말 것」　　(「산다는 것의 의미」, 55)

이라는 방침아래 거짓말과 도둑질은 물론이고 고자질이나 싸우다 울고 오는 것도 용서하지 않고 자식들의 볼기를 때릴 정도였다. 심지어 어린 형제에게 동전 한 닢을 준 이웃과 내 자식은 거지가 아니라고 싸움을 벌일 정도로 자식들을 강하고 엄격하게 키우려고 하였다. 그러나 이토록 엄격하기만 했던 이면에는 남다른 자식에 대한 사랑이 있다. 어린 자식이 복어찌게를 먹다가 화상을 입자 이후로는 즐기던 복어국을 입에 대지도 않았다든가, 큰 자식의 진학이 좌절된 후 소리 없이 울기도하고, 가출한 자식을 기다리며 밥을 퍼놓는 그의 모습에서 어린 자식에 대한 사랑을 읽을 수 있다.

뿐만 아니라, 그는 민족의식이 강한 사람으로 자식과 말이 잘 통하지 않는다는 비애를 절감하면서 상급학교에 진학한 주인공에게 본명 쓰는 것을 권유하고 어린 주인공에게 태극기에 대한 자부심을 은밀하게 들려주는 등 우리 것에 대한 애착과 긍지를 심어준 사람이었다. 또한 해방의 기쁨에 흥분하여 있는 다른 조선 사람들과는 달리 변함없이 공사장 일터에 나갔던 사람으로, 자식에게는 무뚝뚝하면서도 완고한 면 때문에 반발을 받기도 했지만 선량하고 정직하며 심지가 굳었던 사람으로, 고난 속에서도 애정을 가지고 자식들을 키워온 헌신적인 사람이었다.

2)「큰 바위 얼굴」은 한국인으로는 최초로 <아쿠다가와 상>을 받은 이회성(1935-)이 1972년도에 발표한 작품이다. <아쿠다가와 상>을 수상한 「다듬이질하는 여인」과 더불어 이회성 문학초기의 걸작이란 평을 받고 있는 이 작품은 아버지에 대한 진혼보로서, 희로애락의 감정이 극심했던 평범한 한국인의 모습을 간략한 서사문체로 생생하게 그려내고 있다는 평을 받고 있다.

이회성은 이 작품에서 아버지의 모습을 아주 어둡게 그리고 있다. 주인공의 회상에 의하면 그의 아버지는 술심부름을 시키고는 돈이 없어 곤란해 하는 어머니에게 '네년 밑이라도 팔아서 사오라'고 눈을 부릅뜨거나, 질투 때문에 어머니의 머리칼을 부여잡고 눈을 부라리며 「꼭 죽여야 할 새끼가 있다」하고 식칼을 들고 밖으로 뛰쳐나가는 사람이었다. 또 화가 나거나 자식들이 반항을 하면, 벌컥 성을 내며 마치 마을 어귀의 장승같이 버티고 서서 험상궂은 눈을 부라리며 마구욕을 해대는 사람이었다.

뿐만 아니라 몸에 좋다고 하면 도마뱀, 쥐, 박쥐까지도 잡아먹는 사람으로 자식의 눈물어린 애원에도 불구하고 아끼던 개까지도 잡아먹고, 힘든 돼지먹이를 운반하도록 시키면서도 월사금도 제때에 주지 못해 이를 재촉하는 주인공에게

> 「내가 돈이라도 열리는 나무로 보이느냐. 걸핏하면 돈만 달라고 조르게. 그래 네 녀석 하는 짓은 고작해야 부모를 못살게 하는 일이냐」
>
> (「큰 바위 얼굴」, 80)

하고 쏘아 붙일 정도로 무섭고도 매정한 아버지였다.

그런 반면 자식에 대한 기대와 욕심이 많은 사람으로, 씨름판에서 몇 차례 우승한 경력이 있는 자신처럼 주인공의 형들이 씨름대회에서 우승한 것을 극히 당연으로 여기고 있는 반면, 몸이 약하여 부친의 기대에 따르지 못하는 주인공을 못마땅하게 생각한다. 또 자식의 교육에도 욕심이 많아서 잔소리를 늘어놓으면서도 월사금만은 융통해오며, 대학에 가려는 주인공에게 도저히 이루어질 가망이 없는 동경대를 요구하고 있다. 그리고 자신의 기대에 따라주지 못하는 자식들을 오히려 불만스럽게 생각하는 사람이다.

> 「누구보다 인생을 오래 살아온 자기의 의견을 왜 자식들이 잘 듣지 않는가 하고 불만스럽게 생각하고 있는 것 같았다. 부모가 자식들에게 나쁜 일을 시킬 리가 없는데도 자식들은 부모의 마음을 모르고 반항만

한다는 것이다」   (「큰 바위 얼굴」, 73)

이처럼 이회성의 아버지는 술을 좋아하고, 질투가 심하며, 굉장히 난폭한 사람이었으며 자식에 대한 기대는 컸으나 그의 능력이나 심리에는 전혀 관심이 없이 매사를 자기중심으로 생각하는 유아독존적인 사람으로 자식들의 반발을 샀던 사람이었다.

3) 「흙의 슬픔」은 김학영(1938—1985)의 유고작이다. 1966년 말더듬이 문제를 다룬 「얼어붙은 입」으로 문단에 등장하였던 김학영은 이후 말더듬이, 민족문제, 아버지 문제 등을 다룬 「도상」, 「완충용액」, 「유리층」, 「착미」, 「끌」, 「알콜램프」 등을 발표하다가 1985년 1월에 돌연 자살하였다. 유고작인 「흙의 슬픔」에도 아버지 문제가 등장하는데, 다른 작품과는 달리 아버지의 폭력이 이 작품 속에서는 그의 괴로운 삶과 복합적으로 나타나 있는데 이를 재구성하면 다음과 같다.

주인공의 아버지는 어린 나이에 할머니를 따라 일본에 건너가서 겨우 열두 살에 동생과 자신의 밥벌이를 시작하여 가족에 대한 책임감을 가지고 공사판으로 나서야만 했던 사람이었다. 무학문맹인 몸 하나로 현장 인부에서 시작하여 모진 고생과 노력 끝에 시골에서 불고기집을 경영하여 토지와 빌딩을 소유할 정도로 성공한 사람으로 전형적인 교포 일세이다.

이러한 어린 시절의 쓰라린 체험 때문에 가족을 가난에 허덕이게 해서는 절대로 안 된다는 신념으로 노력한 끝에 가정을 경제적으로 넉넉하게 꾸려 왔다. 또 결핵에 걸렸던 동생을 지극히 간호한다든가, 주인공을 대학, 대학원까지 뒷받침해줄 정도로 가족에 대한 책임감과 애정이 지극한 사람이었다.

그러나 그의 비극은 어려서 부모에게 사랑받지 못한 슬픔과 한을

가족들에게 폭력을 휘두르는데서 시작되었다. 즉 어린 자식을 공사판
으로 내몰고 어머니를 자살로 몰아넣은 아버지에 대한 원망과 타국에
서 의지할 데 없는 어린 소년의 몸으로 어머니의 자살에 이어 다시
동생의 죽음을 맞이했을 때 느꼈던 울분을 가족에게 폭력으로 해소하
려 한 것이다.

그의 폭력은 저녁 반찬이라든가 집안 청소 등 극히 하찮은 것에서
시작 되는데

> 「이런 것 밖에 못하나」 그러면서 갑자기 팔을 뻗쳐 우리가 먹고 있는
> 반찬이 들어있는 식기들을 아무 말 없이 하나씩 하나씩 천천히 단호한
> 기세로 마룻바닥에 내던지기 시작하는 것입니다. 밥주발이 부서지는 무
> 섭고도 음울한 소리가 주위에 라기보다는 내 마음속에 박혀 들어오는
> 것만 같았습니다.」 (「흙의 슬픔」, 406)

욕설을 퍼부으면서 무저항으로 서있는 어머니가 쓰러질 때까지 일
방적으로 폭력을 가하는 것이었다. 그리고 주인공 남매가 두려움에 귀
를 막고 떨면서 잠자리에 들 때까지 또는 잠자리에서 깨어나는 한밤
까지 계속되는 극히 일상적으로 되풀이 되는 일이었다.

이와 같은 폭력은 삭막한 가정에서 사랑받지 못하고 자란 그의
슬픔과 한에서 표출 되어 나온 것이었지만, 결과적으로 그가 그토록
지키려고 노력을 해온 가족들에게 깊은 상처를 주었으며 그 역시
가족 특히 주인공인 자식에게 철저하게 배반을 당하는 불행을 맛보
게 되는 것이다.

3 갈등과 화해의 양상

　앞에서 작품 속에 나타나는 아버지들은 못 배워서 무식했던 사람들로, 폭력에 의지하여 가정을 다스리려고 하며 자식에 대한 지나친 관심과 기대를 가지고 있는데, 이점 때문에 그들은 한결같이 어린 자식들의 불만과 반발을 초래하여 끝내는 부자사이의 갈등을 빚어내고 있다. 그러나 주인공들이 성장하여 갈등을 해소하여가는 과정은 고사명, 이회성의 작품과 김학영의 작품은 판이하게 다르다. 즉 「산다는 것의 의미」와 「큰 바위 얼굴」에서는 어린 시절에 아버지와 갈등을 빚었던 주인공들이 성장하는 동안 아버지의 왜소한 모습을 보며 그들의 어려운 현실을 이해하여 화해를 하는데 반하여 「흙의 슬픔」에서는 끝내 화해에 이르는데 실패를 하여 대조적인 모습을 보여주고 있다.

　1) 먼저 어려운 고난 속에서 희생적으로 자식들을 돌보고 있는 고사명의 작품 속의 아버지도 어린 자식들하고 갈등을 빚어내고 있다. 즉 가난하고 어머니가 없는 거친 환경과 아버지의 엄격한 규율에 주인공은 싫증을 내고 반발을 하게 된다.

　특히 당시 조선인들의 생활은 가난하였기에 병원에 가 본 사람들이 없으며 의사가 찾아오면 그 사람은 극락행이구나 할 정도로 가난하였다. 주인공은 자라면서 하루 종일 열심히 일을 하여도 가난하게만 살아야 한다는 가난한 조선인의 삶에 의문을 품고, 조선인이라고 아이들에게 놀림을 받고 차별과 멸시를 당해야하는 사실에 분노하게 된다. 그리고 이러한 의문과 분노 때문에 그는 학교에서 일부러 규칙을 지키지 않는 문제아, 말썽을 일으키는 반항아로 성장하여 가는데, 이에 대해 오직 전통적인 봉건윤리만 신봉하여 매로 다스리려는 아버지에게 반발을 하는 것이다.

이러한 반발은 형이 상급학교에 진학을 하게 되었을 때, 현실에 순응을 하려는 고지식한 아버지가 가정 형편과 조선인은 공부하면 잡혀간다는 이유를 내세워 진학에 반대를 할 때에는 충돌을 빚어 자식의 가출이란 결과를 가져왔다. 또 중학생이 된 주인공이 조선 이름 때문에 학교에서 당해야하는 여러 가지 멸시와 구타 등의 박해를 호소할 때도 조선 이름만을 고집하는 아버지의 우직함 때문에 자라는 동안 아버지와의 갈등은 계속되었다.

특히 이 갈등의 골은 일본어를 모르는 아버지와 조선어를 모르는 자식들 사이에 서로 의사통이 되지 않는다는 사실 때문에 더욱 깊어만 갔던 것이다. 그러나 성장한 주인공은 철모르는 어린 자식들을 앞에 두고 아버지가 유일하게 할 수 있었던 이 침묵을 통하여 그 속에 담겨 있는 고난과 자식들에 대한 애정을 이해하게 되는 것이다.

> 「아버지는 자신에게 덮쳐오는 슬픔을 오로지 침묵만으로 견디어 냈습니다. 필시 깊은 침묵 속으로 빠지는 일밖에는 달리 견딜만한 도리가 없었겠지요.」 (「산다는 것의 의미」, 18)

그리고 이처럼 침묵의 의미를 이해함으로써 비로소 그토록 완고하고 엄격하기만 하던 아버지의 모습이 새로운 모습으로 보이기 시작한다. 즉 그토록 자식들을 사랑했으면서도 자식들의 행복을 빌며 자살을 기도할 정도로 가혹했던 아버지의 고난과, 가난한 홀아비로 후처와 헤어지고 두 자식을 키워가는 헌신적인 아버지의 모습이 눈에 들어올 수가 있었던 것이다. 그리고 어릴 때 반발을 하면서 맞아야 했던 매를 어미 없이 꿋꿋하게 혼자 키우기로 결심을 한 부친의 사랑의 표현으로 받아들이게 되는 것이다.

특히 전쟁이 막바지에 이르자 조선인에 대한 압박에 견디다 못해 유일한 탈출구로써 자살특공대원이 되려고 했던 주인공은 일본의 패전을 맞이하여 엄청난 충격을 겪게 된다. 즉 일본인으로 살아가려던 자신에 대한 반성과 혐오감에 빠져드는데, 이때 조선인으로 고집해온 아버지의 모습이 다시 보이기 시작한 것이다. 즉 언어가 통하지 않아 자식과 멀어져 간다는 아픔에 실감하면서도 한사코 우리말과 우리 이름을 고집하며 조선인으로 굴복함 없이 살아온 아버지를 주인공은 민족의식을 심어준 선생으로서 기억하게 되는 것이다. 그리고 이러한 아버지의 모습은 츠루미 슌스케의 말대로 일본인의 동화를 꿈꿔오며 조선이름을 부끄러워하던 철모르던 어린 주인공에게는 일종의 구원이 되었다고 할 수 있다.

2) 이회성의 작품에 나타난 아버지 역시 매사를 자기중심으로 생각하는 유아독존적인 태도 때문에 자식들의 불만과 반항을 초래하여 자식들에게 따돌림을 당하게 된다. 즉 주인공도 어렸을 때부터 아버지에 대한 두려움과 경멸과 혐오감을 가지게 된다. 씨름판에서 아버지의 기대에 따르지 못하여 못마땅하게 생각하는 아버지의 눈초리에 전전긍긍하는가 하면, 가장 아끼던 누렁이라는 개를 아버지가 동네사람들과 잡아먹었을 때는

> 「아귀와 같은 사람이라고 생각한 적이 있다. 뒈져버려라. 죽여 버리고 싶을 정도였다. 부모란 말이 무서운 인간이라는 뜻으로 마음에 새겨질 정도로 되었다」　　　　　　　　　　　　　(「큰 바위 얼굴」, 57)

고 부친에 대한 막연하나마 살의까지 품게 될 정도였다.
그러나 성장하여 고등학교에 들어갈 때는 주인공도 아버지의 화나

위협에도 익숙해서 무섭다는 생각대신 월사금을 제때에 주지 않는 부친에게 반항을 하게끔 된다. 이는 주인공 뿐 아니라 아버지와 사이가 나빠졌던 큰형 역시 마찬가지로 그는 집안이 온통 난장판이 될 정도로 아버지에게 대들었으며, 작은 형은 밤사이에 보따리를 싸고 집을 나가기가 일쑤였다. 이때껏 무저항을 보이던 주인공도 형들처럼 아버지에 반발하며 간절하게 가출을 생각하기도 하지만

> 「집을 나가고 싶다. 하루라도 빨리 어른이 되고 싶다. 중학생 때부터 그렇게 생각하기 시작했다. 집안에서 채울 수 없는 것을 밖에서 구하려고 공상하고 있었다. 공상의 세계가 현실보다 훨씬 풍요롭고 앞뒤가 잘 들어맞는 것 같았다.」 (「큰 바위 얼굴」, 75)

주인공은 형들과는 달리 고등학교를 졸업 할 때까지 가출을 하지 않는다. 월사금 때문에 학교를 그만두려고 했을 때마다 돈을 융통해 주었으며 막상 가출하려고 했을 때 울면서 매달리는 아버지를 뿌리칠 수 없었던 것이다.

> 「학교를 그만 두진 말아라. 제발 계속해서 다녀다오. 우리는 하늘천, 따지도 배우지 못했다. 아버지가 셋째자식은 글공부 따위는 필요 없다고 서당에 보내주지 않은 것이 요 모양이다. 월사금 걱정은 시키지 않을 테니 제발 끝까지 다녀다오」 (「큰 바위 얼굴」, 82)

이와 같은 아버지의 하소연에서 주인공은 어렸을 때에는 이해하지 못했던 부친의 기대와 일본에서 살아가는 아버지의 고난을 읽었기 때문이다. 즉 양돈을 하고 소 거간꾼 노릇을 하며 병아리를 사다가 키우는 등 여러 가지 노력을 해도 제때에 월사금을 내지 못 할 정도로 어려운 아버지의 생활과 고난을 이해하게 되었던 것이다. 이는 당시 조선인들의 일반적인 삶의 모습이라는 것을 알고 아버지 개인의 잘못이

아니라 사회의 구조적인 모순이라는 것을 깨닫게 되는 것이다

> 「집이 가난한 것은 아버지가 일을 잘 안하는 탓만은 아니라고 나는
> 생각하게끔 되었다. 신문을 열심히 읽음으로써 내 나름대로 사회의 모순
> 을 알기 시작한 것이다」   (「큰 바위 얼굴」, 77)

그리고 평소에 일본사회에서 조선인에 대한 불평등과 차별을 서툰
일본어로 설명하려고 하던 아버지의 한을 깨닫게 되며, 자식을 통해
그 한을 풀어보려고 하는 기대감과 교육에 그토록 집착하는 이유를
이해하게 되는 것이다.

이러한 이해는 그 순간뿐으로 그들의 갈등은 주인공이 고등학교를
졸업하고 동경에 있는 대학에 들어갈 때까지 계속되었지만, 그가 보인
아버지에 대한 화해의 첫걸음이었다. 본격적인 화해는 이보다 훨씬 뒤
인 주인공이 아버지를 두려워하지 않을 정도로 성장하면서 비로소 가
능하게 된다. 즉 대학 졸업식과 결혼식에서 쩔쩔매는 아버지의 태도를
보고 주인공은 시대에 뒤떨어진 그 왜소한 모습에 동정과 안타까움을
느끼게 되는 것이다. 이러한 연민의 정과 아버지의 고난과 한을 깨닫
게 된 사실이 주인공으로 하여금 아버지와의 화해를 가능하게 하는
것이다. 그리고 이러한 화해에 의해 비로소 삼십대 후반에 있던 주인
공은

> 「아버지의 광폭을 키워온 짐승과 통하는 아버지의 배후에 있는 坑道
> 의 어두움 속에 자신이 조선인으로서 아버지의 말을 이해하려고 한때
> 햇빛이 비치는 것 같이 느끼게 되었다」   (「큰 바위 얼굴」, 103)

그의 고백처럼 아버지의 일생을 희로애락의 감정이 풍부했던 평범
한 생애로 바라보게끔 되는 것이다.

3) 김학영의 작품 역시 아버지의 폭력이 어린 주인공에게 부친에 대한 두려움과 절망감 그리고 증오심까지 불러일으킨다. 주인공이 어린 시절 친구들과 놀다가도 저녁이 되면 아버지에 대한 두려움에 떨면서 집으로 돌아가야 했던 것이다. 대개 저녁 밥상에서 고함소리로 시작되는 아버지의 노여움은 어머니에 대한 무차별 폭행으로 바뀌어 갔는데, 어린 주인공은 하얗게 질린 채 누이동생과 오들 오들 떨면서 어머니가 한대씩 맞을 때마다 어머니의 몸이 아니라 자기의 마음이 한대씩 얻어맞는 기분으로 한밤까지 계속되는 싸움을 지켜봐야만 했다. 그러나 고등학생이 되어 어머니에 대해 폭력을 휘두르는 아버지에게 대들다가 늘씬하게 두드려 맞고 나서부터 주인공은 어릴 때부터 심어진 공포심 대신 아버지에 대한 강렬한 증오감만을 품게 된다.

그의 다른 작품 「착미」에서 주인공이 아버지에게 대들다가 두들겨 맞고 절망의 벽을 느끼게 되는 것도, 「끌」에서는 아버지에게 정신을 잃을 정도로 얻어맞고 난 주인공이 연장통에서 끄집어낸 끌을 기둥에 던지면서 살의를 달래야 했던 것도 아버지의 폭력 때문이었다.

이와 같이 작품 속에 잘 나타져 있는 부친의 폭력과 이에 대한 증오감은 자신의 원체험이라고 김학영은 고백하고 있다. 또한

> 「나의 내부에 드리운 아버지의 그림자의 크기에 내심 놀라지 않을 수가 없다. 나는 앞으로도 아버지에 대해 써 나갈 것이다. 이 세상 어느 누구보다 나에게 반응이 있는 인물이기 때문이다.」 (「흙의 슬픔」, 458)

그는 아버지의 폭력을 계속해서 작품 속에 다룰 것을 다짐하고 있는데, 실제 아버지 문제는 말더듬이 문제와 조선인 차별과 더불어 그의 문학에 일관되게 나타나는 주제이다. 그런데 이처럼 그의 작품에선 아버지의 폭력이 집요하게 나타나고 있는데, 주인공은 폭력이 빚어낸

아버지에 대한 갈등을 해소하지 못하고 있다. 바로 이 점은 아버지에 대하여 반발하고 가출을 하다가도 성장하여 가는 동안 아버지의 처지와 한을 이해하게 됨으로써 어린 시절에 겪었던 갈등을 해소하고 있는 고사명, 이회성 작품의 주인공들과 크게 다르다.

물론 김학영 작품에서도 주인공이 성장하여 감에 따라 아버지의 폭력에 대하여 괴로움을 뚝심으로 깔아뭉개려고 폭력을 휘두른다고 이해하고 있다. 「흙의 슬픔」에서는 아버지를 포악한 모습과 동시에 재일의 괴로운 상황 속에서 무거운 짐을 짊어진 존재로서 그려내고 있으며, 아버지가 완력으로 집의 질서를 유지하려고 하는 것을 폭력밖에 못 배운 그의 권리라고 얘기하고 있다. 실제 그는 「알콜램프」 이후 「자갈길」, 「유지매미」, 「끌」 등 후기작품에서는 아버지의 모습을 부드럽게 그려내고 있다.

그러나 이처럼 아버지의 폭력의 배후에 펼쳐진 세계에 대하여 이해를 하면서도 김학영 작품의 주인공은 고사명과 이회성 경우와는 달리 아버지와 화해에 실패를 하고 만다. 그것은 아버지에게 받은 상처가 고사명과 이회성의 경우에는 시간에 따라 잊혀질 수 있는 일회성의 상처였음에 반하여, 김학영 작품의 경우는 오랜 세월을 두고 지속하여 주인공을 괴롭혀 온 상처였기 때문이었다.

즉 그의 작품에는 말더듬이라는 사실 때문에 주위에게서 소외당하고 있다는 자의식에 괴로워하는 주인공이 나타나고 있는데, 주인공은 이러한 괴로움을 가져다 준 원인을 부친의 폭력에서 찾고 있다.

> 「나는 언제부터인가 자기내부에 깊이 잠기는 그런 인간이 되었습니다. 그리하여 나는 오랫동안 해가 저물기가 바쁘게 자기를 찾아오는 아픔 같은 괴로운 감정,--- 그것은 자기가 말더듬이 때문에, 눌변 때문에 인간관계가 여의치 않고 세상 자체와의 교섭도 순조롭지 않으며, 그 때

> 문에 파생하는 삶에 대한 고통이 원인이라고 생각하고 있었습니다. 그러
> 나 지금은 전혀 반대로 생각하고 있습니다. 말더듬이기 때문에 아픔의
> 포로가 된 것이 아니라, 아픔이 나로 하여금 말더듬이가 되게 한 것 입
> 니다.」
> 　　　　　　　　　　　　　　　　　　　　　　　　（「흙의 슬픔」, 410)

이처럼 주인공은 자신을 괴롭히고 있는 말더듬이의 원인이 아버지
의 폭력에 있다고 생각하고 있는데, 정작 원인 제공자인 아버지는 말
더듬이인 그에게 견딜 수 없다는 기색을 보여주고 있다. 이 때문에 그
는 주위에서 뿐만 아니라 아버지로부터도 거부당하고 있다는 생각 때
문에 무척 불안하고 외로운 생각에 시달려야 했다. 그리하여 그는 자
기내부에 깊이 잠기는 말더듬이가 되어 오랫동안 해가 저물기가 바쁘
게 찾아오는 아픔이나 주위의 세계에 동화하지 못하고 거부를 당하는
괴로운 감정을 맛보아야만 했던 것이다.

이와 같은 김학영 작품 속 주인공이 겪어야하는 괴로움의 본질에
대하여 다케다 세이지는 어떤 이념이나 화해로도 치료될 수 없는 개
인 일상의 노력을 넘어선 불우한 삶의 조건을 짊어진 고난의 핵심적
인 풍경이라고 말하고 있다. 바로 이 때문에 그는 아버지의 폭력의 배
후에 펼쳐진 세계에 대하여 이해를 하였고·화해의 욕망을 가지고 일
생동안 노력을 하였으나 끝내 실패를 하고 만다.

> 나의 여태까지 인생은 결국 자기 마음을 동여맨 악몽의 밧줄을 풀어
> 보자 풀어보자 애써 온 그것이라고 여겨집니다. 그리고 아직도 풀지 못
> 한 채로 있는 밧줄을 아픔에 가슴조일 적마다 나는 이것을 절감하지 않
> 을 수 없습니다.
> 　　　　　　　　　　　　　　　　　　　　　　　　（「흙의 슬픔」, 421)

결국 이와 같은 실패는 아버지의 폭력에서 오는 것으로, 주인공의
마음속 깊이 자리 잡고 있던 어릴 때의 상처가 말더듬이 문제와 같은

이차적인 상처를 만들고 내어 아버지와의 화해를 거부하게 하였던 것이다.

 ## 4 갈등과 화해의 갈림길

앞장에서 살펴 본 것처럼 고사명, 이회성의 작품에선 성장한 주인공들이 아버지를 이해함으로써 부자간의 갈등을 해소하고 있는데, 김학영의 경우엔 아버지의 폭력이 주인공에게 말더듬이 문제를 일으키는 깊고도 지속적인 상처를 남기게 되어 갈등문제의 해소에 실패하였다. 이처럼 고사명, 이회성의 작품에서 주인공들이 갈등문제를 해소하여 부자간에 화해를 하였는데 김학영 작품의 경우에 실패를 한 원인은 무엇일까. 이를 알기 위하여선 작가의 모습을 통하여 살펴볼 필요가 있다. 왜냐하면 이들 세 작품은 모두 작가들의 자전적인 작품으로, 아버지와 갈등을 빚어내는 주인공은 바로 작가 자신들의 모습으로, 작품에는 그들의 심리가 투영되어 나타나고 있기 때문이다.

먼저 중요한 이유 중 하나는 전자의 경우 그들은 부친과 함께 일본 사회에서 재일 조선인이라는 어려운 삶을 살아왔음에 비하여 김학영의 경우에는 이러한 체험이 없다는 점이다. 그 결과 전자의 경우엔 어린 시절의 생활 속의 역경을 거치면서 강인한 성격을 가지게 되었으며 이러한 체험을 통하여 부친의 고난을 이해하게 되며 그 고난의 바탕에 자리 잡고 있는 조선인이라는 정치적인 현실을 통해 민족적인 각성을 하게 되는 것이다.

즉 고사명은 아버지의 침묵을 통해 홀아버지로 어린 자식들을 키워야하는 아버지의 고난과 자식에 대한 애정을 이해하게 된다. 이회성

역시 열심히 일을 하지만 가난하게 살아야 한다는 아버지의 가난한 삶을 통해 당시 조선인들의 모순된 삶을 깨닫게 되는 것이다. 그리고 이러한 시각으로 다시 아버지를 바라봄으로써 그의 어두운 삶의 실체와 자식에 대한 지나친 기대감을 갖고 살 수밖에 없는 그들의 입장을 깨닫게 된다. 그리고 그러한 기대감이 자식들에 대한 애정의 표현이었다는 점을 이해하게 됨으로써 어린 시절 그토록 광폭했던 모습까지도 새로운 모습으로 보이게 되는 것이다. 이에 반해 김학영의 경우엔 이러한 체험이 없다. 그가 성장하기 전 이미 그의 아버지는 가족에게 경제적인 곤란을 끼치지 않겠다는 일념으로 자수성가를 하여 경제적인 기반을 닦아 놓았다. 그 덕분으로 아버지가 어린 나이로 고아가 되어 다른 나라인 일본에서 겪어야 했던 고초를 겪지 못했다. 그 역시 아버지의 과거 얘기를 들어서 알고는 있지만 직접 아버지와 같이 어려움을 체험한 일이 없기에 아버지의 고난에 찬 생을 머리로는 이해할 수 있어도 실감할 수가 없었던 것이다.

다음으로 고사명, 이회성이 어려운 조선인의 생활 속에 자라나면서 열심히 일을 하지만 가난하게 살아야하는 아버지의 삶을 통해 세상 구조의 모순이나 차별에 눈 떠가면서 당시 사회의 모순과 조선인의 입장을 깨닫게 된다. 그러나 아버지 덕분에 일찍부터 일본사회에 편입된 경제적으로 유복한 가정에서 살게 된 김학영은 조선인의 삶이나 민족에 대한 의식이 생겨 날 수가 없었다.

> 「많은 일본인이 한국인을 편견의 눈으로 보고 있는 것처럼, 나도 내 내부의 한국인을 편견의 눈으로 보고 있었습니다. 한국인과 일본인의 낙차랄까를 느끼고 있었습니다.」 (「흙의 슬픔」, 410)

그의 고백처럼 한국인이라는 사실을 수치로 여기게 될 정도로 민족

의식을 가지고 있지도 않고 있다. 김학영은 그의 작품 도처에 민족문
제나 정치에 무관심하고 빠져들 수 없는 자신의 냉담한 모습을 드러
내며 ,외부현실의 문제를 내면의 문제만큼이나 실감할 수 없다고 고백
하고 있다. 이와 같은 정치에 관한 무관심은 동맹의 지부장으로 활동
하며 가정에서 폭력을 휘두르고 어린 주인공에게 자신이 신봉하는 정
치노선을 강요하는 아버지의 정치관에 대한 반발에서 오기도 하지만
민족의식을 키울만한 토양에서 자라지 못한데서 오는 산물인 것이다.
이는 이회성과 고사명이 어린 시절에는 황국신민을 동경하고 일본으
로의 동화를 꿈꾸어 왔으나 그 꿈에서 깨어나 민족운동을 계속해왔던
점과는 대조적인 점으로 그가 아버지를 이해하고 화해에 이르는데 커
다란 장애 요소가 되었던 것이다.

세 번째는 그의 유약한 성격을 들 수가 있다. 그도 인정하고 있듯이
아버지 덕분에 누렸던 비교적 경제적으로 안정된 생활이 그를 유약한
사람으로 만들었다.

> 경제적으로 이렇다 할 부족함이 없이 학생시절을 보냈다는 것이, 나
> 의 경우엔 마이너스 방향으로 작용한 것이 아닌가 하는 것입니다. 아픔
> 이다. 죽음의 관념이다 하는 것을 언제나 불식시키지 못하는 유약한 인
> 간이 된 것은 그것이 나의 커다란 요인이라고 생각하고 있습니다.
> (「흙의 슬픔」, 422)

이처럼 평온했던 환경에서 자란 그는 자신의 작품의 주인공처럼 문
제를 밖으로 해소하지 못하고 자신의 내부에 초점을 맞추어 파고드는
상처받기 쉽고 내성적이며 나약한 성격을 갖게 된 것이다. 바로 이점
이 아버지에게 받은 어린 시절의 상처를, 일회성의 상처로 극복할 수
있었던 이회성이나 고사명과 달리, 끝까지 극복하지 못하고 아버지를
자신의 말더듬이로서의 이중의 고난을 가져다 준 가해자로서만 이해

하고 있는 것이다.

특히 김학영은 대학, 대학원은 물론이고 결혼 후까지 아버지에게 경제적인 도움을 받았다고 하는데 아버지에게서 독립하지 못한 바로 이점이 화해하는데 실패를 가져왔다고 생각된다. 중학을 나온 후 생활 전선에 뛰어든 고사명이나 고학으로 대학까지 졸업을 한 이회성의 경우에는 그들이 아버지에게 떳떳할 수 있었음에 반하여 그는 항상 아버지에 대하여 열등의식을 불러일으키고 있다.

「착미」라는 작품에서

> 「대학을 졸업하자 대학원에 진학했다. 아무리 세월이 흘러도 아버지와 충돌 사건은 나의 뇌리에서 지워지지 않았고 아버지가 보내주는 학비를 받을 때마다 나는 그 충돌사건이 생각났다. 생각하면 할수록 자조에 빠졌다 아버지를 미워해도, 아버지에게 반항을 해도 이 아버지의 원조가 없으면 나는 공부는커녕 살아가기조차 힘든 것이다.」
>
> (「착미」, 203)

이처럼 자신에겐 아버지를 비난할 자격이 없다고 자책하고 있는 주인공처럼 김학영 역시 어릴 때부터 두려워하고 미워하며 도덕적으로 비난을 해온 부친에게 계속해서 성인이 되어서 까지 도움을 받아야 했던 것을 심약하고 도덕적 결벽성이 있는 그가 견딜 수 없는 수치로 여겼을 것이다. 그리고 항상 아버지에게 맛봐야 했던 열등의식과 패배감 때문에 아버지와 긴장관계를 해소하기가 어려웠을 것이라는 점은 짐작할 수 있다.

네 번째로 김학영의 아버지는 너무 강인한 사람이었다. 물론 고사명의 아버지도 이회성의 아버지도 몸 하나로 자식들을 키워 온 강인한 사람들로써 자식들의 어린 시절에는 폭력에 반발을 받아 왔다. 그러나 자식들 앞에 약자의 나약해진 모습으로 나타남으로써 자식들이 어렸을 때 가졌던 두려움을 해소하고 경멸과 혐오감이 사라져 화해를 할 수 있게 된다. 즉 고사명의 경우는 아버지의 눈물과 침묵을 통하여 가난 속에서 홀아비로 어린 형제를 키워 가야만 하는 아버지의 고난을 이해하게 된다. 이회성도 두 형에 이어 그가 가출하려고 할 때, 울며 매달리는 약한 아버지의 모습이나 대학 졸업식과 결혼식 때 시대에 뒤떨어진 아버지의 왜소한 모습을 보고 주인공은 동정과 안타까움을 느끼게 되며, 연민의 정을 느끼게 된다. 즉 성장한 자식들은 이제까지 자신을 억압해온 아버지가 아니라 이제는 자신이 돌보아야 하는 나약한 아버지를 발견하게 되는 것이다. 김학영의 경우도 「착미」에서 폭력을 휘두르는 아버지에 맞서 대항하던 주인공이 의외로 체력이 약하고 비틀거리며 위축되어 있는 아버지를 발견했을 때, 죄책감을 느꼈다는 데서도 알 수 있다.

> 「나는 자신이 저지르려고 하는 일을 문득 깨달았다. 아버지의 몸을 잡고 있는 내손이 갑자기 무척이나 죄 많은 손처럼 느껴졌다. 이미 마른 고목과 같은 느낌을 자아내고 있는 아버지의 육체, 나는 그 팔뚝을 잡고 있으면서 거기에서 아버지의 역사를 느꼈다. 그 묵직한 역사의 무게가 팔을 잡고 있는 나의 주제넘은 비판 같은 것을 용납하지 않는 것처럼 보였다.」
>
> (「흙의 슬픔」, 217)

그러나 끝내 김학영의 아버지는 강한 생활력과 의지를 가진 아버지로서 결코 자식에게 약한 모습을 보여 주고 있지 않는 언제까지나 당당한 모습으로 건제하고 있다는 점이다. 자식은 어렸을 때 아버지에 의지하려 하지만 커가면서 그를 맞서려는 대립적인 관계를 유지하다 늙은 아버지를 보호의 대상으로 삼는 게 인간의 통상적인 부자관계이다. 그런 점에서 너무 강인했던 김학영의 아버지는 김학영에게 대결의식만을 불러일으킨 것 같다.

마지막으로 이들 작품을 쓸 당시의 사정을 살펴보면「산다는 것의 의미」는 고사명이 결혼 후 어린 시절의 아버지를 회상하여 쓴 작품이며,「큰 바위 얼굴」역시 삼십대 후반의 이회성이 죽은 아버지를 회상하며 쓴 소설이다. 작가의 말대로

> 「최근에 들어서 나는 아버지를 회상하는 일이 많아졌다. 소년시절 그토록 무서웠던 아버지에 대한 감정은 이젠 세월이 현명하게 도태시켜 준 것이다.」　　　　　　　　　　　　　　（「큰 바위 얼굴」, 103）

아버지에 대한 기억은 회한의 기억들만 남았을 뿐 증오와 경멸 등, 모든 감정들을 세월 저편으로 사라져 버렸던 것이다. 이에 반해 김학영의 경우 그의 아버지는 건장하게 생존하여 있었던 것이다. 김학영 자살 직후 문상객을 맞이하는 모습이 조금도 흐트러짐이 없을 정도로 건재하고 당당했던 것이다. 이처럼 강한 모습이 만년의 그의 작품에 나타난 아버지에 대한 유화적인 모습에서 더 적극적으로 진전하여 화해에 이르지 못하게 한 이유가 되었을 것이다. 가정이지만 그의 아버지가 좀 더 일찍 죽었더라면 작품 속의 아버지의 모습은 달라졌을 것이다. 적극적인 화해에 이르지는 못했을지라도 작품 속의 모습보다 훨씬 더 유화적으로 그려져 있지 않았을까 한다.

이상 살펴본 것처럼 고사명과 이회성의 경우 어려운 고난을 같이 체험하고 성장함에 따라 자신이 보호해야 할 연약한 아버지의 모습을 봄으로써 긴장관계를 해소하게 된다. 그러나 김학영의 경우에는 부친의 고난을 몸으로 체험할 기회를 상실함으로써 그를 이해하는데 실패하게 된다. 뿐만 아니라 아버지의 보호아래 길러진 나약하고 여린 그의 심정에 남아있는 부친과의 긴장관계 때문에 해소되지 못하고 마는 것이다.

 **5 결론**

　이상 고사명, 이회성, 김학영의 작품 속에 나타난 아버지의 상과 부자간의 갈등과 화해의 양상들을 살펴보았는데 이를 간단하게 요약하면 다음과 같다.

　먼저 세 작품 속의 아버지의 모습을 살펴보면 모두 전형적인 한국인의 모습으로 그려져 있다. 즉 고사명의 아버지는 가난한 노동자로써 고지식하고 무지하며 심지가 깊고 봉건적인 윤리관에 잡혀있는 사람이다. 그러나 그는 지극히 자식에 헌신적인 사람으로 어미 없는 두 어린 자식을 한없는 애정과 봉건적인 윤리관 그리고 민족의식을 가지고 키워가고 있다. 이회성의 아버지는 술을 좋아하고 질투가 심하며 난폭하며 자식들에게 무섭고 매정한 아버지였다. 반면 자식에 대한 기대가 크고 교육에 대한 집착이 큰 사람이나 자식의 심리를 몰라주는 유아독존격인 사람이었다. 김학영의 아버지는 어려서부터 공사판으로 뛰어들어 자수성가한 사람으로 가족을 지키려는 집념이 강했으나 삭막한 가정에서 사랑받지 못하고 자란 한을 가족을 상대로 하여 폭력으로 해소하려는 사람이었다. 이들은 모두 배우지 못하고 이국땅에서 어렵게 살아가는 사람들로 어려운 삶 가운데 가족에 대한 애착이 대단한 사람들이나 자식들의 심리에 무지하였다.

　그런데 자기 방식대로 휘두르는 부친의 폭력과 삶의 방식에 대하여 주인공들은 한결같이 두려움을 느낌과 동시에 반발을 하여 부자간의 갈등을 빚어내고 만다. 먼저 고사명의 경우 어머니 없는 가정환경과 엄격한 아버지의 매에 반발을 한다. 그러나 특히 조선인의 가난과 조선인에 대한 편견과 차별을 강요하는 사회와 조선인을 고집하는 아버지사이에 많은 갈등을 자아내고 있다. 그러나 그는 성장함에 따라 아버지의 고난에 찬 삶과 그의 헌신적인 희생 그리고 조선인으로써의 아버지의 모습을 발견하고 그와의 갈등을 해소하게 된다. 이회성 역시 난폭하고 무섭고 자기중심적인 아버지에 반발을 하고 갈등을 빚어낸다. 그러나 그는 가출을 만류하는 아버지의 눈물을 통하여 그의 삶과 자식에 대한 기대를 이해하게 되며 훨씬 뒤 성장한 후에는 나약해진 그의 모습을 보고는 자신이 보호해야 할 대상으로 인식함으로써 화해를 하게 된다.

이에 반해 김학영은 아버지와 화해하는데 실패하고 만다. 그 역시 그의 아버지의 폭력을 부모로부터 사랑받지 못하고 자란 슬픔에서 나온 것으로 이해하고는 있지만, 폭력은 그에게 단순한 폭력으로만 그친 것이 아니라 말더듬이 현상과 정치현실에 대한 무관심내지 혐오감이라는 이차적인 상처를 주었던 것이다. 바로 이차적인 상처때문에 그는 아버지를 이해하는데 실패하고 자살로 그의 인생을 마감하고 만다.

이처럼 이회성과 고사명의 경우 성장한 후 자식들이 아버지를 이해하고 갈등관계를 해소하였는데 김학영의 경우엔 부자관계의 화해에 실패하여 갈등을 해소하지 못하고 만다. 그 이유는 다음과 같은 점에서 찾아볼 수가 있다.

먼저 고사명과 이회성의 경우 어려운 고난을 같이 체험하였는데, 그의 아버지들의 어려운 삶을 이해하고 민족의식을 각성하게 되며 성장함에 따라 자신이 보호해야 할 연약한 아버지의 모습을 봄으로써 긴장관계를 해소하게 된다. 그러나 김학영의 경우에는 부친의 고난을 몸으로 체험할 기회를 상실함으로써 그를 이해하는데 실패하게 된다. 뿐만 아니라 여유 있는 가정환경아래 길러진 나약하고 여린 그의 심정 때문에 어린 시절 아버지에게 받은 상처는 해소되지 못하고 말더듬이라고 하는 이차적인 상처를 만들어내고 있다. 또한 자신에게 이러

한 상처를 안겨준 아버지한테서 오래도록 계속해서 경제적인 도움을
받아왔는데, 이에서 오는 심적 부담과 함께 이처럼 약한 자신과는 달
리 언제까지나 그 앞에 건재하고 있는 강한 아버지 상이 그로 하여금
아버지와 긴장관계를 해소하고 화해에 이르지 못하고 말았다.

10. 소외감과 내향적인 김학영의 문학세계
「얼어붙은 입」과 「흙의 슬픔」을 중심으로

 서언

　재일동포 작가 김학영 (1938—1985)은 일본문단에서의 높은 지명
도에도 불구하고 우리에게 그다지 잘 알려져 있지 않은 작가이다. 그
는 작가로서 살았던 전 생애동안 오로지 말더듬이의 슬픔, 부친과의
불화, 민족적인 소외감 등을 소재로 한 많은 작품을 남겼다. 소외받고
있는 인간의 눈길을 통해 우리들의 삶에 올바른 양상을 제시해 주고
있는 그의 작품은, 일본문단에서 최고의 권위를 자랑하는 <아쿠다가
와 상> 후보에 여러 차례 오를 만큼 널리 인정을 받아왔다. 그의 작
품은 <재일>의 어려움, 즉 조선인도 일본인도 아닌 채로 살아가는
<반쪽바리>라는 재일동포들의 불안스러운 실존이 설득력 있게 묘사
되어 있다. 그러나 작가의 시선이 내부로만 향하고 있는 자성적인 작
품세계는 우리에게 비교적 잘 알려진 김달수나 이회성 같은 재일동포
작가의 작품과는 상당히 이질적인 것이었다. 바로 이 때문에 전형적인
자전작가로서 그의 소설 속에 등장하는 주인공만큼이나 내향적인 삶

을 살다간 그의 삶은 우리에게 잘 알려져 있지 않고 있다.

김학영은 일본 군마현 출신으로 본명은 김광정인데, 어릴 때는 야마모토라는 일본식 이름을 사용했으나, 동경대 이학부를 거쳐 동대학원에 입학, 중퇴했는데 이때 민족적인 각성을 하면서 본명을 사용했다. 동경대 재학 중 시가 나오야(志賀直哉), 나쓰메 소세키(夏目漱石), 토스토에프스키 등의 영향으로 문학에 눈을 뜨게 되었다. 동경대 문학부의 동인지『신사조』에 참여하여 1966년「도상」을 발표였으나, 본격적인 작품 활동은 같은 해, 말더듬이기에 주위의 세계로부터 거부당하고 있는 주인공의 소외감을 다룬「얼어붙은 입」으로 <문예상>을 받으며 일본문단에 등장하면서부터 시작하였다. 그는 이후「도상」(1966),「완충용액」(1967),「유리층」(1968) 등 비교적 초기 작품에서 부터「착미」(1971),「알콜램프」(1972),「겨울빛」(1976),「끝」(1978) 등을 거쳐「이름 없는 사람」(1984),「흙의 슬픔」(1985) 등 만년의 작품에 이르기까지 말더듬이 또는 조선인이기에 주위에서 거부를 당해야하는 소외감이나 부친과의 불화 그리고 사랑 없는 가정의 파탄 등의 문제를 지속적으로 다루었다.

본 논문은 김학영의 문학세계를 살펴보는 것을 목적으로 하고 있다. 이러한 연구는 이전에도 몇몇 연구자에 의해 이루어졌는데[1], 대개의 경우 연구 대상이 작품을 통하여 그의 문학에 나타나고 있는 주제나 소재와 같은 문제만으로 한정되어 있다. 본 논문에서도 이들 연구의 성과인 반쪽바리, 말더듬이, 아버지의 폭력에 관한 문제들을 살펴보기

---

1) 김학영에 관한 주요 선행연구는 다음과 같다.
竹田靑嗣,「金鶴泳」,『在日という根據』(國文社,198)
───────,「苦しみの原質」,『金鶴泳作品集』(작품社,1986)
林　浩治,「孤立した言語と死」,『在日朝鮮人日本語文學論』(新幹社1991)
磯貝治良,「在日朝鮮人文學の世界」, (『三千里』,1979,冬號)
黑古一夫,「在日韓國人文學の現在」, (『民濤』創刊號,1987,11)
北田幸惠,「在日する場の意味」, (『民濤』創刊號,1987,11)

로 하지만, 한걸음 더 나아가 이들 연구가 소홀하게 다룬 시대적, 사회적 배경과 그의 죽음 문제까지를 다루려고 한다. 즉 단순히 작품만이 아니라 그가 활동했던 사회적 시대적 배경을 가지고 그의 자살의 원인을 살펴보고 그의 죽음이 나타나 있는 문학의 본질을 규명하려는 것이다. 본 논문에서는 그의 많은 작품 중에서 「얼어붙은 입」과 「흙의 슬픔」을 주요 대상으로 했다. 그 이유는 김학영은 전 생애동안 한 가지의 문학적 과제를 일관되게 추구해온 작가로서, 데뷔작과 유고작인 이들 작품에는 20년이나 되는 시차에도 불구하고 그의 문학세계가 가장 선명하게 나타나고 있기 때문이다.

끝으로 본문 인용은 『김학영작품집성』(작품사, 1986)에 수록된 작품에 의한 것으로 숫자는 작품집의 페이지를 나타냄을 밝혀둔다.

2 정치현실 문학에서 적응과 정착의 문학으로

김학영의 작품세계를 이해하려면, 먼저 그가 활동했던 60년대에서 80년대의 초반까지 재일 동포 사회의 실정과 작가들의 활동을 살펴보는 것이 중요하다. 이 시기는 동포사회가 조국과 일본사회의 현실에 민감하게 반응하고 투쟁하느라 분주하던 시기였다. 즉 고국의 정치현실은 남북이 분단 대치된 채, 북한에는 40여년이 넘는 일당 독재체제의 세습왕조 정권이 들어서고, 남한 역시 5.16이후 유신체제에 이어 10.26사태와 광주민주화 운동을 계기로 군사독재 정권이 들어섰으며 민주화를 요구하는 국민들의 저항으로 사회가 매우 혼란스러운 시대였다. 한편 일본사회의 현실문제로는 이진우[2], 김희로[3] 사건에서 알 수 있는 것처럼 소수민족으로서 재일조선인이 겪어야 하는 각종 차별

과 멸시 등 여러 가지 모순과 갈등이 동포사회에서 커다란 사회문제
로 대두되기 시작하였다. 특히 1970년에는 소위 '히타치(日立)취직차
별 문제[4]가 발생, 이 문제의 재판투쟁을 지원하기 위한 단체가 결성
되는 등 본격적인 시민운동이 일어났다. 이 사건을 계기로 동포사회에
서는 일본에서의 정착과 적응문제가 공론화되기 시작했으며 특히 일
세들의 수가 감소하고 모국에의 직접 체험이 없는 이세들의 수가 크
게 증가하자 이러한 논의가 본격화 되었다. 그리하여 여태껏 조국만을
지향하고 귀화는 민족배반이라고 여기던 기왕의 이분법적인 사고를
탈피하고 새로운 재일의 삶을 모색하자는 제 3의 길[5]이 대두되기도
했다.

이처럼 동포사회에서 의식이 바뀌어가자 동포문학에 있어서도 새로
운 변화가 일어났다. 즉 이전 작가들의 일제의 만행을 고발하거나 조
국의 정치 현실을 다루었던 작품 성향은 서서히 퇴조하게 된다. 그 원
인으로 일본사회에 있어 좌경화의 퇴조현상과 남북의 대치상태가 고
착화되어 통일의 전망이 어두워졌다는 정치현실을 들 수 있다. 이러한
조국의 정치현실에 대한 실망감은 작가들로 하여금 조국의 현실에서
일본 사회와 개인의 문제로 눈을 돌리게 한다. 그리하여 자신의 고난

---

2) 1958년 재일동포소년 이진우가 小松川고교 야간부 여학생을 살해한 사건으로 범행
   뒤에는 가난한 가정환경과 일본사회의 차별이 있음이 밝혀졌다. 일본사회의 많은
   구명운동에도 불구하고 그는 최고재판소에서 사형이 확정, 집행되었으나 일본사회
   에서 조선인 차별문제가 대두되는 계기가 되었다.
3) 1968년 재일동포 2세인 김희로가 조선인에 대한 모욕발언을 한 폭력배 간부 두 사
   람을 사살하고 寸又峽의 온천여관에서 숙박객을 인질로 삼고 농성에 들어갔다. 민
   족차별 문제가 일본에서 여론화 되는 계기가 된 사건으로 김희로는 무기징역을 선
   고받고 현재 복역 중이다.
4) 1970년 동포2세 박종석은 히타치제작소에 채용되었으나 후에 재일동포라는 이유로
   채용취소 통지를 받았다. 박군은 이에 소송을 제기하여, 4년 만에 승소, 채용되었다.
5) 1978년 김동명은 『조선인』이란 잡지의 대담에서 '조국지향과 귀화라는 이분적인
   사고를 지향하고 귀화하고도 조선인으로서의 삶을 모색해야 한다'는 당시로는 파격
   적인 주장을 하여 동포사회에 많은 논란을 일으켰다.

스러운 일본생활의 고통을 담은 개인의 고난사와 일본에의 정착과 적
응을 다룬 작품들이 나타나기 시작하였다. 즉 어린 시절의 조국 체험
과 가난과 학업 때문에 어린나이로 일본에 건너와서 겪게 되는 고난
스런 삶을 그린 김달수, 장두식의 전통을 이어 김태생, 고사명, 정승박
의 개인 고난사적인 작품과 일본사회에 있어 취업, 연애, 결혼문제에
대한 차별과 편견, 귀화문제, 부모와 자식 간의 갈등 등 세대차 문제
들을 본격적으로 다룬 김학영, 이회성의 작품들이 바로 그것이다. 그
러나 개인의 고난을 주로 다루고 있는 이들 작품들은 비정주성(非定
住性)과 조국에 대한 회귀의식이 진하게 남아 있다는 점에서 김학영
이나 이회성 같은 이세들의 작품과는 큰 차이가 있다.

3 김학영의 작품 세계

일반적으로 김학영 문학에 있어서 일관성 있게 나타나는 주제로는
반쪽바리 문제, 말더듬이 문제와 함께 아버지 문제를 들고 있는데[6], 실
제로 그의 거의 모든 작품에는 반쪽바리로서 살아가는 어려움과 말더
듬이라는 자의식에 괴로워하는 말더듬이 문제 그리고 아버지의 폭력
문제가 잘 나타나 있다.

1) 반쪽바리 문제
먼저 반쪽바리 문제를 다룬 작품으로 일본인이 조선인에게 던지는
차별과 편견의 시선을 의미하는 「눈초리의 벽」과 「도상」이라는 작품

---

6) 이들 문제는 竹田靑嗣, 黑古一夫에 의해 김학영 작품의 주제로 연구되어 왔다.

이 있다. 「눈초리의 벽」에서 T대학 박사과정 재학 중이던 주인공은
조선인이라는 사실 때문에 일본인 애인으로부터 거절당하고, 가정교
사 자리에서도 쫓겨나며 취직문제 또한 해결되지 않고, 대신 교수로부
터 귀화할 것을 권유받는다. 「도상」에서도 주인공 신수영을 사랑하
던 후미꼬가 홀어머니의 반대를 무릅쓰면서까지 조선인과 결혼할
생각이 없다고 밝혀옴으로써 그들의 애정은 파국을 맞이한다는 내
용이다. 이처럼 조선인에 대한 차별 때문에 애인에게까지 거부를
당해야 하는 주인공들을 통해 반쪽바리라는 재일 조선인의 어려움
이 「완충용액」, 「유리층」 등과 같은 작품에도 설득력 있게 묘사되어
있다.

　이처럼 일본사회의 차별과 편견을 다루고 있지만 김학영의 작품은
이회성 작품과는 그 성향이 크게 다르다. 이회성에게도 일본사회에서
의 차별과 편견을 고발하는 작품들이 있는데, 조선인 주인공과 조선인
의 가정에서 자라난 일본인 가야고라는 두 남녀의 애정과 파국을 그
린 「가야고를 위하여」와 동포사회와 일본사회에서 따돌림을 당한 채
분신자살을 하는 귀화한 동포 청년의 갈등을 그린 「반쪽바리」가 바로
그런 작품이다. 이회성의 작품이 적극적으로 차별을 고발하고 있는데
반하여7), 김학영의 작품에는 일본사회에 대한 민족적인 분노나 저항
이 표출되거나 민족적인 각성이 나타나지 않고, 모든 문제의 시각이
자신의 내부로 향하고 있는 것이다. 그리하여 작품 속에는 여인들에게
필사적으로 사랑을 갈망하면서도 자신감을 상실한 채 여인들과의 사
랑이 파멸로 끝날 것을 예감하며 또 애인들로부터 결별을 통고받고

---

7) 西鄕竹彦, 『伽倻子のために』の解說, (新潮文庫, 1985)
　　西鄕竹彦는 이회성의 소설을 「재일동포가 살아가는 일본사회가 가지고 있는 여러
　　가지 문제점과 모순을 조명한 사회문제 소설로서, 이러한 문제는 전후의 일본문학
　　의 역사에 있어 최초로 작가에 의해 날카로운 메스가 가해졌다」고 평하고 있다.

물러서는 다가서지 못하고 괴로워하는 주인공들이 나오고 있다[8].

원래 조선인 차별이란 이유 없이 약자에게 가해진 일본사회의 뿌리 깊은 병리 현상으로, 결코 동포들의 문제가 아니고 오히려 일본 사회가 해결해야 할 문제인 것이다. 다민족사회로 이루어진 중국이나 미국과는 달리 일본사회는 재일동포들에게 극심한 차별정책을 가해 민족성을 지키며 살아가기 어려운 환경을 조성하였으며, 동포 2세, 3세들은 조선인도 일본인도 아니라는 '반쪽바리' 콤플렉스와 '경계인' 심리를 갖게 되었다[9].

이의 극복은 일본 사회에서 민족적인 각성을 하고 조선인으로서 긍지를 가지고 살아갈 때만이 가능하며 민족적인 자각 없이는 극복하기 어려운 커다란 멍에이다. 그러나 조국체험이 없는 재일동포 이세가 일본사회에서 자기 민족성에 눈뜨고 조국에 상응하는 형태로 살아가려는 것은 현실적으로는 대단히 어려운 일로서, 김학영 작품 속에도 한결같이 민족의식을 갖고 있지 않는 주인공들이 등장하고 있다. 즉 민족의식을 부르짖고 조직 활동을 하는 이에 대하여 불신을 나타내고 학생운동을 권하러 온 친구를 정치적인 인간이라고 혐오감을 나타내거나, 4.19가 일어났을 때 조국의 현실에 흥분하는 동포들과는 달리 이를 실감할 수 없다고 토로하고 있다.

> 정치적인 인간이 왔구나.---요컨대 그는 한 인간을 인간으로서 인정하느냐 인정하지 않느냐의 기준을 공산주의에 두고 있다. 그리고 그 인간이 공산주의자냐 아니냐에 따라 달리 취급하고 있는 것이다. 그에 의할 것 같으면 모든 조선인은 공산주의자가 아니면 안된다는 논리이다. (「얼어붙은 입」, 83)

---

8) 安岡章太郎씨는 이러한 김학영의 소설을 무언가 말하고 싶은 것을 침묵으로 전하려고 한 침묵소설이라고 평하고 있다.
9) 노마 필드 「선망과 권태와 수난을 넘어서」, (「창작과 비평」, 94, 봄), p.24.

244 재일 동포문학 연구 입문

> 큰 일이 일어났다. 그러나 그의 마음속에는 큰 일이 일어났다고 생각
> 해야만 한다는, 실감이 동반하지 않은 의무감 같은 것이 섞여 있는 듯
> 했다. (「완충용액」, 438)

이처럼 김학영의 작품 도처에는 정치에 무관심하고 민족문제에 빠
져들 수 없는 주인공들의 냉담한 모습이 들어나고 있는데, 이는 김학
영 자신의 분신으로 생각된다. 실제 일본에서 자란 자신에게 민족의식
은 애초부터 존재하지 않았으며 일본어로 글을 써오는 도중에 민족의
식을 깨닫게 되었다고 고백하고 있다10). 이와 같은 정치에 관한 무관
심이나 민족의식에 대한 불감증은 그의 경우 민족의식을 키울만한 토
양에서 자라지 못한 것도 이유이지만, 조직의 간부로 활동하며 가정에
서 폭력을 휘두르고 자신이 신봉하는 정치노선을 어린 주인공에게 강
요하는 아버지의 정치관에 대한 반발에서 나오는 산물인 것이다. 즉
6.25 전쟁 중 그는 아버지의 노여움을 피하기 위하여 신문기사를 아
버지가 바라는 쪽으로 거꾸로 읽어주어야만 했다. 그에게는 어느 쪽이
이기느냐가 문제가 아니라 전쟁이 빨리 끝나서 전쟁기사가 실리지 않
았으면 좋겠다고 생각했을 정도였다11)고 회고하고 있다.

그런데 차별에 대항할만한 민족의식을 갖고 있지 못한 사람들이 오
랫동안 어느 계층이나 집단 안에서 차별을 받게 되면 그들은 사람들
에 대한 도덕적 냉소주의가 일어나기 쉽다12)고 한다. 그리고 자기 자
신에 대한 신뢰를 상실하고 무력감과 열등감에 사로잡히게 되며 자신
이 조선인이란 사실을 부정적인 눈으로 바라보게 되고 이를 은폐하려
는 고통을 감수하게 된다. 그의 작품속의 주인공들이 민족의 이념에
동화하지도 못하고 일본사회에 적극적으로 안주하지도 못하는 괴로움

---

10) 『金鶴泳作品集成』「一匹の羊」, 作品社 1986, p.441
11) 『金鶴泳作品集成』「一匹の羊」, 作品社 1986, p.436
12) 지명관, 「문화적 소수민족의 가능성」(『문학사상』, 1973년), p.322

에 직면하고 있는 것도 바로 이 때문이다.

> 나는 중간자였다. 일본인과 조선인 사이의 중간자. 그것도 일본인이기
> 도 하고 조선인이기도 한 것 같은 적극적 플러스의 중간자이기보다는,
> 오히려 일본인도 아니고 조선인도 아닌것 같은 마이너스의 그것이었다.
> 나는 동포인 정용신을 외국인으로 보았고, 그런 나는 내 자신이 동포처
> 럼 생각했던 일본인으로부터는 외국인으로 취급받았으니-- 나는 글자
> 그대로 어중간한 인간일 따름이었다. (「착미」, 174)
> 많은 일본인이 조선인을 편견의 눈으로 보고 있는 것처럼, 나도 내속
> 에 있는 조선인을 편견의 눈으로 보고 있었습니다. 조선인과 일본인 사
> 이의 낙차라는 것을 느끼고 있었습니다. 그 낙차가 나와 당신사이에 가
> 로놓인 절대적인 거리처럼 여겨졌습니다. 필경 자신과는 인연이 없는 여
> 성이라고, 마음속으로 생각하였습니다. (「흙의 슬픔」, 402-403)

이처럼 그의 작품에는 조선인도 아니고 일본인도 아닌 주인공들이
등장하는데, 작가는 <반쪽바리>로서 피차별을 체험하고 일본인의 편
견적 시선 속에서 아이덴티티에 대한 갈등으로 고민하고 있는 재일조
선인의 숙명을 설득력 있게 묘사하고 있다.

2) 말더듬이

이러한 반쪽바리와 함께 그의 작품 속에 등장하는 또 다른 소재이
자, 테마의 하나는 <말더듬이>라는 생리현상으로, 「도상」, 「완충용
액」, 「유리층」 등에는 말더듬이라는 사실 때문에 괴로워하는 주인공
이 나타나고 있다. 특히 김학영은 문단 데뷔작인 「얼어붙은 입」 속에
그 제목이 상징하는 바와 같이 말더듬는 문제로 괴로워하는 주인공을
등장시켜 말더듬이의 괴로움을 자세하게 묘사하고 있다. 이공계 대학
원생인 주인공 규식은 연구발표를 앞두고 주기적으로 찾아오는 말더
듬이 버릇 때문에 악전고투를 한다. 그는 매일 신문을 읽으며 말더듬

이 교정연습을 오년동안이나 계속해왔지만, 말을 더듬는 버릇은 조금
도 고쳐지지 않는다. 말을 더듬는다는 사실은 남들은 그냥 지나칠 수
있는 극히 하찮은 문제에 불과하지만 정작 말더듬이 당사자는 결코
인정하고 싶지 않지만 어쩔 수 없이 자신이 말더듬이라는 사실을 인
정해야 하는 굴욕감을 맛보게 된다. 그리고 이 굴욕감 때문에 다시 말
을 더듬게 되고, 그때마다 다시 굴욕감을 맛봐야 하며, 그 굴욕감이
다시 말을 더듬게 하는 등 악순환이 계속해서 되풀이된다. 다케다 세
이지는 이를 자신의 일상세계에서 따돌림을 당하는 괴로움으로서, 본
인과는 전혀 인과 관계가 없으며, 결코 타인과 나누어 가질 수 없는,
자기 혼자서 참고 견디어야 하는 불치의 괴로움이며, 민족이나 조국과
같은 어떤 이념이나 가치로 극복할 수도 없는 괴로움[13]이라고 설명하
고 있다. 또 그것은 주인공이 말더듬이 보다 더한 고뇌, 말더듬이를
잊을 만큼 훨씬 더 큰 고뇌와 만나고 싶다고 토로할 만큼 다른 사람
이 보기에는 사소한 고뇌이지만 그 어느 것보다 심각하며 시급하게
치료해야 할 문제인 것이다.

> 나로서는 어떻게든지 해결해야 할 가장 시급한 문제가 이 말더듬이
> 현상이다. 그것만이 가장 절박하게 나를 감금해놓고 있는 문제거리이며,
> 거기에 비해서 한일회담 따위는, 아니 그뿐 아니라 모든 정치문제는 나
> 에게 거의 아무런 문제거리도 될 수 없는 것이었다. 내가 외쳐야할 쉬프
> 레 히코르는 '대일굴욕외교 반대'가 아니라 오히려 '말더듬이 퇴치'였던
> 것이다.   (「얼어붙은 입」, 85)

작가는 민족이나 차별과 같은 다른 어떤 외부현실의 문제도 말더듬
이라는 내면의 문제만큼이나 실감할 수 없다고 고백하고 있는데 그것
은 어떤 개인의 노력이나 의지로는 치료될 수 없으며, 다른 누구에게

---

13) 竹田青嗣, 「苦しみの原質」, 『金鶴泳作品集成』 (作品社,1986) p.448—468 참조

도 털어놓을 수 없는 괴로움이다. 그러기에 작품속의 주인공은 말을 더듬기 때문에 다른 사람과의 관계에서 자신이 얼마나 많은 상처를 받아 왔으며 남모르는 소외감에 시달리는지를 호소하고 있다.

이러한 소외감 때문에 그는 대학에 갓 입학하였을 때 말더듬이라는 이유 하나만으로 같은 과 친구인 이소가이와 동료의식을 느끼고 급격히 친해진다. 그런데 주위세계를 거부하며 냉소적으로 살아가던 말더듬이인 이소가이는 방학이 끝난 후 규식에게 수기를 남기고 스스로 생을 마감한다. 주인공은 '나는 마음에 할례받지 아니한 자이니라' 라는 이소가이의 수기의 구절을 생각하고, 말더듬이가 주위의 세계에서 거부당하고 있다는 체험을 다음과 같이 말하고 있다.

> 육신이 피부에 둘러 싸여 있듯이 사람의 마음도 피부에 둘러싸여 있지만, 그런데도 그 피부에 둘러싸인 인간의 마음은 할례를 받을 수가 없다. 따라서 마음과 마음을 융합시키려는 시도는 마치 포경자가 성행위를 할 때처럼 끝끝내 선명한 접촉감은 느껴보지도 못하고 끝날 수밖에 없는 노릇이 아닐까. 서로가 이해한다고 하는 것도 다만 서로의 고독을 이해하는데 불과한 것이 아닐까. (『얼어붙은 입』, 96—97)

그리고 그는 자신의 내면과 외계사이를 잇는 관계항이라는 것이 단절되어 있는데, 그 이유는 할례받지 않은 자가 성교 시 거죽과 거죽만을 마주대고 비비다가 끝끝내 참다운 융합을 못한 채 끝나는 것처럼 말더듬이인 자기도 타인과의 관계에서 마음과 마음이 융합되지 못한 채 끝나고 말기 때문이라고 생각 하고 있다. 그것은 자기 혼자서 참고 견디어야 하고 다른 사람과의 관계를 단절시키며 소외감이란 늪으로 빠지게 하는 괴로움이다. 그리하여 다른 사람에게 소외당하고 있다는 자의식에 시달리던 주인공은 자기내부에 깊이 잠기는 말더듬이가 되어 오랫동안 해가 저물기가 바쁘게 찾아오는 아픔이나 주위의 세계에 동화하지 못하고 거부를 당하는 괴로운 감정을 맛보아야만 했다. 소설의 주인공들처럼 작가도 주위로부터 소외당하고 있다는 자의식에 괴로워해야 했는데 그는 이러한 괴로움을 가져다 준 원인을 부친의 폭력에서 찾고 있다.

> 그것은 자기가 말더듬이기 때문에, 눌변이기 때문에 인간관계가 여의치 않고 세상 자체와의 교섭도 순조롭지 않으며, 그 때문에 파생하는 삶에 대한 고통이 그 원인이라고 생각하고 있었습니다. 그러나 지금은 전혀 반대로 생각하고 있습니다. 말더듬이기 때문에 아픔의 포로가 된 것이 아니라, 아픔이 나로 하여금 말더듬이가 되도록 한 것입니다.
>
> (「흙의 슬픔」, 410)

이처럼 김학영은 「흙의 슬픔」에서 자신을 괴롭히고 있는 말더듬이의 원인이 아버지의 폭력에서 기인한다고 생각하고 있다. 그런데 정작 괴로움의 가해자인 아버지는 말더듬이인 그에게 견딜 수 없다는 기색을 노골적으로 나타내는데 말더듬이로 운명 지어진 그로서는 참을 수가 없는 일이었다. 이 때문에 그는 주위에서 뿐만 아니라 아버지에게도 거부당하고 있다는 생각 때문에 무척 불안하고 외로운 생각에 시달려야 했다.

이상 살펴본 것처럼 김학영의 작품에는 말더듬이기에 주위로부터 소외당하는 주인공이 등장하고 있다. 이들 주인공은 작가의 분신으로서 이들을 통해 <반쪽바리>라는 재일 조선인의 멍에 위에 다시 말더듬이이기에 주위에서 이중으로 소외되어 가는 작가의 서글픈 모습을 엿볼 수 있다.

3) 아버지의 폭력

이처럼 말더듬이의 슬픔이나 배후에는 아버지의 그림자가 있는데,

아버지의 문제는 그의 문학의 핵심으로, 데뷔작인 「얼어붙은 입」에서 유고작인 「흙의 슬픔」에 이르기까지 거의 모든 작품에서 아버지의 폭력을 취급하고 있다. 즉 「얼어붙은 입」에서는 주인공의 친구인 이소가이의 아버지와 「자갈길」에서는 죽은 아버지의 친구인 창일을 통하여 가족에게 휘두르는 아버지의 폭력을 조심스럽게 다루고 있다. 이후 「겨울 빛」에서는 아버지로부터 거부당하고 있다는 어린 주인공의 불안 의식이 강하게 표출되고 있다. 특히 「탄성한계」 이후부터는 부친의 문제가 본격적으로 등장하여 「착미」, 「알콜램프」, 「자갈길」, 「유지매미」, 「겨울 빛」과 같은 후기 작품에는 아버지의 폭력이 거의 나타나고 있다. 또 주인공이 아버지에 대들다가 두들겨 맞고 절망의 벽을 느끼게 되는 「착미」나, 아버지에게 정신을 잃을 정도로 얻어맞고 난 주인공이 연장통에서 끄집어낸 끌을 기둥에 던지면서 살의를 달래야 했던 「끌」에서도 아버지의 폭력 때문에 겪어야 하는 주인공의 갈등이 잘 드러나고 있다. 아버지의 폭력은 저녁 반찬이라든가 집안 청소 등 극히 하찮은 것에서 시작 되는데

> 「이런 것 밖에 못하나」 그러면서 갑자기 팔을 뻗쳐 우리가 먹고 있는 반찬그릇 아무 말 없이 하나씩 하나씩 천천히 단호한 기세로 마루바닥에 내던지기 시작하는 것입니다. 밥주발이 부서지는 무섭고도 음울한 소리가 주위라기보다는 내 마음속에 박혀 들어오는 것만 같았습니다.
>
> (「흙의 슬픔」, 406)

욕설을 퍼부으면서 무저항으로 서있는 어머니가 쓰러질 때까지 일방적으로 계속되는 것이었다. 그리고 주인공 남매가 두려움에 귀를 막고 떨면서 잠자리에 들 때까지 또는 잠자리에서 깨어나는 한밤까지 계속되는 극히 일상적으로 되풀이 되는 일이었다.

이와 같이 작품 속에 잘 나타나 있는 부친의 폭력과 이에 대한 증

오감은 자신의 원체험이라고 김학영은 고백하고 있다.

> 나의 내부에 드리운 아버지의 그림자의 크기에 내심 놀라지 않을 수
> 가 없다. 나는 앞으로도 아버지에 대해 써 나갈 것이다. 이 세상 어느 누
> 구보다 나에게 많은 영향을 준 인물이기 때문이다.」
>
> (「한 마리의 양」, 435)

이처럼 그는 아버지의 폭력을 계속해서 작품 속에 다룰 것을 다짐하고 있는데, 실제로 아버지에 대한 두려움과 절망감 그리고 증오심 등을 그의 작품 속에 적나라하게 그려내고 있다.

그런데 「얼어붙은 입」이나 「착미」에서 폭력을 휘둘러 자식들의 마음에 지울 수 없는 상처를 준 횡포한 전제군주와 같은 아버지의 모습은 후기의 작품에서는 유화적으로 그려지고 있다. 즉 「알콜램프」에서는 전제군주의 포악한 모습과 동시에 일본에서 살아가는 괴로운 상황 속에서 자식과의 사이에 정신적인 분열을 일으키는, 괴로운 짐을 짊어진 존재로서 이해하고 있다. 특히 「흙의 슬픔」에서는 아버지의 모습이 인간들의 괴로운 삶과 복합적으로 나타나 있다는 점이 특이하다. 즉 어린 나이에 일본에 건너가 가족에 대한 책임감이 없는 할아버지를 대신하여 열두 살에 동생과 자기의 밥벌이를 시작했다는 아버지, 열네 살 때 철도 자살을 한 할머니에 이어 지극한 정성에도 결핵으로 삼촌을 잃고 나서 성깔이 사나와졌다는 아버지에 대한 이해가 나타나 있다.

또한 주인공이 성장해 감에 따라 아버지의 폭력에 대하여 괴로움을 뚝심으로 깔아뭉개려고 폭력을 휘두른다고 이해하고 있다. 「흙의 슬픔」에서는 아버지를 포악한 모습과 동시에 재일의 괴로운 상황 속에서 무거운 짐을 짊어진 존재로 그려내고 있으며, 아버지가 완력으로 집의 질서를 유지하려고 하는 것을 폭력밖에 못 배운 그의 권리라고

얘기하고 있다. 실제 그는 「알콜램프」 이후 「자갈길」, 「유지매미」, 「끌」
등 후기작품에서는 아버지의 모습을 부드럽게 그려내고 있다. 이는
「착미」에서 폭력을 휘두르는 아버지에 맞서 대항하던 주인공이 의외
로 체력이 약하고 비틀거리며 위축되어 있는 아버지를 발견했을 때,
죄책감을 느꼈다는 장면에서도 알 수 있다.

> 나는 자신이 저지르려고 하는 일을 문득 깨달았다. 아버지의 몸을 잡
> 고 있는 내손이 갑자기 무척이나 죄 많은 손처럼 느껴졌다. 이미 마른
> 고목과 같은 느낌을 자아내고 있는 아버지의 육체, 나는 그 팔뚝을 잡고
> 있으면서 거기에서 아버지의 역사를 느꼈다. 그 묵직한 역사의 무게가
> 팔을 잡고 있는 나의 주제넘은 비판 같은 것을 용납하지 않는 것처럼 보
> 였다.   (「착미」, 217)

그러나 아버지의 비극은 어려서 부모에게 사랑받지 못한 슬픔과 한
을 가족들에게 폭력을 휘두르는데서 시작되었다. 즉 어린 자식을 공사
판으로 내몰고 할머니를 자살로 몰아넣은 할아버지에 대한 원망과 타
국에서 의지할 데 없는 어린 소년의 몸으로 할머니의 자살에 이어
다시 삼촌의 죽음을 맞이했을 때 느꼈던 울분을 가족들에게 폭력으
로 해소하려 한 것이다. 이와 같은 폭력은 삭막한 가정에서 사랑받
지 못하고 자란 그의 슬픔과 한에서 표출되어 나온 것이었지만, 결
과적으로 그가 그토록 지키려고 노력해온 가족들에게 깊은 상처를
주었으며 그 역시 가족 특히 자식들에게 철저하게 배반당하는 불행
을 맛보게 되는 것이다.

이상 살펴본 것처럼 민족적인 차별감, 말더듬이라는 불우성, 아버지
의 폭력 등 김학영이 주로 다루어 온 이 세 가지 문제는 그의 문학의
주요 소재이자 테마가 되었다. 그러나 이러한 문제에만 집착하고 있는
작품세계의 폭은 그의 문학의 한계라는 의구심을 불러 일으켜 왔다.

이를 떨쳐버리려는 듯 그는 종래의 작품 세계에서 탈피하여 새로운 시도를 하는데 이때 나타난 작품이 「향수는 끝나고, 그리고 우리들은 ---」(1983)이다. 남북대립의 와중에 끼어 든 동포 일세가 북의 스파이로 체포된다는 내용으로, 작가는 조국통일에 대한 과제와 그 어려움을 그렸다고 말하고 있다. 그러나 이 작품은 동포사회에서 북한에 대한 불신과 비판이 심화되어 감에 따라 한국정부에 대한 접근이라는 당시 동포사회의 현상을 반영한 작품으로, 통일에 대한 염원보다 북의 정치공작의 폭로라는 점이 선행되고 있다는 평14)을 받고 있다. 이 작품이후 그는 다시 원점으로 회귀하여, 「이름 없는 사람」이나 「흙의 슬픔」과 같은 말기의 작품을 발표하였다. 이들 작품 중 조선인이라는 이유 때문에 동창들 사이에서 잊혀지고 낙오되어 가는 슬픔을 그린 「이름 없는 사람」에는, 이전 작품이 가지고 있는 소외감과 이에 대한 성찰이 더욱 깊게 나타나 있다.

4 김학영 문학의 본질

이후 김학영은 자신의 청춘기 시절의 각성과 모색을 그린 장편소설 「서곡」을 통일일보에 연재하던 도중, 1985년 1월 군마현의 생가에서 돌연 이유를 알 수 없는 자살을 함으로써 생애의 막을 내린다. 그런데 그의 자살이 데뷔작인 「얼어붙은 입」의 이소가이의 자살하는 모습과 똑 같아서 그의 죽음을 둘러싸고 많은 사람들의 관심을 불러 일으켰다. 특히 자살 후 발표된 유고작인 「흙의 슬픔」에서는 주인공의 언저

---

14) 北田幸惠, 「在日する場の意味」(『民濤』 1號, 1987, 冬) p.114

리에 깃들어 있는 불온한 죽음의 그림자가 드러나 있어 많은 이들에게
그의 자살이 작품의 결말인양 극히 자연스럽게 받아들여질 정도였다.

> 저녁 무렵이 되면 죽음의 충동에 발버둥 칩니다. 목젖을 끊고 피를 흘
> 리고 싶은 충동. 목에 로프를 감고 문설주나 기둥에 달랑달랑 매달리고
> 싶은 충동.　　　　　　　　　　　　　　　　　　　(「흙의 슬픔」, 419)

> 내가 지금까지 살아온 인생은 결국 나의 마음을 동여맨 악몽의 밧줄
> 을 풀어보고자 애써 온 그것이라고 여겨집니다. 그리고 아직도 밧줄을
> 풀지 못한 채로 있는 아픔에 가슴조일 적마다 나는 이것을 절감하지 않
> 을 수 없습니다.　　　　　　　　　　　　　　　　　(「흙의 슬픔」, 421)

윗글에서 배후에 펼쳐진 죽음의 그림자를 호소하거나 괴로움에서
벗어나려고 일생동안 노력하고 있는 주인공의 모습에서 소외감에 시
달리고 있는 김학영의 모습을 찾아 볼 수가 있다.

그러면 이처럼 일생동안에 걸쳐 소외감의 고통에서 벗어나려고 노
력했지만 끝내 실패를 하고 자살을 하고만 이유는 무엇이었을까. 처음
등단한 「얼어붙은 입」에서 죽은 후 발표된 유고작인 「흙의 슬픔」에
이르기까지 그가 그리려고 했던 그의 작품 세계는 무엇이었을까.

작가를 자살로까지 몰고 간 김학영 문학의 본질에 대하여 그동안의
평을 살펴보면 다케다 세이지는 말더듬이라는 단순한 언어장애에서
찾으려 하는데 반해 구로코 가즈오(黑古一夫)는 말더듬이라는 장애
보다는 그의 내면세계에 존재하는 부친, 조선인 차별 등에서 찾으려
하고 있어 대조를 이루고 있다.

먼저 다케다 세이지에 의하면 김학영은 일생동안 화해의 욕망을 안
고 생활하다 실패하고 만다. 즉 그는 아버지의 배후에 펼쳐진 세계를
이해하려 했지만 어떤 화해로도 치유할 수 없는 인간의 괴로움의 원

형질 쪽으로 기울어진 것이다. 그가 고난의 슬픔에서 말하고자 한 점
은 삶의 슬픔을 어떤 이념이나 설화로 치료하고자 한 것이 아니고 일
상의 노력을 넘어선 불우한 삶의 조건을 짊어져야 하는 고난의 핵심
적인 풍경이라고[15] 설명하고 있다. 그리고 그 원인을 말더듬이에서
유래하는 불우의식이 조선인이라는 데서 오는 불우의식을 압도하고
있다는 사실을 들어 민족의식과는 전혀 상관없는 단순히 말더듬이라
는 언어장애에서 찾으려 하고 있다.

이에 반해 구로코 가즈오는 그 원인을 말더듬이라는 사실보다 그의
내면세계에 존재하고 있던 민족문제에서 찾으려 하고 있어 대조를 이
루고 있다. 즉 다케다 세이지가 말한 조선인과 말더듬이와의 관계와는
반대로 그는 「부친, 조선인, 차별, 빈곤」이라는 조선인 공통으로 짊어
져야 하는 짐이, 감수성이 풍부한 그에게 말더듬이라는 장애를 일으킨
다고 설명하고 있다.[16] 구로코 가즈오의 설명은 다케다 세이지가 지
나치게 과소평가하여 간과하고 있는 김학영에 있어서의 민족의식이나
아버지의 존재를 잘 포착하고 있다.

그러나 단순한 말더듬이나 민족의식이라는 주장은 김학영의 작품세
계의 한 단면만을 말해줄 뿐 작품의 본질을 설명하기에는 불충분하다.
앞에서 살펴 본 것처럼 그의 작품은 쪽발이, 말더듬이, 아버지의 폭력
등의 문제가 서로 잘 짜여진 그림처럼 엮어져 있으므로, 이들 세 테마
를 분리하지 않고 종합적으로 살펴보아야 비로소 그의 작품을 제대로
이해할 수가 있을 것이다.

다만 필자는 이 세 문제 중에서 말더듬이나 민족의식보다는 아버지
의 폭력이 작품을 이해하는데 가장 중요하고 근원적인 문제라고 생각
하는데 그 이유는 다음과 같다.

---

15) 竹田青嗣, 「苦しみの原質」, 『金鶴泳作品集成』 (作品社,1986) pp.448-468 참조
16) 黒古一夫, 「在日韓國人文学の現在」 (『民濤』 創刊號, 1987, 11), p.96

먼저 말더듬이 문제와 민족 문제의 배후에는 모두 아버지의 폭력이 자리하고 있다는 점이다. 즉 김학영이 정치에 무관심하고 민족문제에 냉담하게 된 것은 동맹의 지부장으로 활동하며 가정에서 폭력을 휘두르고 어린 자식에게 자신이 신봉하는 정치노선을 강요하는 아버지의 정치관에 대한 반발에서였다. 또 주위에서 소외당하고 괴로움을 호소하고 있는 말더듬이가 된 원인 역시 부친의 폭력에서 유래하고 있다. 이는 작가의 고백이나 작품의 주인공이 호소하는 모습에서 충분히 인지할 수 있다.

둘째, 초기의 작품에서 많이 다룬, 주위 세계에서 거부당하는 말더듬이의 불우성이나, 민족의 이념에 동화하지도 못하고 일본사회에 적극적으로 안주하지도 못하는 괴로움의 문제들은 크게 후퇴하고, 후기의 작품에서는 아버지의 폭력 문제가 크게 대두하고 있다는 점이다. 특히 소외감에 시달리는 주인공의 괴로움이 가장 잘 그려져 있는 「흙의 슬픔」은 유고작으로, 김학영의 자살에 대하여 많은 암시를 주고 있다. 즉 부친의 폭력과 그로 인해 평화가 깨지고 삭막한 분위기만 감도는 가정문제를 다루고 있는 이 작품을 살펴볼 때 이점이 더욱 분명하다.

셋째, 그는 「얼어붙은 입」이나 「흙의 슬픔」에서도 부친의 폭력이 빚어내고 있는 음울하고 삭막한 가정의 분위기를 그려냄으로써 부친의 폭력이 그에게서 평화로운 가정을 빼앗아 갔음을 말하고 있다는 점이다. 특히 작가는 이러한 폭력이 할아버지, 아버지, 자신에까지 대물림으로 이어지는 것이 아닌가 하는 두려움을 가지고 있었는데, 이러한 그의 불안감은 다음과 같은 장면에서도 나타나고 있다.

> <이시도오 씨의 부친이 있었기에, 이런 이시도오씨가 생겨났고, 이소가이의 아버지가 있었기에, 그런 이소가이가 또한 생겨난 것이다>라는 등식 비슷한 결론을 내려 보았다. 테이블 저쪽에 앉아 있는 이시도오씨

가족과 테이블 이쪽에 앉아 있는 미찌꼬(이소가이의 누이)와 교오꼬여사
(이소가이의 계모)와 나 세 사람은 너무나도 뚜렷한 대조를 이루었다.
밝음과 어둠, 양지와 음지, 적극성과 소극성-- 그저 서글플 따름인 그
명백한 대조를 눈으로 확인하면서 나는 차츰 의기소침해졌다.

(「얼어붙은 입」, 89)

비록 그의 작품 속에서 작가로 유추되는 주인공이 폭력을 휘두르는
장면은 찾아볼 수가 없으나, 작가 자신의 얘기를 그린 듯한 「처마 등
이 없는 집」에는 그가 두려워하던 사랑이 메말라버린 집안의 분위기
가 나타나 있다. 아마도 그는 할아버지에서 시작된 가정폭력이 아버지
에게 대물림되고 마침내 자신에게 까지 유전적으로 이어지고 있다는
사실에 그는 절망하였을 것이다.

바로 이 점 때문에 김학영은 아버지의 폭력의 배후에 펼쳐진 세계
에 대하여 이해하고 화해의 욕망을 가지고 일생동안 노력하였으나 끝
내 실패하고 만다. 즉 아버지의 폭력을 작품으로 그린 다른 동포 작가
의 경우처럼 김학영도 어린 시절에는 아버지의 폭력에 반발하다가도
성장하여 가는 동안 아버지의 처지와 한을 이해하게 된다. 그러나 아
버지에게 받은 상처가 고사명과 이회성의 경우에는 시간에 따라 잊혀
질 수 있는 일회성의 상처였음에 반하여, 김학영 작품의 경우는 오
랜 세월을 두고 지속하여 주인공을 괴롭혀 온 상처였기 때문에 아
버지와의 화해에 실패하고 만다[17]. 그리고 그 결과로 나타난 것이
자살이 아닌가 한다.

---

17) 아버지의 폭력과 그 화해 문제는 졸저 「재일 동포문학에 나타난 부자간 갈등과 화
    해의 양상 연구」(고암 황성규박사 화갑기념 논문집)를 참고 하시기 바람.

 **5 맺는말**

　이상 살펴본 바와 같이 김학영은 일본문단에서 높이 평가되었던 것과는 달리 우리에게는 잘 알려져 있지 않는 작가이다. 소외감과 내향적인 작품을 발표하다가 자살로서 스스로의 생을 마감한 그는 작품에서 말더듬이, 민족문제, 아버지문제 등을 한결같이 다루고 있다. 먼저 그의 작품에는 민족의식에 각성하지 못한 주인공이 애인에게 거부당한 채 <반쪽바리>로 살아가는 모습이 나타나 있는데, 그들은 일본의 차별에 반발하는 대신 자기부정이라는 함정에 빠진 채 자신의 내부로만 시선을 돌리고 있다. 다음으로 말을 더듬기 때문에 인간관계가 단절되어 소외감에 잠긴 채 괴로워하는 주인공의 모습을 그리고 있는데, 이 말더듬이야 말로 인간의 노력이나 어떤 이념, 가치로 치료할 수 없는 불우의식임을 말하고 있다. 마지막으로 아버지의 폭력으로 파괴되어 가는 가정의 모습을 호소하고 있는데 폭력을 휘두르는 아버지에 대해 반발과 적대감을 보이다가 후기 작품에선 아버지의 폭력을 어려운 일본사회를 살아가는 아버지 고난스런 삶의 결과라고 이해하고 있다. 그러나 아버지의 폭력은 민족의식의 결여나 말더듬이 문제와 같은 이차적인 상처를 만들어 낸 그의 문학을 이해하는 가장 근원적인 핵심문제이다. 특히 가정의 평화를 파괴하는 가정폭력은 대를 이어가며 자신에게 이어오고 있다는 사실에 절망하여 그는 자살을 한 것으로 추측된다. 이처럼 김학영은 차별의 어려움 속에서 살아야하는 재일동포들의 어려운 삶을 주변의 현실 문제로 돌리지 않고 자신의 내면의 문제로 다루고 있다. 그리하여 주위의 세계에서 거부당하고 있는 그의 작품의 주인공들은 한결같이 민족의 이념에 동화하지도 못하고 일본사회에 적극적으로 안주하지도 못하는 괴로움에 직면하고 있다. 이러

한 작품 경향은 일제에 저항하고 분단된 조국의 정치 현실을 대상으로 해 온 일세 작가들의 작품 경향과는 매우 이질적인 것으로, 같은 시기 같은 <반쪽바리>의 문제를 그려온 이회성의 작품과도 크게 다르다. 이에 대하여 마츠바라 신이치는 민족적 주체성이라는 명제와 자신의 현실 상황과의 사이에 놓인 복잡한 거리가 문제의 본질로 떠오르기 때문이라고 설명하고 있는데, 이들 새로운 세대의 문학을 전후 일세들의 문학의 틀로서는 포착할 수가 없는 것이다. 특히 작가의 시선이 내부로만 향하고 있는 김학영 문학의 자성적인 작품세계는 다음 시기인 80년대 작가인 이양지, 이기승 문학으로 이어지고 있는 것이다.

11. 체제와 가치에 도전한
양석일의 작품세계

 서론

　양석일(1938-)은 현재 일본에서 활발한 작품 활동을 하고 있는 동포 작가이다. 그는 재일동포들의 밀집지대인 오사카의 이카이노에서 태어나 생활고와 부친의 폭력으로 상징되는 불행한 가정생활 속에서 성장기를 보냈다. 시인으로서의 뜻을 세웠던 사춘기 시절, 동포시인인 김시종을 만나 동포조직인 조총련의 산하단체인 <문예동>에 참여했으나 김시종과 함께 조직의 경직성을 비판한 후, 문학에서 좌절을 맛보게 된다.

　이후 문학의 길에서 벗어나서 인쇄사업을 시작하나 실패를 하고, 일본 각지를 방랑한 끝에 동경에서 10여 년 동안 택시 운전사 생활을 한다. 1977년에 중단하였던 시 활동을 다시 시작하여, 아베 이와오(阿部岩夫), 구로다 요시오(黑田喜夫) 등과 <토군의 회>를 창립하고, 1980년에는 시집 「몽마의 저편으로」(1980)를 발간한다. 1981년에는 택시 운전사의 체험과 일본사회의 조선인에 대한 차별을 그린 단편집 「광조곡」(1981)을 발표함으로서 소설가로서 출발을 하게 된다. 이어

운전사의 체험기록인 「택시운전사 일지」(1984), 「운전사 최후의 반역
」(1987)을 발표하는데 이들 작품은 후에 영화화되어 많은 상을 받았
다1). 1989년에는 최초의 장편인 「족보의 끝」(1989)을 발표한 이래 계
속해서 「밤의 강을 건너라」(1990), 「자궁 속의 자장가」(1992), 「단층해
류」(1993), 「밤을 걸고」(1994), 「Z」(1996), 「피와 뼈」(1998), 「천둥소
리」(1998) 등을 발표했다. 이밖에도 「수라를 산다」라는 자전적인 글
이 있으며, 평론으로는 「아시아적 신체」(1990), 「이제 국가를 넘어서」
(1991), 「남자의 성 해방」(1992) 등이 있다. 1990년에는 이러한 문학
창작활동이 인정을 받아 동포사회에서 제정한 <청구문화상>을 수상
했으며, 현재도 창작활동에 열중하는 한편, 영화 출연과 제작에도 참
여하고 있다

　그는 많은 독자를 확보하고 있는 동포 작가의 한사람으로써, 그의
소설은 그 파격적인 내용 때문에 화제를 불러일으키고 있다. 그의 문
학적 활동은 최근 소강상태를 보이고 있는 동포문학에 새로운 활기를
불어넣어 주고 있으며, 그의 작품이 화제에 오를 때마다 여러 차례 국
내에도 소개되었다. 다만 그의 문학이 가지고 있는 메시지에도 불구하
고, 그가 엔터테이너 작가로 소개되고 있는 것은 유감스러운 사실로
써, 이러한 평가를 받고 있는 것은 다음 두 가지 이유 때문이라고 생
각된다.

　첫 번째는 문학자로서는 특이한 그의 행동, 즉 자신의 작품을 영화
로 제작하거나 직접 출연하는 등 문학 외적인 활동이 화제가 되었다
는 사실을 들 수 있다. 다음으로 그의 작품은 파격적인 내용, 스피디
한 전개, 하드보일드한 필치 등 독자들을 압도하는 오락성을 갖추고
있으며, 몇 차례 영화화되어 독자들에게 엔터테이너 작품이라는 깊은

---

1) 최근에 「月はどっちに出ている」라는 제명으로 영화화되어 흥행성과 메시지를 갖
　춘 우수한 영화로 평가를 받아 많은 상을 받은바가 있다.

인상을 심어 주었다는 점이다.

그러나 그의 소설들을 단순히 엔터테이너 작품으로 평가하는 것은, 그의 문학의 진정한 가치인 주제의식, 즉 그가 일연의 작품들을 통해서 일관되게 호소하고 있는 강렬한 메시지를 간과한 너무 인색하고 편협한 평가라고 할 수밖에 없다.

본 논문은 그의 문학에 대한 재평가를 위하여 다음과 같은 요령으로 그의 문학세계를 살펴보려고 한다. 먼저 그가 활동을 시작한 80년대 이후의 동포사회와 동포문학의 변화를 살펴보고, 다음으로는 그 변화의 선두에 있는 양석일 작품 속에 나타난 문학세계를 체계적으로 정리하며, 마지막으로 양석일의 문학세계를 바탕으로 그의 문학의 특질을 규명하려고 한다. 끝으로 인용중 달리 작품명을 밝히지 않은 인용문과 마지막 숫자는 양석일의 『狂躁曲』을 번역한 『달은 어디에 떠 있나』와 인용 페이지임을 밝혀둔다.

2 제3의 길과 새로운 세대의 문학 등장

양석일의 문학을 이해하려면 먼저 그가 소설가로서의 활동했던 80년대 이후의 재일동포 사회와 동포문학의 현실을 이해하는 것이 중요하다.

80년대 동포사회의 가장 두드러진 변화는 세대교체와 동포들의 의식변화를 들 수가 있다. 먼저 세대교체를 살펴보면, 어려서 도일을 하여 조국체험을 갖고 강한 민족의식을 갖고 있던 1세들은 사망하거나 고령으로 사회활동이 급격하게 감소되었다. 이에 반해 일본에서 태어나고 일본문화 속에서 자란 2, 3세들이 동포사회의 주류가 되고 있다.

이러한 세대교체는 동포사회의 새로운 의식의 변화를 가져왔다. 먼저 조국과 민족의식에 대한 강한 집착 대신 일본에서의 자신들의 생활을 소중하게 내세우게 되었으며, 분단된 조국의 현실에 따라 남과 북의 정치기관으로 전락한 동포조직에 대한 비판이 나타나게 되었다. 그리고 일본명 사용이나, 일본으로의 귀화, 일본인과의 결혼 등을 자연스럽게 받아들이며, 귀화할 것인가 조선인으로 남을 것인가 하는 종래의 이분법적인 사고에서 탈피하여 새로운 재일론이 대두되었다. 1970년 후반부터 일기 시작한 '제 3의 길'이라는 의식2), 즉 일본이란 지역사회에서 일본인들과 더불어 산다는 공생을 지향하는 의식이 크게 확산되기 시작한 것이다.

이에 따라 김달수, 김석범, 이회성 등에 의해 주도되어 온 민족적 성격이 강한 동포문학에도 새로운 변화가 일어나 세대교체가 일어난다. 물론 전세대의 문학도 새로이 작품 활동을 시작한 정윤희, 김재남, 원수일 등에 의해 이어지고 있는데, 이들은 원폭투하, 조선인 학살, 지문날인 거부, 외국인 등록증 등을 소재로 하여 여전히 국가와 민족성에 관한 문제를 다루고 있다.

한편 이들과는 대조적으로 새로운 재일론을 모색하려는 작가들이 나타났다. 이들은 양석일 외에도 박중호, 김창생 등으로, 종래의 동포문학이 민족적인 주체만을 전제로 하고 있기 때문에 재일동포의 존재가 그 영역에서 소외되어 왔다고 말하고 있다. 그리고 민족의 정치 현실에만 매달려 왔던 1세 문학을 비판하고 자신들의 삶의 모습과 일본에서의 정착 과정을 그린 작품들을 발표했다. 또 이 시기에 일본 문학지를 통해 새로 나타난 신인작가들이 있는데, 「유희」로 <아쿠다가와

---

2) 1978년 김동명은 잡지 『조선인』17호의 대담에서 '조국지향과 귀화라는 이분적인 사고 대신에 귀화하고도 조선인으로서의 삶을 모색해야 한다'는 당시로는 파격적인 주장을 하였다.

상>을 받았던 이양지, 「제로항」으로 제28회 <군상 신인상>을 수상
한 이기승이 그들이다. 이들 작품은 국가와 민족보다는 개인의 문제가
더 큰 비중을 차지하고 있고 문학으로서의 보편성을 추구하고 있다.
따라서 민족문제의 주제의식이 빈약한 이들 작품에 대한 동포사회의
평가도 세대 차에 따라서는 물론, 같은 세대에서도 개인에 따라 크게
엇갈리고 있다. 즉 인간으로서 자기 회복과정과 한국인으로서의 자기
회복 과정은 분리하기가 어려운 것으로 자기 주체성을 진지하게 묻지
않을 수 없다는 고사명씨와 같은 긍정적인 입장3)과 개인적인 세계에
빠져드는 태도는 일본으로의 <풍화>로 유인되는 반조선적인 사상으
로, 결국 일본 동화의 연장이며 민족 부정에 불과하다는 부정적인 입
장4)이 그것이다. 이러한 문학은 일본정부의 동화정책과 세대교체로
인해 공동체의식이 무너져 가고 있는 동포사회의 현실을 반영하고 있
으며, 이러한 경향은 90년대에 들어 유미리나 현월과 같은 새로운 신
인의 등장으로 더욱 심화되어가고 있다.

3 다양한 양석일의 문학세계

양석일의 문학세계는 그 자신의 다양한 체험의 산물이다. 그의 자
전적 체험 기록인『수라를 산다』는 그가 유년시절에서 현재에 이르기
까지 얼마나 파란만장한 삶을 살아 왔나를 말해주고 있다. 전시 중 암
거래상과 공원 생활의 어두운 추억, 경찰과의 투쟁 속에서 목숨을 담
보로 고물을 훔쳐내던 아파치족 생활, 가난과 부친의 폭력에 시달려야

---

3) 松原新一, 「在日朝鮮人の文学とは何か」, 『群像』, 1972.9, pp.174-175.
4) 裵鐘眞, 「同化追認の在日論」, 『月刊ソダン』, 1983.5, 晧星社, p.7.

했던 가정, 사업을 한다고 금전과 여자 속에 헤매다 맞이한 파산, 야
반도주와 방랑생활 끝에 택시운전사로 전락하여 바라본 일본사회의
뒷골목 풍경 등을 뼈대로 하여 다양한 문학 세계를 구축하고 있는 것
이다.

1) 정치에 대한 반감

80년대는 동포사회에서 정치에 대한 실망감이 팽배해 가는 시기로,
이러한 실망감은 이 시기의 동포문학에도 반영되어 나타나고 있다. 양
석일은 그 선두 주자의 한사람으로, 80년대 초기에 발표한 『광조곡』
에 수록된 「제사」, 「신주쿠에서」나 「족보의 끝」 등의 작품에는 정치
에 대한 불신감이 나타나 있다.

먼저 「제사」에는 제사를 통하여 여러 가지 갈등을 벌이고 있는 동
포사회의 모습이 망라되어 반영되어 있다. 그 중에서도 압권은 공동체
의식을 그나마 유지해 가는 제삿날, 일가친척들이 모인 자리에서 동포
들이 민단과 총련으로 분열되어 상대방에 대해 증오감을 드러내는 모
습이다.

> 어금니로 고깃덩어리를 씹으면서 신사복 저고리를 벗어 던졌다. 그리
> 고 셔츠를 걷어 올리고는 통나무 같은 팔을 과시하면서 소리쳤다.
> "내가 언젠가는 조총련 본부 건물에 폭탄을 장치해서 산산조각으로
> 날려 버리겠어. 내 이 손으로 김일성 앞잡이들을 모두 죽여 버리겠어!"
> "할 테면 해 봐! 그 전에 네 모가지를 도끼로 쳐주마."(「제사」, 103)

위 장면은 조국통일을 실현시키기 위해서는 극악무도한 박정희 도
당을 타도해야 한다는 조총련 조직 활동가인 박씨에 맞서 도쿄 올림
픽에 레슬링 선수로 참가했다는 대한민국 지지자인 덩치 큰 사내가
남북의 대리전을 벌이는 모습이다.

이들이 막 육탄전을 벌이려는 순간에

> "남쪽이나, 북쪽이나 다 싫어. 당신네들은 그냥 주정뱅이들일 뿐이라
> 고. 조국통일은 뭐 말라 죽은 건데"   (「제사」, 104)

이들을 조소하는 듯 한 중년 부인의 목소리가 들려오는데, 이 목소
리에는 정치놀음에 신물이 난 동포들의 심정을 잘 나타내고 있다. 즉
동포의 권익을 위해 출범한 조직단체들이 정작 동포들의 권익에는 소
홀하고 남북정권의 대리기관으로써 양자택일의 논리만 강요하여 동포
사회를 분열시켜 온 조직사회에 대한 실망감을 대변해 주고 있다.

「신주쿠에서」는 50년대 민족운동을 하다가 사채업자로 변신한 전
조직 운동가가 등장하고 있다. 민족과 조국을 위해 열성적이던 운동가
가 조선인은 일본에 살고 있는 한 돈을 벌어야 하며 그것만이 조직을
금성철벽으로 만드는 조건이라는 평계를 내세우며 오직 돈만을 제일
의 가치로 여기며 고리대금업자로 전락한 모습을 그리고 있다. 「족
보의 끝」은 한·일 협정 직후인 1967년에서 1968년을 배경으로 한
작품으로, 재일동포의 현실과 민족운동, 정치투쟁을 하는 모습이 젊은
기업가 고태인과 박대통령 암살계획에 참가하는 조직원 최민생과 하
수인 문성광을 통해 나타나 있다. 가족을 잃고 오랜 고독과 사상적인
갈등 가운데서 대통령 암살 음모에 빠져들어 결국 살해당하고 마는
최민생과 문성광의 덧없는 운명을 그렸다. 「단층해류」에서도 귀화한
동포가 정경유착으로 재벌로 성장했다가 파멸을 맞이하는 이야기를
담고 있다. 양석일은 이들 작품에서 조국이라는 이념에 매달려 수십
년간 조직운동을 해 온 조직 운동가가 고리대금업자로 전락하는 모습
과 평생 정치투쟁을 하다가 아무 것도 이루지 못한 채 죽어가는 모습
을 통해 조직운동에 대한 환멸과 허망함만을 보여 주고 있다. 그는 또

이들 작품을 통하여 조국이 과연 누구를 위해 존재하며, 남북정권을 대리하여 서로 증오감을 드러내던 민단과 총련으로 분열된 조직의 민족 운동이 동포사회에 남긴 것이 무엇인지를 묻고 있다. 이처럼 민족이나 조국 같은 이념에는 냉소적이며 방관자적인 입장을 취하고 있는 그는, 「족보의 끝」에서 다음과 같이 말하고 있다.

> 나에게 있어 조국은 거대한 환영이며 내 속에 있는 조국으로 돌아간다는 회귀하려는 마음은 환영의 산물에 불과하다. 이 근대적인 자아를 탄핵하지 않을 수 없다.5)

이 발언에서 알 수 있듯이 그는 민족적인 것만으로는 자신들의 존재가치를 뒷받침할 수 없다고 말하고, 일제를 고발하거나 민족이나 정치, 사상에 얽매인 1세들의 작품에는 재일동포의 세계가 제대로 반영되지 않았다고 비판하고6) 있는 것이다.

2) 동포 생활의 반영

양석일은 앞에서 살펴본 것과 같이 동포문학이 민족적인 주체만을 전제로 하고 있기 때문에 재일동포의 존재가 그 영역에서 소외되어 왔다고 말하고 있다. 그리고 민족의 정치 현실에만 매달려온 1세들의 삶에서 벗어나 일본사회에서 자신들의 삶을 주체적으로 선택해야 한다고 주장하고 작품 속에서 재일 동포의 실상을 그려내고 있다.

먼저 그의 작품 「운하」와 「제사」에는 동포들에 대한 치부가 적나라하게 드러나 있다. 「제사」에는 다이아몬드 등으로 온몸을 치장하며 졸부가 되어 과시욕에 사로잡힌 금융 폭력단의 사내, 먹혀들지 않는

---

5) 梁石日, 『族譜の果て』, 立風書房, 1989, p.342.
6) 梁石日, 『アジア的身體』, 青峰社, 1990, p.244

교훈과 권위를 강요하는 고집스러운 1세와 이들의 허세를 벗기려는
젊은이들 사이의 갈등이 등장한다. 「운하」에도 밖에서는 부모 공경과
예절과 도덕을 얘기하면서도 집에서는 독재자 노릇을 하는 민단의 간
부, 가족에게까지 지독하게 인색하면서 돈에 탐욕을 부리는 고리대금
업자, 몇 십 년간 줄곧 서로 증오하면서 격렬한 말다툼을 벌이며 살아
가는 노부부 등, 이른바 추악한 재일동포들이 등장한다.

「크레이지 호스1」에서도 조선인 부락을 다음과 같이 어둡게 묘사하
고 있다.

> 다른 일본인 거주지는 설사 가난뱅이 연립 주택일지라도 매우 한적하
> 고 조신한 표정이었는데 비해 한국인이 밀집해 있는 우리 이웃은 1년
> 내내 음탕하고 난잡하며 시끄럽기 짝이 없었다.--중략-- 부부 싸움에는
> 여러 가지 형태가 있다. 지구전이 있는가 하면 설전을 벌이는 외교전도
> 있고 신경전도 있으며 융단폭격도 있다.　　(「크레이지 호스1」, 165)

이처럼 그가 그리고 있는 동포들은 거칠고 요란스럽고 천박한 모습
을 하고 있는데, 이는 고난을 겪으면서도 민족의 자존심을 지켜가며
꿋꿋하게 살아가려고 노력하는 김달수 등 1세의 작품 속에 나오는 다
소 미화된 조선인 상과는 사뭇 다르다.

이후 발표한 일련의 장편에도 조선인의 부정적인 모습은 유감없이
잘 나타나 있다. 즉 어두운 동포사회의 뚜껑을 열고 유흥업, 영세기업,
사채업자 등 음성적인 경제활동 등을 통해 피도 눈물도 없이 전개되
는 동포사회의 치부를 들추어내고 있는 것이다. 첫 장편인 「족보의 끝」
에는 인쇄업에 뛰어들어 자금난에 봉착하여 은행, 폭력단의 자금에 전
전하다 끝내 도산을 한 젊은 주인공이 금전 문제 때문에 아버지와 처
절한 항쟁을 벌이는 동포사회의 어두운 현실이 잘 드러나 있다. 「밤의
강을 건너라」는 아파트 한 칸에서 전화를 받고 여자들을 소개해주며

살아가는 주인공의 이야기이고, 「자궁 속의 자장가」는 방탕한 생활 끝에 오사카를 떠났던 주인공이 유흥업소를 전전하며 타락된 생활을 벗어나고 있지 못한다는 이야기이다. 「단층해류」는 정치인과 유착하며 부동산 재벌이 된 주인공과 인생의 향락만을 쫓는 부인과 딸의 파멸과정을 그리고 있는데, 이들 작품에는 제살 뜯어먹기 식의 투쟁을 벌이고 있는 동포들이 등장하고 있다. 「밤을 걸고」는 패전 후 일본 경제가 나락에 빠져있을 때, 동포들이 생존을 위해 처참한 삶의 투쟁을 벌이는 모습을 그린 작품이다. 어둠 속에서 강 건너 폐허가 된 일제의 병기창 터로 총출동하는 조선인 아파치 부락의 모습이나 칠흑 같은 어둠 속에서 생명을 담보로 단속을 벌이는 경관들과 숨바꼭질을 벌이며 고물들을 파헤쳐 가며 삶의 방도를 구하는 모습을 그리고 있다. 오직 살아남는 것이 미덕이라는 처절한 정글 속의 법칙만이 존재하는 처절한 동포들의 실존만이 그려져 있을 뿐이다. 양석일은 일체의 환상을 배제하고 우리 삶의 모습을 폭로하는 것은 관념 세계에 도량이 아닌 자기의 입각점을 응시함으로써 생의 근원을 빠져나갈 수가 있기 때문[7]이라고 설명하고 있다.

그의 말처럼 동포들의 어려운 현실을 타파하려는 첫걸음으로 자신들의 치부를 들추어내고, 동시에 동포사회에 치부를 가져오게 한 것에 대한 커다란 분노를 그려내고 있다. 「운하」에서 주인공이 오랜만에 고향을 찾은 옛 친구인 유영심을 만나는데 그는 아내와 자식에게 따돌림을 당하며 무위도식하는 건달이다. 주인공과 술을 마시던 그는 갑자기 온갖 더러운 생활하수가 흘러드는 운하에 뛰어들어 유유히 수영을 하며 그를 구하러 온 경관들을 조롱하며 해프닝을 벌인다. 그것은 단순한 해프닝이 아니라, 술주정뱅이가 되어 버린 자기 자신에 대한

---

7) 梁石日, 『族譜の果て』, 立風書房, 1989, p.343.

분노이고 울분이며 미칠 것 같이 조여 오는 일본 사회의 구조적인 속
박에서 벗어나려고 하는 몸부림이다. 「신주쿠에서」에서는 주인공 일
행이 술집에서 일본인과 시비가 붙어 파출소에 연행되어, 경찰로부터
외국인등록증 미휴대를 이유로 국외추방을 의미하는 오무라 수용소행
을 위협당하는 장면이 나온다. 이때 주인공의 일행인 한성형이 갑자기
바지에 똥을 싼 후 똥덩어리를 손으로 끄집어내어 파출소 안의 책상
과 의자, 서류뭉치 등 손이 닿는 곳마다 마구 쳐 발라대기 시작한다.
이 자해행위처럼 보이는 행동은 일본사회의 차별 구조에 대한 불만의
표출인 것이다. 두 작품 속 주인공들의 행동은 그들만의 울분이나 불
만이 아니라 재일동포들의 분노와 울분이며 항거인 것이다. 즉 그것은
외국인의 삶을 인정치 않으려 하는 일본사회에 대한 울분이며 분단된
조국 현실에 대한 불만이고, 분열된 재일 공동체 사회에 대한 항거라
고 할 수가 있다. 그리고 그러한 주인공들의 행동은 결코 돌연스럽게
나온 것이 아니라

> 일본의 근대화와 전근대적인 조선의 사생아인 재일 한국인은 전후 새
> 로운 전략에 의한 조국분단으로 다시금 의식의 분극화가 진행되고 있다.
> 재일 조선인이란 의식의 다중성을 살아가는 존재이며 일본적 상황의 가
> 장 심각한 모순의 최첨단부에 위치하고 있다고 할 수 있다.8)

위와 같은 양석일의 역사의식의 소산에서 나온 것이라고 할 수 있다.

3) 아버지에 대한 고발

이처럼 양석일의 시선은 동포나 동포사회를 그릴 때뿐만 아니라 아
버지로 대표되는 가정을 그릴 때는 한층 더 엄격하고 가혹하다. 그의

---

8) 梁石日, 『族譜の果て』, 立風書房, 1989, p.342.

작품 속의 아버지는 부정적이며 부자관계는 혐오스럽기까지 하다.
처음 아버지가 등장하는 것은 단편 「운하」인데, 자전에 가까운
이 소설에서 친구의 아버지로 우회해서 막연하고 추상적으로 그려
내고 있다.

> 내 몸속에 흐르고 있는 6리터의 피가 모든 한국어를 표현하고 있다고
> 내가 이 나이가 되도록 아버지에게 매일 얻어맞으면서 듣게 된 한국어
> 는 죽인다. 때린다. 죽어라의 세 가지였어   (「신주쿠에서」, 117)
> 아버지 생각만 하면 강한 거부 반응이 나를 증오심으로 불타게 만든
> 다. -- 중략 -- 내게 있어 아버지는 끝 모를 힘이었다. 거기만 찬바람
> 이 불고 지나가는 어두운 공동과도 같았다.   (「신주쿠에서」, 128)

아버지에 대한 극단적인 증오심과 아직도 치유되지 않은 아버지로
부터 받은 상처를 토로하고 있는 등 아버지의 모습을 극히 부정적으
로 그려놓고 있다. 후기의 작품들을 읽은 독자들은 작가 즉 양석일 자
신이 가지고 있는 극히 불행한 아버지에 대한 이미지임을 알 수가 있
다. 이처럼 불행하고 비뚤어진 부자간의 이야기는 그의 작품에 계속해
서 나타나고 있다.

「족보의 끝」에서는 사업에 실패를 한 주인공과 자식을 경찰서에 끌
고 가 고소를 하는 아버지가 금전 때문에 처절한 격투를 벌이는 추악
한 모습이 등장하고 있다. 아버지가 자식에게 빌려준 빚을 회수하기
위해 이른 새벽에 이웃집 지붕과 가스배관을 타고 넘어와 자식의 이
층창의 덧문을 부수고 침입해 들어온 것이다. 그리고 품에서 식칼을
끄집어내서 다다미에 푹 꽂고는 결투를 하자며 무릎으로 자식의 늑골
을 걷어참으로써 독자들의 상상을 넘어설 정도로 처참하게 피를 튀기
는 격투를 벌인다.

「피와 뼈」는 돈과 정욕의 화신인 김준평의 일대기인데, 유곽의 매

춘부도 야쿠자의 첩까지도 손을 대던 타고난 호색한인 그는, 선술집의
과수댁을 후려내 마누라로 삼고 주인공의 여러 남매들을 낳는다. 금전
에는 대단히 인색하여 어묵공장 경영과 고리대금으로 큰돈을 벌지만
첩살림을 하면서, 가족은 전혀 돌아보지 않아, 어린 주인공 남매는 새
벽부터 암시장으로 행상을 나서서 생활비를 벌어야 했다. 또한 야쿠자
무리와 사생결단을 다반사로 벌일 정도로 담력이 있고 포악한 성격의
소유자였는데, 주인공 남매들은 밤마다 아버지가 휘두르는 폭력에 두
려움에 떨면서 증오심을 키워가야만 했다. 전쟁 중에는 시골로 피난을
가서 노름을 하거나 색시를 찾아 나서느라 어린 주인공을 혼자 깊은
산중에 열흘이고 보름이고 내팽개치는 극단적으로 무책임하고 자기중
심적인 사람이었다.

「수라를 산다」는 자전적인 성격의 작품으로 양석일의 살아온 과정
이 잘 그려져 있는데, 작품에서 등장하는 아버지의 모습과 불행하고
비뚤어진 부자간의 이야기는 그의 원체험에서 나왔음을 알 수 있다.
그는 이 작품에서 오직 자신의 욕구만을 위하여 가족을 돌보지 않는
무책임한 아버지를 다음과 같이 냉소와 증오심으로 바라보고 있다.

> 아버지가 없다면 얼마나 행복할까 하고 생각했다. 아버지가 계속 집
> 을 비우고 있었기 때문에 이대로 계속 집에 돌아오지 않으면 좋겠다고
> 생각했다. 확실히 말하자면 아버지가 어디서 객사라도 해주기를 은근히
> 바라고 있었다. (「수라(修羅)를 산다」, 14)

그런데 이와 같은 가정에서의 아버지의 폭력은 다른 동포 작가인
고사명, 이회성, 김학영의 작품 속에도 자주 등장하고 있다. 그러나 다
른 작품의 주인공들은, 아버지의 가족에 대한 헌신을 통해 자식들이
아버지의 폭력을 이해하고 그와 화해를 하고 있다[9]. 어린 주인공이

아버지의 폭력에 대하여 가장 증오심을 키워오던 김학영 작품에도 후
기작품에서는 아버지의 모습이 유화적이며 부드럽게 그려지고 있다.
이는 아버지의 폭력에 맞서던 주인공이 의외로 체력이 약하고 위축되
어 있는 아버지의 모습에 죄책감을 느꼈다는 「착미」에서도 잘 나타나
고 있다.

> 나는 자신이 저지르려고 하는 일을 문득 깨달았다. 아버지의 몸을 잡
> 고 있는 내손이 갑자기 무척이나 죄 많은 손처럼 느껴졌다. 이미 마른
> 고목과 같은 느낌을 자아내고 있는 아버지의 육체, 나는 그 팔뚝을 잡고
> 있으면서 거기에서 아버지의 역사를 느꼈다. 그 묵직한 역사의 무게가
> 팔을 잡고 있는 나의 주제넘은 비판 같은 것을 용납하지 않는 것처럼 보
> 였다.   (「착미」, 217)

이처럼 자살로 생을 마친 김학영까지도 비록 부친과의 화해에는 실
패했지만 부친의 폭력을 이해하게 된다[10]. 즉 아버지는 재일의 무거
운 짐을 짊어진 존재이며, 완력으로 집의 질서를 유지하려고 하는 것
을 폭력밖에 못 배운 그의 권리라고 얘기하고 있다. 그러나 양석일의
경우는 그렇지가 못하다. 이러한 점은 양석일이 북한으로 귀국한 아버
지가 낳은 이복동생들로부터 자신들을 만나기 위해 북한을 방문해 달
라는 전갈을 신문사로부터 받고 당황해하는 장면에서 알 수 있다.

> (그 편지를 받고) 성한을 우울하게 만든 것은 육친이라고 하는 인과
> 관계이다. 단절된 줄만 알았던 인연이 고리가 되어 언제까지나 연면하게

---

9) 아버지의 폭력으로 인한 부자간의 갈등과 화해에 관한 문제는 동포 작가들이 자전
  적인 작품에서 즐겨 다루어온 주제의 하나인데, 자세한 것은 졸고 「재일동포문학에
  나타난 부자간의 갈등과 화해의 양상연구」 (古岩黃聖圭博士華甲記念論文集,
  1993)를 참고하시기 바람.
10) 이한창 「소외감과 내향적인 김학영의 문학세계」 (일본학보제37집) pp.384-386참
  조

이어지는 육친이라고 하는 인간관계였던 것이다　　(「피와 뼈」, p.512)

아버지의 죽음으로 끝난 줄 알았던 아버지와의 관계가 북에 있는 이복동생들을 통해서 계속되려는데 대하여 망연자실하고 있는 모습에서 끝내 아버지와 화해는 물론 이해하는데도 실패를 하고 만 양석일의 모습을 살펴 볼 수 있다.

4) 차별을 고발

다음으로 양석일은 그의 작품 속에서 조선인이라는 이유로 차별받는 조선인의 모습을 그리면서 이런 조선인을 멸시하는 일본사회에 대해 날카로운 매스를 가한다.

「공동생활」에서 호소가와는 택시 운전을 하는 주인공의 동료이다. 게으르고 술과 노름을 좋아하는 그는 이따금 용돈과 생활비까지 신세를 지고 있는 주인공에게 호의를 느끼고 있는데 주인공이 한국인이라는 사실을 알면서부터 태도가 크게 달라지고 시비를 걸어온다.

> "야나씨, 난 야나씨를 위해서라면 무엇이든 도와주겠어. 난 야나씨가 좋거든.---난, 야나씨를 좋아하지만 조선인은 싫어" (「공동생활」, 77)
> "야나씨는 나를 경멸하겠지. 난 별로 배우지 못했지만 어째서 조센징인 야나씨가 일본인인 나보다 더 많이 배운거야. 재미없어. 용서하지 못하겠어" (「공동생활」, 81)

일본사회의 밑바닥까지 밀려난 처지에 차별을 받고 사는 그도 주인공에게 동료의식보다는 일본인으로서의 우월 의식이 앞서는 것이다. 이처럼 차별을 받는 사람이 보다 약한 처지의 사람을 차별하는 것은 일본사회에 만연되어 있는 현상으로, 실제로 가장 차별을 받아 온 천민집단이었던 부락민 중에서도 같은 부락에 사는 재일 조선인에 대한 차별이 있다는데[11] 차별의 근거로 삼고 있는 이유가 전혀 타당성이 없다는 점이다. 실제로 눈앞에 있는 조선인인 주인공에게 호감을 느끼면서도 막연하게 관념적으로 주입되어 온 편견으로 조선인에 대한 거부감을 나타내고 있는 호소가와의 경우가 그러하다.

> "그거야 옛날부터 모두가 그렇게 말했으니까 그렇지. 고향의 아버지, 어머니, 친척들 모두가 그렇게 말했으니까. 그러니까 틀림없을 거야."
>
> (「공동생활」, 77)

조선인은 교활하고 불결하며 교양이 없다는 편견은, 고향의 아버지, 어머니, 친척들로부터 전해들은 막연하고 맹목적인 추측일 뿐이다. 작가는 이를 통하여 일본인 사회에는 평범한 샐러리맨에서 밑바닥 계층에 이르기까지 구조적인 조선인 차별이 존재하며 오히려 밑바닥으로 내려갈수록 차별이 더욱 노골적이고 맹목적이며 신체화, 육체화되어 간다[12]고 말하고 있다.

이처럼 일본 민족은 우수하고 조선인이나 중국인은 열등하다는 생각은 일본의 에도시대 국학주의자들에 의해 태동하여 군국주의 교육 하에서 국민들에게 심어진 것으로, 현재도 조선인이나 동남아를 비롯한 다른 나라 국민을 대할 때에 보편적으로 나타나고 있다. 양석일은 일본인들의 이러한 우월감에 대하여 구미인이 일본인을 볼 때와 마찬가지로, 일본인도 아시아인을 결함, 결손이 있는 것으로 보고 자신의 열등감을 보상하려는 심리에서 기인한 것으로 설명하고 있다[13].

원래 차별이란 약자가 자신의 책임을 또 다른 약자에게 전가하는

---

11) 岡崎新一郎外4人(1993), 座談會 「日本人の優越意識はどこから」, 『sai』 vol18. p.4
12) 梁石日, 『アジア的身體』, 靑峰社, 1990, p.11.
13) 梁石日, 『アジア的身體』, 靑峰社, 1990, p.11.

데서 야기되는 것으로, 동포들의 문제가 아니고 오히려 일본 사회가 해결해야 할 문제이다. 그럼에도 현실적으로 동포들이 여러 가지 차별 때문에 일본사회에서 민족성을 지키고 살아가기가 어려우며, 이들은 반쪽바리라는 콤플렉스와 경계인 심리를 갖고 살아가고 있다[14].

그런데 문제는 많은 피차별인들은 고통을 당하고 있음에도 불구하고 차별은 진지하게 논의되기보다는 음성적으로 나타나는 것이다. 그리하여 차별을 말하는 실체는 찾아보기가 어렵게 되었지만, 아주 사라지지 않고 사람들 의식 속에 잠재하였다가 결정적인 순간에 그 본성을 드러낸다는 점이다. 이는 「공동생활」에서 우월의식에 상처를 입자 살기를 품고 잠자는 주인공에게 식칼을 들이대는 호소가와, 「신주쿠에서」에서 술기가 돌자 전쟁 전 조선인 학살과 조선인 강간 등을 무용담인양 자랑하다 주인공 일행과 시비가 일자, 이를 부인하고 평범하고 선량한 얼굴로 변신을 하던 노신사의 모습에서도 찾아볼 수가 있다.

「미로」에서도 장거리 합승 중에 운전사인 주인공이 조선인이라는 사실을 알고는 한일친선을 강조하던 극히 평범한 샐러리맨이 등장하는데, 그가 종점에 와서 요금을 내지 않고 도주하려다 파출소에까지 가서 시비를 벌이다가 사태가 불리해지자 돌변하는 장면이 나온다.

> "--중략-- 이 새끼, 멀쩡한 쌍판을 가지고선, 되지도 않는 거짓말만 늘어놓고 있네. 친절하게 사가미노오(相模大野)까지 태우고 와서 잠들어 있는 사람을 깨워 주었더니 대뜸 도망치고 덤벼든 놈이 어느 놈이야. 네가 한 짓은 택시강도와 다름없어. 시치미 떼고 있네."
> 사내가 멸시하는 듯 한 눈으로 나를 손가락질했다.
> " 이 운전사는 악덕 운전사에요. 더러운 얼굴을 하고선. 지저분한 부랑자야, 넌."

---

14) 노마 필드, 「선망과 권태와 수난을 넘어서」, (『창작과 비평』 94, 봄), p.24.

그리고 마지막 카드라도 내밀 듯이 사내가 말했다
" 조센징이에요. 이놈은"   (「미로」, 40-41)

양석일은 이와 같은 모습을 통하여 평화를 사랑하며 공존을 외치는
일본사회 속에 그 실체가 보이지는 않지만 항상 내재해 있다는 차별
의 익명성을 고발하고 있다. 그리고 같은 형태로 저항할 수 있는 노골
적인 차별보다도 보이지 않는 적, 즉 익명성의 차별과의 싸움이 한층
어려움을 말하고 있는 것이다.

일본사회에 대한 차별을 그의 관심은 외국인 노동자 문제로 까지
깊어 가는데, 이는 90년대에 그의 작품이 영화화된 「달은 어디에 떠
있는가」에서 원작에 없는 외국인 여성이 등장하는 점에서도 알 수 있
다. 특히 「단층해류」에서도 경제대국이라는 미망의 늪에서 소외되고
좌절해 가는 필리핀 여성을 통하여 외국인 노동자에게까지 확산되어
가고 있는 일본사회의 차별구조를 고발하고 있다.

5) 소외당한 자의 불안

양석일은 전쟁의 폐허에서 풍요로운 일본을 이룩한 주역이면서도
충분한 보답을 받지 못하고 소외된 채 살아가는 사람들을 통하여 일
본사회의 어두운 면을 그려가고 있다. 출구가 보이지 않는 미로와 같
은 일본사회를 질주한다는 의미의 「미로」에서, 작가는 택시의 차창이
나 백미러를 통해, 정치적 혼란, 상품화된 성문화, 뿌리 깊은 차별 등
갖가지의 병리 현상을 파헤치고 있다. 그러나 무엇보다 인상 깊게 그
리고 있는 것은 성장의 그늘에 밀려난 사람들의 모습으로, 특히 사회
에서 용도폐기처분을 당한 채 살아가는 탈락자들의 모습과 이들을 방
치하고 있는 냉혹한 일본 사회의 모습이다.

「미로」에서 주인공이 근무하는 회사에서 운전 중 사고를 당해 발

하나를 잃고 내근이라는 명목으로 세차를 하며 살아가는 노인이 있는데, 주인공은 노인을 통해 산업사회에서 생산성을 잃어버린 사람들을 방치하고 돌보지 않는 회사와 차가운 일본사회의 단면을 보고 있다.

> 주름투성이의 얼굴을 구기고 세차 값을 받는 몸짓은 마치 구걸이라도 하는 것 같다. 그리고 나무 지팡이를 짚고 한 발로 차체의 주위를 뛰어다니는 모습은 또 한 사람의 자기 자신을 보는 것 같은 느낌이 든다. (「미로」, 46)

회사로부터 버림받은 노인에게서 자기의 모습을 발견한 주인공 역시 메이데이 때 노조집회에 참석했다는 석연치 않은 이유로 회사로부터 해고처분을 받는다. 노동자를 단순 소모품으로 취급하는 처사에 분노를 느끼며 회사를 떠나는 그를 기다리는 것은 출구가 보이지 않는 미로와 같은 사회뿐이다.

「크레이지 호스1」은 경마와 도박에 미쳐 광란의 아수라장이 된 회사의 분위기를 상징하는데, 코미디극을 연상케 하는 이 작품은 웃음과 애교가 있는 폭소탄의 환상적인 이야기로, 정치나 관료사회의 경직된 세계를 타파하려는 해학과 홍소가 그 바탕에 깔려 있다[15]고 한다. 그러나 이 작품에는 해학과 홍소 이상의 것이 담겨져 있는데, 그것은 작가가 광란을 벌이고 있는 회사를 부조리와 모순이 어우러진 일본 사회의 축소판처럼 불안스럽게 바라보고 있는 것이다. 그리고 이러한 불안은 초등학교 동창생인 이사무를 통하여 현실로 나타나고 있다. 현실세계에서 챔피언의 꿈을 포기하고, 어머니와 아내 그리고 두 아들까지 빼앗겨버린 이사무는 허상을 찾아 헤매는 비현실적인 세계의 사람이 되어버린 것이다. 그는 두 자식을 데리고 행방불명되었다가 시골에서

---

15) 統一日報, 在日同胞年長世代群像 梁石日, (1991.1.29 3面)

불법영업을 하던 중 경찰에 붙들린다.

> "난 말야. 어머니를 만나보고 싶었을 뿐이라구. 어머니가 8년 전에 죽
> 었다는 것은 몰랐어. 몰랐던 것은 내 책임이지만 말야. 난 꼭 어머니를
> 만나고 싶었어. 단지 그 뿐이야. 난 아무런 나쁜 짓도 하지 않았어"
>
> (「크레이지 호스1」, 176)

그는 항변하지만 정신병원에 수감되고 만다. 정신질환에 시달리는 그에게 정신병원 외에 달리 갈 곳이 없었던 것이다. 챔피언의 꿈과 아내, 자식, 어머니를 잃어버리고 정신질환에 시달리던 사내가 망가져 가는 모습을 보며 주인공은 자신의 모습을 그에게 투사함으로서 자신의 미래를 예감하고 불안스러운 일본 사회의 모습을 반영하고 있는 것이다. 「크레이지 호스2」도 같은 회사를 무대로 정상에서 일탈한 사람들이 등장하는데, 터키탕 접대부를 자청하는 소녀나 야쿠자의 정부를 통해 허식에 감추어진 일본 사회의 참 모습을 파헤친다. 또 회사가 도산하고 화재가 일어났을 때 세차장 노인의 분신자살을 떠올림으로써, 사회에서 소외당하는 이들의 미래를 불안스레 바라보고 갈 곳 없는 이들을 방치하고 돌아보지 않는 회사와 차가운 사회를 고발하고 있다.

이러한 모습은 풍요한 일본사회에서 소외되어 가는 재일동포들의 운명을 그린 일련의 장편 속에도 잘 나타나 있다. 「밤의 강을 건너라」는 여자 소개업자인 주인공들이 고리대금업자, 야쿠자, 경쟁업자와의 투쟁, 동료의 배반 등 살벌한 현실에서 상처를 받아가면서도 활로를 찾아가는 모습을 그리고 있다. 「자궁 속의 자장가」는 오사카와 센다이를 무대로 하여 유흥가와 금전의 세계로 빠져드는 주인공의 모습을 그리고 있으며, 「단층해류」에는 귀화하여 정치인과 유착으로 부동산 재벌이 된 주인공과 인생의 향락만을 쫓는 부인과 딸 그리고 필리핀

여성댄서 마리아 등이 등장하고 있는데 이들은 일본사회에서 적응치 못하고 파멸하고 만다는 내용이다. 이들 작품에는 외국인의 불법체류, 정경유착 등 일본사회의 문제를 곁들여 동포 이세의 자기 확인 재일 동포들의 어려운 현실을 그리고 있다. 대도시의 위선과 속된 삶에 물들어 속고 속이는 생존의 처절한 투쟁을 벌이다 끝내는 치명적인 상처를 입고 밀려나 외면당하고 마는 주인공들의 운명이 잘 그려져 있다. 양석일의 작품은 성과 폭력, 금전 등의 어두운 세계를 무대로 하여 인공적인 장식으로 덮여있는 허상을 깨부수고 있다는 평을 받고 있다.16) 실제로 그의 작품은 풍요롭고 안정된 사회라는 표면과는 달리 사회로부터 소외당한 채 파멸의 길을 가고 있는 사람들의 모습을 보여줌으로써, 일본사회의 어두운 면을 조명하고 '과연 일본사회는 어디로 가고 있는가' 라는 물음을 독자들에게 던지고 있다.

4 양석일 문학의 본질

이상 살펴본 바와 같이 다양하게 전개되는 양석일의 문학세계는 그 자신의 다양한 체험의 산물이다. 작가는 어두웠던 어린 시절부터 만년의 운전사 생활을 통해 목격하고 깨달은 사회와 인간들의 모습을 가식 없이 진솔하게 그려내고 있다. 특히 그의 소설의 특징의 하나인 사건의 빠른 전개, 박진감 넘치는 필치는 극적인 긴장감과 현장감을 더해주며 작품 속에 담겨져 있는 강렬한 메시지는 독자를 작품 속으로 빨아들이는 강력한 흡인력을 가지고 있다.

---

16) 吉野仁, 『週刊現代』, 特選問題小說,(93,11,20)

그런데, 일본사회의 뒷모습을 항상 밑바닥에서 올려다보며 데코레이션으로 장식한 현대 일본의 허식을 한 꺼풀씩 벗겨내고 있다[7]는 평처럼 고도의 경제성장을 자랑하고 있지만 정치적인 혼란, 경제 일변도의 성장, 성까지도 상품화된 배금주의 풍조 등의 문제에 관심을 가지고 있으며 특히 조선인이나 외국노동자 등 타민족의 삶을 인정치 않는 차별의식이나, 산업사회에서 소외당한 하층 서민들의 삶이나 노동력을 상실한 자를 돌보지 않는 회사와 사회를 불안스러운 눈으로 바라보고 있다.

그러나 그의 관심은 타자인 일본사회나 일본인뿐만이 아니라 바로 나 그리고 우리 자신에게 돌려서 일세들이 조국과 조직 그리고 동포나 가족, 특히 아버지에게 메스를 가하고 있는 것이다. 즉 그는 종래의 일세 작가들이 절대시 해온 국가와 민족 같은 가치에 대하여 냉소를 보내고 동포사회에서 성역화해 온 조직에 대하여 가차 없는 비판을 가하고 있다. 그리고 일세들이 미화해온 동포사회의 치부를 들추어내고 가정에 있어서 추악한 아버지를 그려내어 고발하고 있는 것이다. 뿐만 아니라 일본사회나, 조직, 동포 또는 아버지에 들여댔던 비판의 칼날을 자기 자신에게 들여대고 자신의 내면에 숨어 있는 이기심을 고발하고 있는 것이다.

> 나는 극히 제멋대로 된 인간이었다. 나는 어머니에게 탐애를 받았으나 가족애라는 것을 몰랐다. 더욱이 아버지를 반면교사로 삼으면서도 다른 의미에서 즉 에고이스트라는 점에서 나는 아버지를 그대로 닮았다. 나는 자기 자신밖에 모르는 인간이었던 것이다.
>
> (「수라(修羅)를 산다」, p.212)

한마디로 작가 양석일은 민족과 조직, 동포사회, 가족, 부친, 문학

---

17) 林浩治, 『在日朝鮮人日本語文學論』, 新幹社, 1881, p.180

등은 물론 자신까지 지켜야할 성역이나 절대적인 가치라는 것이 애당
초 존재하지 않고 있는 것이다. 그리하여 앞에서 살펴본 것처럼 조국
은 거대한 환영이며 조국으로 돌아간다는 마음은 환영의 산물에 불과
하다고 갈파하고, 경직된 기성의 가치관이나 체제를 거부하고 정치적
신념, 관료주의, 교조주의 등 경직된 세계에 대한 조소를 보내고 있는
것이다. 이처럼 모든 기성 조직의 체제나 가치에 저항하고 도전하는
그의 작품세계는 타고난 반항아로서의 기질과 그의 생활환경에서 나
온 산물이다.

즉 50년대 말, 동포시인이었던 김시종이 경직화되는 조총련을 비판
한 「조선총련」을 발표하여, 필화사건이 일어났을 때 양석일은 20세의
젊은 나이로 조직의 문화 책임자를 정면으로 비판하는 논문을 발표하
였다[18]. 이처럼 조직이나 체제에 도전하는 반항아로써의 기질은 문학
청년 시절부터 나타나고 있었던 것이다.

이 사건 이후 그는 문학에서 멀리하여, 사업을 핑계로 여자 속을
헤매던 방탕하던 젊은 시절을 거쳐, 사업파산 후 밑바닥 인생을 전
전한 끝에 운전사에 이르게 된다. 기구하게 살아온 자신의 일생을
뒤돌아보며

> 나는 짐이 되는 것을 하나하나 버리면서 살아왔다. 육친, 허영심, 돈,
> 책, 마지막 보루였던 자존심마저 시궁창에 던져 버렸다 덕분에 몸이 가
> 볍다. 이제 아무런 미련도 없다. ── 중략 ── 나는 아직 죽음에 맞먹는

---

18) 이한창, 「재일 동포조직이 동포문학에 끼친 영향」, 『일본어문학제8집』 (한국일본어
문학회, 2000년 3월) pp.112-123
조총련에서는 김시종의 기관지외의 잡지를 발행하고 조직의 모순을 비판하는 것은
적을 이롭게 하는 분파행위라고 비판하고 압력을 가해, 동인지 『진달래』는 해산을
하게 된다. 그러나 양석일은 이에 굴하지 않고 당시 조직의 책임자인 허남기를 비
판하는 「방법이전의 서정-허남기비판」라는 논문을 발표했으며 정인등과 같이 카리
온이라는 잡지를 발간했으나 총련의 압력으로 3호만에 폐간을 당한다.

고뇌를 만난 일이 없다. 죽음에 맞먹을 만한 것이 이 세상에 있을 것으
로는 생각되지 않는 것이다.   (「크레이지 호스Ⅱ」, 208)

그는 육친, 허영심, 돈, 책, 자존심 등 짐이 될 만한 것들은 모두 버
리고 오직 생존만을 위하여 살아 왔다고 고백을 하고 있다. 그는 이러
한 체험 끝에 윤리나 인간의 미덕이나 너무 진지하기만 한 사상을 말
하는 인간들이야말로 위선자가 많다는 사실을 일찍 체득하고 인간과
조직이 가지고 있는 모든 맹점과 허위와 위선을 간파하게 된 것이다.
따라서 그에게는 중요한 것은 오늘을 어떻게 살아가느냐 하는 현실만
이 있을 뿐이며 설익은 정치적인 이념이나 도그마는 안중에 들어오지
않는지도 모른다.
   이처럼 선천적으로 타고난 반항적인 성향과 유년시절부터 현재까지
계속되는 생활환경은 양석일의 문학을 생산하게 하는 원천이 되고 있
다. 그리하여 의리, 인정, 민족, 도덕과 같은 논리대신에 오직 돈과 성
과 폭력의 세계 속에서 인간의 본성을 적나라하게 보여줌으로서, 일본
사회나 동포사회가 그리고 바로 우리들이 가지고 있는 문제들에 대하
여 야유하고 조소하며 분노하고 또 고발하고 있는 것이다. 바로 이처
럼 유연성이 있는 정신을 가지고 재일을 타파하려는 작품 속에 담겨
져 있는 강렬한 메시지가 그의 독자들을 사로잡고 있는 것이다.

 5 결론

　본 논문은 양석일의 문학세계를 살펴보고 그의 문학의 특질을 규명함으로서 그의 문학을 재평가를 하려는데 이를 요약하면 다음과 같다. 80년대 들어서면서 동포사회는 세대교체와 일본에서의 정착을 모색하는 새로운 의식이 대두하게 되며, 동포문학에도 양석일을 비롯한 새로운 작가들이 나타나서, 동포들의 삶의 모습을 그린 작품들을 발표하게 된다.

　양석일은 이러한 변화를 선도하고 있는 작가로써, 문학의 세계는 다음과 같이 다양하게 전개되고 있다.

　첫 번째로 그의 작품에는 정치에 대한 불신감이 나타나 있다. 그의 단편에는 민단과 총련으로 분열되어 상대방에 대해 증오감을 드러내는 모습이나 민족과 조국을 위해 돈을 벌어야 한다며 사채업자로 변신한 전 조직 운동가가 등장하고 있다. 장편에도 사상적인 갈등 속에 대통령 암살 음모에 빠져 살해당하거나 정경유착으로 재벌로 성장했다가 파멸을 맞이하는 귀화동포의 이야기가 나오고 있다. 그는 이들 작품을 통하여 조국이 누구를 위해 존재하며, 조직의 정치운동이 동포사회에 남긴 것이 무엇인지를 묻고 있다.

　두 번째로 그의 작품에는 재일 동포의 실상을 그려져 있다. 그의 단편에는 졸부가 된 금융 폭력단의 사내, 권위만 강요하는 1세, 고리대금업자, 서로 증오하면서 살아가는 노부부 등 거칠고 요란스럽고 천박한 동포들이 나오고 있다. 장편에도 유흥업, 영세기업, 사채업자 등 음성적인 경제활동 등으로 생존을 위해 처참한 삶의 투쟁을 벌이는 추악한 동포들이 등장하는데, 작가는 동포들의 치부를 통해서 동포들의 어려운 현실을 타파하려고 하고 있으며 동시에 동포들을 차별하고 속박하려는 사회구조에 대한 커다란 분노를 나타내고 있다.

세 번째로 그의 작품 속에서 가장 처절하게 그려진 것은 아버지의 모습이다. 아버지가 가족을 돌보지 않아, 새벽부터 암시장에 행상으로 나섰다가, 밤에는 폭력의 두려움에 떨면서 증오심을 키워가야만 했던 주인공의 어린 시절의 추억이 있으며 금전 때문에 부자간에 처절한 격투를 벌이는 추악한 모습이 등장하고 있다. 이러한 아버지의 폭력은 그의 원체험에서 나온 것으로, 다른 동포 작가인 고사명, 이회성, 김학영의 작품 속에는 가족에 대한 헌신하는 모습을 통해 아버지의 폭력을 이해하지만, 양석일은 자신의 욕구만을 위하여 가족을 돌보지 않는 무책임한 아버지를 냉소와 증오심으로 바라보고 있다.

네 번째로 양석일은 일본사회의 조선인 차별에 대해, 일본인들의 서양인에 대한 열등감에서 나온 것이라고 날카로운 매스를 가한다. 작품 속의 인물들을 통해 아직도 일본 사회에는 평범한 샐러리맨에서 밑바닥 계층에 이르기까지 구조적이고 맹목적인 조선인 차별이 존재하고 있으며 보통 때에는 사람들의 내면에 잠복해 있다가 결정적인 순간에 그 실체를 드러내고 있다고 말하고 있다.

마지막으로 양석일은 성장의 그늘에 밀려난 사람들의 모습을 그리고 있다. 사고로 발 하나를 잃고 세차를 하며 살아가는 노인의 모습과 챔피언의 꿈과 아내, 자식, 어머니를 잃어버리고 정신질환으로 망가져 가는 초등학교의 동창생 모습을 보면서 자신의 불안스러운 미래를 예감하고 있다. 또 유흥가를 무대로 터키탕 접대부를 자청하는 소녀나 야쿠자의 정부 그리고 속고 속이는 생존의 처절한 투쟁에서 밀려나는 주인공들을 통해 허식에 감추어진 일본 사회의 참 모습을 파헤치고 소외당하여 갈 곳 없는 이들을 방치하는 사회를 고발하고 있다.

이상 살펴본 다양하게 전개되는 양석일의 문학에는 민족이나 조국

통일과 같은 이념은 거의 드러나 있지 않고 있다. 일본사회의 문제점
에 관심을 갖고 동포사회에서 절대시해 온 조국과 조직 같은 문제에
냉소를 보내거나 동포사회의 치부를 들추어내고 있다. 또 폭로하기 어
려운 추악한 아버지의 모습을 그려내고, 자신의 내면에 숨은 이기심을
고발하고 있는 것이다. 이러한 작가 정신은, 50년대 김시종의 필화사
건 때 젊은 나이에 조직의 책임자를 비판하던 반항아로서의 기질과
택시 운전사로서 살아오면서 터득한 삶의 지혜에서 나왔다고 할 수
있다. 양석일은 동포사회에서 지켜야할 성역이나 절대적으로 여겨왔
던 가치에 저항하고 도전해 온 작가이며, 이러한 작가적인 성향에서
나온 작품의 메시지가 독자들을 사로잡고 있는 것이다.

논문 출처 일람

1. 해방 전 재일 조선인의 문학 활동

본 논문은『在日韓國人 文學의 歷史와 그 現況』(日本研究第5輯, 中央大學校日本研究所, 1990.2)과『일제강점기 재일조선인의 문학 활동-일본 한인의 역사(하)』(재외동포사총서, 국사편찬위원회, 2010.7) 의 두 편의 논문을 종합 정리한 논문이다.

2. 해방 후 재일 동포의 문학 활동

본 논문은『在日韓國人 文學의 歷史와 그 現況』(日本研究第5輯, 中央大學校日本研究所, 1990.2)과『80년대 이후 다양해진 재일 동 포문학의 세계』(日本語文學44輯, 韓國日本語文學會, 2010.3)의 두 편의 논문을 종합 정리한 논문이다.

3. 재일 동포문학의 연구현황

본 논문은『재일 동포문학의 역사와 연구현황』(日本學研究第17輯, 檀國大學校日本研究所, 2005.10)이란 제목으로 발표된 논문으로, 본 서와 내용이 중복되는 재일 동포문학의 역사 부분을 생략하고 연구현 황을 재정리하여 게재한다.

4. 민족문학으로서의 재일 동포문학 연구

『日本語文學3輯』(韓國日本語文學會, 1997.6)

5. 일본문학을 통해 본 재일 동포문학

『日語日文學硏究39輯』(韓國日語日文學會, 2001.11)

6. 재일동포문인들과 일본 문인들간의 문학적 연대활동

『日本語文學24輯』(韓國日本語文學會, 2005.3)

7. 재일동포 조직이 동포문학에 끼친 영향

『日本語文學第8輯』(韓國日本語文學會, 2000.3)

8. 아쿠다가와 상을 통해본 재일동포 문학세계

본 논문은『아쿠다가와 상을 통해본 재일 동포문학』(東國大日本學硏究所)이란 제목으로 발표된 논문으로 다시 재정리 하여 게재한다.

9. 재일동포 문학에 나타난 부자간의 갈등연구

본 논문은『재일 동포문학에 나타난 부자간의 갈등과 화해』(『日語日文學硏究60輯2卷』, 韓國日語日文學會, 2007.2)이란 제목으로 발표한 논문으로 다시 재정리하여 게재한다.

10. 소외감과 내향적인 김학영의 문학세계

『일본학보제37집』(한국일본학회, 1996.11)

11. 체재와 가치에 도전한 양석일의 문학 세계

『日本語文學13輯』(韓國日本語文學會, 2002.6)

재일동포 연구총서 5

재일 동포문학의 연구 입문

초판인쇄 2011년 11월 20일
초판발행 2011년 11월 30일

저　　자 이한창
발 행 인 윤석현
발 행 처 제이앤씨
책임편집 이신
배본영업 류준호 임형열
등록번호 제7-220호

주소 서울시 도봉구 창동 624-1 북한산 현대홈시티 102-1206
전화 (02)992-3253(대)
전송 (02)991-1285
전자우편 jncbook@hanmail.net
홈페이지 http://www.jncbms.co.kr

ISBN 978-89-5668-879-4 93830　　　　**정가** 16,000원